WARHAMMER
THE HORUS HERESY

无所畏惧
KNOW NO FEAR

[英]丹·阿伯奈特 著　赵笛 译

浙江科学技术出版社·杭州

Paperback edition first published in Great Britain in 2012.

Hardback edition published in 2013 by Black Library,

Games Workshop Limited,Willow Road, Nottingham, NG7 2WS, UK.

This edition published in China by Zhejiang Science and Technology Publishing House in 2025.

Copyright © Games Workshop Limited 2012,2013.

This translation copyright © Games Workshop Limited 2025.

Translated and used under licence by Zhejiang Science and Technology Publishing House. All rights reserved.

Know No Fear © Copyright Games Workshop Limited 2012、2013. All rights reserved. Black Library, Black Library logo, The Horus Heresy, The Horus Heresy logo, The Horus Heresy eye device, Space Marine Battles, the Space Marine Battles logo, Warhammer40,000, the Warhammer 40,000 logo, Games Workshop, the Games Workshop logo and all associated brands, names, characters, illustrations and images from Warhammer40,000 universe are either ®, TM and/or © Games Workshop Ltd 2000-2013, variably registered in the UK and other countries around the world. All Rights Reserved.

No part of this publication may be reproduced, stored in a retrieval system, or transmitted in any form or by any means, electronic, mechanical, photocopying, recording or otherwise, without the prior permission of the publishers.

This is a work of fiction. All the characters and events portrayed in this book are fictional, and any resemblance to real people or incidents is purely coincidental.

本书英文版由 Black Library 于 2012 年出版

Games Workshop Limited，地址：Willow Road, Nottingham, NG7 2WS, UK.

本书中文版由浙江科学技术出版社于 2025 年出版

Copyright © Games Workshop Limited 2012,2013.

This translation copyright © Games Workshop Limited 2025.

浙江科学技术出版社可在授权下翻译与使用。

Know No Fear © Copyright Games Workshop Limited 2012, 2013. 版权所有。Black Library、Black Library 标识、荷鲁斯之乱、荷鲁斯之乱标识、荷鲁斯之眼、星际战士战团、星际战士战团标识、战锤 40,000、战锤 40,000 标识、Games Workshop、Games Workshop 标识，以及所有源自战锤 40,000 宇宙的相关品牌、名称、角色、插图与图像，所有带有 ®、TM，以及 © Games Workshop Ltd 2000–2013 的标识均为在英国和世界其他国家注册的商标或为 Games Workshop Limited 版权所有。

未经许可，不得将本书任何部分以任何形式复制、存储在某个检索系统中，也不得以任何形式或手段，包括电子、机械、影印、记录或其他方式，传播本书的任何部分。

本书为虚构作品。书中人物、事件均为虚构，如有雷同，纯属巧合。

故事简介

荷鲁斯之乱——
这是一段传奇岁月。

银河在燃烧。帝皇为人类构想的荣耀愿景已经支离破碎。他挚爱的儿子荷鲁斯背弃了父亲,转而投入混沌的怀抱。

而他的军队,那所向披靡的星际战士,同样陷入了残暴的内战。这些终极士兵昔日作为战友并肩奋斗,保卫银河,引领人类回归帝皇的光辉。如今他们阋墙相残。

其中一些保持着对帝皇的忠诚,另一些则与战帅结盟。率领这一支支庞大军团的是伟岸的基因原体。这些杰出的超人存在是帝皇基因科学的巅峰成果。当他们相互为敌之时,胜利便难以预测。

一个个世界陷入火海。在伊斯特凡V,荷鲁斯打出了凶残的一击,让三支忠诚军团濒临覆灭。战争已经开始,熊熊战火将会笼罩整个人类种族。诡计与背叛推翻了荣誉和高尚。刺客藏身于每一片阴影之中。大军压境而来。所有人都必须选择一边,否则便是死路一条。

荷鲁斯集结部队,将要向泰拉倾泻怒火。端坐在黄金王座上的帝皇等待着叛道子嗣的归来。但他真正的敌人乃是混沌,那股原初的力量觊觎着奴役人类种族以满足其邪欲。

无辜者的尖叫与正义之人的悲呼都和黑暗诸神的残忍笑声交织回荡。倘若帝皇在战争中落败,痛苦与灾难便等待着所有人。

知识与启迪的年代已经告终。黑暗年代拉开了帷幕。

出场人物

第十三军团"极限战士"

罗保特·基里曼 …………………………… 第十三军团基因原体
陶若·尼科迪莫斯 …… 奥特拉玛四英杰（萨拉曼斯），原体的勇士
艾科斯·拉米亚德 ………… 奥特拉玛四英杰（康诺），原体的勇士
扎斯塔瑞乌斯 ………………………………………… 神圣无畏
泰利梅克汝斯 ………………………………………… 蔑视者无畏
马瑞乌斯·盖奇 …………………………… 战团长，第一战团
瑞玛斯·文坦努斯 ………………………………… 连长，第四连
齐乌兹·塞拉顿 …………………………………… 军士，第四连
莱若斯·塞丹斯 …………………………………… 上尉，第四连
阿尔克 …………………………………………… 军士，第四连
安克瑞恩 ………………………………………… 军士，第四连
巴卡 ……………………………………………… 军士，第四连
纳容·瓦提安 …………………………………… 侦察兵，第四连
索尔·达摩克里斯 ………………………………… 连长，第六连
多米提安 ………………………………………… 军士，第六连
布瑞兰 ……………………………………………………… 第六连
安德罗姆 …………………………………………………… 第六连
艾维克西安 ……………………………………… 连长，第七连
阿曼特 ……………………………………………………… 第七连
洛卡斯，连长 ……………………………………………… 第九连
埃松 ……………………………………………… 连长，第十九连
艾瑞康·盖乌斯 ………………………………… 连长，第二十一连
泰洛斯·卢比奥 ………………………………………… 第二十一连
奥诺瑞亚 ………………………………………… 连长，第二十三连

泰厄斯·苏鲁斯	连长，第三十九连
格瑞瓦斯	军士，第三十九连
凯恩·阿崔乌斯	战团长，第六战团
克洛德·安皮恩	战团长，第九战团
瓦瑞德	战团长，第十一战团
埃克瑞图斯	连长，第一百一十一连
弗拉斯托瑞克斯	连长，第一百一十二连
安柴斯	军士，第一百一十二连
沙拉德·安托利	战团长，第十三战团
泰若尼	连长，第一百三十五连
艾恩尼德·希尔	军士，第一百三十五连
艾维多·班佐	战团长，第十六战团
修通尼克斯	连长，第一百六十一连
杰尔	药剂师，第一百六十一连
科索	第一百六十一连
博马如斯	第一百六十一连
扎博	第一百六十一连
安特罗斯	第一百六十一连
奥诺瑞乌斯·卢希尔	连长，第二百零九连

第十七军团"怀言者"

洛加·奥瑞利安	第十七军团基因原体
科尔·法伦	黑主教
艾瑞巴斯	黑暗使徒
阿格尔·塔	受祝之子
艾森博尔·佐特	受祝之子
福德拉·费尔	指挥官
霍尔·贝罗斯	指挥官
马洛克·卡索	霍尔·贝罗斯的侍僧
索洛特·绰尔	上尉
乌默·诺尔	

邪教

乌什米塔·考尔 …………………………… 短刃兄弟会
克里欧·弗斯特 …………………………… 亲信副官
岑瓦·考尔 ………………………………… 轮回家门
叶哈瓦那特 ………………………………… 魔环
考尔·曼达利 ……………………………… 基因群落
维尔·特斯 ………………………………… 基因名主

帝国人员

乌尔·克哈·赫斯特 ……………………… 首席伺服师，机械神教
米尔·艾德维·陶伦 ……………………… 高阶分析技师
奥多特 ……………………………………… 贤者
阿鲁克·瑟罗提德 ………………………… 护教军领袖
塞拉米卡 …………………………………… 护教军
萨扎 ………………………………………… 马库拉格之耀号舰长
博翰·泽多夫 ……………………………… 马库拉格之耀号舰长
佩洛特 ……………………………………… 贤者
欧恩·候米德 ……………………………… 神圣萨拉曼斯号舰长

帝国军队

斯帕兹 ……………………………………… 上校，耐瑞德第十连
博威·赫洛克 ……………………………… 军士，努米纳斯第六十一连
多根特·克兰克 …………………………… 努米纳斯第六十一连
贝尔·雷恩 ………………………………… 努米纳斯第六十一连

考斯居民

阿布特 ……………………………………… 总管
欧尔·佩松
格拉福特 …………………………………… 劳役机仆
赫比特·宰比斯
卡特
奈芙·雷恩

目录

2	目标 // 获取
67	绝对 // 压制
107	系统 // 杀戮
132	迎击 // 目标
215	乌什库尔 // 苏
244	毁灭 // 风暴
273	终 // 结

待我们倦怠之际,早已被我们战胜的理念便会卷土重来。
——哲学家尼采,约第二个千年

亡者不会复活;
阴魂不会再起;
为此你令毁灭降诸其身,
并抹消了他们的一切痕迹。

——《泰拉伪经》,年代未知

下列按照时间排序的记录文件提取并编纂自极限战士（XIII）作战记录 1136.271.v 和基因原体罗保特·基里曼的记录。

** 仅供获得权限的阿斯塔特人员阅读 **

目标 // 获取

"目标获取阶段，或称备战状态，是任何作战行动取得成功的关键步骤。虽然每一位战士都必须时刻备战，并且要在毫无提示和预警的情况下做出战斗反应，但是只有当他为作战进行计划与准备，并且将敌方的具体情况考虑在计划之内的时候，他才是最成功的……就像我之前所说，这样的战争才是一种技艺或科学。战斗的胜利往往决定于第一枪打响之前，甚至是在打出第一枪的命令被下达之前。"

——基里曼《军事法典初稿　7.3.ii》

1
【计时：-136.57.07】

第一个死去的是谁？

对此，大多数文件都会列出奥诺瑞乌斯·卢希尔（连长，第二百零九连）的名字，他与麾下十七位战士在萨摩索瑞斯号的连队船舱中，计时：-00.19.45，死在索洛特·绰尔手下，然而事实上他们并非第一批阵亡人员。

作为突袭考斯的准备，舰队供给船钟楼号于作战计时正式开始的大约一百三十六小时（恒星时）之前，在塔姆斯星球远地点完成装载后脱离轨道。

三千七百零九名船员遭到了处决，包括船长、导航者、替补空港长官、船坞的两位铸造员，以及负责甲板安保的一支耐瑞德第十连部队。

钟楼号灭亡的证据在计时：01.30.00 递交至原体基里曼手中，它揭露了敌方蓄谋已久的周密计算和详尽策划，验证了原体基里曼所阐述的"目标获取备战阶段"理论，这足以驳斥任何将整场冲突归咎于误解或意外的观点。

这标志着敌方的先决恶意，并巩固了原体基里曼的行动方针。他无须内疚，可以果断动用全部军事力量进行抵抗、反击。

继续尝试与兄弟理论已经没必要了，因为那位兄弟并非"不小心"要把他们杀光。

洛加早有预谋。

钟楼号灭亡的详细情况已经失落（在孤寂的黑暗中，一道减速的弧线掠过；一艘因为超载而嘶哑喘息的小船承载着三千多个灵魂），因为未能从那副残骸中回收任何文本记录或数据存储设备。它被某种栖身于夜幕、诞生于夜幕、起源于夜幕的事物所穿透，那是拥有利齿和眼睛的虚空黑暗，如同高压油料般渗入了每一个风口、舱门和排气管，但分析结果推断是一艘第十七军团的战舰捕获了这艘供给船，并俘虏了所有船员（他们都尖叫着陷入眼盲、窒息，无处可逃，只有通向冷寂太空的舱门能够打开，而那源自黑夜的事物充满了钟楼号，充满了每个船舱和每层甲板，充满了每座房间和每条通道，恰似漆黑暴雨骤然淹没地下居所，将一切溺毙，充满房间，充满口鼻，充满肺叶，充满耳朵，充满肚腹，浸泡大脑，熄灭火光，抹钝刀刃，吞没那些将死之人的尖叫，将一切尖叫偷走之后再大笑着嘲弄模仿，以此表明：对于刚刚闯入人类梦境的黑暗诸神而言，这种尖叫只是高雅动听的音乐而已），因此，它的停泊密码可以通过轨道平台船坞的检查。

在计时：−136.14.12、计时：−135.01.20，以及计时：−122.11.35 中，钟楼号的航线异常被考斯星系控制台屡次发现。

在计时：−99.21.59，通信失联。

两个小时之后，考斯星系控制台将钟楼号标记为"需要注意"，空港长官认定如果在轮值结束之前还没有收到任何回应，则有必要展开辅助拦截。由于大规模的舰队集结，韦瑞迪安星系当天有十九万两千个交通事项。

辅助拦截最终并未展开，因为在计时：−88.10.21 钟楼号恢复了密码传输。

钟楼号的全体船员在战斗收尾时被列为牺牲者，但他们始终下落不明（其实并非如此，然而除了尖叫声之外他们已无任何形态可供辨识）。

【计时：−124.24.03】

那支舰队的第一批先头部队饱经风霜的战舰终于制动，在努米纳斯城头顶的高空轨道上徐徐停下。这些战舰远道而来，参与过诸多杀伐，它们傲然身披第十七军团的徽记和涂装。

卢希尔打开了气密舱门。他的连队负责努米纳斯高空轨道的防御。这是他主动申请的。

他有两个大个子摞起来那么高，像三个肌肉发达的运动员加起来那么壮，执政官型战甲锃亮厚重的陶钢护板进一步增大了他的体形。卢希尔打开了气密舱门。

舱门内部的光芒照亮了他蓝金两色的身躯。他戴着贴面头盔。在护目镜背后，卢希尔的双眸与头盔眼缝上的光学感受器一起迅速地做出反应。他的战斗本能自然占据主导。一个新的空间已经显现，所以他必须去分析并评估威胁。一个气门隔间，六十立方米，人工重力地板，自我封锁式舱壁装甲，普通中性气体环境（不过卢希尔能够察觉到气泵进入循环末期时的压力衰减）。房间另一端有扇对应的气密舱门。

在舱门前方有一个身影。那是另一位全副武装的星际战士。

卢希尔隶属第十三军团，是一位极限战士。蓝金两色，简洁而夺目。战甲打磨得光滑锃亮。执政官型是个新的动力盔甲型号，由本地的韦瑞迪亚铸造厂出品，尚未被阿斯塔特军团广泛使用。

另一位则来自第十七军团，怀言者。他身穿常见的第四型极限型盔甲，它为帝国的至高主权而铸就。那一体式的正面装甲和棱角分明的头盔看起来很眼熟。

那颜色却很陌生，深暗的猩红色、枪灰色的镶边。连队徽记和小队标志由黑漆绘制，几乎难以分辨，仿佛它们曾被抹除过，或是尚未完成涂装。昔日那覆满铭文的灰色外表去哪儿了？

他无从辨认那个怀言者。在一纳秒里，那个身影在卢希尔眼中是未知的，是一个威胁。

他不由自主地产生了超人的反应。骤增的肾上腺素强化着本就惊人的反应速度。肌肉记忆从未消逝。卢希尔的爆矢枪放在右腿的枪套中，那漆黑的武器如同斗牛般凶猛。他可以在一秒之内拔枪、瞄准并开火。距离是六米，目标未受遮掩，绝无失手可能。极限型战甲，正面经过强化，或许能阻挡质爆弹，所以卢希尔会朝护目镜连发两枪。覆盖房间舱壁的装甲板会自我修复，并能够抵御激光伤害，但爆矢枪射击足以将其撕碎。因此卢希尔也要准备好面对跳弹或失手引发的爆破性减压。一个简单的潜意识神经冲动便可让战靴脚跟处的电磁铁激活充能，吸附在舱室地板上。

卢希尔考虑着理论可能，但当然根本没有什么理论可能。没有任何星际战士对阵星际战士的战术先例。这个念头是荒谬的。他考虑着实战可能，看向了护目镜。他可以在一秒半之内完成一次干净利落的爆头击杀，用两发子弹确保击杀，或许还能够保住舱室气密环境的完整性。

这一切，全都在一纳秒里自主完成。

那个怀言者抬起了右手。移向哪里？是移向他的主武器，那柄安放在牵引解锁鞘里的等离子炮吗？

那只手如同花朵般张开，手掌向前，一个个精细的锁甲环上光芒闪动。

"卢希尔，"那个怀言者说，"兄弟。"

"绰尔，"卢希尔回答，头盔扩音器让他的回应如同一阵低吼，"兄弟。"

"很高兴见到你。"那位第十七军团战士迈上前来。

"好久不见。"卢希尔也迎了上去。他们拥抱在一起，一方的臂甲碰撞着另一方的后背。

"告诉我，兄弟，"卢希尔说道，"自从我们上次见面以来，你又学会杀死什么新鲜玩意儿了？"

2

【计时：-116.50.32】

在努米纳斯城以南两千公里的一处停机坪，背负处分的极限战士艾恩尼德·希尔登上了一架蓝金两色的风暴鸟战机。那颗名为韦瑞迪亚的恒星如同苍白天空上的一枚珍珠。希尔听人们说过，那是一颗美丽的恒星。一颗美丽的恒星，还有一个美好的世界。

他面前是德拉卡伦低地，是大片工厂与组装车间，阳光下，它们显得暗淡。那些建筑简洁而实用，一缕缕轻烟从通风口与烟囱中袅袅升起，飘入晴空。诸多总装广场之间保留着一片片森林，供换班的工人们休息、放松。

在西边，一座轨道船坞如初升的月亮，像个灰色幽灵般低垂于天际。希尔知道还有另外八座。很快，考斯的工业产出就会与马库拉格比肩，或许只需要二三十年，甚至已经有人在谈论发射超轨道板了，就像泰拉那样。泰拉有超轨道板。帝国的主要世界也有。考斯会加入马库拉格、萨拉曼斯、康诺、奥克鲁达和亚克斯的行列，成为奥特拉玛星区的主要世界，各自统领极限星域里的一片辽阔疆土。考斯将会成为未来文明的一个锚点。

考斯代表着数百年征战所带来的丰硕回报。

因此，考斯必须屹立不倒。作为奥特拉玛的领土，它必须屹立不倒。作为重要的造船厂和铸造厂，它必须屹立不倒。

荷鲁斯发来了情报。一个理论可能已经得到确认。希尔认为，能够引发如此大规模部队集结的理论可能远不止一个，必是新任战帅急切地想要证明他的指挥权。调遣兵力最为雄厚的第十三军团来开展单独一项作战行动，这需要勇气。告诉功勋累累的罗保特·基里曼他该如何履行职责，这需要惊人的勇气。而提议基里曼会需要帮助……

荷鲁斯是个伟人。希尔坦然承认这一点。希尔见到过他，追随过他，也敬仰他。他升任战帅理所应当。无论其余原体如何自欺欺人，真正的潜在人选其实只有三个，或者四个。谁能担当帝皇的化身，帝皇的代表？只有荷鲁斯、基里曼、圣吉列斯，或许还有多恩。其他人对此的图谋都是荒谬的。即便在这四人之中，多恩还是过于严苛，圣吉列斯则过于缥缈。只能是荷鲁斯或基里曼。荷鲁斯一向充满激情和魅力，基里曼则更为冷静淡泊。而且，基里曼已经肩负重担了，那是一片羽翼未丰的国度，奥特拉玛所有的行政，民生，文化统统压在他的身上。他已经超越了军阀的境界，可荷鲁斯还在攻城略地，大杀四方。

或许战帅荷鲁斯意识到了这一差别，就在他荣获擢升的胜利时刻，一位甚至并不渴求战帅冠冕的兄弟却将他比了下去。或许这才是荷鲁斯想要行使职权，向第十三军团发号施令的原因。或许这就是为什么他同时派遣第十七军团前往，而这两支军团从来都不能融洽相处。

抑或新任战帅颇具创造性，希望借此让洛加麾下的乌合之众通过协作与学习从基里曼那里沾点光。

作为一名极限战士，艾恩尼德·希尔如此坦言。

那并非他背负处分的原因。

【计时：-111.02.36】

他们在波罗斯河南岸的港口装载武器箱。努米纳斯城就在宽阔的灰色河水对岸。

工作很辛苦，但这些帝国军队士兵都是笑着的。装完这些之后，他们会去吃顿饭，再喝一杯，然后就要出发前往轨道了。

这些金属箱子饱经风霜，就像一口口小棺材，里面装满了光耀四型，这种激光步枪是经过了韦瑞迪亚铸造厂改良的本土型号。他们估计会在两周之内用上这些武器。

微风沿着河道吹来，夹着大海和淤泥的气味。这些士兵都来自努米纳斯第六十一连，普通步兵。有些是伟大远征的老兵，另一些则是紧急征召的新人。

赫洛克军士确保他们士气高涨。

"会是绿皮吗？会是绿皮吗？"那些新人总是在问。他们听说过绿皮。赫洛克保证说不会是绿皮。

"这是个联合演习，"赫洛克说，"是展示军力。这是奥特拉玛在活动筋骨。这是战帅在活动筋骨。"

赫洛克在蒙他们。他点了支烟，站在树荫下抽了一口，他敞着深蓝色军服的领口，晾干自己锁骨上的汗水。赫洛克跟他的连长关系不错，连长信任他。赫洛克的连长在极限战士第九连里有朋友，这在一定程度上要归功于对方刻意为之的亲善态度。他连长的超人朋友说这可不是理论上的威胁。他说这是"加斯拉克异形根据地的潜在扩张"，这个说法傻到家了。混账绿皮！混账兽人！混账混账，在星区边缘滋生，壮着胆子想要来骚扰考斯。根本不是该死的理论上的。

这就是为什么你要带上整支该死的第十三军团、整支该死的第十七军团，还有所有帝国军队，把一切你能搞到的部队都扔到那个加斯拉克混账异形的混账根据地去，这才算谢天谢地。你要用一支足够干掉整个星系的归顺力量去把那个宝贝异形根据地给铲平了，在它们干掉你之前先把它们干掉，也要把它们的野蛮帝国给干掉。都干掉。等它们被彻底消灭了，没了，拜拜了，你就能松口气，再也没有什么威胁了，无论是不是该死的理论上的。

你要集结一股除了乌兰诺战役和伟大远征早期行动之外就世所罕见的庞大兵力，集结帝皇麾下的整整两支精锐军团，把那个加斯拉克异形根据地彻底端掉。

这就是赫洛克军士的看法。

赫洛克军士名叫博威。他手下的人都不知道，就算日后也只有一两个幸存者能够在阵亡人员名单上看到他的全名。

博威·赫洛克在两天之内就会死。

杀死他的不会是兽人。

【计时：-111.05.12】

赫洛克军士抽烟去了。士兵们放慢了手里的活。他们的胳膊都有些疼。

贝尔·雷恩是最年轻的。他嫩得不行，在一周之前刚刚紧急应征入伍。他似乎得到过一份模糊的承诺，可以在晚上出发之前得到一个小时的自由，去和他新婚六周的妻子说再见。见不到她的念头，让他难以忍受。他逐渐开始怀疑那是个空头的承诺。

奈芙就在河对面的一个公共码头上等着他，等着他在摆渡船的栏杆后面招手。他不愿让她失望。她会在那里苦等一整晚，奢望他只是迟到了。天会变黑，精炼厂的烟囱会在黑色的河面上洒下金黄的闪亮倒影，她会冷的。

这个念头让他一阵心疼。

"把领子立起来。"克兰克弹了弹贝尔·雷恩的耳朵告诉他。克兰克岁数不小，是个老兵。

"在大太阳底下干活，会晒伤的，小子！"他斥责道，"戴上帽子，立起领子，就算出汗也得这样。你可不想被晒伤。相信我。比心碎还难受。"

【计时：不详】

考斯的"印记"（编者注：此处原文为"Mark"）有两层含义。其一，在第十三军团作战记录的标准规程里，它代表着对战斗的计时（按照泰拉恒星时）。极限战士在这一时间段内的所有作战行动都会被详细归档以备日后研究，而计时就被用作查询指引。教官或许会向新兵提起"欧拉克斯计时：12.16.10"，这就是指欧拉克斯归顺行动档案中第十二个小时的第十六分钟的第十秒。通常，计时都会在下达作战命令时启动，或是在作战实际展开时启动，但考斯计时是在基里曼下令开火还击时启动的。他说，在那之前所发生的一切都不是战斗，只是背叛。

其二，考斯的"印记"指很多作战人员所遭受的恒星辐射灼伤，尤其是人类部队（特指非改造人类）。

多年之后，这些老兵之中的最后一批也将踏入坟墓，但他们依旧拒绝接受植皮修复，骄傲地将这印记视为荣誉。

3
【计时：-109.08.22】

第四连连长瑞玛斯·文坦努斯负责掌管埃汝德省的部队集结。这应该是一项荣誉，但感觉上并非如此。

感觉上这是一桩案头琐事，是行政官僚的工作。似乎原体又给他上了一堂宝贵的课——超人的职责所在。他要学着将治世看作与征战同样光荣，要学着成为统帅和领袖。

瑞玛斯·文坦努斯明白这一点。战争终有一天会结束，届时再也没有要去平定的敌人，没有需要征服的疆土。那么，建立了帝国的超人们又将何去何从？

退休？

默默消逝？

变成一个累赘？作为血淋淋的鲜活例证，时刻让人类牢牢记住，在昔日那段猩红岁月中他们曾经需要这些超人来铸就一个帝国？战争作为保证生存的必要工具无可厚非。然而当它变得不再那么不可或缺的时候，曾经的必要性便令人不悦了。

"这是对阿斯塔特军团最大的讽刺，"基里曼就在几周之前刚刚和诸位连长与战团长们说过，"他们为杀戮而生，其终极目标却是自己无法融入的和平岁月。"

"一个概念上的失败？"盖奇问道。

"一个必要的负担，"塞丹斯提出，"我助你建造神殿，但我知道自己不会在其中祷告。"

基里曼摇了摇头。"我的父亲不会犯下如此重大的错误，"他说，"星际战士擅长战斗，是因为他们天生擅长一切事物。你们之中每一个人都会成为领袖，成为一个世界的主宰，因为当战争结束之后，你们会将超人的天赋转向治世之道。"

瑞玛斯·文坦努斯知道他的原体语出真心。但他怀疑原体安格隆或原体鲁斯是否也对一个和平的未来有如此乐观的看法。

"你为什么在笑？"塞拉顿在他身边问道。

文坦努斯看了一眼他的军士。

"我刚才在笑吗？"

"你刚才就盯着数据板笑呢，长官。我还在想，一张八十辆超重型坦克的列表有什么好笑的。"

"确实没什么好笑的。"文坦努斯承认。

从观察孔向外看，大型起重机正在将四百余吨的坦克吊进运输船的货舱里。

【计时：-108.56.13】

布瑞兰很年轻，还没有和绿皮交战过。他的连长则不同。阳光洒在奥罗森丘陵的营地上，他们等待着登船的信号，做一些即兴训练来消磨时间。

"兽人，理论可能。"达摩克里斯连长说道。

"头颅或脊椎，质爆弹，"布瑞兰回答，"打心脏也行。"

"傻瓜，"多米提安军士嘟囔道，"打心脏不管用，不能保证击杀。那些恶心玩意儿很皮实，就算面对爆矢枪也是。"

"那么，头颅或脊椎。"布瑞兰更正。

达摩克里斯点点头。

"兽人，实战可能？"他问道。

"我有什么？"布瑞兰问。

"你的爆矢枪、战斗短剑。"

"头颅或脊椎，"布瑞兰说，"或者两处一起，怎么管用怎么来。务求最大创伤。如果近战，就斩首。"

达摩克里斯点点头。

"关键在于，永远不要拉近距离，"多米提安说，"兽人的蛮力强大，能把你的胳膊扯掉。有时候，那些家伙丢了半边脑袋还照样往上冲。是神经根之类的。尽可能和它们保持距离——远程武器，爆矢枪射击。务求最大创伤。"

"明智的建议。"达摩克里斯对经验丰富的军士说道，他看了看周围的一圈兄弟，"这家伙跟绿皮战斗的经历比我还多六次。是六次吧，多米提安？"

"我觉得是七次，谢谢，长官，"多米提安答道，"不过，你要觉得是六次也无所谓。"

达摩克里斯笑了笑。"但是你在评估实战可能的时候漏掉了一个警告。"他说。

"是吗，长官？"多米提安惊讶地问。

"有人知道吗？"连长发问。

布瑞兰举起手。"弹药量。"他说。

多米提安自嘲地笑笑。他怎么会忘了提这个？

"给别人解释一下吧，布瑞兰兄弟？"达摩克里斯连长敦促道。

"弹药量，"布瑞兰说，"最大创伤，最大伤害，但要注意弹药量，要在伤害输出与弹药配给之间寻求平衡。"

"因为？"达摩克里斯追问。

"因为兽人，"多米提安说，"总是该死的没完没了。"

安德罗姆也没和绿皮交战过。当连长让大家解散之后，安德罗姆便去找布瑞兰交谈。

他们都刚刚从预备队里调上来，准备参与前线作战，以此结束他们的学徒阶段。两个人都很高兴且自豪地在第六连里找到了位置，与索尔·达摩克里斯共事，并且——就算是临时——将这个连队的白色蛇纹徽记印在他们的蓝色肩甲上。

【计时：-99.12.02】

欧尔在耐瑞德河口拥有一片土地。

这块大约二十亩的良田拥有肥沃的黑色冲积土。这片土地是根据服役年数来分配的。欧尔服役过，躺在仓库里某个抽屉底层的那本早已泛黄的记录本能够证明他的服役年数。他跟随帝皇的旗帜进军。

欧尔是帝国军人。

他在科瑞索伐的战斗结束之后退役，那是十八个标准年之前的事了。当时他被称为"士兵佩松"。他拿到了证明文件、荣誉缎带，还有记录本上的一个公章，并且分到了与服役年数成比例的土地。军队总是向下取整。

欧尔在一艘从科瑞索伐开往考斯的家畜运输船上度过了两年。各种海报和传单都将奥特拉玛称为"新帝国"。这个说法显得有些叛逆，但颇为贴切。伟大的基里曼让这些富饶的新世界俯首称臣，并将它们塑造成了一个远在边疆而坚不可摧的共和体，这看起来的确像是个全新的帝国。那些海报试图吸引诸多跟随远征舰队一拥而来的定居者和殖民者。诸如"到奥特拉玛与我们分享未来""在考斯建立你的新生活""在奥克塔维亚定居""新的世界，新的命运"。

如果在考斯这样的新兴世界上解甲归田，那么行政部门还会承担路费。欧尔和成百上千的未来邻居一起抵达。当他踏上考斯的时候，人们已经简称他"欧尔"了，只有那些看到他左臂暗淡刺青的人才会知道他过去身为职业军人。

耐瑞德的聚变反应堆点亮了努米纳斯城和考卡斯要塞的灯火。那些反应堆抽起河水，将沾在涡轮扇叶上的碳粉污渍冲刷干净，让河口覆满了一层厚厚的黑色淤泥，这使得那片河谷成了星球上最肥沃的土地之一。这是个好地方。潮湿的空气中总飘着甜菜和卷心菜的气味。

欧尔没有妻子，一心劳作。他栽种大片大片的艳丽花朵来装点努米纳斯城上流社会的厅堂与袍服，在换季的时候则为当地纺织业种植亚麻。二者都需要临时劳动力。欧尔常常雇用附近家庭的年轻子女：女孩负责挑拣和包装花朵，男孩则来收割亚麻。欧尔用一个曾经隶属帝国军队的装载机仆来协调大家的工作进度，它叫格拉福特。欧尔始终无法让格拉福特不管他叫"士兵佩松"。

欧尔脖颈上的那根细链子挂着一枚天主教徽记，那是他某一任妻子的礼物，但两人尚未熟识她便去世了，之后，他开启了军旅生涯。这枚徽记，还有他的信仰，是他来到奥特拉玛的原因之一。他感觉，在极限星域人们对信仰的态度更包容。

至少，应该是这样的。

他的一些邻居，那些与他共处了十八年，子女都被他雇用过的邻居，时常嘲笑欧尔的信仰。他们管他叫"虔诚的欧尔"。

另一些则与他一同去田地边缘的那座小教堂里祈祷。

现在是亚麻的季节，男人和男孩都在地里劳作。他们还要忙活两周。

今天有很多飞船飘在头顶上，运兵船、弹药供给船。欧尔迎着太阳眯起眼睛，仰望天空。他认得那些船。无论他是农夫、殖民者，还是信徒，在内心深处他依旧是帝国军人。

他认得那些船。

他有种属于往日的感觉，这让他想起了挂在壁炉上方的激光步枪。

【计时：-68.56.14】

在波罗斯河东边的巴托，极限战士第一百一十一和第一百一十二连驻扎在森林边缘的工业园里。在第十一战团领袖瓦瑞德的命令下，他们将要坐上自己的兰德掠夺者坦克、犀牛运兵车，还有长长的犀牛突击车，前往努米纳斯城准备登船。

埃克瑞图斯刚刚接过第一百一十一连的指挥权，前任连长布瑞恩德在埃麦克斯牺牲了。那是连队的重大损失。埃克瑞图斯有潜力成为一名优秀的指挥官。他想要好好打一仗，把第一百一十一连重新锻造成形，并且证明他有资格接替备受爱戴的布瑞恩德。

"我从来没见过谁这么急着出战，"第一百一十二连的连长弗拉斯托瑞克斯说道，"你呢，安柴斯军士？"

"没有，长官。"安柴斯说。

他们在树荫下的河堤旁找到了埃克瑞图斯。这是个天然的观景台。他们能看清整片冲积平原，那里有昨晚刚刚登陆的怀言者连队的营地，有帝国军队的无数帐篷，还有泰坦的停泊区域。那些战争机器都在休眠状态，如同钢铁巨树般矗立在林地之间。诸多装甲车辆和牵引火炮排成一列，沿着下方的公路轰鸣开动。低空飞行的拦截机从头顶闪过。天空一片碧蓝。

埃克瑞图斯朝他们笑了笑。弗拉斯托瑞克斯是个老兵，久经沙场。埃克瑞图斯明白，是战团长瓦瑞德督促弗拉斯托瑞克斯在连队转型期担当导师的角色。一支连队的指挥权不可轻视。

"我知道不应急于求战，"埃克瑞图斯说，"我知道，我知道。我读过玛楚琉斯的作品，还有安塔萨斯的、冯·克罗维茨的——"

"但愿也有基里曼的。"弗拉斯托瑞克斯说。

"我当然听说过他。"埃克瑞图斯答道。他们笑了起来，就连肃立在旁的安柴斯也难掩笑容。

"我需要一个目标来凝聚人心。一个切实的威胁，而非虚拟的。斗志昂扬的演说很快就没用了，我必须用实际行动来做出表率。"

弗拉斯托瑞克斯叹了口气。

"我理解。我还记得自己在耐克图斯牺牲之后接过指挥权杖时的情形。我当时就需要一场战斗来磨炼我的战士，非常需要。我需要让他们与我建立并肩杀敌的纽带，而不是排斥我，把我当成陌生人。"

埃克瑞图斯点点头。

"是不是啊，军士？"

安柴斯犹豫了一下。

"完全正确，长官。这个理论可行。战场上的专注状态会促使战士们忘记其余问题。这是个让他们与新任指挥官进行磨合的绝佳时机。这能给予他们一些共有的经历。当然，具体到弗拉斯托瑞克斯连长身上，他从来都没能和我们建立纽带或证明自身价值。"

三个人都大笑起来。

"我原本指望这场行动能更加标准化一些，"埃克瑞图斯说道，"这次的兵力调动规模简直荒谬。光是物流一项就在拖所有事情的后腿。"

"据说我们今晚就可以出发，"弗拉斯托瑞克斯说，"最晚明天。然后呢？在船上待上两周，你就能泡在兽人的血里了。"

"真是等不及，"埃克瑞图斯说，"这鬼地方什么事情都不会发生。"

【计时：-61.20.31】

只要能带领大军赢得哪怕一场胜利，那么任何损失都是可以接受的。

基里曼重新审视自己写下的内容。这个战术思想并非他的原创，是一个特梵提战争部族成员告诉他的。他对其稍有……修饰。

他甚至不确定自己是否认同这个观点，但一切军事理念和格言都值得记录，就算仅为理解敌人的思维方式。

那些战争部族笃信这个观点。他们是富有荣誉感的盟友，是得力的战士。当然，比起军团，他们的科技水平不值一提。特梵提人同意担任斥候的角色。这是基里曼的外交手段。如果他允许原住民来分享胜利，那么他们或许也会承担起让这个世界维持归顺状态的责任。然而那一天，兽人的动向难以捉摸；

某种不可预料的乖张念头在它们的群落中扩散开来。它们毫无道理地转头西进。基里曼的部队因此晚到了一天。那些战争部族独自出动，成功夺取坎督齐丘陵，甚至是斩首了兽人的指挥团队。

特梵提人似乎对这份成就颇为欣喜，丝毫不在意他们付出了八万九千名同胞性命的代价。

基里曼将笔在手中转着，陷入了沉思。造成了如此之大的伤亡，若非钢铁之纪他们早就溃不成军了。正是因此，一根缚有利刃的特梵提长索挂在他房间的墙壁上。他相信自己拥有一支帝国境内纪律最为严明的军事力量，而考虑到其余军团的优秀品质，这说法口气不小。然而，他并不确定自己的极限战士能否表现出这一层面的纪律，那种特梵提式的纪律。

"他们永远都不需要如此。"他的下一个念头脱口而出。

身着盔甲的基里曼靠坐在椅子上。他的形体轮廓与常人相差无几，但他远非常人，甚至远非他军团中那些经过改造的巨人。他是一位基因原体。寰宇之内仅剩另外十七位与他相似的人物了。

他是人类帝皇的第十三子。他是第十三军团极限战士的领袖。他在同胞之中更具人性。有一些兄弟更像是天使。另一些则更像是……其他事物。

从远处看，他或许会被误认为是人类。只有靠近之后，你才会意识到他更接近一个神明。

他有种平常的英俊。他的英俊就像是一枚古老硬币上某位君主的那种英俊，或是一柄精良长剑的那种英俊。他不同于像祭祀匕首般华美的弗格瑞姆，也不像天使般超凡脱俗的圣吉列斯。他没有令人心痛的天使容貌。谁也无法比拟那样的美丽。

他下巴的轮廓如同他的好兄弟多恩那样，看起来富有责任感。他们有着同样的高贵气度。他身上具有费鲁斯的强悍和莫塔瑞恩的坚忍。他眼中不时闪现可汗的狡黠光芒，或是莱恩的庄严神采。很多人都说，他眉目之间还有着狼神荷鲁斯的充沛精力与必胜决心。

他不像科拉克斯那样全身萦绕着苦楚，也不像可怜的康拉德那样被绝望所纠缠。他从来都不像行事隐秘的阿尔法瑞斯和马格努斯那样故弄玄虚，他也远比紧锁心扉的沃坎更为坦诚。即便以原体的标准来看，他也是一位全才。他知道自己的兼收并蓄会让那些更为心无旁骛的兄弟有所困扰，比如洛加和佩图拉波。他绝不会展现出安格隆的暴怒，他的双眼里也不会燃起鲁斯的狂乱。

他追求完美，他明白这一点。有时候这感觉像是个缺点，迫使他在兄弟们面前找些借口掩饰过去，然而找借口又会让他有负罪感。兄弟们之中很少有人真正信任他，他觉得这是因为大家总会猜疑他究竟要从双方的约定或合作中获取什么。喜欢他的人更少，他只将多恩、费鲁斯、圣吉列斯，还有荷鲁斯视为朋友。

他的一些兄弟满足于扮演伟大远征的工具。有些人甚至不会驻足思考自己究竟走到了什么地步。安格隆、鲁斯、费鲁斯、佩图拉波……他们仅仅是武器，也并无超脱于此的野心。他们或是像鲁斯那样明白自己的角色并心甘情愿地扮演它，或是像安格隆那样丝毫没有意识到还有更多的角色可以或值得去尝试。

基里曼坚信，他们绝非生来只是武器。没有任何战争是永恒不休的。帝皇所培养出来的子嗣绝不是用完即弃的。倘若他们注定要在战争结束之后就成为累赘，那么帝皇又何必给予他们如此的天赋？

他将笔在手中转着，重新审视自己写下的内容。他笔耕不辍。他将一切都记录归档。信息便是力量。技术理论引领胜利。他打算系统化地将它们全都编纂起来。或许等到战争结束之后，他就能有时间把自己的数据档案正式结集成典。

他特意用一支笔亲手记录。这支笔可以在数据板的屏幕上直接书写，但依旧是一种十分过时的方法。然而键盘显得不近人情，录音机或辅助审阅仪则与他的手法格格不入。有段时间他尝试过思维记录器，以及最新式的记忆笔，但它们都不合适。他坚持亲手书写。

他的笔在手中转着。

他的房间很安静。透过身后那两扇巨大的暗色强化玻璃门，他能看到麾下的战团长们聚集在外面。他们正在等待他的召见，此刻事务繁多。他们认为他在无所事事地做着笔记，并没有关注数据流。

他们至今依旧会低估他，这让他觉得好笑。

他花了十七分钟评论特梵提部族的作战方式，但与此同时他还是留意并标注了在左手边那些次级显示屏上出现的一千五百条通告和数据更新。

他观察并记录一切。

信息便是胜利。

【计时：-61.25.22】

诸位战团长等待着他们的原体。他们在前厅可以透过暗色强化玻璃门看到他。原体如同一尊端坐在空旷展室中的纪念雕像。他的手时不时闪动起来，用那古董般的笔在数据板上书写什么。基里曼的房间很空。钢铁地板、精金舱壁，远端是一面柔晶墙壁，透过墙壁可以看到轨道空港。群星闪烁。下方那个世界明亮的光辉穿透黑暗映射上来。

马瑞乌斯·盖奇是第一战团长。大家尚未到齐。此刻已经有十二位抵达了，这也是难得一见的场面。而在今天，这里最终会集结二十位战团长。

第十三军团是所有阿斯塔特军团中最为庞大的一支，它被划分为诸多战团，这是效仿昔日雷霆战士的组织结构。每一个战团都由十个连队组成。基础单位便是连队，其中包含一千名军团战士及他们的辅助人员，由一名经验丰富的连长来指挥。盖奇经常听原体说，一支连队足以胜任绝大多数任务。在第十三军团中有一句广为流传的格言，这听起来或许显得骄傲，而且对灵族和绿皮等特定敌人并不适用，但它确实较为可靠，有一定的真实性：

用一个军团战士打下一个村镇；用一支小队打下一座城市；用一个连队打下一个世界；用一个战团打下一个文明。

今天，在考斯，第十三军团的二十五个战团中有二十个都将集结部队等待部署。这里有两百个连队、二十万军团战士。其余部队驻守在奥特拉玛的五百世界上。

这等规模的部队集结并非前所未有，但实属罕见。自从伟大远征早期以来，第十三军团还没有一次性调动过这么多的战士。

还要加上兵力相当于五个战团的第十七军团怀言者部队。

这种杀鸡用牛刀的做法近乎荒谬。在新任战帅看来，加斯拉克异形根据地究竟拥有何等的火力？

"我希望，"第六战团战团长凯恩·阿崔乌斯说道，"我希望，"他大声地说，"我们能挖开已知空间中最大的一个兽人巢穴。"

"你希望遇上麻烦？"盖奇觉得这有些好笑。

"笔记56.xxi，"第十一战团的瓦瑞德说道，"永远不要期待危险。危险不需要谁的帮助。即便并不存在所谓的命运可供挑战，但对战争的主动渴求从来都不会提升士气。"

阿崔乌斯皱起眉头。"与其浪费时间为他人获取荣誉，"他说，"我倒宁愿去挑战一下命运。"

"你所说的他人是指谁？"盖奇问道。

阿崔乌斯看着他。一道伤疤贯穿盖奇的左眼，将他的嘴角拽向下方。他的微笑难以辨认。

"这项归顺行动意在达成两个目标，且二者都是非军事性的，"阿崔乌斯说道，"我们要通过协同作战来为怀言者的糟糕名声进行一点粉饰。我们还要用二十个战团的唯命是从来彰显荷鲁斯的职权。"

"你这里评估的是理论可能，还是实战可能？"班佐问道，所有战团长都笑了起来。

"你们看过战术审议报告了。加斯拉克的绿皮简直是个笑话。它们是否真的推进到了哥索瑞亚都值得怀疑。它们的威胁不合实际。我可以用一个后备连队在一周之内把它们剿灭。这完全是对个人的颂扬和对职权的展示。这是荷鲁斯在扬刀立威。"

顿时低语四起，其中不少是表达赞同的。

"狼神荷鲁斯。"马瑞乌斯·盖奇说。

"什么？"阿崔乌斯问道。

"狼神荷鲁斯，"盖奇说，"或者原体荷鲁斯，抑或战帅。你或许不认为他比我们的原体更胜一等，但帝皇如此认为，并赋予了他相应的军衔。即便在你我之间，在此刻这样的私下交谈中，你也要保持对他的尊称。他是战帅，阿崔乌斯，他是我们的战帅，如果他让我们踏上战场，我们就要踏上战场。"

阿崔乌斯绷紧身子，随后点点头。

"抱歉。"

盖奇点头示意。他扫视周围，已经有十四位战团长抵达了。他转向那扇门。玻璃门打开了。甲板下方的液压活塞将它们拉向两旁。

"进来吧，"基里曼高声说，"我能看见你们在外面忧心忡忡的样子。"

他们鱼贯而入，盖奇走在最前面，他们的随从和老兵都在外等候。

基里曼没有抬起头，他写下又一条记录，左边全息板上不断流动的数据都被忽视了。

他们走进房间之后，那堵柔晶墙壁之外的景色显得更加壮丽了。在他们下方，旗舰的庞大躯体延伸出去，在阳光中熠熠闪烁。马库拉格之耀号，二十六公里长的陶钢和钢铁装甲锃亮如新。另外十八艘如城市般宏伟，如银刃般闪亮的战斗母舰排列在两翼。在更高的位置上，诸多运兵船、战机母舰、机械神教舰船、巡洋舰、大型巡洋舰和战列舰，如同一颗颗卫星般停泊在轨道上。无数小型舰船和货运飞机在它们之间穿梭不止。

在下方，货运机将大批物资从轨道平台牵引上来。它们看起来就像一群切叶蚁，或是用双螯夹着过大猎物的蝎子。

在更下方，一艘身处轨道码头中的护卫舰正在测试它的引擎。

而位于最下方的便是考斯了，它的表面反射着阳光，呈现出淡蓝色。零星的亮点在这强光中闪现：从地表起飞的运输船映着阳光。

盖奇清了清嗓子："我们不愿打扰您，原体大人，但是——"

"——事务繁多。"基里曼替他说完，他瞥了一眼第一战团长，"我一直在关注数据流，马瑞乌斯。莫非你认为我没有？"

"绝无此意，长官。"

他可以同时做一百件事情。原体的多线程工作能力无人可及。

"我们想确保你留意到了每一个细节。"第九战团的安皮恩说道。他是资历最浅的一个，最新加入的一个。盖奇掩饰住笑容，这个可怜的傻瓜还是没学会不要低估原体。

"我相信我留意到了，安皮恩。"基里曼说。

"萨摩索瑞斯号——"

"需要进一步的引擎认证，"基里曼说，"我已经通知库拉克舰长，要从1123号轨道码头抽调一些机仆过去。是的，安皮恩，我确实看到了。我看到姆拉图斯号超载了八千两百吨，我建议船坞长官将艾斯潘多第四十一连转移到巅峰号去。埃汝德省的集结进度比预定时间表拖后了六分钟，所以文坦努斯需要让阿布特总管提高努米纳斯港的工作效率。在此后的两天里，这六分钟的差距会继续拉大。科罗弗拉西斯要管好他的船。卡伦省的进度居然比时间表提前了，应当称赞第一百三十五连的泰若尼连长，不过我怀疑他没有考虑到今天下午预报的暴雨，因此他需要注意地表环境将会恶化。说到第一百三十五连，有个军士正在路上。希尔，他受到了处分。在他抵达之后把他送到我这里来。"

"那是一项军纪事务，可以让战团长级别进行处理，长官。"安托利说道。第十三战团是他的，这是他的职责。

"在他抵达之后把他送到我这里来。"基里曼重复道。

安托利瞥了盖奇一眼。

"当然，我的原体。"

基里曼站起身看着安托利。

"我只是想和他谈谈，安托利。没错，马瑞乌斯，我又事必躬亲了。放我一马。集结军队是项精细而枯燥的工作，我想换换脑子。"

战团长们微笑起来。

"我们的贵客有什么动向吗？"基里曼问道。

"原体洛加的舰队从考斯时间午夜起就开始向这个星系跃迁了，"盖奇说，"首批舰船已经逐渐集结。据我们所知，原体本人正在穿越星系边界，从实体空间高速赶来这里。"

"那么……还有十六个小时？"

"十六个半小时。"盖奇说。

"我是在向下取整，就像帝国军队那样。"基里曼说。众人笑了起来。原体透过柔晶墙壁向外望去。在一排如同锃亮剑锋般闪耀的星船之间，已经出现了一些零散的深色舰船，它们就像是尚待清洗的染血兵器。

那是洛加的第一批战舰，正在转向停泊，在队列中寻找各自的位置。

"新近抵达的连长和指挥官们都发来了呼叫，"盖奇说，"艾瑞巴斯请求在你方便时会面。"

"他可以再等一会儿，"基里曼说，"那群家伙挺烦人的。我宁愿一次性把他们都见完。"

他的战团长们又笑了起来。

"这种轻率的谈话只能止于我们之间。"基里曼提醒他们，"这项行动意在展现这个新纪元的能效。这完全是为了颂扬我的兄弟荷鲁斯，并巩固他的职权。"

基里曼看着面露微笑的阿崔乌斯和扭过头去的马瑞乌斯。

"是的，我听到了，马瑞乌斯。下面是我要说的。阿崔乌斯是对的。这是作秀，这是演戏，这在本质上讲是浪费时间。但是——我要说的是——荷鲁斯是战帅。他值得颂扬，他的职权需要被巩固。所以，马瑞乌斯也是对的，阿崔乌斯，你必须时刻保持对战帅的尊重。"

"遵命，我的原体。"

"最后一件事，"基里曼说道，"六分半钟之前有一个通信信号扰动。我把具体细节记录下来了。可能是恒星耀斑的干扰，但麻烦谁去检查一下。那听起来实在很像歌声。"

【计时：-61.39.12】

那个信号扰动得到了检查，被归结于恒星干扰，一个通信杂音。在可听到的声波和可接收的电磁波范围之外，虚空永远都在呼啸和低语。

半个小时之后，卡斯托瑞克斯号上的一个船员报告说，在通信频道里听到了歌声。二十分钟后，某种吟唱声将轨道主数据流完全屏蔽了十一秒之久。其源头无从确认。

一个小时之后，又出现了两次来自未知源头的突发干扰。

再过一个小时，通信控制中心汇报了一系列故障事件，并警告称"当天很可能继续出现更多通信干扰，直到问题得以解决"。

又过了一个小时，考斯夜面的人们开始经历噩梦。

【计时：-50.11.11】

出现过很多迹象，很多预兆。考虑到第十三军团备战事无巨细，竟然只有极少数的迹象被留意，这也许称得上可悲，或是无能。

关于这个问题，实际情况很简单，那就是极限战士完全不知道该留意什么迹象。

在考斯地表的晨光中，泰洛斯·卢比奥和他的小队一同等待登机。他们都隶属盖乌斯连长麾下的第二十一连。

卢比奥头很痛，就在眼后位置。他忽视了它。他短暂地想过咨询下药剂师，但最终没有开口。他们在备战阶段已经连续数天缺乏休息了。他完全没有机会去关闭高层意识功能，进入睡眠状态，就连聊胜于无的冥想也没有。

他将这种疼痛归咎于疲劳。只不过是凡人之躯的又一个弱点，他的超人体质会在一个小时之内将其解决。

然而这并非疲劳所致。事后,卢比奥将会万分懊悔他没有提起自己的不适。这将比考斯上所发生的其他一切事情都更让他后悔。这股悔恨会在多年之后一直跟随他踏入坟墓。

经过那些死亡与屠戮、那些烈火与厮杀,当命运迈出超乎寻常的步伐将他拖离战场的时候,当他终于有时间去反思过往的时候,泰洛斯·卢比奥会意识到自己正是因为坚决服从帝皇的敕令而忽略了一个关键征兆的警示。

他并非个例。当天考斯星球地表和周边约有二十万名极限战士,其中有数百位与他一样天赋异禀,他们全都无私而忠顺地立足于平凡岗位。他们全都忽略了那种头痛。

与卢比奥不一样的是,他们很少有人活到了能够悔恨的时候。

4

【计时:-28.57.50】

"我特意请求加入先头部队。"索洛特·绰尔说道。自从他们重聚之后,卢希尔头一次察觉到朋友不安的情绪。

他同样头一次意识到双方其实并不是朋友。用哪个词更合适呢?或许是"同僚"?

他们在八年前见过一次。机缘巧合中,他们两人麾下的连队共同坚守汉托瓦尼亚色布罗斯,那是卡斯齐安星球的最后一座高塔城市。他们并肩奋战了四个月,对抗一个其名称和语言都无从了解的异形虫族。他们是被客观环境造就的同僚。

客观环境会替所有人作出决定。

简单的事实是,阿斯塔特第十三军团极限战士和阿斯塔特第十七军团怀言者相互并不亲近。除了两者表面上的相似之外,他们的组织结构和战斗理念天差地别。他们之间的区别就像两位原体之间的区别一样明显。

无论多么愚蠢的人都能看出帝皇在创造诸多军团和子嗣时的根本意图,他希望建立一支可以互利互补的多样化军事力量。他们各自的优势与品性应该相互补足,同质性中必将蕴含缺陷。

性格不同的兄弟之间自然会产生冲突。他们之间有对立与争执、不和与斗嘴、妒忌与竞争。然而这同样属于阿斯塔特军团健康发展的一部分。这是帝皇的构想，放任他的子嗣们展开较量，允许各个军团彼此竞争。这样一来，他们就会相互激励，就会共同进步。帝皇及他最年长、最睿智的子嗣们则要时刻确保事情不会太过火。

奥诺瑞乌斯·卢希尔和索洛特·绰尔站在巡洋舰萨摩索瑞斯号主舱上方的观察甲板里。他们带着敬意与喜悦相互问候，并共同监督了帝国军人与补给弹药从绰尔的舰船向卢希尔的运兵船转移的过程。他们颇为相似——相同的体形、相同的军阶；一红一蓝，就像是从一副模具里印出来，却被喷上了不同颜色的涂装。

"我相信我们之间有一种纽带，"绰尔说道，"我希望我没有搞错。"

"我们确实有，"卢希尔表示同意，"在卡斯齐安星球与你并肩作战是我的荣誉。"

"所以我们……不同寻常。"绰尔提出。

卢希尔笑了起来。

"你请求加入先头部队，"卢希尔说道，"我猜你的原体很支持？"

"是的。"

"当我请求负责努米纳斯高空轨道的驻军防御工作时，"卢希尔回答，"我的原体也很支持。我们被安上了外交官的头衔，兄弟。"

"我深有同感。"绰尔点点头，他很庆幸两人在相处了几个小时之后终于谈到了这个话题。

"我相信，我们两支军团之间的情谊都集中到我们身上了，"卢希尔说，"也难怪是由你我二人负责为两军协同作战铺平道路。"

他们沿着甲板向前走，头顶是一根根巨型肋骨般的舱室拱梁。

"我的军团自尊心受挫。"绰尔说。

"当然，"卢希尔回答，"在我看来是受到了创伤。而这正是疗伤的手段。我们两支军团将要协同合作，并肩战斗。你我的经历就是一个缩影式的典范。"

"有人说这只是场演习，"绰尔答道，"有人说战帅指挥两位兄弟是为了树立威望，特别是其中一位本身就功勋卓著。但这是谬论。我认为战帅荷鲁斯展现出了令人赞叹的洞察力。他知道此时此刻，由怀言者和极限战士共同组建的任何一道防线都会有破绽。"

"无比睿智的战帅荷鲁斯显然研究过卡斯齐安战役的报告。"

"我想是的。"

瘀血总要花费很久才能消退。有时候必须将它放干净。问题的关键是受挫的自尊，这显而易见。帝皇曾经对第十七军团在伟大远征中的表现和进度大为不满，因而派遣极限战士前去责罚了他们。这沉重的羞辱和严厉的训斥来源于帝皇对怀言者狂热作风的反感，尤其是将他本人奉为神明的行径。帝皇的真理是世俗的帝国真理。他容忍一些子嗣的虔信态度，但这也是有限度的。

或许，这么用极限战士就是极限战士的不幸。并非随便一支军团，而是规模最庞大、作风最世俗、行动最高效、纪律最严明的这支，也可以说是最成功的一支军团。

卢希尔深有感触。他曾经数次与原体私下讨论过这个话题，因为基里曼显然也颇受困扰。被用作施以羞辱的工具和展现完美的典范，这让人并不舒服。基里曼担心他与怀言者的关系永远都无法回到正轨。卢希尔是第十三军团中唯一一位与第十七军团军官建立了稳固关系的人，基里曼多次问询过他，这就明确地体现出了原体的担忧。

怀言者一向是忠诚而热忱的。卢希尔知道这一点。他毫不怀疑绰尔的忠诚。然而正是他们效忠的那个存在质疑并斥责了他们的忠诚。

狼神荷鲁斯，他在初任战帅之际便展现其智慧与洞见。他在努力抚平伤痕。他在积极地促进两支规模最为庞大的军团和平相处，希望合拢那道苦涩的嫌隙。

"在卡斯齐安，"卢希尔说，"我从你身上学到了很多，索洛特。我学会了仰望星空，去体会令人敬畏的银河。"

"我也从你身上学到了很多，"绰尔答道，"我学会了对敌人进行细致的分析与评估，从而重新定义我作为一名战士的价值。"

两人的交谈开诚布公。在卡斯齐安星球，绰尔对卢希尔强调了他身在浩瀚宇宙中的位置。虽然他并没有尝试劝服这位极限战士连长皈依任何形式的精神信仰，但他的确帮助对方体会到了难以言喻的宇宙奥秘，那足以使任何一个人，即使是强大的超人，意识到自己在洪荒万物之中的微不足道，而这正是一切信仰的核心所在。绰尔为卢希尔赋予了一个全新的视角，这帮助卢希尔在浩瀚宇宙面前放低了小我。这促使卢希尔明确自己的位置，并牢记自己的使命。

相应地，卢希尔则向绰尔展示了理论与实战的严谨体系，它用令人耳目一新的实用主义穿透了形而上的帷幕。卢希尔提醒绰尔他身为超人。绰尔则提醒卢希尔他仅仅是个超人。通过相互交流观念，两人都受益良多。

"如果我们两边的兄弟能够和我们一样求同存异的话，"卢希尔说道，"我会非常高兴的。"

"我毫不怀疑，"绰尔回答，"这场合作必将终结我们两支军团之间的敌意。"

【-26.43.57】

背负处分的艾恩尼德·希尔等待接受面谈。他已经在马库拉格之耀号上等待几个小时了。

他奉命在这里等待。他预计自己会受到第十三战团战团长沙拉德·安托利的召见。他准备好了。在遭到毫不留情的斥责之后，他估计会被调往某个惩戒性的岗位。

他已经被泰若尼连长批评过了。在那次面谈中，希尔不明智地试图替自己的行为做出辩解。在他受到沙拉德·安托利战团长的召见时，他不会再犯同样的错误。

希尔奉命在第四十层甲板的一间庞大前厅里等待。这是个军械展厅，四周摆满了武器。在房间中央的高台上是一些锃亮的训练笼。

在一动不动地立正了三个小时之后，他放松下来，摘掉头盔，开始探索这个房间，欣赏展台上的武器。这些武器大多数都是精工打造的刀剑。它们代表着成百上千个文明的顶尖工艺。只有第十三军团最高层的军官才能接触到这些典藏精品。他们会前来研究武器种类，用它们进行演练，从而提升理论水平与实战技能。

希尔明白，他以后不太可能再这么靠近这些堪称完美的军械了。他想要把其中一些武器拿下来检视，但努力遏制住了心里的冲动。他想要感受它们的重量，体会它们的平衡性。

希尔独处了太久，他向一柄被重力钩悬挂在墙上的长剑伸出手去。

"希尔军士？"

希尔停下来，迅速抽回手。一个身穿仪式性制服的甲板军官走进了房间。

"什么事？"

"我接到命令前来通知你，你不会再等多久了。"

"需要等多久我就会等多久。"希尔答道。

"好吧，"那位军官耸耸肩，"不会太久了。物流问题需要受到优先处理。原体很快就会召见你。"

他说完就转身离开。

"等等，原体？"

"是的，军士。"

"我在等待安托利战团长的召见。"希尔说。

"不，是原体。"

"啊。"希尔说。

那位军官又等了一下，确认对方的话说完了才走出去。

原体。

希尔缓缓呼了一口气。有理由相信，他已经不可能遇到更大的麻烦了。

既然如此……

他将那柄长剑取了下来，它具有绝佳的平衡性。他将兵刃在掌中挥舞了两次，向最近的训练笼走去。

他停下脚步，转过身。

事已至此，何必还束手束脚呢。

他又取下一柄拉西安军刀，它与长剑重量相仿，但只有其一半长度。他双手各持一把武器，走向训练笼。

"练习，单目标格斗模式。双持，极端等级八。开始。"

训练笼低吟着启动，支架系统在他周围升起，鸣响着开始旋转。

希尔将重心放低，举起那两柄无价利刃……

【计时：-25.15.19】

他们的日程被延后了，和卡伦省那边的什么暴雨有关。东方的天空变成了瘀血般的紫红色。

赫洛克军士让他们扎营等待通知。他们的日程被延后了，但这并不代表贝尔·雷恩就能离开营地去见他的妻子了。

"上头说原地待命，没有例外。"军士说道，随后他的态度略微软化了一些，"抱歉，雷恩。我知道你原本的打算。"

贝尔·雷恩坐下来，靠在一块运货板上。他渐渐觉得自己在余生中都只能看到赫洛克军士的脸，再也见不到奈芙了。

这与事实正好相反。

"那是歌声吗？"克兰克站起身来问道。

"那是歌声。"他说。

贝尔·雷恩也听到了。两百米之外，围栏彼端的那片营地属于一支与第十七军团共同抵达的凡人部队。他们看起来像是一群衣衫褴褛的乌合之众。正是那种来自穷乡僻壤的无业游民，才会紧跟在狂热的怀言者屁股后面。他们在登陆的时候就遭到了赫洛克军士连珠炮般的批评，包括着装、阵形、装备维护，以及队列纪律。

"喔，真够丢人的。"赫洛克说道，他点起一支烟，望着那些人从运兵船里涌入，"他们看起来简直是一帮流浪汉，就像哪个犄角旮旯里的猪头猎人。"

那些外来的士兵看起来的确不怎么样。他们穿得破破烂烂，身上有种狂乱气息，仿佛他们长久以来被剥夺了某种必不可少的事物。他们皮肤苍白，体格瘦弱。他们就像是在昏暗岩洞中缺乏光照的植物，仿佛尚未开化。

"正是我们需要的，"赫洛克说，"原始人侦察兵。"

他们在唱歌、吟诵，却并不让人感觉舒服或欢欣。这个旋律毫无韵律。事实上，它相当难听。

"不能这样了。"军士用鞋跟把烟头踩灭后说。

他穿过空地，想去找对方的指挥官谈谈。那吟唱让他十分烦躁。

5

【计时：-20.44.50】

雨滴像爆矢弹一样穿过干燥的空气坠落下来。塞拉顿开着速攻艇在埃汝德高速公路上疾驰，那些黑色玻璃珠般的雨水砸在他座驾的舱盖上。

一切都是灰蒙蒙的：干燥的土地、覆满尘埃的金属、被运输机和车辆引擎扬起的尘云。这片平坦地域显得苍白而灰暗，天空有种怪异的阴沉感。坐在速攻艇副驾驶位子上的文坦努斯能望见远方丘陵的苍翠轮廓。

一场暴雨正从南边席卷而来。根据通信频道里的消息，卡伦省已经变成了水乡泽国。

文坦努斯认为这里很快也会一片狼藉的。这里的光线十分诡异，天空异常晦暗，地面却很明亮。雨滴看起来像是玻璃，像是泪珠。它们落在他周围，打在他的盔甲上，淋湿了速攻艇。所有物体表面在一整天里积攒的灰尘都化成了一道道黑色水痕。

雨滴打在干燥的地面上，打在大道和路肩上，留下数百万个小小的黑色伤口、小小的黑色弹坑、小小的白色尘云。在远方，蜿蜒的银色闪电在低垂于天际的云层中游走，仿佛是埋没在煤炭中的明亮矿脉。

驾驶座上的塞拉顿就像一个神经病。这台沉重的双人速攻艇配备了炮台，它饱经风霜的钴蓝色装甲上布满了灰尘，座舱是敞开的，反重力板将它推离地面，高负荷的引擎确保了这具钢铁身躯的顺畅滑行。

这是一台轻型侦察车辆，但它的火力足够摆脱麻烦。文坦努斯今天申请它作交通工具。

而驾驶它的塞拉顿就像一个神经病。

他开着它极速前进，在身后平坦笔直的大道上留下一丛白烟。雨水试图淋湿装甲的厚重尘土，但无济于事。驾驶员左边的一个导航仪上闪动着路线图。导航仪被装甲保护，避免受到磨损。这台速攻艇很实用，几乎到处都是裸露的金属。

那明亮的路线图上显示着一个微微晃动的指针，代表他们自己。那条深色的直线是高速公路，屏幕底部的一团图案是埃汝德站，顶端则是一个三角形标志。

红色的危险信号在指针前方的深色直线上出现。

"慢点。"文坦努斯通过头盔中的通信器说道。

"太快了？"塞拉顿回答，他的声音里满是急切的喜悦。

文坦努斯连头都没有低，敲了敲导航仪的屏幕。

塞拉顿扫了一眼屏幕，看到那个信号，立刻放慢了速度。他们追上了一支集结车队的尾巴。就在逐渐减速的时候，他们已经一头冲进了车队扬起的尘云里。

塞拉顿拐向旁边，穿过公路的中央，开始超车。滚滚前行的运兵车、货车、自行火炮，以及坦克运输车都是满载的。那些庞大的车辆从他们身边掠过，逐个落在了后面，每一辆都在这怪异的光线中，在这充满干燥灰尘与潮湿雨水的空气里一闪而过。运兵车，过去了。运兵车，过去了。运兵车，过去了。运兵车，过去了。坐在一辆卡车里的帝国军队士兵发出一阵欢呼，向他们挥手致意。

接下来从旁边闪过的是自行火炮，它们抬高炮管，仿佛在嗅着天空。十个、二十个、三十个单位，这见鬼的车队足有四十公里长。影刃、牛头人、新的地狱火型战车，还有重型运兵车。

文坦努斯看着裹着尘土的黑色雨滴在速攻艇的舱盖上蜿蜒爬动。

他不得不让塞丹斯负责掌管埃汝德省的行动，由阿尔克、安克瑞恩，以及巴卡这几位值得信赖的军士作辅助。他要去找努米纳斯的总管们解决一些事情，地方政治之类。文坦努斯讨厌地方政治，但这道命令直接来自原体的助理团队，事关空港事务、工作效率、外交。

文坦努斯知道怎么使用爆矢枪。

眼前这又一桩不拘常理的任务是为了帮助他们学习自己日后必须掌握的技能。处事礼节、管理成效、权威，基本上就是一切不涉及爆矢枪的事情。这完全是基里曼的意思。

文坦努斯宁愿用一个通信命令来解决这种事情，但他接到的指令要求他亲自去。所以他浪费了四十分钟的时间前往空港，结果他需要见的总管们却不在那里，于是他又在埃汝德高速公路上花了一个多小时，要到……到哪儿去来着？

要去寰博馆。

文坦努斯不傻。他知道这个词是什么意思。他只是不知道那是个什么东西。

它是导航图上的一个三角形标志。

塞拉顿发出了声音，像是咕哝了一句。惊讶，他被某种事物震慑到了。

他又放慢了些速度。

他们来到了泰坦旁边。诸多泰坦排成一列，沿着高速公路向空港走去。

它们步履沉重，硕大无朋。先驱斥候炮车和护教军速攻艇围绕在它们脚边，闪着灯光，让两位极限战士避开。

他们从那成群结队的宏伟阴影旁经过。阴影，阳光，阴影，阳光。每一片阴影都像冥府般幽深。泰坦身上布满了尘土。它们看起来疲惫不堪，就像步履蹒跚的钢铁囚犯一样挪着步子迈向牢狱，或是绞索。

那怪异的阳光打在它们的顶层装甲和驾驶舱上。它们眼里有种光芒，杀手的光芒。这些上古巨人久经沙场，此刻正在顺从地迈向下一场战斗。

文坦努斯不由自主地抬头仰望，又转头看着它们过去。他也被震慑到了，四十七架泰坦。速攻艇引擎的嘶吼也无法掩盖它们地震般的轰鸣步伐。

体形最大的那些泰坦占据了整条高速公路。与之相向而行的一支补给车队被迫停在路边等泰坦过去。车队长官们挥舞着短棍和提灯。

急着赶路的塞拉顿早已避开泰坦。如今路边挤满了原地待命的运输车，所以他绕得更远，径直穿过公路边线，穿过路肩和沟渠，开到了公路之外的野地里，接着重新开始加速，扬起一片灰色尘云。他提升了重力板功率，为适应地形，他将速攻艇抬高五十厘米，随后踩下油门。他们加速迂回前进，速攻艇的引擎咆哮起来。他们与高速公路平行移动。

文坦努斯扭头回望。

他幻想着一两架泰坦转动庞大的头颅，轻蔑而乖戾地俯视他们。这台绝尘而去的小小速攻艇里坐着什么人？他们为什么如此没有耐心？

他们这么着急是要去哪儿？

【计时：-19.12.36】

寰博馆，没想到它确实是三角形的，就像那个标志一样。

它是一座金字塔。准确地说，是一座三个底角分别踩在三座小金字塔上的大金字塔。它由打磨光滑的方石与石膏筑成。文坦努斯注意到这座建筑的规模与设计都令人惊叹。

它或许称得上美丽，他不确定。在这方面他少有涉猎。

他们在十公里之外就能看到它。埃汝德高速公路从寰博馆旁经过，通过辅路、主体建筑及周围那片如城镇般庞杂的辅助设施和兵营相连。努米纳斯城已经是天际线上的一个亮点了。

寰博馆坐落在开阔的平原上，规模宏大，气势磅礴。虽然它被大片建筑环绕，但它看起来很新，仿佛刚刚建成，正在等待一座城市在它身旁拔地而起。

抑或它像是被放逐到荒郊野外，以示惩罚。

大雨稍停，狂风骤起。明亮的日光打在那座宏伟建筑的向阳面上。其余两面则被深棕色的阴影所笼罩。它完美的几何形态展露无遗。

前方大道两边悬挂的旗帜在风中飘扬，在金色的立柱上、镀金的篷杆上，以及路灯上。那些旗帜的图案代表着奥特拉玛五百世界、泰拉和帝国，还有第十三军团。自从文坦努斯上一次看过乌兰诺大捷的照片之后，他还没有在哪个地方见到过如此之多的旗帜。

周围还散布着花园，郁郁葱葱。灌溉系统将河水从波罗斯河抽到这块干燥的平原上，造就了一片绿洲。池塘里波光粼粼。喷灌设施让空气中充满了水雾。无数小小的彩虹凭空出现。棕榈树随风摆动。

"开慢点。"文坦努斯说。

他们在飘扬的旗帜下方前行，穿过一道宏伟拱门的凉爽阴影，拐进内庭。面前的宽阔台阶仿佛是通往某座神殿的仪式大道。庭院内墙上悬挂着更多旗帜。视野内还有另外一些车辆，以及在这壮丽建筑脚下显得如蝼蚁般渺小的人类。带有陶钢踏板的自动扶梯在台阶两旁无声地运转。

他们跳下车。卸下重负的速攻艇像小船一样晃动。身着制服的仆从们走上前来接手他们的座驾。

文坦努斯走上台阶，他的军士紧随其后。他摘下自己的头盔，深吸一口未经过滤的空气，感受着落在脸上的热量与光芒。

"寰博馆。"塞拉顿说道。

"一座寰宇博物馆。"文坦努斯说。

"我知道。"

文坦努斯对这种地方既没有耐心，也没有兴趣。他承认这是自己人格中的一种缺陷。

他们抵达了高大阶梯的顶端。任何一个普通人，即便身体非常强健，在顶着太阳爬完这段台阶之后也会有些喘不上气。然而，他们的脚步在接近顶端的时候却逐渐加快了。

宽敞的入口坐落在大理石平台上。再往前是一片开阔空间，自然光通过天花板上的小孔将其照亮，很凉爽。低沉的交谈声在里面回荡。

文坦努斯穿过那宽阔的入口。这四方形的大门本身就堪称一景。入口顶端的横梁足有三十米宽。

另外一些访客零星分散在这广阔的内部空间里。它的庞大与空寂让文坦努斯感到惊讶。在这宏伟大厅的周围坐落着一个个壁龛、讲坛、基座和展台。他猜测那用于各种展览。访客们都在那边。既然建造了一个如此庞大的空间，为什么只在角落里摆放屈指可数的展品呢？

"这是什么啊？"塞拉顿问道。

"策展方面的事情我不太熟。"文坦努斯回答。

更多身穿制服的仆从向他们走来。

"有什么可以效劳，长官？"他们异口同声地说。

"文坦努斯，连长，第四连，第一战团，第十三军团。"文坦努斯回应道，"我来找——"

他记住了那些名字。

"——阿布特、达瑞奥，以及艾特温总管。事实上，任何一位工作性质与空港事务相关的高层内政官员都可以。"

"他们都在这里。"一名仆从回答。他显然正在从某种直接连入视网膜的数据系统里获取信息。文坦努斯可以从他略显恍惚的目光中判断出他在核对那些名字。

"你能把他们请来吗？"文坦努斯问。

"他们整个下午都有会议。"仆从答道，"事情紧急吗？"

文坦努斯斟酌自己要说的话。但表达出他真实意思的并非话语，而是他开口前的迟疑，那种迟疑告诉对方：我身穿战甲，我全副武装，我在尽量保持礼貌。

"是的。"他说道。

那个仆从急忙跑开。

两位极限战士静静等待。

"长官，那是？"塞拉顿开口道。

"没错。"文坦努斯回答。

文坦努斯走向那个被他们辨认出来的遥远身影。对方跪在一座展台面前。他的仆从们尊敬地保持着距离。

那个跪地的身影看到了文坦努斯，于是，他站起身来。他盔甲内置的伺服系统一阵低吟。他比文坦努斯更高、更壮，那套厚重的精工铠甲上点缀着镀金的羽翼、狮子、雄鹰等华美装饰。他扶着一柄和普通人一样高的阔剑。

"勇士大人。"文坦努斯行礼致敬。

"文坦努斯连长。"那个巨人回应道。他没有行军礼，而是将阔剑递给一名仆人，随后用双手握住了文坦努斯的手。

这样一位杰出人物能够认得他，文坦努斯受宠若惊。

"你来这里做什么？"那个巨人问道，"我以为你在负责埃汝德省的集结。"

"您的消息很灵通，英杰。"文坦努斯说。

"信息就是胜利，我的兄弟。"那位英杰笑着说。

文坦努斯解释了自己的来意，那项外交职责。

英杰认真聆听。他的名字是艾科斯·拉米亚德。他是四英杰之一，也是原体的勇士。这四位英杰代表着马库拉格治下辽阔疆域中的四个主要世界：萨拉曼斯、康诺、奥克鲁达和亚克斯。拉米亚德所管辖的是铸造世界康诺。四英杰便是奥特拉玛的四位亲王，共同统御五百世界，在职权层级上他们要高于战团长与星球领主，仅次于基里曼本人。

"我认识那几位总管，"拉米亚德说道，"我可以向他们介绍你。"

"我深表感谢，大人。"文坦努斯回答，"这样便利多了。"

艾科斯·拉米亚德的右半张脸有着英雄般的俊美，而左半张脸则完美地嵌着一块苍白的陶瓷面具，精细地模拟出那不复存在的面容。他的机械左眼有着金色的瞳孔，如同某种古董光学仪器般旋动不止。

拉米亚德在防守巴索尔的时候身受重伤。星镖尖啸炮将他的头颅轰开，肢解了他的身躯，但康诺铸造厂那些虔敬的机械神教贤者让他重获新生，以此表达对他多年效忠与妥善治理的敬意。

据说如果不是他们的全力施救，拉米亚德如今就会身处一台无畏机甲之中了。

"你喜欢寰博馆吗，文坦努斯？"力量超群的勇士问道。服侍他的那群机仆、旗手、随从和战斗兄弟都默然肃立。他们无不衣着华贵。

"何谓'喜欢'，大人？"

"那么，你认可它吗？"

"我没有怎么考虑过这个，大人。"

拉米亚德有表情的那半边脸微笑起来。

"我感觉你有所保留啊,文坦努斯。"他说道。

"我可以直说吗?"文坦努斯问。

"当然。"

"我去过很多世界,大人,无论是否属于帝国。我想我已经数不清到底见过多少座蕴藏万千智慧的知识殿堂了。每个世界、每个文明都有一座大图书馆,都有诸般奇观,都有堆积成山的数据、知识与秘密。究竟能有多少间包含一切宇宙真理的终极宝库?"

"你听起来有点倦怠啊,文坦努斯。"

"抱歉。"

"记录文明是重要的,文坦努斯。"

"信息便是胜利,大人。"

"的确,"拉米亚德说,"我们需要留存我们的学识。在伟大远征里,我们吸收归顺文明的知识,从中学到了很多。"

"我明白这——"

拉米亚德抬起手,一个委婉的姿态。

"我不是在批评你,文坦努斯。虽然我认识到了对数据进行仔细收集的重要性,但我同样厌烦这类设施所受到的过度崇敬。哦,又一座最神圣的宝库,藏有最隐秘的奥妙,是吗?烦请你告诉我,你究竟守护了怎样的秘密,是我之前在那成百上千座类似的地窖里都没有发现过的?"

他们笑了起来。

"你知道我喜欢这座建筑的哪一点吗,文坦努斯?"

"不知道,大人。是什么?"

"它是空的。"拉米亚德说。

寰博馆的建造始于三十年前,那时努米纳斯城尚在发展之中。这座展馆比他们两人都要年轻,岁数比他们两人的军旅生涯都要短。它最近才刚刚竣工。馆长正在逐步导入数据,进行展览和储存。

"它们通常都很老,是不是?"拉米亚德指出,"积满尘土的墓穴,亘古以来未曾打开,需要特殊的钥匙和特殊的仪式才能进入,诸如此类单调乏味的奥秘。我喜欢这个地方正是因为它的空旷、它的目标。它是一个崭新的主张,文坦努斯。它是一项着眼未来而非驻足往日的伟大工程。它是敞开的,随时准备用人类的未来将其填满。终有一天它将成为无所不包的博物馆，或许它会和泰拉的图书馆一样成为帝国全境最伟大的数据宝库之一。此时此刻，它仅是一个用石块堆砌而成的野心，是一条经过深思熟虑的宣言，表达我们建立一个充满活力和深度的文明，并且维护、记录和评估它的意愿。"

"这是一座未来博物馆。"文坦努斯说道。

"说得好。的确，一座未来博物馆。现在，它正是如此。"

"而那就是你来这里的原因？"文坦努斯问道。

拉米亚德向文坦努斯展示他刚刚正在观看的展品。一块饱受烟熏火燎的旗帜一角悬浮在经过消毒的反重力力场里。体温触发了全息标语牌，显示出展品的信息。

这块碎片是拉米亚德在巴索尔携带的战旗。作为最初入选的几百件展品之一，它记录着他的功勋，也纪念着那场大战。

"我接下来的一大串任务会让我离开奥特拉玛至少十年，"拉米亚德说，"我觉得在动身之前应该过来看一看，亲眼看一看。"

他看着文坦努斯。

"好吧，用我的一只肉眼，还有机械神教给我做的另一只眼。"

他们又聊了一会儿这场部队集结，以及不久之后的战斗。两个人都没有提起第十七军团。

随后拉米亚德说道："据说考斯很快就会成为一个主要世界。它在飞速发展，它的实力显而易见，比如那些船坞、那些铸造厂。它的级别将要得到提升，它会掌控自己的一片疆域。"

"我不感到意外。"文坦努斯说。

"它也会拥有自己的一位英杰，"拉米亚德说，"必须如此。作为一个主要世界，它势必要任命一位军事长官，为原体推举一名勇士及勇士的荣誉卫队。"

"的确。"

"有人提到了埃松，第十九连的埃松，作为这个职位的潜在人选。"

"埃松是个合适的人选。"文坦努斯表示同意。

"也有其他人选。我们敬爱的原体告诉过我，选择一位英杰是件颇费心思的事情。"

"而且不能再叫四英杰了，对不对？"文坦努斯说，"或许之后你们就会成为五英杰。"

拉米亚德又笑了起来。

"或许他们会设计一个新头衔，文坦努斯，"他说道，"一个与数字无关的头衔。考斯不会是最后一个，而仅仅是下一个。奥特拉玛在成长。当我们迈向未来，逐渐填满这座寰博馆的时候，我们会拥有不止五百个世界，不止五片疆域。就像这座空旷的建筑一样，我们必须做好准备迎接未来的变革与扩张。"

他转过身去。穿着淡绿色长袍的身影向他们走来，后面跟着一群随从。

"总管们来了，"原体的勇士说道，"让我来引荐你，这样你就能赶快把事情办完。"

6
【计时：−16.44.12】

在轨道哨塔上，乌尔·克哈·赫斯特伺服师与思维空间进行着交流。

代码在说话，它喋喋不休。

他身上那件垂到地板的机械神教长袍干净利落，看起来就像是被石匠雕刻出来的。他站在一座和他同样纤细高挑的哨塔顶峰。高塔的阴影落在考卡斯要塞身上，那座钢铁堡垒与努米纳斯城隔水相望，波光粼粼的波罗斯河从它们之间穿过。高墙环绕下的坚实塔楼本身就堪比一座城市，但它更是一座防御设施，是站在努米纳斯城身边确保它不受伤害的坚定卫士。

一万人在这座哨塔里工作，另有五千人供职于周围的防御炮塔和行政设施。它高度警戒，拥有自我意识，其思维空间的优秀架构由赫斯特所属的铸造世界康诺设计而成，并得到了火星铸造厂的直接技术支持。

哨站的指挥台庞大而拥挤。从升起了防爆帘的窗户向外望去，一边是河流与城市，另一边则是洼地。赫斯特能想象出星港各处的繁忙交通，还有集结车队在平原上扬起的灰尘，以及明亮的大地与雷云密布的天空，但他对风景没有兴趣。

哨塔有自己的信息流场，时刻将大量数据递交给他和其余高阶官员，其传输速度相当于八百架战斗泰坦的思维空间广播。六十位最高水准的操作员在指挥台周围的防弹玻璃舱里工作，对数据流进行缓冲与分拣，协助信息处理。

从这个位置，在哨站的顶峰上，赫斯特可以通过神经脉冲单元连接发送出一串简单的代码，从而对星球的武器阵列下达行动指令。这里有二十五万个地表武器站，其中包括导弹发射器和自动等离子炮，以及炮塔、野外火力点、极地发射井。他可以激活那些覆盖考斯主要聚居区的巨型虚空盾系统。他可以启动九百六十二个轨道平台，其中既有面向外部的防御系统，也有面向地表的封锁网络。同时，他可以调动与整合一切地面部队，以及在高层轨道或船坞中停留的所有舰队单位。

这就意味着，在今天，由于这场集结，赫斯特伺服师手中所掌握的火力要超出战帅荷鲁斯。可以想见，也超出帝皇本人。

这个念头并不会让赫斯特伺服师感到惊讶或紧张。然而赫斯特能够察觉到，米尔·艾德维·陶伦贤者正在读取他体内逐渐升高的肾上腺素水平数据。

陶伦年纪轻轻，极具效率，身材高挑，经过了高度改造。她在机械神教中的事业发展十分迅猛，工作成绩非常优异。目前她负责监督分析部门。赫斯特喜欢她。他很少启动自己的情感，而在他决定运用情感的稀少情况下，他总会发现对方会带给自己一股暖意。她的机械改造从技术角度来看值得称赞，她的原生有机结构也具备一定的美感。

<你在过热运行。>她发来一串二进制代码，通过亲近的直联模式进行一毫秒的交流。这并非语言，但其中包含了代表赫斯特的代码，以及一个标志着泰坦战斗单位引擎超载的代码。

<完全没有。更正：今天很忙而已。>

陶伦点点头。她如影随形。赫斯特能察觉到她在信息流场中的邻近存在，正如她的实体与他并肩站在指挥台上。她的手指轻颤不已，在隐形的按键上飞舞，通过细微的触动对数据进行协调。今天的工作难点在于不要射击任何物体。

由于两支舰队的集结，考斯上空的交通繁忙程度前所未有。基本上一切事物都在按照非标准的或经过调整的路线进行移动，无数项超乎寻常的临时变动导致线路、方向和距离都与提前登记的标准方案相差甚远。这是一项独特的任务，这是一个特殊的日子：他们的责任在于确保这支大军能够安全有序地运作。

考斯的武器阵列具备多重冗余系统，以及分层的交叉检验与授权机制。

它不会遭到任何个人的滥用与误操作。无论是赫斯特，还是哨站中的其余四十名伺服师，或是整个星球范围的六千两百七十八名技师和贤者，抑或帝国军队与地方防御部队的驻军长官。如果缺少他的亲自许可，就没有任何事情能够发生。

每一次有舰船抵达、移动、交错、列阵、入港、抛锚、补给，或是测试引擎，都会引发警报。所有非标准的移动与转向都会触发武器阵列，于是，赫斯特就要否决一系列的开火请求。

事实上，这是对考斯武器阵列的极端考验与完美展示，但这已经逐渐变得令人疲惫了。赫斯特伺服师在哨塔顶峰控制着相当于一支大型舰队的火力，它分布在整个星球的地表和轨道上。这个系统极端灵敏，以至没有任何事物能够凭借突袭而抢占先机。所有非标准的动向都会触发武器阵列自动生成开火方案，而赫斯特必须在自主裁量模式下亲自将它们逐一否决。当前他每秒都会接收十八到二十五个这样的开火方案。

陶伦很清楚，在这样的情况下，根据康诺铸造大师与火星崇高长者们的建议，机械神教的标准运作方案是临时规避武器阵列警报处理器的多节点自动系统，在舰队调动的整个过程中将相关许可权交给自动站台。让那些智能机械接过重担，让它们交叉检验这毫无停歇的数据流，让它们负责确认所有停泊密令和注册标识。

她同样很清楚，赫斯特是一个具有坚定决心的个体，他对自己的工作及作为伺服师的职责颇为自豪。考斯的星球武器阵列最适合在多节点自动系统里运作，由一个或多个伺服师为所有行动提供最终许可。全部替换成自动系统就意味着承认肉体大脑的弱点。那意味着不再仰仗生物体和机械的密切协作，而是彻底依赖后者。那意味着承认人类凡躯的局限性，并屈从于冰冷代码的理性与高效。

他们讨论过这件事。他们甚至在未接入系统的情况下用声带和话语讨论过这件事。赫斯特怀有最纯净的机械神教之梦，陶伦因此而热爱他。与未经改造的社会所广泛持有的看法不同，那并非对机械的崇拜，而是利用机械推动人类的进步，是借助密切协作去达到更高层次。对于赫斯特而言，退居幕后让机械开展一切工作是令人厌恶的。这或许比一个没有改造的人类世界更让他反感。

＜那并非承认失败，你知道吗？＞她发出一段二进制代码。她在继续进行两天之前的一场对话，仿佛完全没有中断过。

他意识到了这一点，通过代码中的对话标识辨认出了那次交流，于是重新打开相应的存档文件。

＜事实上，那是火星那边建议的方案。＞

赫斯特点点头。

＜如果我们建造出的系统自己不能亲手运行，那么为何要建造它们？告诉我这会带来什么后果，陶伦贤者！＞

＜自我的湮灭，对知觉的抛弃。＞

"正是。"赫斯特说道。他改用肉体语音，让陶伦吃了一惊，但她立刻就意识到对方弃用二进制代码是为了传达一个标志性的含义。这让她感到好笑，她用一个面部表情告诉对方自己感到好笑。

"你觉得这是我的骄傲在作祟，是不是，陶伦贤者？"他问道。

陶伦耸耸肩。和对方一样，她在交谈的同时进行着细微的操作，不断筛选思维空间的数据流。"我认为任何人，即便是伺服师或更高层次的技师，都从来没有仅仅依靠自主裁量模式掌控过这等规模的行动。我认为你在试图打破什么纪录，或是想要赢得某种奖章，或是自愿毁掉一个内脏器官。"

她的声音很清澈，就像代码一样纯净。有时候赫斯特期望她能多用自己的声音。

"这无非是个安全性和效率的问题，"他说道，"武器阵列在设计之初就是多节点的。那是它的优势所在。它并没有单一的心脏与大脑。它是全球化的。即使没有这座哨塔，或是我，其余任何一位伺服师或贤者也能接管它。武器阵列会自行调整，辨别出顺位的裁量权。这座哨塔可以倒下，而星球另一端的伺服师会瞬间完成职权过渡。多节点冗余是一个完美的系统。你无法杀死一个没有任何核心的事物。我不愿对这个星球防御系统的完整性造成哪怕一丝一毫的削弱，所以，我不会选择退出自主裁量模式，将许可权交给轨道计算引擎。"

"这场集结预计还要持续一两天，"她指出，"你打算什么时候让我接替你？是在你中风倒地之前还是之后？"

陶伦意识到他心不在焉，他的注意力全都放在了输入数据上。

"怎么了？"她问道。

"废代码。"

任何复杂的信息系统都会因内部数据降解而生成废代码。陶伦知道这一点。她不明白他的意思，于是去检视信息流。

她看到了废代码，一丝暗淡琥珀色的病态信息，埋藏在大批的健康数据里。分析部门对考斯思维空间的废代码量进行过估算，虽然今天的情况极为特殊，但目前的废代码仍然超出了预测量 2%。这是个无法接受的差额。

＜过滤系统没有将它清除。我不知道这是哪里来的。＞

他重新启用二进制代码进行交流，已经没时间说话了。

【计时：-15.02.48】

克里欧·弗斯特有一把刀，但现在它不太实用。他选择用自己的佩枪。那些献身者必须死得干净利落。没时间用刀子乱来了。

在屋子外面，他指定的几名军官正在带领大家歌唱。吟诵声响彻四周。他们带来了琴、鼓、长笛、号角和铃铛。最好能装作一场庆祝活动，以战争前夕，尊敬的盟友，即将到来的荣耀之名，还有其他类似的胡扯说法。最好能听起来欢快一些。

的确欢快，但弗斯特能在那嘈杂的歌声中听出仪式的旋律。他之所以能听出来，是因为他知道那旋律暗藏其中。古老的字句，在人类学会说话之前就已经很古老的字句。那是强大的字句。你可以用任何韵律去配合，就算是帝国军队的雄壮军歌也行，它们照样可行。

歌声很响亮，堪称声势浩大，光是这片集结场地的角落里就有六千人。这声音足以遮盖他的枪响。

他扣动扳机。

暗灰色的手枪咆哮起来，在他手中颤动，将一颗子弹射进了紧贴枪口的头颅里。鲜血飞溅，洒在他的外套正面。那个跪在地上的人歪倒下去，仿佛是被那颗遭到洞穿的沉重头颅拖倒的。空气中飘起一股柴油的气息，还有烧焦血肉的味道。

弗斯特俯视着他刚刚处决的那个人，口中低声祝祷，像是在送别一位即将踏上艰险旅途的旅行者。这一次他赐予的解脱险些就太迟了。那个人的眼珠已经开始熔化。

弗斯特点点头，他指定的两名军官迈上前来将尸体拖走。已经有七具献身者的尸首躺在旁边的地面上了。

下一个人面无表情地走过来，对眼前的死亡无动于衷。弗斯特拥抱对方，亲吻他的面颊和嘴唇。

他随即退后一步。

就像之前的七位一样，那个人知道自己要做什么。他早有准备，只穿着衬衫和短裤。他上交了其余一切物品，甚至包括他的靴子。短刃兄弟会愿意利用自己能够收集或搜寻到的任何装备：锁甲、全身盔甲、防弹布，有时候金属网也行。他们通常还会在外面套上一件大衣或斗篷来遮风挡雨，大多是暗灰色和黑色的。这个人不再需要任何作战装备了，于是，他也上交了自己的优质大衣，以及手套和盔甲，其他人以后能用上这些，还有他的武器。

他握着自己的瓶子。

那是个带有塞子的蓝色玻璃酒瓶，他的圣物漂在里面。之前那个人用的是一个罐头，再之前那个则是医疗包里的水袋。

他打开瓶子，将里面的水倒掉，让装在瓶中的纸片落在自己掌心。在纸片脱离水性液体的瞬间，在它与空气相互接触的瞬间，就立刻开始升温，边缘逐渐冒烟。

那个人扔掉瓶子，向前迈进一步，跪在通信发送器前。键盘已经准备好了。

他看了看纸片，战栗着阅读上面书写的文字。一道纤细的白烟开始从纸片边缘袅袅升起。

他用颤抖的手指敲打键盘，逐个输入字母。那是一个名字。就像之前已经输入的七个名字一样，它可以用人类的字母来书写。它可以用任何语言来书写，正如它可以搭配任何旋律来吟诵。

克里欧·弗斯特天资聪颖。他是整个兄弟会里积极追寻这一刻的寥寥数人之一。他生于泰拉的一个商贾之家，在星海中为家族的利益而奋斗。他一直在渴求什么。他曾经以为是财富和成功，之后他以为是学识，随后他意识到，寻求知识无非是获取力量的一种方式罢了。

当求知者前去招募他的时候，他居住在火星。至少，那些人自以为是去主动招募他的。

弗斯特早就知道求知者的存在。他特意研究过各种隐秘团体。大多数都很古老，源于冲突年代甚至更早的时候。大多数都只是传说，要么就是江湖骗子之流。他前往火星寻找启蒙会，结果发现那完全是被捏造出来的。而求知者则确实存在。他问了太多问题，在数据商人那里浏览了太多禁忌学说。他诱使他们注意到自己。

倘若求知者的确是个真实的团体，那么这些人也绝非其成员。他们最多称得上那条真正血脉的远房亲戚。但他们知晓一些他不了解的事物。因此，他满足于向他们学习，并容忍那些故弄玄虚的仪式和华而不实的典礼。

十个月之后，弗斯特就动身向银河外围进发，并带上了几本价值不可估量的离经叛道之作，这些曾经都是求知者的财产。但求知者并没有为此追捕他，因为他早已确保他们没有这个能力了。那些被丢进柯拉塔山巢都反应堆导热管的尸体从来没有被发现过。

弗斯特远离了归顺星系的安全港湾，前往那些"伟大远征"尚且如火如荼的禁区。他前往诸多神圣世界，因为庄严的第十七军团怀言者在那些被他们征服的星系中积极招募义军。

弗斯特对怀言者尤其感兴趣。他们独具慧眼。虽然他们是十八支阿斯塔特军团之一，是帝国栋梁，但唯独他们都展现出了对信仰的狂热。

在弗斯特看来，帝国真理是一份谎言。泰拉宫殿极为固执地将一个理性而世俗的视角强加给银河，但任何傻瓜都能看出来，帝皇依赖着很多远非理性的现实因素，比如那些天赋异禀之人，比如天界。似乎只有怀言者愿意承认，那些事物绝不仅是可以利用的异常现象。它们证明了一个遭到遮掩的伟大奥秘是确实存在的。它们指向了一个超脱于现实之上的层面，或许那便是神性所在。每一支阿斯塔特军团都立足于毫不动摇的信念，但只有怀言者将自身信念根植于神性之中。他们将帝皇视为某种至高力量进行崇拜。

弗斯特仅在一件事情上与他们意见相左。宇宙中蕴藏着很多值得敬仰与崇拜的事物。而帝皇，无论他多么强大，都并非其中之一。

在刚刚归顺怀言者的兹瓦南星球，在那个战火黑烟尚未散去的神圣世界上，克里欧·弗斯特加入了短刃兄弟会，开始效忠第十七军团基因原体。

他能力出众，在泰拉接受过教育。他不是什么来自偏僻世界的盲信狂徒。他平步青云，从普通士兵成为军官，之后是督军，如今则是亲信副官。这个职位对应的尊称是"大人"。他的上司是一位名叫阿汝尼·森的怀言者军团战士，而通过此人的引荐，弗斯特有幸被受祝之子阿格尔·塔单独召见过几次。他参加了讲道，聆听阿格尔·塔的话语。

弗斯特的祭祀短刃就是由阿汝尼·森交给他的。那是一柄受到了黑暗使徒祝福的仪式匕首。那是他拥有过的最美好的东西。当他将那柄匕首握在手中时，虚妄神祇便在阴影里向他发出嘶鸣。

短刃兄弟会并非因为其偏好白刃战而得名。那个名字的意义不是字面上的。在神圣世界的方言中，这个兄弟会的名字是乌什米塔·考尔，即"撕裂虚伪现实，展露其下神祇的锐利锋刃"。

弗斯特走神了。那个献身者已经输入完第八个名字，他手里的纸片燃烧起来，冒着黑烟的碎屑从他指缝间滑落。他剧烈颤抖，强忍住尖叫。他的双眸在眼眶里熔化。

弗斯特反应过来。他抬起枪赐予对方解脱，然而弹夹已经空了。他扔掉手枪，用阿汝尼·森交给他的匕首完成了工作。

这是个更血腥的解脱。

八个名字被输入到了系统里。八个名字被撒进帝国通信网络的数据流里。没有任何过滤系统或思维空间屏障能够阻挡并抹除它们，因为它们由寻常的字母所组成。它们不是有害编码。它们更不是病毒数据。然而，它们一旦进入了系统，尤其是被机械神教的思维空间读取吸收之后，它们就会开始成长。它们会展露其真实面目。它们不再是字母的简单排列，而具有重大意义。

它们会腐蚀，会侵染。它们不可磨灭。

一共有八个，神圣的数字。

它们会不断扩增，八乘以八乘以八的八次方……

弗斯特大人退后一步，擦掉脸上的血，用亲吻欢迎下一名走到通信发送器前的人。

【计时：-14.22.39】

距离考斯轨道还有十二个小时的航程，舰队补给船钟楼号进行了一系列的变向动作，随即开启了前往那颗星球的最后一段旅程。

7
【计时：-13.00.01】

"我可以向你保证，长官，"阿布特总管说道，"劳工协会完全明白这次行动的重要性。"

这位女性官员年轻得令人惊讶，她相貌平平，颇具职业风范。她穿着一袭灰袍。

塞拉顿军士暗自更正对她的评价。他懂什么？不该说她相貌平平，只是造型朴素，没有化妆，没有首饰。她留着一头短发。根据他的经验，身居高位的女性通常都不喜奢华。

他们开着速攻艇，跟随她的官方座驾一起从寰博馆来到了星港。她是地方议会下属贸易委员会的成员。达瑞奥和艾特温拥有更大的权力，但两人都坚持认为阿布特与劳工之间关系更融洽。因为她的父亲曾是一位运货员。

港口区嘈杂而繁忙。那些状如四足泰坦的巨型半自动起重机和吊车正在将大批货物转移到停泊在空地上的大型运输机里。

文坦努斯连长似乎厌倦了这项工作。他站在一边，看着小型飞船与客机像池塘上方的蜻蜓一般交错纷飞。他让塞拉顿负责谈判。

"恕我直言，"塞拉顿说道，"劳工和运货员的进度已经落后了预定的时间表。我们的集结场地开始出现积压了。"

"这是一项正式投诉吗？"她问道。

"不，"他回答，"但这来自原体。如果你能替我们说句话，我的连长会深表感激。他在承受一些压力。"

阿布特随即笑了笑。

"我们都在承受压力，军士。劳工协会从来没有应对过这种规模的工作量。预定的时间表只能尽量准确，但那就是个预测。星港工作人员和装货员必定会遭遇意料之外的延迟。"

"无论如何，"塞拉顿说，"和他们的负责人谈谈。你是城市议会的成员。鼓励他们，认可他们的努力。"

"那你说一下，到底有多大的延迟？"阿布特问道。

"在我们前去找你的时候，六分钟。"塞拉顿说。

"这是在开玩笑吗？"

"不是。"

"六分钟……不好意思，军士。六分钟什么都不是。那甚至还没有误差幅度大。你们过去找我，把我从寰博馆的仪式里拽到这里来，就为了六分钟的延迟？"

"现在是二十九分钟了，"塞拉顿答道，"我不想显得无礼，总管，但这是一项由军团领导的行动。我们的容忍度要比商业活动或常规军事行动更低。二十九分钟已经堪称可憎了。"

"我会找负责人谈谈，"她说道，"看看他们能不能调来一些后备力量。这阵子天气不太好。"

"我知道。"

"还有一些系统问题，垃圾信息，腐坏数据。"

"的确如此。我相信你会尽力的。"

阿布特看着对方，点点头。

"在这里等。"她说。

【计时：-11.16.21】

"依你高见？"基里曼问道。

佩洛特贤者是军团旗舰马库拉格之耀号上的机械神教代表，他刚刚不得不向原体提交一份令人尴尬的报告。他思索了片刻才开口作答。他不想轻言失败而令自己的组织蒙羞，但他与原体共事已久，很清楚花言巧语不会有好下场。

"我们发现的废代码问题是一个障碍，长官，"他说道，"很遗憾，尤其是在今天这种特殊场合。类似的情况的确会发生。对此我不会加以掩饰。是自然降解、代码错误。它们会因为多种原因而毫无预警地出现。机械神教原本期望我们不会在这次行动中受其影响。"

"来源？"

"或许是这场集结的庞大规模本身？恰恰因为今天非同寻常。光是那海量的数据就——"

"是成比例的吗？"基里曼问道，"这是符合预期的成比例增量吗？"

佩洛特贤者犹豫了一下。他的机械触手晃动起来。

"还要稍高一些。只是略微如此。"

"那么以机械神教的经验来判断，这是非正常水平的？并不是常态的数据降解？"

"从技术角度来讲是的，"佩洛特表示同意，"但还不足以引起警觉。"

基里曼微笑起来。

"那么这只是……让我知道一下？"

"如果不通知你的话，有些不合适，大人。"

"会有什么后果，贤者？"

"分析部门的伺服师坚称他可以继续监督这场行动，但机械神教认为他更应该将注意力放在辨别废代码的源头上，尽量赶在这个问题进一步恶化之前将其抹除。在此过程中，伺服师要暂时退出自主裁量模式，轨道船坞枢纽的数据引擎会自动接手。"

基里曼考虑了一下。他望着柔晶墙壁之外的星辰。

"一个月之前，机械神教的几位高阶成员，你的几位可敬同僚，曾与我共同用餐，佩洛特。他们一直在赞美考斯轨道船坞和武器阵列所配备的最新式沉思机。他们对自己制造的机械颇为自豪。"

"他们理应如此，大人。"

"在他们口中，那些机械仿佛……仿佛是有人格的个体。在我看来，这标志着他们研发出来的机魂已经近乎完美了。"

"的确，大人。"

"我们可以建立一个比人类更完美、更高效的世界，贤者。我们可以超越人类的自然极限。"

"是的，大人。"

"我的意思是，在伺服师解决问题的这段时间里，我们或许应该信任你们的奇妙机械。"

佩洛特点点头。

"我们正是这样认为的，大人。"

"好。我会将废代码问题告知我们的客人，再委婉地调查一下那是不是他们无意之中带来的。他们最近一直处在银河边缘。你的伺服师在调查过程中也需要他们的协作。"

"很好，大人。"

"佩洛特？"

"大人？"

"既然说到了人类的自然极限，值得一提的是，在那场晚宴里你的同僚们并没有享用任何食物。"

"是的，大人。事实上，恐怕你也不需要。"

基里曼微微一笑。

"很好，贤者。"

他转身面向军官们。

"请建立一个实时通话频道，尽快！"他命令道，"我想和我的兄弟谈谈。"

【计时：-9.32.40】

泰利梅克汝斯苏醒了，但此刻并无战事。

他学到了很多东西，其中一点便是控制自己的愤怒，在需要时再令其爆发。但此刻并不需要，于是，他控制住了自己的愤怒。

他进行分析、扫描、判断。

他的判断如下：他在自己的铁箱里，正在等待运输。唤醒他的或许只是在搬运过程中出现的不规范操作。

此刻并无战事。这让他感到失望。

他用自己学到的方法控制住失望，他也控制着愤怒。除此之外，他意识到自己还需要控制焦虑。焦虑和恐惧比较相似，而恐惧是一种他之前从未了解过的异常状态，他坚决地排斥恐惧，他因此更焦虑了。

泰利梅克汝斯生前是一名第十三军团战士。从他接受基因改造到战死沙场的十年之中，他无所畏惧。无论他面对着什么，即便是最终的死亡本身，他都从未感到恐惧。

他在死后第一次与技术神甫交谈的时候，就听说情况从此会有所变化。他的那具残躯，属于极限战士第九十二连战斗兄弟盖布瑞尔·泰利马克的那具残躯，已经难以为继了。太多的有机组织遭到气化，他无法延续自己能理解的那种生命了。然而，由于他的勇气与奉献，以及他的合适体质，他将被赋予一项荣誉。他的残躯将会构成一个半机械半生物存在的有机核心。

他将会成为一台无畏机甲。

作为一个有血有肉的人，盖布瑞尔曾经认为无畏机甲都是古老的存在。那些兄弟都是久经沙场的老兵，在死亡的边缘回过头来，被安放进无可匹敌的战争机器之中。他们很古老，其中一些已经服役了超过一个世纪，他们在那些机械箱子里存活了一百年！

盖布瑞尔·泰利马克并不老，十年而已。

如今他永远被困在了一个箱子里。

技术神甫说还需要进行一些调整，心智上的调整。首先，他明白任何一台无畏机甲都需要学习，就算是最古老的那些也曾经是新手。无畏机甲是军团战斗力的一个重要组成部分，他们也会遭受战损。因此当铁棺有所空余，而且战场上出现了合适的人选时，新的机甲就会被制造出来。

技术神甫说他会失去很多对于血肉之躯而言再自然不过的事物，比如睡眠。他只有在陷入静滞休眠时才会睡觉。他将会体验到——或者说他将会体验不到——漫长的休眠期，因为他们会确保无畏机甲睡着度过大部分时间。只有在需要参战时，他们才会将他唤醒。

技术神甫说这是为了减轻痛苦。他会感受到持续性的痛苦。他的凄凉残躯被一张半机械半有机网络包裹起来，连入导电纤维系统，密封在一口装甲铁棺里。他生前可以接受的镇痛手段如今已经不可能使用，他无法压制痛苦。

出于同样的原因，他此前从未感受过的情绪波动也开始困扰他。他将体会到愤怒和狂暴。虽然无畏机甲给他赋予了毁灭性的力量，但他还是会怀念自己的凡人之躯。他会愈发厌恶自己的死亡，对现状感到悔恨，心中再无他物，最终憎恨这冰冷而空洞的第二次生命。

为了避免这些苦楚、疼痛与愤怒，他将要在沉睡中度过大段光阴。

技术神甫还说他可能会遭受恐惧的侵袭，尤其是在早期。他们解释说这是由于他所经历的生死巨变。他的意识已经从那种凡人能够认知和理解的线性时间轴中剥离出来。事实上，可以说漫长的静滞休眠让他脱离了时间之流本身。恐惧，这是个与星际战士毫不相关的概念，仅仅是超人神智对极端命运的一种自我调节。这很自然。他要学会控制并利用它，就像愤怒一样。最终，恐惧会消失。他会像自己身为军团战士的时候一样无所畏惧。

这需要时间。他的激素和生化物质都会进行谨慎的渐进式调整。他会接受催眠疗法和顺应微调。他的同僚会给他提供指导，那些神圣无畏机甲已经接受了这怪异的命运。

他曾经对那些技术神甫说："作为一个战斗兄弟，我虽然终有一死，但无所畏惧。如今你们让我再无敌手，却说我会感到恐惧？那么为何称我为'无畏'？我曾经毫无畏惧。我不惧怕任何东西！"

"这就是我们所说的愤怒，"他们当时答道，"你会适应的。睡眠会有所助益。启动休眠程序。"

"等等！"他喊道，"等等！"

扎斯塔瑞乌斯是他的导师，神圣无畏机甲。他郁郁寡欢，漫长的无畏生涯并没有让他摒弃苦楚或愤怒。扎斯塔瑞乌斯宁愿沉睡。被唤醒之后，他的脾气总是很坏。他的状态最多只能让焦虑的泰利梅克汝斯喜忧参半。

"我的名字是泰利马克。"泰利梅克汝斯说道。

"我的名字曾是扎斯提努斯·菲德罗，"扎斯塔瑞乌斯没好气地答道，"他们把我们当作机器重新命名。要么就是他们忘记了我们的名字。我不记得是哪个了。"

泰利梅克汝斯是第十三军团中最新的无畏机甲，蔑视者型号。他还没有参加过战斗。

他曾经被唤醒过一次，那是在马库拉格仓库里的例行维护工作。内置计时器表明他当时休眠了两年。技术神甫通知他说一项行动已经被公布了。他们将会与兽人作战。泰利梅克汝斯有很多问题要问，但他们让他回到了梦境。

"等等！"他说道。

泰利梅克汝斯苏醒了，但此刻并无战事。

他学到了很多东西，其中一点便是控制自己的愤怒，在需要时再令其爆发。此刻并不需要，于是，他控制住了自己的愤怒。

他进行分析、扫描、判断。

他的判断如下：他在自己的铁箱里，他的铁箱正在等待运输。唤醒他的或许只是在搬运过程中出现的不规范操作。

内置计时器告诉他，自从那次在马库拉格的例行唤醒至今，已经过去了十八周。定位系统读取了思维空间的信息，告诉他铁箱正在考斯的轨道船坞中进行转移。这是备战岗位，集结位置。他苏醒得过早，他们还没有到达前线。

他猜想自己为何会被唤醒。是因为不规范操作，还是装卸工晃动了他的铁箱？扎斯塔瑞乌斯、克罗顿和弗托尼斯都离他不远，他们在各自的铁箱里处于静滞休眠中。

是他错位了，或者是某种异常废代码导致他的思维系统产生了纤维化激活？

泰利梅克汝斯不知道。他是个新手。附近没有技术神甫。他希望扎斯塔瑞乌斯能苏醒过来，这样自己就可以问问他。

这是正常情况吗？这些零星的废代码是怎么回事？他感觉自己被困住了。他很焦虑。恐惧随后便会降临。

他察觉到休眠系统试图将他拖回昏睡中。它试着让他摆脱那些痛苦与愤怒。不需要醒来。你苏醒得太早了。你不必醒来。

技术神甫错了。

无畏机甲所惧怕的并非痛苦，而是寂静，是虚无，是沉睡，是那种无法逃脱的禁锢感。

【计时：-8.11.47】

基里曼看着盖奇，点了点头。

盖奇向全息投影操作员下达命令，他们启动了系统。

基里曼踏上已经激活的全息投影台。旗舰舰桥那一层层的工作站如同圆形剧场的看台。

光芒在他周围绽放。

一个个身影逐渐聚焦，若隐若现。光线被捕捉、弯折并扭曲，赋予投影真实感。基里曼知道，在数百万公里之外，其余舰桥上的类似系统正在用光线塑造出他的形象。他以全息投影的形态站在其余的平台上，正如面前这名位高权重的指挥官像鬼魂般现身于此一样。

其中一人尤为特殊。

"尊敬的兄弟！"洛加喊道。他迈上前来向基里曼致意。

这模拟效果令人惊叹。他的血肉与盔甲看起来仿佛具有真实的密度和质感，只是略显明亮。音频信号没有延迟，他的嘴唇和语音之间没有丝毫失调。

令人惊叹。

"我没想到会这样与你见面,"洛加说道,他的灰色双眼神采奕奕,"如果是面对面的话,我就可以拥抱你了。现在这样显得有些仓促。我收到了你的请求。我都没时间换上仪式正装——"

"兄弟,"基里曼说,"你看,我也只是穿着普通的盔甲与你会面。在你抵达之后就有亲切会面和正装仪式的时间了。你只有几个小时的路程了?"

"正在减速,"洛加回答,他看起来似乎与自己舰桥上的全息场略有错位,"舰长说还要五个小时。"

"我们到时候就会见面,你带上你的部下,我带上我的。"基里曼扫视着出现在洛加周围的那些军官影像。他们看似坐镇于不同的战舰。他已经忘记了阿格尔·塔的雄壮身躯、福德拉·费尔的刻薄冷笑、霍尔·贝罗斯的腾腾杀气、科尔·法伦的阴郁佝偻,以及艾瑞巴斯的漠然微笑。

"其中几位已经抵达了。"基里曼说道。

"是的,大人。"艾瑞巴斯说。

"那么,我们很快就会见面。"基里曼说。

艾瑞巴斯微微颔首,与其说是点头示意,更像是躬身受命。

"我的战舰正在进入轨道。"科尔·法伦说。

"欢迎来到考斯。"基里曼说。

那些光线的幻影向他敬礼。

"我请求进行这次简短的通话,"基里曼说,"是为了讨论一件技术层面的小事。我不想让它干扰我们的正式会面,也不希望它给你们舰队的抵达和疏散带来麻烦。"

"有问题?"科尔·法伦问道。

基里曼察觉出他们的姿态突然变得有些僵硬,即便站在他面前的只是一个个光影形象。他意识到,他们在刚刚出现的时候如同一群踏入篝火光芒的恶犬,脸上那种龇牙咧嘴的凶恶微笑并发出颇具刺探性的兴奋嘶吼。他们如今看起来充满了野蛮兽性,让他感觉不该引狼入室。

怀言者一直在帝国的破碎边疆上进行着凶残而粗鄙的归顺战争。当年蒙纳齐亚城中那个关乎命运的日子永远改变了第十三军团与第十七军团之间的关系。在那之后,怀言者已经尽心尽职地奋战了数十年。他们身上有种粗鲁而野蛮的意味。他们毫无基里曼麾下战士的高贵与坚毅。他们不再展露昔日误入歧途时所散发的狂热。他们显得阴郁而疲惫，像是饱经沧桑，倦怠不堪。他们显得铁石心肠。似乎一切怜悯和懊悔都已经从他们身上流失殆尽。他们似乎会妄自杀戮。

"有问题吗，大人？"阿格尔·塔重复道。

"一个机械代码方面的问题，"基里曼回答，"是机械神教向我汇报的。考斯数据网络里有一些恶性废代码。我们正在努力消除它。我希望你们也能有所防备。"

"一个数据包就可以概括这件事了，大人。"福德拉·费尔指出。

"与此相关的是，"基里曼谨慎地说道，"这些废代码的来源仍旧未知。它很有可能是一个来自外部的数据异常，无意间被带入了考斯星系。"

"来自外部？"洛加问道。

"来自其他地方。"基里曼表示。

洛加眼中闪现出一种基里曼希望再也不会看到的神色。那是伤痛，是愤怒，也是受创的尊严。

洛加抬起手在脖子前方划过，做了一个割喉的动作。基里曼愣了片刻才意识到那并非挑衅或侮辱。

洛加麾下军官的全息影像顿时冻结了。只有他自己的影像还在活动。他向基里曼踏了一步。

"我中止了他们的信号传输，这样你我就可以开门见山了。"他说道，"把话讲得清楚明白。你我之间，以及我们两支军团之间有过节，我们耗费了很多精力来安排这场战役，以期化解多年积怨……而你所做的第一件事居然是指控我们带来了废代码？指控我们在数据清理工作上如此懈怠，以至用某种来历不明的恶性代码污染了你的宝贵数据系统？"

"兄弟——"基里曼开口道。

洛加指着周围那些冻结的幻影。

"你究竟还要怎样羞辱这些人？他们不过是想取悦你。想要得到伟大的罗保特·基里曼的尊敬，在过去的几十年里，他们都没有得到过这种尊敬。他们很在乎你的看法。"

"洛加——"

"他们来这里证明自己！证明自己配得上光辉荣耀的极限战士！奥特拉玛的善战王者！这次集结，这场战役，都是无上的荣誉！这对他们很重要，非常重要！为了重新赢得这种荣誉，他们已经等了很多年！"

"我无意冒犯。"

"真的吗？"洛加笑道。

"绝无此意。洛加·奥瑞利安，我的兄弟，我为什么要私下与你进行交流？如果我把这件事留到庄重的仪式性会面上提起，那么你或许可以认为那是刻意侮辱。然而，这只是两个互相信任的指挥官之间随口闲聊罢了。仅此而已。你知道废代码可能源自任何地方，哪怕是维护得最谨小慎微的系统也会沾染上。可能是我们，可能是你们，可能是我们的数据库里出了毛病，也可能是某种源自外围世界的异形代码像藤壶一样粘在了你们的系统上。这不是谁的过错。我们仅仅需要指出这个问题，并携手将它解决。"

洛加盯着他。基里曼注意到刺青文字完全覆盖了兄弟的皮肤。

"我并不想搅乱这场迟到已久的重逢，"基里曼说道，"我在尽量避免。"

洛加抿起嘴唇点点头。随后，他脸上闪过一道微笑。

"我明白了。"

他又点了点头，笑容在他脸上时隐时现。他把一只手掌举到嘴边，之后大笑起来。

"我明白了。那么很好。我不该说那样的话。"

"我应该更委婉一些，"基里曼答道，"我明白刚才的说法不太合适。"

"我们会检查我们的系统。"洛加说。他的微笑又回来了。他再次点点头，仿佛是说服了自己。

"我应该更委婉一些。"基里曼坚持道。

"不，你是对的。我们显然还要克服一种紧张的气氛，避免先入为主的思维。"

洛加看着他。

"我会处理这件事。我们看看能否追踪到废代码的源头。之后我们就会见面，兄弟。只需要几个小时，我们就能相会，所有事情都将走上正轨。"

"我很期待，"基里曼说道，"我们会携手并肩，消除我们战帅兄弟所指的兽人威胁，让你我之间的历史就此改写。"

"希望如此。"

"一定如此，兄弟。如果我不相信我们两支军团之间那段不幸的嫌隙能够被和平相处与并肩作战所抚平的话，我是不会同意这次行动的。我们会成为最坚定的盟友，洛加，你和我，以及我们的两支强大军团。荷鲁斯会很高兴，我们的父亲帝皇也会微笑，过往的种种积怨将一笔勾销。"

洛加微笑起来。

"它们会被完全遗忘。它们会不复存在。"他说道。

"很快。"基里曼说。

【计时：−7.55.09】

克里欧·弗斯特处死了最后一名献身者。第十七军团及其附属部队的登陆营地遍布考斯各处，而在这些营地中，数百名像弗斯特这样的人在举行类似的献祭仪式。

短刃兄弟会成员吟唱不止。另外三个规模最大的教团轮回家门、魔环和基因群落的成员也是如此。

在轨道哨站上，机械神教伺服师乌尔·克哈·赫斯特已经退出了自主裁量模式，试图追踪并抹消废代码。他不会成功。他花上一辈子也不会成功。

废代码的问题已经不是机械神教能够解决的了。

八重之道已经被植入。

8

【计时：−4.44.10】

艾恩尼德·希尔醒了过来。他刚刚进入休息模式。他很无聊，已经等了很久，一直没有人来。

他醒了过来，是因为某个人已经走入第四十层甲板的这间前厅。

他立刻躬身行礼。

"你是希尔？"基里曼问道。

"是，大人。"希尔回答。

原体看起来心不在焉。他估计能发现哪些武器被使用过，又被放回了原处，还有哪些训练笼被激活过。

"你在这里等了很久。"

"是，大人。"

"今天事情很多。我的注意力放在了别的地方。"

这不是个道歉，只是个简单的解释。希尔想说他不明白原体为什么要亲自处理这件事，但他知道自己不该开口。

"你刚才没闲着？"基里曼问道，他从架子上取下一柄阔剑，观察它的锋刃。

"我……我决定用训练来消磨时间。"希尔回答，"这里的一些武器对我而言很陌生。我认为或许能够有益于——"

基里曼点点头，意思是闭嘴。

希尔闭上了嘴。

基里曼检视着他手中的武器。他并没有看希尔。希尔已经立正站好，等待命令。那顶涂成鲜红色、标志他背负处分的头盔被夹在他的臂弯里。

"我来这里不是为了找你，"基里曼说道，"我来这里是为了思考。我忘记你在这里了。"

希尔没有开口。

"这有些令人沮丧，"基里曼说着，将阔剑放回架子上，"我居然忘记了一件事情。我希望你不会向别人透露我的无心之言。"

"当然，大人。不过，我实在不能责怪你忘记了我。我只是个微不足道的细节。"

此刻，原体终于直视着他。

"两件事需要说明，军士。首先，不存在任何微不足道的细节。信息带来胜利。在能够评估其重要性之前，我们不应该将任何数据视为无关紧要的，然而全面的评估只有在事后才能完成。所以任何细节都是重要的，直到事态变化导致其失去意义为止。"

"是，大人。"

"第二件事是什么，希尔？"

艾恩尼德·希尔在回答之前稍稍犹豫了一下。

"以任何标准来判断，"他答道，"我的行为都应当遭受责罚。因此，我也并不是一个微不足道的细节。"

"的确。"基里曼说。

原体转过身看着这座房间的高大天顶。在过去的几个小时里被希尔超负荷使用的训练笼上方有些细微热霾。

"我想我可能冒犯到他了。"基里曼说。

"大人？"

基里曼将视线转回到希尔身上，若有所思地盯着他。

"这是非常敏感的一天。"他说道，"我们在建立人类帝国的一部分未来，不亚于将一个星系纳入归顺。我们在巩固纽带，修复弱点，这是政治。第十三军团和第十七军团之间的裂隙便是帝国阵线中的裂隙。荷鲁斯明白这一点。所以他在试图将其缝合，而我们应该咽下任何对此的不满。"

基里曼用指尖揉了揉颧骨，他陷入了沉思。

"未来立足于各支军团的牢固性，"他说道，"任何有所欠缺的地方都需要修复或巩固。这是强制性的。我们为了顾全大局而和睦相处。"

希尔选择保持沉默。

"他很……善变，"基里曼说，"他善走极端，急于取悦，又如此易怒。他身上没有灰色地带。他迫切地想要成为你的挚友，然而若是察觉到丝毫的侮辱，他便立刻与你交恶。愤怒、恼火、孩子气，如果他不是我的兄弟，那么他必定成为政治上的笑柄，阻碍帝国的高效统治。那样的话，我知道要怎么处置他。"

"我相信我能够示范，大人。"希尔说道，随后皱起眉头。

"这是个玩笑吗，军士？"

"我或许刚刚展示了很糟糕的幽默感，大人。"希尔承认。

"其实挺好笑的。"基里曼说。

他转身离开。

"留在这里，我到时候会来找你。"

"是，大人。"

【计时：-3.01.10】

"士兵佩松。"格拉福特沿着小路嗡嗡作响地走来。河风逐渐刮了起来，轻轻抚动大片的亚麻。空气里有一种冷冽河水与泥土所散发的醇厚气味。快要入夜了。余晖洒在堡垒上和四周，那黑色的河面泛着倒影。

"士兵佩松。"机仆喊道。

该停下了。今天的劳作结束了。如今是洗净双手，享受晚餐的时候。欧尔很疲惫，比自己预期的进度还慢。今天他浪费了太多时间去仰望天空，凝视飞船。他花了太多时间盯着闪亮的重型运输船呼啸而过。

格拉福特蹒跚来到他身边。那个机仆昔日为了装填弹药而配备的巨型双臂已经被替换成基本的装卸工具。

"该停下了，士兵佩松。"格拉福特说。

欧尔点点头。他们在天黑之前只能干这么多了。

但他觉得这不是停下的时候。他感觉有些事情正要开始。

【计时：-1.43.32】

文坦努斯和塞拉顿看着阿布特与一群劳工协会的管理人员交谈。在他们身后，一架如同岩壁般庞大的重型登陆船正在缓缓驶入仓库。混凝土地面上有一摊摊闪亮的油渍。

"我不知道这有什么难的。"塞拉顿说道，"她让他们再加把劲，他们就再加把劲。她有这个权力。"

"事情要更复杂一些。"

"是吗，连长？他们已经讨论了一整天。在我看来，关键问题似乎是休息的时长和频率。"

"疲劳是一个问题，"文坦努斯提醒他的军士，"一个凡人的问题。我们需要他们的通力合作。我们需要承认他们的品质。"

"你是说，弱点？"

"品质。"

"我十分庆幸自己不是凡人。"塞拉顿说。

文坦努斯笑了起来。

"无论如何，如果集结进度落后的话，要被原体问责的是我们。"

"不，是我，"文坦努斯说，"而且我们不会落后。这位总管很有说服力。"

"真的吗，长官？"

"我认为劳工协会拖慢进度是为了寻求超出报价之外的酬金。"

"故意拖慢进度？"塞拉顿问道，这是个陌生的概念。

"是的，军士。他们抱怨工作量超额，从而通过协商拿到一大笔额外酬金，之后就不再磨洋工了，还显得像是在努力工作一样。我们的朋友阿布特总管想必正在用一些新的概念来让他们放弃那个念头，比如爱国主义，比如原体的赞许。"

塞拉顿点点头。

星港上方的天空一片铁灰，厚重的云团被狂风所追逐，底部映着夕阳的余晖。即将到港的运输船显得格外明亮。

"天快黑了，"塞拉顿说，"比预想中的要早。"

"风暴的后果。"文坦努斯说。

"可能是吧。"塞拉顿表示赞同。

【计时：-1.01.20】

舰队补给船钟楼号经过了韦瑞迪安星系的孟德维尔点（编者注：装备了帝国亚空间引擎的舰船进入亚空间航行，须先以亚光速抵达星系中的孟德维尔点），随后是第16号外围标记环，以及星系哨站。它向第16号标记环的哨卫战舰和韦瑞迪安星空堡垒广播了完整且正确的停泊密令。星空堡垒解除了目标锁定，示意补给船可以通过。

那艘船似乎在减速。

【计时：-0.55.37】

那是传送的闪光。暴烈能量的鸣响在开阔的丘陵地带迅速散播，臭氧的气味玷污了北地的寒风。

黑暗使徒艾瑞巴斯从那束光芒中现身。他没有披挂仪式性盔甲，而是戴着最基本的战斗装备，盔甲表面涂满灰烬，覆盖着微小而扭曲的铭文。

一支作战小队正在等待他。受祝之子的艾森博尔·佐特站在最前面，这是一位拥有炽热怒火的战士。他的长剑已经出鞘。他的盔甲是猩红的。

这就是他们的敌人将要目睹的景象。猩红，烈火的颜色，地狱的颜色，鲜血的颜色，八重之道的颜色。

佐特率领着一群轮回家门教徒，七十个人，都没有子嗣。他们自从在凌晨乘着第一批登陆船抵达之后就一直在劳作。

努米纳斯城以北两千公里之外的萨崔克高原是个荒寂的地方。凛冽寒冬

瑞玛斯·文坦努斯，极限战士第四连连长

已经降临。由于其面积和地形，萨崔克地区被选为了这次行动的六十八个准备区域之一。登陆船排成一列停在斜坡上，向灰色的天空敞开着舱门。

艾瑞巴斯仔细检视他们的工作。

萨崔克高原上这片冰雪覆盖的区域条件得天独厚。经过对轨道扫描数据长达数天的比较和研究，他们认定了这个区域完全符合要求。它十分平坦，与地磁北极和潮汐方向有所对应，并且在集结当天能够看到理想的月相。它还拥有更多优势，一些用标准的帝国物理学难以解释的优势——亚空间矢量相互契合。在今夜，天界与此处之间的屏障薄如蝉翼。

这才是真正的集结。艾瑞巴斯仔细品味着它的至臻完美，并不仅仅是可行或恰当，而是完美。为了从今天开始的六十天，仿佛有一股力量造就了此时此刻的完美。

轮回家门的教徒们铺好了那个圆环。这些取自伊斯特凡V火山山坡的黑色岩石已经被打磨光滑，铭刻符文，被摆放成了直径一公里的完美圆环。

艾瑞巴斯从佐特手中接过最后一块石头。它们是召唤石。仅将其中一块拿在手中，里面蕴藏的深厚力量就已经让他感到不适。

他将那块石头放在圆环的缺口里。它咔嗒一声碰到了两旁的石块。

"开始。"他吩咐佐特。

轮回家门的成员带着来自伊斯特凡星系的其余供品缓缓走来，他们排成一列，各自捧着的便携式静滞容器就像天主教信徒手中的香炉。静滞容器里的液体混杂着鲜血，因此显得十分浑浊。那是收割而来的基因腺体，收割而来的基因种子。遭到背叛的亡者如今又成为这最后一场亵渎行径的祭品。有来自火蜥蜴的基因种子，也有来自钢铁之手和暗鸦守卫的。艾瑞巴斯知道毁灭大能一视同仁，所以，这里还有其余军团的基因种子：帝皇之子、死亡守卫、暗夜领主、钢铁战士、怀言者、阿尔法军团，甚至是影月苍狼。在伊斯特凡III和伊斯特凡V的隐秘暴行中殒命的任何人都可以。

艾瑞巴斯拦住了队列中的第一个人，轻轻抚摸对方手里静滞容器的玻璃外壳。他知道装在那浑浊液体中的残缺组织是什么。

"塔瑞克……"他低语道。

他点头示意。轮回家门的成员开始将容器放在圆环中。在他们踏入圆环内部的瞬间，那些人便开始呻吟和呕吐。其中一些甚至当即昏迷或中风，颓然瘫倒在地，砸碎了容器。

那无关紧要。

月亮缓缓升起，在布满点点光芒的淡紫色天空中绘出一道苍白弧线。

佐特将一块数据板交给艾瑞巴斯，黑暗使徒检查计时。他在利用停泊密令来跟踪数据。

他将数据板递出去，接过通信器。

"现在。"他说道。

【计时：-0.40.20】

"收到。"索洛特·绰尔回答。

他回到其余战士附近。他的部下与卢希尔的连队成员在萨摩索瑞斯号的船舱中三三两两地交谈。卢希尔安排的正式晚宴已经结束了。他们其实并不需要一场晚宴，尤其不需要卢希尔所提供的那些精致餐点，但这是个标志性的姿态。作为盟友，作为善战王者，共进晚餐。在即将来临的战争前夕建立纽带。

"有问题？"卢希尔问。

绰尔摇摇头。

"关于装卸平台的事。"

绰尔看着卢希尔。

"你们为什么改变了盔甲涂装和样式？"卢希尔问。

"我们在重塑自己，"绰尔回答，"崭新的外观标志着崭新的开端。这或许与我们敬爱原体的性格有关，愿宇宙赐福于他。奥诺瑞乌斯，我们从未真正找到自我，不像你们。我们一直在艰难挣扎，在努力寻找适合我们的角色。你们恐怕不会意识到自己有多么幸运。作为极限战士，你们拥有清晰的目标和明确的定位。从一开始，你们的声誉就无可置疑，你们的职能就明确清晰。"

他停顿了一下。

"很多年来，我都鄙视洛加。"他轻声说。

"什么？"

"你听到了。"

"索洛特，你不能——"

"看看你们的原体，奥诺瑞乌斯。他如此个性鲜明，如此高尚。我嫉妒你们，嫉妒帝国之拳、影月苍狼、钢铁之手。有这种想法的不止我一个。我们与一个善变的心灵共同艰难挣扎，奥诺瑞乌斯。那位智慧超群但屡尝败绩的指挥官是我们肩头的重担。我们背负的不再是圣言，朋友。我们背负的是洛加。"

"有些人会迅速进入角色。"卢希尔坚决地说，"我思考过这个问题。有些人会迅速进入角色。另一些人则需要时间来逐渐进化，从而找到自己的天职。你们的原体，伟大的洛加，是帝皇的子嗣。他必将拥有一个角色。或许最终会比基里曼和多恩的职责更加伟大。是的，我们有幸得到了明晰的角色。我知道。同样，还有帝国之拳、钢铁之手、圣血天使。泰拉在上，芬里斯的野狼还有吞世者也是如此，索洛特。或许你们之所以在长久的奋斗中都缺乏清晰的目标，正是因为洛加的角色尚且无法想象。"

绰尔微笑起来。

"我不敢相信，你在为他辩护。"

"为什么不能？"

绰尔耸耸肩。

"我觉得我们终于要发现自己的目标了，奥诺瑞乌斯。"他说道，"因此，我们换上了新的外观，对盔甲的图案和颜色进行了改变。我……我奉命加入先头部队。"

卢希尔不解地皱着眉头。

"你告诉过我。"

"我需要做出一些证明。"

"什么？"卢希尔问。

"我需要证明自己确实投身于那个新的目标。"

"你要怎么证明呢？"卢希尔问道。

绰尔没有回答。卢希尔注意到怀言者的手指不停地敲击着桌面。他为什么如此亢奋？是紧张吗？

"我学到了一些东西，"绰尔突然改变了话题，"一点战争技巧，我想你会感兴趣的。"

卢希尔拿起杯子，喝了口酒。

"继续。"他微笑着说。

绰尔把玩着他的金色酒樽。

"是在伊斯特凡的战斗里学到的。"

"伊斯特凡?伊斯特凡星系发生了战斗?"

绰尔点点头。

"没有任何报告。是归顺战役吗?"

"最近的事,"绰尔说,"完整的报告还需要战帅的批示。之后才会发放出来。"

卢希尔挑起眉毛。

"基里曼可不喜欢被蒙在鼓里,无论多久。从今往后战帅就打算这样开展伟大远征吗?基里曼坚持要求分享一切军事信息。而且伊斯特凡是归顺——"

绰尔抬起手。

"是最近的事,没有多久,已经结束了。你的原体会很快得知此事。重点在于,战斗很艰苦。帝国遭遇的强敌发掘出了背叛所蕴含的致命力量。"

"背叛?"卢希尔问道。

"这不是一种策略,你要明白。不是出其不意或暗中破坏的战术。我所说的是一种性质、一种力量。"

"我恐怕不太明白你的意思,"卢希尔微笑着说,他有些不知所措,"你仿佛在谈论……魔法。"

"差不多就是这样。敌人相信背叛之中蕴藏着力量。赢得对手的信任,隐藏自己的敌意,之后再对他突然出手……好吧,他们相信这种行径当真能够为自己注入力量。"

"我看不出来。"

"是吗?"绰尔问,"他们相信力量的强弱取决于背叛的层次。如果结盟部队突然反戈一击,这是一种层次。如果备受信任的朋友突然反目成仇,那就是最为纯净的力量,因为那样的背叛最为深重。它需要打破很多道德准则——信任、友谊、忠诚、依靠、诚实。它之所以强大,是因为它令人难以置信。它所达到的强度可以与那些规模最为庞大的血祭相媲美。"

卢希尔靠坐回去。

"确实有意思。"他说,"他们居然会这样想。从文化角度来看,这表明他们具备强有力的荣誉准则。如果他们相信背叛能够提供力量,那么这似乎就是某种迷信行为。当然,从战略和战术角度来看,这没有什么价值。也许只有一些心理作用吧。"

"对于他们而言,这确实很有用。"

"在你们把他们击溃之前,当然。"

索洛特·绰尔没有回答。

"怎么了?"卢希尔问。

"那就像某种献祭仪式。"绰尔说,"你要指出并犯下最为严重的背叛行径,就像用一份祭品来祝福,并开启一场充满胜利与毁灭的宏大仪式。"

"我还是不明白。这毫无战术作用。"

"真的吗?真的吗,奥诺瑞乌斯?如果它有作用呢?会不会存在一种完全不同的战争手段,超越了现行的战术体系,违背并盖过了由极限战士所制定并且被帝国所接纳的那些军事法则?一种仪式战争?一种恶魔战争?"

"你说得就好像当真相信一样。"卢希尔笑了起来。

"想一想,"绰尔轻声说,他环顾大厅,他的战士正在与卢希尔的部下开怀畅饮,"想象一下……如果怀言者向极限战士发动攻击,那不正是最严重的背叛吗?不是说洛加对基里曼动手,反正他们都不喜欢对方。我是说在这里,在这个房间里,在两个居然能够成为朋友的人之间。"

"那的确会是最恶毒的行为。"卢希尔表示同意,"我承认那种行为会具备某种力量,会在军团中引发震撼。我们免疫于恐惧,但如此匪夷所思的行为所产生的惊骇与诧异可能会让我们在短时间里手足无措。"

绰尔点点头。

"而且它会成为核心,"他说,"成为点燃那场仪式战争的献祭火花。"

卢希尔凝重地点点头。

"我想你说得没错。对这种笃信恶名之中蕴含力量的敌人,我们确实有必要了解他们,并且有所应对。"

绰尔微笑起来。

"我希望你能理解。"他说。

【计时：-0.20.20】

钟楼号穿过了内层标记环，它的密令被防御武器阵列接受。大批舰队的星船铺展在前方，还有轨道船坞。那是考斯的光明荣耀。

当进入考斯卫星的轨道时，它突然开始加速。

【计时：-0.19.45】

"理解什么？"卢希尔问。

"我奉命加入先头部队。"绰尔说。

"然后呢？"

"我需要证明自己确实投身于那个新的目标。"

卢希尔盯着他。

在一秒之内。一秒，就在那一秒之内，他终于意识到索洛特·绰尔究竟在试图表达什么。

有一条纽带是索洛特·绰尔绝不可能背弃的，所以他必须去背弃另一条。

酒杯从卢希尔掌中滑脱。他的手完全出于直觉地移向了配枪。只有那令人麻木的纯粹震惊才让他变得格外迟缓。

绰尔已经握住了等离子手枪。

酒杯还没有落到桌面上。

绰尔开火了。等离子在近距离上击中了奥诺瑞乌斯·卢希尔的躯干。它如同一颗主序星那般炽热。那一枪的巨大冲击把卢希尔击倒，使他砸碎了桌子，让桌面反弹起来，碰到正在下落的酒杯将其打飞出去，在空中洒出一道弧形的美酒。

卢希尔的部下们惊讶地转过身来，谁也无法理解那巨响和震动，无法理解刚才的武器开火及连长轰然倒下的场景。绰尔的人则掏出了武器。他们没有因为枪声而分神。他们的双眼始终盯着面前的交谈对象，盯着那些困惑不解转过头去的战士。

卢希尔翻倒在地板上，四肢抽搐不已，破碎的桌子散落在他身旁。那个酒杯掉在他头颅旁边，弹了起来。他双眼圆睁，目光呆滞。那发等离子弹在他身上烧穿了一个巨大的洞。他的盔甲同样被打穿了，边缘还冒着红光。拉瑞曼细胞不可能修复这样一个灾难性的伤口。绰尔站起身，椅子翻倒在他背后。他垂下等离子手枪，瞄准卢希尔的脸，再次开火。

在他周围，整个房间被骤然响起的枪声震动。二三十支爆矢枪几乎同时开火，披挂盔甲的躯体被击倒，血雾在空气中弥漫。

那个酒杯在弹起来三次之后终于落到地面上，又滚动了一圈，最后停留在卢希尔旁边。

绝对 // 压制

"战斗绝非儿戏。战斗总是伤亡惨重且代价高昂,因此,精明的指挥官只有在别无选择之际才会投入战斗。一旦投入了战斗,一旦实施阶段或称首要状态已经启动,就必须穷尽所能将其完成:迅速投入压倒性力量,以最快的速度尽量彻底地消灭敌人。切勿容许对方拥有任何做出反应的时间与空间。切勿让对方掌握任何可用于重整旗鼓的资源与机会。在物理和心理层面上完全抹消敌方威胁,一击毙命。第一次攻击就将其彻底灭除。这可以说是最为纯粹的攻击。"

——基里曼《军事法典初稿 4.1.ix》

1

【计时: -0.18.43】

警报响起。一个锃亮的黄铜操作台上开始闪动红色警示灯。

萨摩索瑞斯号舰桥上的轮值军官很困惑,但还是迅速作出了反应。是战舰系统在提示某种故障吗?这是个级别很高的警报。

他按动一个嵌有象牙的控制钮,获取具体信息。一行明亮的绿色文字闪现在玻璃屏幕上。

[武器开火。连队甲板。]

这不可能。就算这是真的,也一定是个意外。然而轮值军官训练有素,纪律严明。他明白任何的答案、更正和解释都是次要问题。那些都不紧急。就连向舰长通报此事都并非首要任务。他很清楚相关规程。他按照自己所受的训练作出了应对。

他激活了通信系统和甲板防护措施。他的双手熟练而灵巧地在按键上飞舞。他让全舰进入了备战状态。他开始系统地关闭连队甲板前后的舱门,并封锁各层甲板之间的通道和电梯。

在警报响起的四秒之内，轮值军官就已经开始对连队甲板进行包围和封锁，并且在所有出入口部署兵力。他的应对措施是教科书式的。在警报响起的三十五秒之内，全面封锁就能够强制建立。

但他们并没有三十五秒时间。

舰长听到备战状态被激活，从座位上一个激灵跳了起来，前往轮值军官身边检视情况。他眉头紧锁。

"怎么回事？"他问道。

他的话语被另一个警报所淹没。又一个，又一个。警铃、警钟和警笛的声音交织成一片喧响。

邻近警报。

碰撞警告。

偏离航线提示。

探测器阵列。

被动扫描。

来自考斯系统控制台的轨道交通警报。

有什么东西正在朝他们猛冲过来。有什么东西要一头扎进星球轨道上这片密密麻麻但井井有条的战舰阵形里。有什么东西在未受允许和授权的情况下即将横扫高层轨道。

轮值军官在一瞬间忘记了手头的事情。

他看着主屏幕，舰长也是，舰桥上的工作人员也是。

然而接下来的一切在刹那间发生，远非肉眼所能分辨。

【计时：-0.18.34】

钟楼号开始加速。它启动了实体空间主引擎，在一个应该仅依靠转向推进来保持滑行的地方发动了主引擎持续输出。它激活了虚空盾，让自己变得更加不可阻挡。它化作一颗子弹射向考斯。

船员们的尖叫声还能被听到，但没有人在听。

主引擎持续输出是一种用来进行强力加速的引擎状态，是推动星船达到实体空间速度极限，从而向天界跃迁的最大输出功率。只有当星舰离开星球，向约有星系半径二分之一距离之外的孟德维尔点进发时才会采用这样的加速手段。

这里绝没有那么长的助跑距离。钟楼号已经处于考斯卫星的轨道内部。它不可能达到极限功率或速度。即便如此，它在接近大气层边缘时仍旧是以约有实体空间极限速度的 40% 在前进。它的速度太快，以致任何物理手段都无法看到它，无论是肉眼、相机还是监视器。只有扫描系统和传感器能够察觉到它。这个如同震荡波般迅猛而狂暴的不速之客让那些仪器纷纷嘶吼起来。

然而，仪器的嘶吼就像船员们的尖叫一样毫无意义。

它没有击中考斯。

有东西挡住了它的去路。

【计时：-0.18.32】

钟楼号如同导弹般洞穿了考斯的环状轨道平台。它一头扎进高层轨道，里面布满了一排排货船、战斗母舰和运兵船，以及精细列阵的巨型巡洋舰和护卫舰，还有晶莹云团般的运输船、升降船、穿梭机等辅助舰船。

它恰似射进人群的一颗爆矢弹。

它以毫厘之差错过了姆拉图斯号、卡瓦斯科尔号、卢廷号和萨摩索瑞斯号。它从战列舰世界之巅号的舰艏下方掠过，擦着巨型运兵船安德洛美达之誓号的背部继续前进。它的虚空盾触及了突击战舰勒克汝斯号的舰身，令其右舷的传感器阵列和雷达灰飞烟灭。它从战斗母舰胜利之握号与荣耀之握号的中间飞过。当它经过大型巡洋舰女王叹息号的船体，将这艘著名战舰与重型补给船之间的锚索和燃料管撕成碎片的时候，钟楼号已经开始用舰艏虚空盾把小型目标扫到一旁或彻底湮灭。货运船、驳船、摆渡船，以及维修船等小型舰船瞬间解离，将凶猛的蓝色火花洒在光辉朦胧的护盾上。钟楼号的虚空盾如巨浪般席卷而来，让其余舰船翻滚四散、相互撞击，将它们推到大型战舰的船体或是外层轨道船坞的支架上。

随后，钟楼号抵达了主船坞。

考斯船坞是星球轨道上的一个个岛屿，组成了日渐完备的超轨道板雏形。共有十余座船坞围绕考斯转动。面前这一座是考斯韦瑞迪安锚点，是规模最大且历史最悠久的平台。这座庞然大物肩负着无数码头、支架、悬浮车间、工人居所、物料仓库和停泊平台。这个直径约三百公里的巨型金属筏充满生机与活力。

　　钟楼号击中了船坞，发生了耀眼光芒。以接近光速运动的虚空盾与实体物质发生碰撞，相互湮灭。这艘补给船将奥特拉玛侧面的干船坞轻而易举地瞬间汽化，撕裂了那庞大停泊支架的超结构，以及栖身于此的巡洋舰憎恨号。长达九公里的憎恨号被斩为两段，引擎骤然爆炸，同六千条生命一起消失在一团迅速扩张的极热光芒中。紧邻干船坞的两个车间模块被爆炸焚灭，在弹指间又杀死了三万名技师和工程师，并扯碎了A112号和A114号制动舱的超结构，导致它们向两侧坍塌倾倒，停泊在里面的护卫舰伯纳巴斯号因此撞上了快速护卫舰杰瑞科帝王号。两艘战舰的舰身都遭受了灾难性的损伤。伯纳巴斯号如同一颗用过的弹壳般扭曲变形。

　　钟楼号还在移动。它将逐渐解离的奥特拉玛侧面的干船坞抛在身后，又冲向了919号总装厂，那座空心的球形结构此刻承载着强权威胁号、泰拉救赎号，以及机械神教铸造船火卫一编码者号。三艘舰船全都灰飞烟灭。总装厂则像一枚玻璃球般爆裂。四下横飞的碎片切入了与之相连的居所模块里，将它们暴露在太空中。火卫一编码者号的部分残骸被爆炸甩了出去，急速旋转着撞上船坞的主装载机构，使其横向变形。这场二次撞击毁灭了四十九艘货运船与一百六十八艘小型驳船。货物箱和运输容器飞撒出去，就像一条断开的项链上的粒粒宝珠，就像破损口袋里倾泻而出的稻米。它们翻滚着四下散开。其中一些扎进高层大气，迸发出喷灯般的蓝色光焰。

　　考斯韦瑞迪安锚点颤抖起来。钟楼号的毁灭轨迹在其内部引发了一连串的爆炸。居所和仓库轰然破灭，码头逐个倒塌，吊车弯曲折断，如同被猎人击中的涉禽。七公里长的奥克鲁达之盾号在停泊支架中燃起大火。安坐在制动码头上的亚克斯凯旋号被暴雨般的碎片穿透。它的次级引擎发生内爆，将这艘庞大战舰拧成了九十度的弯折，就像一个被拎住脚踝猛力甩动的人。依旧被码头构架所包裹的舰艏撞上了正在附近码头接受整修的塔姆斯篡位者号。两艘战舰在撞击中相互碾轧撕扯，舰身四分五裂。内部气体凶猛地冲出装甲破口，那些喷雾状的气流里充满了如颗粒般微小的翻滚尸体。

　　光芒绽放。物质大规模湮灭，光是它们唯一的出路。长达十七公里的战列舰康诺之魂号是五百世界舰队中最强大的成员之一，它的宏伟反应堆和巨型弹药库遭受了超出临界水平的致命创伤，它喷薄火光，随即不复存在。大块熊熊燃烧的船坞结构飞旋着被抛入太空，或是坠向下方的世界。奥特拉玛顶部干船坞整体重力失效，四分五裂地朝下方坠落。被这座码头所支撑的大型巡洋舰安卓达米克斯号挣脱了泊位，开始从支架中向后滑落，如同一场分外古怪的启航仪式。它的引擎是关闭的。它不具备任何力量来阻止自己的坠落或稳定自己的位置，它来不及启动任何足够强大的动力。它是一艘庞大的舰船，足有十二公里长。它就这样向后滑落，如同一块坚冰从冰山表面坠入大海。

钟楼号还在移动。它的虚空盾终于失效，如今它只是一颗坚实的金属飞弹。它又湮灭了两座船台及其中停泊的舰船，让航母尤翰尼普斯阿特米西亚号陷入瘫痪，随即撞穿了位于船坞结构中央的数据引擎核心，所有数据引擎都被瞬间摧毁。自动系统骤然失效，思维空间遭受了致命干扰。船坞的心脏在顷刻间覆灭，三万五千人随之殒命。

撞击已经基本上毁灭了钟楼号那失去护盾的舰身。它的大部分结构早已原子化，只剩下几块最明显的残骸在星船本身分崩离析的时候还继续向前猛冲，依旧保持着极高的实体空间速度，传递出数十亿吨量级的力量。残存下来的最大一块碎片是钟楼号的引擎部分，它像流弹般横飞而出，摧毁了战列舰纳森杜姆的抗辩号，仿佛正中其脑门的一枚石丸。

钟楼号的最后些许残片穿透了考斯韦瑞迪安锚点，泼洒在星球表面，如同被火焰包裹的陨石。

整场灾难发生在一秒之内。它毫无声响，只是寂静太空中的一道闪光。

无论是附近舰船里还是星球地面上的观察者，都只能看到令人目眩的光芒，如同一颗超新星的爆发，以及那紧随其后、层叠扩散、汹涌喷薄、吞噬苍穹的烈焰。

【计时：-0.18.30】

强光冲击让马库拉格之耀号舰桥上的屏幕瞬间过载。它们沙沙作响地黯然失灵。那些接入系统的机仆发出断断续续的尖叫。自动应急系统猛地将防爆帘扯下来，遮蔽了舰桥上的每一扇舷窗，把所有人禁闭在包裹着坚实装甲的暗红环境里。

马瑞乌斯·盖奇从座椅上站起身。

"怎么回事？"他质问道。

没有人回答。

"搞清楚！"他吼道。

冲击波席卷而至。

【计时：-0.18.30】

有一道闪光。文坦努斯知道那是什么。本能比思维更快地作出了鉴别。那是在大规模爆炸之前产生的电磁脉冲。

他看到塞拉顿也有所察觉。但那位总管并没有。她的凡人感官太迟钝，无法理解那道闪光。她在说些什么。

文坦努斯抓住她，将她猛然拽倒。阿布特大叫一声，丝毫不明白怎么回事。他知道自己覆有铁甲的手指弄断了她的几根肋骨。但他还有机会用自己的身体庇护她。

一颗崭新的恒星占据了努米纳斯空港上方的天空。

【计时：-0.18.30】

灼目光芒骤然迸发，耐瑞德河口及其附近农田上方的天空随即充斥烈焰，仿佛神明启动了自己的火焰喷射器。

欧尔·佩松下意识地俯身闪躲，即便热浪与烈风还有半分钟才会到达。他目睹过舰船在轨道上爆炸，可从来没有见过这种规模的。

暮光被洗作橙红。傍晚的阴影骤然拉长。农田中的工人们惊恐地抬起头来。

"士兵佩松？"格拉福特问道，它无法构建出更复杂的问题。

"上帝保佑我们。"欧尔说。

亚麻开始摇曳。

焚风轰然袭来，仿佛有人打开了一座熔炉的大门。

【计时：-0.18.30】

一声雷鸣，这是赫洛克的理解。

"这该死的是怎么该死的——"他对身边的人开口说道，把嘴里正在抽的那支烟吐了出去。雷恩站在他面前。雷恩突然变成了一道剪影，河对面那座城市的高塔与房屋也是如此：一个个黑色轮廓，反衬着炫目的天空，仿佛这是某种怪异的黎明，或是该死的片状闪电，不过和叉状闪电一样明亮。

赫洛克不知道刚刚发生了什么，但他已经察觉到那会是他这辈子最糟糕的经历。

他错了。

【计时：-0.18.30】

努米纳斯城上方的天空发生了爆炸。布瑞兰和安德罗姆站起身，从休息模式中惊醒。他们什么都没有说，因为没有任何值得阐述的事实，但他们没等达摩克里斯连长下令就已经将武器握在手中。

那是一次高海拔爆炸，高海拔或是低层轨道。多次爆炸，相互重叠，这在一秒之后变得显而易见，因为光芒开始频频闪动，火团里又爆出火团。

"我们刚刚失去了一艘舰船。"安德罗姆说。

"不止一艘。"达摩克里斯连长纠正道。

【计时：-0.18.30】

"你看到了吗？"弗拉斯托瑞克斯连长喊道，"你看到了吗？"

"我看到了，连长。"安柴斯军士回答。

他们营地西边的天空光芒闪动，仿佛有人隔着一道纱帘在挥舞照明球。还有一种低吼，一阵绵延不绝的隆隆轰响，似乎是来自外太空，而且毫无停歇的趋势。

"让大家警惕起来。"弗拉斯托瑞克斯大喊。

通信乱成一团。每当弗拉斯托瑞克斯试着打开一个频道时，奇怪的声音都会在他的头盔里传来嘶鸣。那是尖叫吗？

那是……吟唱吗？

"让大家备战！"他重复道，随后向第一百一十一连的空地跑去。埃克瑞图斯也得让他的人行动起来。肯定出了什么事情。自从卡沃洛图斯V的恶战之后，弗拉斯托瑞克斯再也没有过像今天这样令人不安的直觉。埃克瑞图斯必须做好准备，无论这到底是怎么回事。

一阵怪异的狂风吹来，树木开始摇曳。这风显得干燥而温暖，如同一股不祥的吐息。

"埃克瑞图斯！"弗拉斯托瑞克斯喊道。

在树林下方的平原上，就连那些怀言者也行动了起来。弗拉斯托瑞克斯能看到他们开始列队。他能看到与之随行的帝国军队人员着手备战。很好，非常好。第十七军团虽然有着愚昧狂徒的名声，但他们远比弗拉斯托瑞克斯预料中更加训练有素，反应也要快得多。

很好。如此说来，很好。他们全都准备好了，准备面对这一切，携手并肩。这让他从心底感到高兴。

他们可以共同面对这一切，无论这究竟是什么。

【计时：-0.18.30】

数据冲击杀死了乌尔·克哈·赫斯特伺服师。

赫斯特的死亡并不像他身边的沉思井中那四十六位数据技师的死亡一样迅猛，但他大脑结构中的关键部分已经爆裂或烧焦了。这样的脑损伤是无法修复的，他永远不可能痊愈。神经突触像接错的电路般烧毁。他的前额叶开始内出血。

他依旧站着。

在数据冲击波汹涌袭来的一纳秒之后，夺目光芒照耀在考卡斯要塞的轨道哨塔上。思维空间如同烤箱里的冰雕般消融崩塌。哨塔的信息流场骤然解离。赫斯特对数千条生命的痛苦消逝感同身受：在主船坞上、在停泊的舰船中，以及在这座哨塔里的诸多同僚。有些死亡来得十分迅速，是刹那间的湮灭。另外一些同样很快，但更加令人胆寒，伴着重压下的四溅鲜血、失压时的爆破痛楚、碰撞中的凶猛冲击、焚灭时的烈火呼啸。

有些死亡来得较慢。它们持续了整整数秒。在他身边那些防弹玻璃舱里，众多接入系统的男男女女身躯剧震，海量数据如同重锤般冲击着他们的大脑，信息过载、感官过载、超负荷创伤症状。

当思维空间最终覆灭的时候，他几乎感到了一丝宽慰。

他的身体左右晃动。哨塔的窗户已经自动变成了深色，从而减轻轨道爆炸的眩光影响。赫斯特的永久性神经脉冲单元连接就像一根灼烧灵魂的白热铜丝。经过改造的整个身体都遭受了致命损伤。

他只能抓住被一个简化为二进制代码的念头。

赫斯特在四百六十二分钟之前退出了自主裁量模式。他将裁量权交给了轨道生体引擎。

那些引擎，乃至于轨道上的所有自动系统，全都被毁灭了。

考斯星球的武器阵列刚刚停止了运行。

【计时：-0.18.30】

泰利梅克汝斯再次苏醒。他猛然起身，尖叫着，呼号着，仿佛刚刚经历了梦魇。他背后满是冷汗，但他没有后背。他嘴里有血腥味，但他没有嘴巴。他瞪着双眼，但他没有眼睛。

一股洪流般的数据将他骤然激活，这信息冲击是如此迅猛，以致他的感官记忆在刹那间回到了改造之前的生命状态。并非他最近经历的改造。要比那更早，是在他接受生物工程改造成为星际战士之前。在那一秒钟里，他重拾了从梦魇中惊醒的记忆，正像一个未经改造的凡人，正像一个孩子。

他意识到自己方才遭遇的并不仅是数据冲击，还有明显的物理冲击。他的铁箱被剧烈地震动和抛掷，并开始坠落。

内置计时器告诉他，他休眠了大约九小时零十分钟。外部感应器失效了，他什么都看不到。他没法打开铁箱，没有思维空间，没有输入数据。

他自己的感应器还能运作，战斗装甲上的半机械半有机感应器告诉他，铁箱外部的温度高于五千摄氏度。他的惯性定位器告诉他，自己正在头朝下坠落，以致命的速度坠落。

【计时：-0.18.30】

天空爆炸了。克里欧·弗斯特将他的仪式匕首紧紧握在胸口，他的手指都被刀锋割破了。

短刃兄弟会的成员们盯着吞噬天际的火焰风暴，开始吟诵八重之道的祷文。

乌什库尔·苏！乌什库尔·苏！

弗斯特想要加入那场吟诵，但他一直在大笑，像疯子一样失去自控地大笑。

【计时：-0.18.30】

艾瑞巴斯站在由黑石组成的圆环里仰望天空。很多轮回家门的成员倒在地上，尸首飘散着青烟或微微的抽搐，这个仪式圆环的中央位置在过去的十分钟里已经不再是完整的现实空间了。物质蠢蠢欲动。宇宙的隔膜变得流动不定。这里飘着一种属于诡异梦境的气味，十分强烈却又无法辨别。

第一道闪光在南边的天际划过，受祝之子的艾森博尔·佐特嘀咕了一句。艾瑞巴斯已在遥望那个方向了。那是火焰、光芒、第一道光、某种意义上的黎明。艾瑞巴斯明白，他们的计划将会达成若干项明确的战略意义，但那些都是军事目标，对他而言无关紧要。对于第一位黑暗使徒来说，意义才是关键所在：内涵、奥艺、大局。

他们今日在天空中营造的强烈耀光，那便是乌什库尔·苏。在神圣世界的古老语言里，这几个字的意思是"献祭之阳"或是"祭礼之星"。很难精确翻译。其中有献祭的意味，有黎明所代表的希冀，还有一种为超凡事物揭开帷幕的含义。

一场更伟大的日出即将到来。

2

【计时：-0.18.20】

考斯韦瑞迪安锚点的宏伟船坞正在火光中死去。它的巨型平台结构遭受了无法修复的损伤，逐渐倾覆瓦解，不断喷射段状光芒，就像是突然出现在考斯轨道上的一颗白矮星。

核能烈焰营造了一个脉动不已的多彩光球。它辐射出的一道道震荡波让附近的轨道平台颤抖起来。其中一些被四处横飞的超结构残骸和舰船碎片所殃及。在泊位线上，舰队中的大批战舰或是起火爆炸，或是陷入瘫痪。残骸和碎片被考斯的重力捕获，从摇摇欲坠的轨道平台底部不断撒向地表。

一片混乱。电磁振荡摧毁了通信网络，残存的音频和视频信号都被癫狂慌乱的舰对舰交流挤满了：问题、质询、请求、强调。"怎么回事？怎么回事？你要立刻告诉我这是怎么回事！"

没有信息，没有数据。机械神教的喉咙已经被割断，它的语音器被撕碎，它的大脑被搅乱。只有睁开双眼、透过舷窗、抬起镜头才能看到现实。一场难以置信的暴行已经发生。考斯高层锚点化作了一场烈焰风暴。亡者不计其数。舰队和船坞所遭受的损失超乎想象。

这是一场攻击。这只能是一场攻击。这是战争行为。没有任何意外能够产生如此巨大的影响。韦瑞迪安星系门户森严，有着分外严谨的检查和复检系统，以及水准超群的多层安保系统。此等量级的灾难性损害必定需要恶行的推动。这是对安全警戒网络的刻意规避，一切早有预谋。

这不是意外。这是一场攻击。

在洪水怒涛般的庞杂通信信号中，某些地方的某些人提到了"兽人"或"绿皮"这些词。想必是敌人听闻了韦瑞迪安星系的部队集结。想必是敌人收到了对这支蓄势待发的大军的预警，从而先发制人。

在第一波冲击发生之后的十到二十秒之内，停泊在高层锚点的诸多舰船便开始急迫地启动引擎和武器系统。其中一些试图为虚空盾提供能量，甚至打算脱离指定的泊位，尽快转移位置。

之后，一艘战斗母舰突然开火。对于极限战士而言，那艘巨型战舰的名字是鹰王号，但它已经被悄无声息地重新命名为伪帝号了，怀言者对此只字未提，就像他们改变自身涂装时一样低调。

伪帝号是科尔·法伦的战斗母舰。

它将自己的所有主光矛火力倾泻在战斗母舰奥特拉玛之子号身上，后者化作一团金属碎片，被逐渐扩张的火球喷洒到四面八方。

伪帝号开始选择下一个目标，紧随其后的寇其斯之冕号也开火了。还有战列舰卡密尔号、纯净之焰号和色卓思之矛号，以及黑暗使徒艾瑞巴斯的座驾，战斗母舰命运之手号。

【计时：-0.17.32】

欧恩·侯米德舰长是重型驱逐舰神圣萨拉曼斯号的指挥官，他眼看着伪帝号沿着泊位线展开了无情的猎杀。他很清楚那艘庞大的怀言者战斗母舰在做什么。它正在摧毁身边的所有舰船，就像在逐个处决一排手无寸铁的囚犯。

他自己做过同样的事情。在伊菲革涅亚归顺行动之后，他驾着神圣萨拉曼斯号在法诺尔空港一路前行，将俘获的敌军舰船尽数毁灭，这样它们就再也不会被激活和使用了。那项任务毫无荣誉或美感可言，纯粹是实用主义的。

然而那些战舰太过危险，不能放虎归山。

作为一个太空海员，作为一个将毕生心血都奉献给这些伟大星船的人，他从来不喜欢这种处决任务。

然而，为什么伪帝号似乎很享受这一切？

侯米德向他手下的人尖吼着，要求他们尽快提交关于动力、武器、护盾和数据的报告……什么都行。神圣萨拉曼斯号冷冰冰地停靠在泊位上，引擎近乎彻底关闭。就算是得到神助，他们也需要五十分钟才能让战舰进入备战状态。

整支舰队都是如此。为了这场集结，奥特拉玛的诸多星船在高层轨道上休整待命。它们的能量反应堆处于最低功率，仅仅为货物装卸、系统维护和登舰排查提供能源。它们全都不需要启动引擎、武器或护盾。它们全都安然处于星球武器阵列的庇护之下。

"动力！"他喊道，"我需要动力！"

"功率正在提升，长官。"他的大副回答。

"完全不够快。我需要进入战斗状态！"

"引擎室说我们没办法让功率提升到——"

"告诉引擎室的那帮混蛋，我需要的是动力，不是借口！"

没时间了，伪帝号正在逼近。无论发生了什么，无论这究竟是怎样的暴行，第十七军团的战舰显然认定这是一场攻击，而且显然将奥特拉玛的舰船视为威胁。它们正在主动出击，造成尽可能多的杀伤，毁灭所有……

侯米德止住了念头。他迫使自己的思维保持刹那间的清醒。他意识到自己被严重的恐慌和极端的压力冲昏了头脑。所有人都是如此。他周围的舰桥里一片混乱。保持头脑清醒是他在当前情况下能够有所挽回的唯一希望。

伪帝号正在逼近。这就是关键。这就是关键。那艘天杀的伪帝号正在逼近。当这场攻击突然降临的时候，所有战舰都在原地待命，因此才会动弹不得，任人宰割。

然而伪帝号正在逼近。它在移动。怀言者舰队的其余战舰也是如此。关键并不在于它们的狂妄之举。关键并不在于它们不由分说地朝假想敌胡乱开火。

关键在于它们居然能够移动。

它们没有关闭引擎。它们始终动力全开地停泊在轨道上。

他们知道要发生什么。

他们做好了准备。

"那些混蛋。"他喘息道。

伪帝号逐渐逼近。它正在释放一拨拨冷酷无情的侧舷轰击；它全身上下闪动着色彩斑斓的狂暴怒火。每一次齐射都会激活制动系统，从而对抗那凶猛的后坐力。

每一次齐射都会杀死一艘毫无还手之力的舰船。

塔姆斯星辰号在眨眼间变成了一团烈焰与金属。

伪帝号逼近了。

"动力？"侯米德问道。

他的大副摇摇头。

伪帝号颤抖着释放出又一拨舷侧齐射。那惊人火力足以将一颗卫星化作焦土并劈成两半。

神圣萨拉曼斯号舰身中段遭到轰击，顿时四分五裂。

【计时：-0.17.01】

米尔·艾德维·陶伦贤者注意到了自己体内超高的肾上腺素浓度。她侥幸躲过了在轨道哨塔中肆虐的数据死亡。赫斯特救了她。基础工作流程救了她。

她不愿多去思考其中的讽刺意味，其中的机缘巧合。其中的温暖善意。

有太多事情要做。他们正在经历一场超乎想象的危机，一场灾难。她必须挽救局面。

她必须挽救赫斯特。

哨塔的电梯和升降平台已经失灵了。她拎起长袍下摆，快步跑上旋梯。烟尘悬在空中，警报呼啸不已，话语声在各处回荡。外面的天空超乎寻常的明亮。

她一路上碰到的很多机仆都拖着被扯断的缆线，步履蹒跚。有一些机仆已经瘫倒在地。另一些则重复播放着它们最喜欢的数据包，仿佛在哼唱童年的歌谣。还有一些正用脑袋撞击旋梯的墙壁。

毒性数据，数据死亡，过载。

但愿赫斯特还活着。

他接入了系统。他肯定遭受了很强的冲击——

别想这些。先到楼上再说。

她被一个高等机仆的尸体绊倒。一只手稳住了她的胳膊。

"不要倒下,贤者。"一个声音说道。

陶伦抬起头,看到了阿鲁克·瑟罗提德那张凶神恶煞的面孔,他是哨塔护教军的指挥官。阿鲁克被塑造成了一名征战沙场而非埋头于数据的个体。他的华丽盔甲有部分的典礼和仪式性意义,那种刻意营造的巴洛克风格让人回想起古老年代。

"我不会的。"陶伦答道。阿鲁克扶着她走上旋梯,将那些失去视觉和意识的机仆推到两旁。护教军比她足足高出一米。黄铜面甲上的两条全息红线就是他的眼睛。她注意到其中一条正在不停闪动。

"我们被击中了。"阿鲁克说。

"一场大规模数据冲击,"陶伦说,"超负载创伤症状。"

"还要更糟,"他回应道,"轨道上发生了爆炸。我们损失了舰船和轨道平台。"

"一场袭击?"

"恐怕是的。"

他们都在用话语进行交谈。陶伦很清楚地意识到了这一点。如此缓慢,如此麻烦。没有编码和数据包,没有瞬间完成的观点交流和数据交换。她应该从来没有运用话语和阿鲁克交谈过,对方则显然完全不习惯运用话语。

但这样的努力是必要的。他们都在数据冲击中得以幸存。他们必须保全自身。

"我需要找到伺服师。"陶伦解释道。

他点点头。那只红色的眼睛依旧在闪动。是出故障了吗?阿鲁克遭受了一些损伤。与所有护教军一样,他肯定也接入了思维空间,所以没能完全逃过数据冲击的伤害。但是护教军还拥有自己的紧急数据流场,可以作为危急情况下的备用手段。阿鲁克被超载冲击所伤,但他已经切换到了护教军专用的高强度军事规格通信系统。

他在前面开路。

"你是毫发无伤吗,贤者?"他扭过头问道。

"什么?"

"你受伤了吗,贤者?"

"没有。我躲过了数据冲击。我没有接入系统。"

"你很幸运。"阿鲁克说道。

"的确。之前有一个废代码问题。赫斯特伺服师退出了自主裁量模式去解决那个问题。"

阿鲁克瞥了她一眼。对方的护目镜仿佛是猛禽的尖喙。他有着异常宽厚的肩膀和躯干,如同一只巨型猿猴。他能够理解。这是基本规程。在应对严重的废代码问题时,任何一位伺服师都会确保自己的副手与系统断开,从而确保副手不会被废代码所侵染。这是一项安全措施。

这让陶伦躲过了远超废代码侵染的重大灾难。

"废代码可能与此有关吗?"阿鲁克问道。

陶伦已经考虑过这一点了。严重的代码污染所导致的思维空间崩溃……这有可能引发轨道平台的碰撞和事故。这甚至有可能致使武器阵列和战舰意外开火。

他们来到了指挥台。空气中悬浮着一团浓烟。工作人员正在努力将受伤的高阶技师们从破损的防弹玻璃舱里解救出来。僵死的机仆挂在它们的缆线上。每一块屏幕都吱吱响,雪花闪动。

赫斯特瘫倒在平台中央。

"闪开!"陶伦喊道,她奋力推开动作迟缓的机仆和簇拥在赫斯特周围的工作人员。

他的头颅旁边有一摊深色液体。她能闻到那些在赫斯特体内大肆破坏的有毒物质和化学成分。

"我们必须把他断开。"她说道。

阿鲁克点点头。

某个机仆吐出一串二进制代码。

"见鬼,说出来!"陶伦厉声道,"思维空间已经没了。"

"将伺服师断开系统会引发极端严重的脑损伤。"那个机仆说,"我们需要一支机械外科团队运用恰当的手段将他与神经脉冲单元断开。"

"他快死了。"阿鲁克看着那位伺服师说道。护教军对死亡已经司空见惯,他知道自己面前的景象是什么。

"他的伤势很重，"那个机仆继续说，"高水平的断开操作有可能救活他，但是——"

"我们明白。"陶伦说道。她看着阿鲁克。

"我们需要那支专业团队。"她说，"如果他还有救，我们就要抓住机会。"

"当然。"

她跪在赫斯特旁边，长袍染上了鲜血。

"我在呢，伺服师。"她俯身说道，"我在。我是米尔·陶伦。你必须坚持住。我准备好接手了，但我们还需要一支外科团队。坚持住！"

赫斯特动了动，他一息尚存。

他低声说了些什么。

"坚持住！我在呢。"她说。

"把我断开。"赫斯特咕哝道，几滴鲜血喷到了他的嘴边。

"我们需要一支外科团队，伺服师。这里出了一场严重事故。"

"别管我。武器阵列宕机了。它宕机了，陶伦。把我断开，你来接手。你得看看能否让它重启。"

"等一下，"她安慰道，"外科团队就要到了。等一下。"

"马上！"

"你会死的，伺服师。"

他的眼睑颤抖了一下。

"我不在乎。那不重要。我不重要。轨道生体引擎都没了，陶伦。"

她瞪大了眼睛，瞥了阿鲁克一眼。

"它们都没了，"赫斯特重复道，他气若游丝，"你必须接入系统，陶伦。你必须接替我，接入系统，看看还能挽回什么。看看能否重新掌控系统。"

"伺服师——"

"你必须重建思维空间。没有武器阵列的话，考斯会任人宰割。"

陶伦看着赫斯特的永久性神经脉冲单元连接，那些粗重的缆线盘卷在地面上，如同一条死去的巨蟒。她无法在切断连接的同时保住赫斯特的性命，尤其是在他命悬一线的时候——

一个工作人员大喊起来。

众人抬起头。

星球轨道上的爆炸将大量残骸穿透云层散落下来。第一批暴雨般的金属碎片开始坠入河谷，如同拖曳火焰的流星。她看到那些碎片砸进河面，激起冲天的蒸汽，另一些则敲打着考卡斯要塞的房顶。更加沉重的大块残片像导弹一样将房屋引爆。有什么东西撞上了指挥台的窗户，在防弹玻璃表面留下一片裂痕。

　　冰雹般的碎片只是前奏。更大的物体正在坠落，舰船的残骸、轨道平台的残骸、船坞的残骸。

　　陶伦比其他工作人员更早发现危机。大型巡洋舰安卓达米克斯号从四分五裂的船坞中坠入大气层，那艘长达十二公里的战舰在云团般的碎片笼罩之下缓慢而庄严地倾覆下来，如同一座直落九天的崩塌山脉。

　　它船尾朝下，坠向他们和考卡斯要塞。

【计时：-0.16.11】

　　"我不在乎没有什么，告诉我究竟有什么！"马瑞乌斯·盖奇吼道。

　　马库拉格之耀号的泽多夫舰长开口想要争辩。

　　"告诉他。"一个声音轰鸣道。

　　基里曼来到了舰桥。

　　"不如这样，告诉我。"他低吼着说。

　　"分析报告！全都拿来！"泽多夫向他的手下喊道。

　　冲击发生在不到两分钟之前。旗舰的屏幕一片漆黑。没有数据，没有思维空间连接，没有武器阵列的消息。仅存的通信交流被无数个扯着嗓子呼喊的声音搅成了一锅粥。

　　"我们什么都不知道。"第一战团战团长禀报原体。

　　"轨道上的某种冲击？"基里曼说。他朝躺在甲板上抽搐的佩洛特贤者看了一眼。机械神教的其余人员也是类似的处境。

　　船员开始向原体递交数据板。他迅速扫视那些零碎的记录。盖奇知道基里曼正试图在脑海中将一切拼接起来，这里的一条数据、那里的一份报告、一张照片、最近的扫描结果……

　　"我们认为是某些物体击中了船坞。"盖奇说，"扫描器都失效了，屏幕毫无用处。"

"用用你该死的脑子,马瑞乌斯。"基里曼说道。他转向舰桥工作人员。

"打开防爆帘!打开所有舷窗!"

防爆帘遮盖了舰桥上的诸多舷窗,伺服臂开始将它们一一升起。其中一些防爆帘需要手动复位。甲板工作人员匆忙去寻找曲柄扳手。

主防爆帘缓缓升起,闪动不已的光芒顿时洒入舰桥,其明亮程度令人警觉。

"泰拉在上。"盖奇低语道。

"舰长,"基里曼转头吩咐泽多夫,"你的首要任务如下:恢复动力,启动护盾,恢复扫描能力,恢复通信。在达成其中任何一项之后马上通知我,如果其中任何一项需要五分钟以上的时间,那么就给我一个精确的预期。"

"是,长官。"

"一旦我们恢复了通信,我需要与如下单位建立联系:所有前线指挥官的战舰、哨塔的伺服师、所有地面指挥官、所有轨道哨站指挥官,更不用提我亲爱的兄弟。之后——"

他听到盖奇的咒骂,于是停了下来。

防爆帘已经升得足够高,让他们看清了外面的状况。舰桥沐浴在火光中。展现在他们面前的是整个星球,以及陷入火海、满目疮痍的考斯主船坞。到处都是熊熊燃烧的舰船。其中一些在颤抖,在爆炸,如同被弃置于火堆旁的子弹。

这是一幅罗保特·基里曼永远不会忘记的景象。当那股冲击波猛然袭来,让他从私人房间中飞奔向舰桥的时候,他完全无法想象到如此可怕的情景。

事情即将变得更糟。

"那是战舰在开火。"他指着一道闪光说。

"绝对是。"泽多夫表示认同,他的声音不住地颤抖。

"是谁在开火?"基里曼质问,"他们在朝谁开火?"

他没有等待任何人回答。他大步走到主监测台,将迷茫的工作人员推开。舷窗之外的景象是如此摄人心魄,以致他们像梦游者一样东倒西歪。

"有扫描数据吗?任何数据?"基里曼问道。

其中一名监测员回过神来。

"那道振荡波,"他开口回答,随后咳嗽起来,"电磁振荡波,大人。它让我们的仪器暂时失效了。自动回复程序会——"

"花些时间。"基里曼替他把话说完。

"我们可以……"监测员吞吞吐吐地说道,"我是说,我可以授权重启监测阵列,但有可能造成短路。"

"那样的话我们就会一无所有,并且需要在船坞里待上一个月来维修阵列?"

"是的,我的原体。"那个人回答。

"就这么办。"基里曼说。

监测员迟疑了一下。

"动作快点,这是为了你自己好。"盖奇低声催促。那位军官匆忙开始工作。

"如果这是一场战斗,而你却毁掉了阵列,我们就做什么都没用了。"盖奇轻声说。

"我们已经做什么都没用了。"基里曼回应道。他紧紧盯着面前的景象,留意一切细节。他已经在脑海里记录下了若干艘瘫痪或被毁的舰船的名称。

"那次战舰开火,"他沉吟道,"它来自……来自白昼侧南部。而且距离很近。那不是来自星际空间的,是从锚点内部来的。"

盖奇没有开口。他不太确定原体是如何仅凭肉眼,通过观察距离、空间、燃烧的气体、能量的闪烁,以及散射的光线判断出这一点的。

"我想是的。"泽多夫说道,他对于舰桥上的观察视角更为熟悉,"我想你是对的,长官。"

"或许有些人在胡乱开火,"基里曼说,"他们以为这是一场攻击。"

"这或许就是一场攻击。"盖奇说。

基里曼点点头。他依旧盯着面前的景象。

他冷静得近乎可怕。盖奇是一个超人,他所接受的改造和训练让他无所畏惧。他心跳的加速与肾上腺素水平的提升仅仅是对当前事态的一种应对方式,帮助他更加快捷高效地展开行动。

但基里曼完全属于另一个层次。他正在目睹一场极端灾难降临在一颗挚爱星球上:至关重要的船坞设施所遭受的惨烈损失、规模庞大的间接伤害、大批舰船的毁灭、舰队的部分瘫痪、被碎片雨所覆盖的地表区域……

即便这是一场意外,事态也非常严峻,尤其是在这个意义非凡、事关重大的日子里。

但这并非意外,盖奇心底知道,而且他确信原体也知道。

但原体正在深思熟虑,仿佛只是在权衡下一步棋该如何落子。

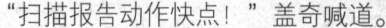

"扫描报告动作快点！"盖奇喊道。

"把通信频道公放出来。"基里曼吩咐舰长。

"那里一团糟，长官——"

"公放。"

刺耳的轰鸣在舰桥上骤然响起，静电噪声、脉冲杂音、嘶鸣代码，以及繁杂话语混杂在一起。无数个模糊不清的信号相互交叠干扰，仿佛整个宇宙在向他们放声尖叫。盖奇勉强能够分辨出来的所有声音都在呼叫援助、寻求答案、请求允许离开轨道或者开火还击。

盖奇看着基里曼。

"他们什么都没说。"基里曼说道。

"什么，长官？"盖奇问。

基里曼正在仔细聆听。他从那震耳喧响中挑拣出蛛丝马迹。

"他们没有说话。"他重复道。

"谁没有说话？"盖奇问。

"怀言者。这些通信，全都是我们的人。"

"你是怎么知道的？"

基里曼耸耸肩，继续聆听。他辨别出了战舰的名字、语音、船号、传输代码。但愿机械神教有朝一日能够设计出达到基里曼头脑一半效率的生体引擎。

"是我们的人在呼叫援助和寻求解释，"他说道，"是我们的人在请求开火还击的命令。是我们的人在大批死去。"

他看着盖奇。

"怀言者在向我们开火。"他说道。

"不。不，他们不可能——"

基里曼让他安静下来。

"无论这是什么情况，无论发生了什么灾难，他们认定这是一场攻击，而且他们认定这与我们有关。他们对我们的所有误解似乎都在这一刻成真了，马瑞乌斯，所以他们在向我们开火。"

他转向泽多夫。

"别管扫描结果了。激活全息影像让我和洛加会面。任何事情都没有更高的优先级。"

【计时：-0.16.05】

第一个物体落到了地面。那是一块残骸。欧尔·佩松不知道那具体是什么。他完全不在乎。那是一块船体，或者是轨道平台。

那块残骸有一幢房子那样大，它从燃烧的天空中以四十五度角陨落。它像流星般炽热无比。它如同火箭弹空袭一样轰然坠地。

它击中了河口另一端的冲积平原。冲击波将他们全都拍倒在地。他们身边农田里的亚麻如同干草般被撕成碎片。焚风呼啸而来，让欧尔和其余工人难以立足，滚滚尘云及暴雪般的细小碎片紧随其后。紧接着，就天降大雨。雨水滚烫灼人，方才被冲击波震飞的河水回到了地面。

一秒之后，又有几百万加仑的水向他们奔涌而来。冲击波让河水脱离了河床，化作两米高的大浪席卷欧尔·佩松的田地。

"起来！"欧尔向他的临时工们喊道，"起来，快跑！"

浪头将他瞬间吞没，卷入激流。

他撞上一道栅栏，立刻紧紧抓住，嘴里呛着水，他先是被那狂暴的湍流拽向一边，之后随着河水猛然退去又被拽向另一边。

更多物体开始坠落。两块巨大的碎片如同导弹般击中河对岸。庞大的火团直冲天际。小一些的碎片砸落在周围各处，就像是轻型枪支发出的子弹。它们如同手雷爆炸一样在地面轰出不计其数的深坑，泥土、河水和稀烂的蔬菜四下横飞。呼啸轰鸣、坠地的闷响、颤抖的大地、飞溅的泥土，他仿佛回到了科瑞索伐，回到了那最后一趟地狱之旅。他感觉源自往日的恐惧感再次降临，于是向自己的神祇默默祈祷。他的肺里全是水，身上糊了一层肥沃的黑土。

雷霆般的轰鸣正像克拉森汀山脊的枪炮声。如同床单在风中甩动时的爆响。一道道冲击波撼动着他的横膈膜，在五脏六腑中引发阵阵颤抖。

亲爱的上帝，亲爱的上帝，让我活下去，让我活下去，我是你的仆人……

不是炮弹，不是藏在沙袋工事里的野战炮所发射的弹药。不是炮弹，没有燃油的刺鼻气味，但同样可怕。

燃烧的残骸不断从天而降，如同瓢泼大雨一般。每个碎片都像一枚炸弹。

"找掩护！"欧尔喊道。

愚蠢，真愚蠢。这哪儿有掩护？天都塌下来了。

他的一些工人已经死了。他看到一个人握着鲜血喷涌的断臂，厉声尖叫着在黑泥中扭动。他看到一个自己颇为心仪的女人从冒着青烟的冲击坑里露出半截残躯。他看到一个男孩被压扁的尸体，另一个没有双腿的人正在匍匐向前。

就像克拉森汀，正像克拉森汀，那道山脊。他来到考斯是为了将那段岁月抛诸脑后，它却如影随形地跟了上来。

某个熊熊燃烧的物体像陨落的星辰般击中了耐瑞德的一座聚变反应堆，大地骤然被颠覆。

这一次的巨浪有四米高，感觉像是一堵混凝土墙袭来。

【计时：-0.16.03】

阿布特总管苏醒过来。她看着文坦努斯，仿佛对方攻击了她。她侧脸有一处划伤，她双手捂着自己的躯干，肋骨骨折。

"你干了什——什么？"她问道。

她还是一头雾水。

"听我说，"文坦努斯说，他跪在对方面前，即便如此还是要比她高得多，"总管，听我说。我们需要给你找医疗人员，然后——"

"你为什么伤害我？你弄伤我了！"

"总管，你必须听我说。刚才——"

刚才怎么了，文坦努斯连长？他该说什么？

他将阿布特抱进一条相对安全的地下通道。地砖很凉，但他们能感觉到地面上那些火焰所散发的热度。橙红色的跃动光芒斜射进通道里。

"发生什么了？"总管问道。她逐渐意识到了情况的危急。

塞拉顿护送着她手下的一些职员和港口工人走了过来。他们备受震慑，身上血迹斑斑。其中一个受了很严重的伤。

"我联系不上连队和战团，"塞拉顿告诉文坦努斯，"通信全废了。"

文坦努斯点点头。他们此刻急需的是信息。信息带来胜利。为此，他们需要一台高增益发送器，或者其他什么结实到足以在那道电磁冲击波下幸存的装置。

他听到一阵噪声。他脚下的混凝土开始颤动。他大步走到地下通道的入口处。

明亮的天空里有一团色泽赤红的烈焰风暴。灼目的橙黄色火团与火柱点缀其中，还有闪电、大规模放电。燃烧的残骸四处坠落，他们仿佛身处一场流星雨之中。

空港陷入了混乱。一部分区域，尤其是那些更为高大的天线和起重机，已经在冲击波和碎片雨中严重损坏了。热浪与高压将吊臂、索具、传送带和照明塔掀翻在地，浓厚的漆黑烟柱从破碎的燃料罐与精炼厂中冲天而起。

很多货运机械都被冲击波震落，其中包括两艘大型货船，它们坠毁的位置燃起了熊熊大火。人群四散奔逃。文坦努斯看到了不知所措的急救员和消防员，他也看到了地上的尸体。

那噪声源自一艘重型运输舰。它拖曳着浓烟和烈焰从头顶飞过，距离地面如此之近，以至让文坦努斯想要低头躲避。大块碎片从那艘飞船上不断散落。它挣扎着试图爬升，却来不及得到足够的动力。两枚导弹般的残骸突然直落云霄，径直刺进它的脊背，猛烈的爆炸撼动着那艘舰船。

它在引擎的嘶吼与大地的震颤中继续滑落，逐渐离开了视野，消失在巢都房屋与港口外围建筑背后。

一道光芒闪现。他感觉到了那艘飞船的坠毁。有多远？六公里？七公里？那仿佛是一场地震。空气中突然灰尘密布，剧烈的颤动让他的视线模糊了一刻。

在他身后，阿布特尖叫起来。那尖叫声毫无预警，让文坦努斯吃了一惊。她刚刚趔趄着走到地下通道的入口处，目睹了这一切。

"这是怎么了？发生什么了？"

"请保持冷静。"塞拉顿来到他们身边。

"这是一场攻击吗？"她问道。

热浪滚滚，空气中满是干燥而酸楚的燃烧气味。强光迫使阿布特遮住眼睛。两位战士并不需要如此。

"不，"塞拉顿说，"这是一场意外。一定是的。"

文坦努斯不知道要说什么。

"长官！"

一名极限战士突然出现。他发现了在这里避难的几人。他身边有一支作战小队。那是阿曼特，第七连的一名小队指挥官。

"你知道这是怎么回事吗?"文坦努斯问道。

"不知道,连长。"

"你手下有多少人?"

"我这里有三支小队,执行港口保卫任务的。"阿曼特回答,"我们找不到我们的军士,也联系不上他。"

"你们的通信器怎么样?"

阿曼特摇摇头。"没有能用的。"

"这个广场另一头有座监听站。"阿布特说道。文坦努斯看着她。总管扶着塞拉顿的手臂站起身来,她痛苦地紧锁眉头。

"监听站?"

"那是港口在硬件升级之前的老式交通控制系统的一部分。那里有古老但性能强大的发送器。"

文坦努斯朝阿布特点点头。

"很好。我们去搞明白到底是怎么回事。"

"或许我们也能搞清楚那些枪声。"阿曼特说。

"什么枪声?"文坦努斯厉声问道。

"有报告称西部防线传来了枪声,长官。"阿曼特说,"我想那很有可能是弹药库被大火引爆了,但还没有确切消息。"

"我们出发吧。动作快点。"文坦努斯说,"我并不觉得这是一场意外。"

这句话脱口而出的瞬间他就后悔了。

"为什么?"塞拉顿问道。

"因为我是个悲观主义者。"文坦努斯说。

塞拉顿看着他。他们搀扶着受伤的总管开始前进。

"你看,"文坦努斯对军士说,"我怎么做也没法对考斯的运输网络造成这么大的扰动。"

阿曼特瞥了他们一眼。

"这当然是意外,"他说道,"还能是什么?"

文坦努斯心不在焉。他能察觉到空气中的震颤。

一切都变黑了。一道幽深的阴影将他们笼罩起来。他听到阿布特和她的侍从们发出极度惊恐的呼号。

一艘战舰倒退着划过天空，是一艘大型巡洋舰。它无比雄伟。一个属于广阔宇宙的巨型物体凭空出现在了星球地表，这本身就足够震撼。那艘飞船看起来像是他们这辈子见过的最大的物体。

它下降得非常慢，沿着天际缓缓坠落，喷吐着云团般的碎片，拖曳着逐渐解离的空港残骸。倘若考斯的大气层是一片湖水，那艘船就是优雅地沉入湖底的一截巨木。这幅毁灭景象有一种原始的壮丽美感。他们此刻目睹的一切犹如神话。如同是逃离广袤苍穹的星辰，如同是忘记怎样飞行的神祇，如同是源自古老寓言的陨落。善良堕入邪恶。光明堕入黑暗。

"安卓达米克斯号。"文坦努斯轻声说道，他认出了那个庞然大物。

它仿佛悬在空中，但撞击只在分秒之间。它即将坠入这个世界。它的毁灭所燃起的烈焰将会烧焦整片大陆。

"后退，"他开口说，"后退！"

3

【计时：-0.15.50】

布瑞兰猜想，他们将要向城市进发。达摩克里斯连长已经下令让运兵车的驾驶员做好准备。无论这是怎么回事，情况都糟透了，努米纳斯的居民一定需要帮助。事关灾情控制、全面封锁。从奥罗森丘陵出发的话，他们大概只要两个小时就能抵达。

他们没有收到任何命令。他们什么都没有收到，没有上级协调。

所以，连长拥有第六连的终极指挥权。布瑞兰并不介意这一点。他们将要进入城市，完成部署，保卫阵线。部署和保卫，他们受过这种训练。

倘若这不是一场意外，倘若这是一场攻击……他们也受过那种训练。

就在他想着这些的时候，情况产生了变化，他们的计划也随之改变。

主战坦克开始从天上如雨般降下。

初现的冲击让人感觉不真实。布瑞兰看得清清楚楚。一辆超重型影刃坦克从污浊的天空中出现，坠落在前方大约一千六百米之外的地方，它除了一处破损的履带之外几乎毫发无伤。坦克的外部装甲因为重返大气层的高温而略呈粉红色。

它轰然坠落，犹如一柄重锤，产生了灼目的眩光、扩散的震荡波。

那冲击所引发的爆炸的威力相当于一颗大型等离子地雷。它将战斗兄弟们像玩具般抛向半空。其中一些人撞在运兵车和货车上。布瑞兰的小队处在震荡波影响范围的边缘。他们的动力盔甲感应到了爆炸，立刻自动锁定并抵抗冲击，让他们得以站稳脚跟。惯性缓冲器努力运作。布瑞兰感觉到沙砾和碎片如同手枪子弹般飞溅在他的盔甲上。

冲击波过去了，自动锁定系统放松下来。他们的纪律在瞬间有了动摇，并非出于恐惧，只是困惑。坦克不应该就这么从天上掉——

第二辆随即降临。这一次是辆毒刃。它一直翻滚着。它击中了西边一公里之外的连队营帐，其凶猛冲撞所导致的爆炸震裂大地，并在对面的丘陵上引发了山崩。随后是两辆接踵而至的邪刃。其中一辆砸扁了两架停泊的雷鹰。另一辆在片刻之后落在公路旁边，留下一个大坑，却没有爆炸。它居然从地上反弹起来，逐渐四分五裂。列队行进的战斗兄弟们急忙散开，坦克翻滚着从人群中碾轧过去，破碎的装甲和履带散落一地。

更多坦克四下坠落，如同一颗颗炸弹，如同一场诡异的冰雹，仿佛是一个孩童的玩具从盒子里被悉数倾倒下来。一些轰然爆炸，一些在冲击中破碎崩解，还有一些像嵌入肉体的子弹般深深撞进大地。

布瑞兰仰望天空。除了源自城市的浓烟之外，几乎是一片碧空。天上充满了正在坠落的物体——坦克、装甲车、运兵车、货舱、大块残骸。它们在空中翻滚，映着阳光，熠熠闪烁，旋转的速度有快有慢。灰烬和缆线与它们一同降临，一根根铜丝、导线、摄像头、键盘的碎片、数据板、玻璃碴儿、陶钢碎片。

上方某座低层轨道仓库破损了，里面的货物纷乱散落，犹如一大袋当头撒下的财宝。足以满足一支大军所需的装备和物资被重力拉向地面，摔得粉碎。在这个高度上空气阻力仅会让它们升温，不足以完全烧尽它们。

在他西边，布瑞兰在这从天而降的诡异灾难中看到了一艘风暴鸟的三角形轮廓，它正在旋转着坠落。

随后，他也看到了坠落的尸体。

与诸多机械物件不同，它们没能承受住这种坠落的考验。它们被烧焦烤熟了。它们像一捆捆潮湿的木柴般摔在地面上，四分五裂。

它们不像装甲车辆那样砸出巨坑或引发爆炸，然而它们所带来的冲击更震撼。

【计时：-0.15.48】

哨塔里的工作人员惊恐地尖叫起来。他们虽然视线模糊，倍感震慑，且与系统断开，但依旧能够察觉到那如同山岳般的庞大物体，以及那恐怖动能所引发的辐射潮、气压变化和重力扰动。

安卓达米克斯号占据了纷乱的苍穹，明亮如同蛛网般的高压电流依附在战舰表面。它切开了悬浮在熊熊燃烧的空港头顶那厚重的黑烟，穿透了河口处某座聚变反应堆上如火山喷发般冲天而起的夺目烈焰。它从遮天蔽日的尘埃中现身，仿佛是古老泰拉的一艘宏伟帆船，表面覆满了精工细作的华美雕饰，踏着滔天白浪跃向海滩。

从哨塔窗户望去，视野里只有它。它仿佛和哨塔一样高大，就像是一座化作钟摆缓缓挥来的城市。一块块残骸如流星般从它周围闪过，与这艘星船的缓慢陨落相比，那些明亮光点的步伐要迅捷得多。一些状如陨石的碎片击中战舰，火团随之绽放。另一些则呼啸而过，砸向地面、城市与河流。

陶伦明白，若是在平日里，任何一次这样的碎片冲击都堪称一场灾难，那猛烈的撞击和爆炸足以抹平一个街区。

而在今天，它们只是不值一提的次要损失。

"阿鲁克！"她喊道。她举起赫斯特的永久性神经脉冲单元连接，它就像一条缆绳。

那个护教军看着她，一只红色的眼睛闪动不已。

他的弯刀瞬间出鞘。利刃轻而易举地斩断了粗重的缆线，火花四溅。赫斯特顿时如同癫痫发作一般抽搐起来。

阿鲁克举起伺服师，将他抽搐的身躯扛在自己的壮硕肩膀上。他又一把握住陶伦的手臂，开始奔跑。在他们周围，伺服师的工作平台上，众多技师嘶吼着或啜泣着。其中一些逃向台阶方向。有几个人甚至从破损的哨塔窗户中跳了出去。

安卓达米克斯号的巨型引擎管道显得冰冷而漆黑，充斥他们的视野，越来越大。

赫斯特已经死了。他停止了抽搐，鲜血从他的口鼻流淌出来，滴落在护教军后背的锃亮盔甲上。陶伦拎起裙摆以方便行动。阿鲁克跑得很快。

他打算往哪里逃？陶伦信任对方，但她毫无头绪。她不知道自己在让阿鲁克斩断那条缆线时究竟有什么打算。时间不够了，无论做什么都不够。他是朝哨塔顶端的升降台去，还是摆渡船，或是货船？根本没有足够的时间去打开舱门，更别提启动引擎和起飞了。

不，不，他跑向逃生舱。塔顶有一排抗震厢，供贤者专用，通往位于哨塔地基下面的装甲掩体。它们非常原始，使用的还是配重机制。

这能行吗？还来得及钻进那些掩体里吗？那些掩体或许能够抵挡空袭，但此刻的情况呢？一艘星船正在坠向这座城市！

阿鲁克掀开一扇舱门。他把赫斯特扔进去，随后把陶伦也推了进去。

安卓达米克斯号轰然陨落。它修长的船尾率先咬进考卡斯要塞北部围墙外的地面。其龙骨和装甲能够抵御天界的磨难。因此它们在这剧烈撞击之后仅有轻微的变形。

它们嵌入大地。这艘长达十二公里的星船并未停下脚步，而是继续滑行，在这个星球的地壳上刻出了一条五百米深的沟槽。龙骨像一根巨型犁铧般将大地劈开，把表层和下层土壤翻卷到深沟的两侧。这条沟槽切断了高速公路和一片陵园。它又击中了围墙，使其分崩离析。安卓达米克斯号继续滑行，在生机勃勃的考卡斯要塞中留下一条宽达二点五公里的毁灭之痕。流星般的残骸不断划破苍穹，四散坠落，轰向城市及其周围的美景。这艘星船的坠地冲击扬起了一道比哨塔还要高的尘土之墙，促使由焚灭建筑细微颗粒组成的云团升了起来。

这个星球的地壳战栗起来，那是一种世界末日般的漫长震颤。随着战舰装甲与这座城市在相互倾轧中粉碎湮灭，空气中充满了尖锐震耳的嘶吼。

应力性碎裂终于击垮了战舰的骨架。安卓达米克斯号开始崩解。它的庞大身躯轰然倒下，舰身中部和舰艏不堪重负地折断了。装甲四分五裂。指挥塔和桅杆纷纷倒塌，如同花环般围绕在它身上的轨道船坞残骸也脱落了。

内部爆炸接连发生。多处外层装甲被骤然掀开，肋骨框架暴露在外，战舰心腹位置光辉闪动的核反应堆也清晰可见。

它依旧在前进。它依旧在滑行中不断解离，同时将城市斩为两半，把居住塔楼和巢都房屋连根拔起，让山坡与宫殿变成平地。考卡斯要塞中未被其触及的一些区域也被震荡波颠覆了。

轨道哨塔颤抖起来，其建筑结构的完整性开始屈从于那不断增强的震动。它逐渐分崩离析。它明显开始晃动，就像一棵台风中的树木。

当那艘星船的舰尾终于袭来的时候，哨塔已经开始自行倾覆了。

安卓达米克斯号将哨塔狠狠碾入大地，那昔日的宏伟结构没有留下一丝痕迹。

【计时：-0.14.20】

在巴托，他们隔着铁靴都能感觉到大地的颤抖。是余震。那可怕的冲击让考斯的地质系统战栗不已，森林摇摆不定，撒下一地落叶。

"理论可能？"弗拉斯托瑞克斯问道。

埃克瑞图斯极为冷静、专注。

"大规模轨道事故。意外或是袭击。舰队的损失相当严重，辅助设施的损失也相当严重，由于轨道平台毁灭而在星球地表产生的灾难性连带损害……"

他停顿下来，看着弗拉斯托瑞克斯。

"空港没了。完全失去通信，我们无法与舰队联系。除了我们身边的部队之外，无法与其余地面单位联系。没有数据输入，无法评估当前事态的类型与程度。"

"实战可能？"弗拉斯托瑞克斯问。

"显而易见。"埃克瑞图斯回答。

真的吗？弗拉斯托瑞克斯心想。

"我们重整部队。所有部队，你我的连队、帝国军队、机械神教、第十七军团。河这边所有完好无损的部队。我们重整队伍，向东后撤到沙汝德省。地狱正从天而降，这个星球还在自转，弗拉斯托瑞克斯。如果我们眼睁睁地在这里坐着，可能只会等来一场碎片雨的轰炸，或者更糟。我们应该保存这个集结点的兵力，把一切部队转移到东边，远离危险，如此才能保证它完整，以随时应战。"

"如果这是一场攻击呢？"弗拉斯托瑞克斯问道。

"那么，我们就随时应战！"埃克瑞图斯厉声说。

弗拉斯托瑞克斯点点头。他本能地想要朝危险前进。想要无所畏惧地踏入地狱，但他知道那位年轻的连长是对的。他们有责任保全并重整手下部队。这符合原体的期望。他和埃克瑞图斯及峡谷里的怀言者连长们所指挥的武装力量足以击溃一个世界。他们有责任保证其脱离危险并随时待命，从而有能力满足基里曼可能提出的任何要求。

"你先带着部队穿过森林，"埃克瑞图斯开口道，"我去跟怀言者还有帝国军队联系——"

"不，"弗拉斯托瑞克斯坚决地说，"你率队前进，带领他们，指引他们。我去跟第十七军团打交道，还有机械神教。走，快走！"

埃克瑞图斯抬起一只覆有铁甲的拳头。

"我们为马库拉格而战。"他说道。

弗拉斯托瑞克斯用自己的铁拳迎了上去。

"一如既往。"他说。

他沿着山坡向下走去，穿过自己和埃克瑞图斯麾下那些披挂钴蓝装甲的战士。在他身后，埃克瑞图斯、安柴斯，以及两支连队的其余军官正在高声下达命令，让部队开始行动。余震没有停歇。闪光与雷霆不断撼动苍穹。

他看到了第二十三小队。

"跟我来！"他喊道。他们立刻快步跟了上来。弗拉斯托瑞克斯想带上一些护卫。如果他打算让怀言者军官和帝国军队那群家伙乖乖听话，他就需要一支荣誉卫队来彰显自己的职权。

"有何指示，连长？"卡伦兹问道。

"现在的任务是在最大限度上挽救和保存这股作战力量。"弗拉斯托瑞克斯说。极限战士单位从他们两侧经过，朝反方向前进。在下方的河滩上，坦克引擎已经启动，照明灯已经打开。弗拉斯托瑞克斯惊讶地意识到，他很欣赏怀言者的快速反应能力。或许他需要重新审视可悲的第十七军团。

他看到了披挂猩红战甲的身影。他们正在沿着山坡向上进发。怀言者已经行动起来了。很好。或许他们不会太顽固。

弗拉斯托瑞克斯抬起一只手，向离他最近的怀言者军官示意。

一把爆矢枪开火了。

卡伦兹的腰部被炸裂，他倒下了。

第二颗子弹让弗拉斯托瑞克斯高高举起的那只手失去了所有指头。

怀言者排成战斗队列，沿着山坡向极限战士连队后方袭来。他们穿过干燥稀疏的灌木，将武器端在手中，自由开火。

弗拉斯托瑞克斯单膝跪倒在地。他那只被毁掉的手很疼，但伤口已经止血了。他试图用左手拔枪。真正的痛苦来自他的内心，极端的惊愕让他在刹那间几乎无法行动。没有理论可能，没有能够让人理解的实战可能。他们遭到了攻击，他们遭到了阿斯塔特第十七军团怀言者的攻击，他们遭到了同僚的攻击。

他用那只完好的手掌握住了爆矢手枪。他不确定自己究竟打算做什么。就算是正在遭受攻击，向星际战士开火依旧是匪夷所思的。

弗拉斯托瑞克斯抬起头，爆矢弹在极限战士的队列中炸开，将蓝色装甲击碎，把一个个战士打飞。如同露骨谎言般炽热的等离子束轻易洞穿他的连队。大批极限战士倒下了，他们脊背和腿部中弹，躯干被炸裂。他们伏地而亡，执政官型头盔背后的弹孔冒着青烟。

这是一场屠戮，一场残杀。在短短数秒之内，大部分战士都还惊讶莫名，尚未转过头来，而这片长着稀疏灌木的山坡就已经铺满了尸体。随风摇摆的灌木叶片上洒着点点鲜血。树木在厌恶地颤抖轻吟。大地起伏不已，仿佛不愿触碰此等恶行的铁证，仿佛它想要将死去的极限战士从自己身上抖掉，从而与这滔天罪孽撇清关系。

重型武器开始射击，激光炮、重力枪、热熔武器、暴风爆矢枪。

自动炮将林地中的一排排战士撂倒，将灌木丛扫成一团绿雾，猩红血滴和蓝色甲片飞溅在树干上。破碎的树木砸落在破碎的尸体旁边。

担任护卫的那支小队已经在连长身边覆灭了。某个极限战士被击倒，一块盔甲碎片横飞出来，敲在弗拉斯托瑞克斯的右眼位置，让头盔护目镜受损开裂。那冲击力将他的脑袋拧向一边。

这让他从麻木和震慑中惊醒过来。

他站起身来，瞄准敌人。

那些身披猩红盔甲的星际战士正在沿着浸满鲜血的山坡向他进军。他能听到对方的吟诵声。他们的武器喷吐着火舌。

"你们这些混蛋！"他喊道，随后被一颗子弹爆头。

在山坡顶端更茂密的树林里，埃克瑞图斯听见枪声后转过身。

他无法理解自己目睹的景象。

在他周围，其余战士也转过身，错愕地呆立在原地。他们眼看着那场屠杀逐渐展开，仿佛那只是某种即刻便会被揭穿的幻象。

埃克瑞图斯身边队列中那些被震慑的战士开始中弹负伤，头颅被洞穿，装甲被炸裂。一个个兄弟被击倒。众多战士瘫在地上，生命迅速流逝。

埃克瑞图斯颤抖起来，极度震惊让他不知所措。他面前的这一切是不可能的，不可能！

他看到了远在下方的弗拉斯托瑞克斯。

他看到那位连长站起身，握着枪。是用左手握着的。

之后他看到对方仰面摔倒，死了。

埃克瑞图斯暴怒地大吼起来。他向山坡下方冲去，直面枪林弹雨。安柴斯抓住他，迫使他停下脚步。

"别，"那个军士喊道，"别！"

他让埃克瑞图斯转过身去。

泰坦正在穿越他们右侧的丛林。树木轰然倒下，被庞大的战争机械连根拔起或轻松折断。战争号角发出隆隆怒吼。埃克瑞图斯能闻到虚空盾的刺鼻气味。

泰坦开火了。

【计时：-0.11.21】

赫洛克军士大吼着下达命令。没有人听他的。

极端强烈的冲击让贝尔·雷恩张口结舌，呆若木鸡。士兵们四处乱跑。无数火球从血海般的天空上尖啸着落下，在他们身边爆炸。一块块轨道残骸从头顶扫过，轰然坠地，雷恩紧张地弯腰躲避。在营区另一头，一顶炊事帐篷化作火团。医疗区被抛到空中，仿佛脚下有一片地雷突然被触发。

每一次爆炸都会让雷恩全身哆嗦，但他的双眼从未离开那最为瞩目的奇观。一艘星船刚刚在他们西边三十公里之外坠毁了，一整艘星船。如今它像一座拔地而起的山脉般嵌在那里，支离破碎，浓烟滚滚。此起彼伏的爆炸如同成串的鞭炮一样在那四分五裂的装甲上蔓延闪现。

它完全超乎想象，庞大得匪夷所思。

他心里只惦记着身在河对岸的奈芙。她肯定很害怕。她应该还活着。雷恩这样安慰自己。那艘星船坠落在考卡斯要塞这边。努米纳斯城逃过了一劫，即便各种残骸正在轰炸整个地区。谁知道天上居然有这么多可以掉下来的玩意？奈芙很可能到她姑妈家去了。她是个聪明的女孩。她肯定去了她姑妈家，躲在地窖里，非常安全。

雷恩费力地咽下了口水。

他意识到自己并不爱奈芙。或许从来没爱过。他突然明白了这一点。之前的那一切都太顺理成章，太浪漫美好。他要应征入伍，要随军远去，所以他们在一起的时间分外宝贵。他们有可能再无缘相见。所以这顺理成章。很容易许下承诺。若是不会有天长地久，那么海誓山盟便是信手拈来。一切都那么浪漫。一切都那么凄美。他们时间紧迫，所以一切都有了意义。他们结婚了。那就像一场盛大的送行典礼。大家都哭了。多么浪漫，多么浪漫。

多么虚妄。虚妄而反常，就像那艘取代了考卡斯要塞的破碎星船，就像这一整天。

他仿佛从白日梦里坠入了一场梦魇，然而在这里，一切却都显得更加真实。

克兰克将他撞倒。

"干什么——"雷恩惊呼道。

某个几乎可以肯定是主战坦克车轮的炽热物体沿着营地翻滚而来，碾过帐篷和水车。如果不是克兰克，雷恩也会被压扁的。

"我们走！"克兰克喊道。

"去哪儿？"

"防空洞！"赫洛克军士吼着，"到防空洞里去！"

那毫无道理。附近有数千名士兵和区区几十个为了应付规定而建造的防空洞。而且如果有另一艘星船当头砸下来，那么他们在地面上挖的该死的洞也救不了谁的命。

"看！"尤苏夫高喊，"围栏那边！"

他们的视线转了过去，那道围栏分隔开了他们的军营和第十七军团下属侦察兵的营地。那些人之前在吟唱。如今他们都堆在围栏边上。他们的苍白手掌与凄惨面孔挤在围栏铁索背后。他们在呼喊。雷恩能看到对面营地后方的跃动火光。

"他们被困住了，"赫洛克说，"该死。他们被困住了。他们出不来。"

一些士兵冲了过去，想要看看能否将围栏的大门打开。

"等等，"雷恩说，"别！"

他们离得太近了。他小队里的战友们离围栏太近，离那些苍白的面孔太近了。

那道围栏骤然倒下。它早已被切断，此刻在一阵轻响中拍落。那些外来的侦察兵顿时涌入努米纳斯第六十一连的营地。

"这该死的怎么回事？"赫洛克说。

那些外来人手里有枪，包括步枪、手枪、短刀、长柄武器，还有该死的长矛。

第一批子弹击中了最近的努米纳斯士兵。他们弓身倒地。那些原始人嚎叫着猛冲过来。一个家伙将长矛捅进尤苏夫的肚子。尤苏夫发出异常惨烈的尖叫，随着那个原始人扭动矛柄，他的尖叫变得断断续续。雷恩刚刚认识的瑟都姆脸上挨了一枪，他倒下的时候，头颅已经变成了奇怪的形状。兹韦提斯转身要跑的时候被射中。巴德拉被捅了很多刀。厄特瓦斯中弹了，之后是凯森，之后是哥本。

雷恩和克兰克开始跑。哈斯皮安转身和他们一起逃，但他被瑟都姆的尸体绊倒了，那些原始人立刻追上去，拿长矛把他打死，就像女人在河边用棒子敲打衣服那样。

赫洛克大骂一句，掏出自动手枪开火。他在考斯之战中达成了忠诚派的第一次主动击杀，即便这一事实并未被后人知晓。他射中一个手持长矛的原始人，杀死了对方。

随后一柄长矛穿透了他的胳膊，另一柄长矛刺伤了他的大腿，他顿时倒下了。他们将赫洛克按在地上，军士尖叫怒骂，吐出自己能够想到的一切污言秽语。

短刃兄弟会倾巢而出，屠杀他手下的士兵。在这一切的愤怒与痛苦中，赫洛克意识到那些家伙又开始吟唱了。

将他按在地上的一个混蛋弯下腰，准备用匕首割开他的喉咙，但另一个混蛋出手拦住了同伙。

克里欧·弗斯特俯视着那个被部下按在地面的人，一个军官。军衔具有价值，具有仪式性意义。

他能用得上这个受伤的军士。毕竟，有些东西需要喂食。

【计时：-0.09.39】

文坦努斯抱着阿布特穿过熊熊燃烧的港口，由她负责指引方向。塞拉顿及总管的侍从们紧随其后，阿曼特和他的小队担任护卫。

"这边，"她说道，"沿那条斜坡下去。那里。"

前方是两座庞大的监听塔，那脚手架般的粗犷结构之间夹着一个圆盘形的信号接收器。它很古旧，很原始，大概是由早年殖民考斯的第一批开拓者建造的。然而，它属于军用级别，毫无装饰，历经沧桑。

"我父亲在港口工作了三十年。我熟悉这地方。在机械神教抵达考斯并建立起完整的信息流场之前，这曾经是港口交通管控系统的一部分。它本该在一个世纪之前就被推倒的，但他们一直维持监听塔的运作。"

"为什么？"文坦努斯问道。

"因为它很可靠。每过大概十五年，太阳风暴都会泛滥一次，而它比信息流场系统更能抵抗辐射潮。"

"很好。"文坦努斯说。

燃烧的残骸依旧像炸弹一样从天而降。队伍里的所有人都还没从安卓达米克斯号的陨落中回过神来。一些侍从眼中泪光闪闪。

监听塔所占据的平台坐落在第六十号停机坪旁边的一片混凝土洼地中央。那是个天然掩体。大约两百名港口员工和装卸工挤在平台下面寻求庇护。这算不上什么安全的港湾，但聊胜于无。炽热的灰烬纷纷散落。时不时就有某种微小但沉重的物体像子弹般击中大地，可能是断裂的铁桩或者气密门把手。

在此避难的那些人看到了星际战士，他们挤了过来。他们有疑问，有很多疑问，还有求援的呼叫。

"我们什么都不知道。"文坦努斯将阿布特放下，举起双手告诉人们，"显而易见，目前情况紧急。我需要让这个监听站运作起来。那样的话，我们或许就能得到一些答案。我需要通信操作员。"

几个志愿者走上前来。他选了两个人。

"我们走吧。"文坦努斯说。

他很不安。自从灾难降临已经过去了十分钟，而他还是一无所知。

监听站的控制室由三个标准型号的工作间组成，被两座铁塔间的横梁架在离地三十五米高的地方，通过开放式旋梯与地面相连。

文坦努斯重新把阿布特抱起来，在前面领路。两个通信操作员紧随其后，此外还有总管的几名侍从、塞拉顿和阿曼特。阿曼特手下的战士们分散开来，尽力安抚躁动的人群。

他们打开一个工作间，那里还有能源。技师们开始启动监听站的主播放网络。文坦努斯拿起一块数据板，记录下他想要联系的频道——埃汝德集结指挥部、舰队指挥部、他自己的连队指挥部。

通信操作员坐在主播放台前，面对工作间的窗户。嘶鸣杂音和辐射干扰在那古旧而笨重的扩音器中响起。

"那是枪声吗？"塞拉顿问道。

"我没听到，"文坦努斯回答，"或许是更多残骸掉下来了。"

他来到工作间外面的狭窄走廊上。那里视野非常开阔，但他看到的绝非优美风景。大片港口设施已经陷入火海。河流两岸的天空上涂抹着浓烟。流星般的轨迹从黑暗的背景上划过，如同一条条激光弹道。此刻已经很难分辨出那艘庞大的战舰残骸了，然而透过这片黑烟，他望见曾经坐落着考卡斯要塞的那个方向红光闪动，仿佛是地狱的入口。

一种遥远的隆隆闷响清晰可闻，像是行星轰炸，像是战舰在轨道上开火的声音。

他依旧相信这是一场意外。

下方传来一阵喊声。三支星际战士小队进入了铁塔脚下的洼地。他们身着红色盔甲，第十七军团。很好。他们在这个凶险的时刻能够团结协作。或许怀言者的通信网络幸免于难。

他看到阿曼特的小队和那群港口工人上前致以欢迎。

文坦努斯回到监听站里。

"我下去一趟。"他告诉塞拉顿，"援军刚刚到了，我想搞清楚他们都知道什么。"

他看着努力工作的通信操作员们。

"一旦他们有任何进展就叫我上来。"

塞拉顿点点头。

文坦努斯转过身，停顿了一下。

"怎么了？"塞拉顿问道，"有什么事吗，长官？"

文坦努斯不确定。他张口想要作答。

毫无预警。毫无任何预警。仅仅是一纳秒的不安，一种直觉的刺痛，告诉他事情不对劲。

一纳秒，太短了，也太晚了。

质爆弹敲进监听站的地板和正面墙壁。那是从下方发射的质爆弹。

地板和正面墙壁顿时被撕裂。解离的金属板变成了致命的碎片。光芒和火焰从爆破点骤然涌入，裹着无数碎片席卷了这个受创的房间。

工作间内部充满了迅猛扩散的烈焰与四下纷飞的金属。子弹冲击所引发的强大压力将窗户轰开，并摧毁了信号播放台。阿布特总管被震倒在地。一名侍从被子弹击中，她的肩膀和头颅在爆炸中化作一团红雾。从地板上剥落的高温破片彻底割裂了那两个通信操作员。另一个工作人员被爆炸冲击抛到了天花板上，他的尸体穿过破损的地板掉了下去。

塞拉顿看着那位惨遭杀害的工作人员翻滚着坠向地面。他的尸体消失在监听塔的钢梁之间，融入了那片由飞旋残骸与燃烧碎片所组成的冰雹。

地板开始脱离正面墙壁。

"后退！后退！"文坦努斯命令道。整个工作间都在尖声嘶鸣着渐渐倾覆，马上要脱离原位。支撑那道旋梯的金属笼与铁塔分离，轰然倒塌。

那些未知的杀手再次开火。又一阵暴雨般的凶狠子弹笼罩了工作间。文坦努斯癫狂地评估事态，将武器紧握手中。攻击来自下方，监听塔的底部。

质爆弹，触及目标时引爆。它是阿斯塔特军团弹药。不可能。不可能。除非——

"错误，"塞拉顿在他身边大喊，"误伤！错误！有人搞错了——"

"我说了,后退！"文坦努斯大吼着伸手抓住塞拉顿,将他拽到工作间后部。

文坦努斯和塞拉顿开始还击，透过地板剥落时留下的破洞发射子弹。下方充满了烟尘，没有清晰的目标，没有热感应痕迹，可他们照样开火，阻击敌人。

盔甲上的惯性感应器不会说谎。这个工作间正在向后倾覆。它将要脱离其所在的平台，坠向地面。

阿布特已经死了。她身上毫无伤痕，但文坦努斯知道质爆弹轰击所引发的巨大压力与动能冲击必然震碎了她的凡人脏腑。阿曼特倒下了。从下方射来的两三发质爆弹击中了他。他仰面躺在那块迅速消亡的地板上，肢体不全。他还活着，深深的伤口上覆满了逐渐凝结的血块。

他们只需要一点时间来处理伤口，就能让阿曼特即刻脱险。他可以接受身体重构。虽然他整个躯干的正面都已经被剥离并烧焦，但只要在特殊的生物科技环境中度过一两个月，他便可以重返战场。

这个工作间里没有那一点时间。

他们没有那一点时间。

文坦努斯看到了阿曼特的圆瞪双眸，在满脸鲜血与破碎面甲之间，他的眼里尽是无助与困惑。文坦努斯明白自己看到了什么。阿曼特知道这便意味着终结，不仅仅关乎他自身的存在，更关乎他们认知中的银河。

文坦努斯猛地一脚踹开后部舱门。旋梯已经不见了，无路可走。工作间开始倾覆，如同一艘在湍流中漂浮的小船突然来到了瀑布面前。

"跳！"文坦努斯喊道。

命令就是命令。

他们跳了下去。

【计时：-0.03.59】

基里曼的身体因愤怒几近僵硬。他手握一支笔，站在舰桥的窗户前面，将自己能够看到的一切记录在数据板上——舰船损失、分散情况和阵形。

等到旗舰系统完成重启，动力输出达到活跃等级的那一刻，他希望能掌握一些可用的数据。

"我需要那个全息连线！"他一边朝身后大喊，一边记录下丰饶号与和平之父号的相对位置。

"我们是否要升起虚空盾？"盖奇问道。

"越快越好。"基里曼回答，"一旦我们恢复通信，就把这条命令传达给整个舰队。"

盖奇点点头。

"我们开火还击吗？"他又问。

基里曼看着他。

"这是个悲剧。一个悲剧，一个错误。我们会尽力保护自己。但我们不会让事态加剧。我们不会让伤亡情况加重。"

盖奇绷紧了下巴。

"我要杀了他们。"他说道，"请原谅，但这是一项罪行。他们肯定知道这是错的。他们羞辱我们——"

"他们受过创伤。"基里曼说，"他们认定自己遭到了致命的威胁。他们的一切恐惧都成真了。马瑞乌斯，我们不能犯下和他们同样的错误，无论代价有多么高昂。"

"连线建立了！"泽多夫大喊。

基里曼转过身。"全息投影？"

"很弱。音频为主。"

基里曼将数据板塞到盖奇手里，走向全息平台。

光芒又一次在他身边绽放，不像之前那样正常而稳定。有些身影若隐若现，只是勉强能够聚焦的闪烁幻象。基里曼仅能分辨出阿格尔·塔的轮廓、霍尔·贝罗斯的影子，以及可能是福德拉·费尔的一缕暗淡光芒。

只有洛加是明确可见的。他黑白两色的身影饱受干扰，图像跃动不已。他头颅低垂，双眼陷在阴影之中。他所处的位置有种非常集中的光源，那束来自头顶上方的光芒让他的面孔被幽深黑暗所笼罩。

"停止这一切。"基里曼说。

洛加没有回答。

"兄弟，立刻停火！"基里曼说道，"停火。这是个错误。你犯下了一个严重的错误。停止你的报复行为。我们不是你的敌人。"

"你们与我们作对。"洛加轻语道，他的声音如同白噪声的嘶鸣。

"我们没有袭击你们，"基里曼坚称，"我发誓。"

"你们曾与我们为敌。你们侮辱我们，令我们蒙羞。你们休想再次得逞。"

"洛加，听我说。这是个错误！"

"群星在上，你为何认为这是个错误？"洛加问道。他依旧没有抬头。

"停火，"基里曼说，"我们没有攻击你们，也没有放任你们遭受攻击。我以我们父亲的生命起誓。"

洛加的回答被一片杂音所淹没。之后他的影像也消失了，全息平台归于沉寂。

"失去联络。"泽多夫宣称，"他拒绝了我们重建联络的请求。"

基里曼看着盖奇。

"他不会罢手。"基里曼说道，"他不会停火，除非我们阻止他。"

盖奇能看到基里曼眼中的痛苦，这句话的意义无比沉重。

"他刚才说的是什么，我的原体？"盖奇问道，"他最后说的那几个字？"

基里曼犹豫了一下。

"他说'我是个孤儿'。"

盖奇挺直身躯，看着舰桥上的工作人员。

"有何命令，长官？"他坚定地说。

"尽你所能传达下列指令。"基里曼说着走下平台，"以我的职权密令，下发给所有第十三军团单位和附属部队。一级优先权。用你们所掌握的一切方式进行自卫。"

盖奇清了清喉咙。

"我的原体，我需要你的确认。你刚刚是否授权了包括开火还击在内的自卫行动？"

一段漫长的静默。

"我确认，下令开火还击。"基里曼说道。

泽多夫和高阶武器军官开始吼出命令。盖奇转身面对静待指示的书记官，对方的工作台紧邻舰长的宝座。

"记录员，"他说道，"开始计时。"

那个书记官点点头，激活了他的沉思机。

"启动第十三军团战斗计时，经时记录法。"书记官说道，"记录开始。考斯计时：00.00.00。"

系统 // 杀戮

"在特定情况下，甚至是在极端特殊的归顺行动中，有必要针对敌方的基础设施连同其作战部队一同展开系统性的毁灭。在这种情况下，强有力的军事胜利并不足矣。就像史书所描述的那样，还需要向敌方的土地撒盐。支持此类行为的主要依据有心理作用（对抗某些极具抗争性的民众或种族）和安全措施（抹除某些过于危险而不可留存的区域）。对于一个务实的指挥官而言，这两种观点都不具备足够强的说服力。战争的目标应当兼顾成就与胜利，不应执着于彻底的毁灭。这一类型的全面战争，这种夷平一切的过程，多见于突击部队和极具侵略性的部队身上。我的第十二军团原体兄弟安格隆麾下的战士称其为全数抹杀，而就算是他们也很少将其运用到极致。而从我的兄弟鲁斯口中，从芬里斯之子的战争语言中，我们可以借用一个表达方式'Skira Vordrotta'，其最切合实际的释义为'系统杀戮'。"

——基里曼《军事法典初稿 4.1.ix》

1

【计时：0.00.01】

"我的兄弟，听我一言。第十七军团的战士们，听我一言。这场暴行违背阿斯塔特军团的准则，忤逆吾父帝皇的意志。以奥特拉玛的五百世界之名，我请求你们停火。与我展开对话。让我们谈一谈。让我们解决这一切问题。当下的局面是最为悲剧性的错误。停火。我，罗保特·基里曼，向你们郑重起誓，如果敌对行动能够停止，我们将开诚布公地进行对话。我敦促你们尽快回应。"

基里曼将话筒放下，看着盖奇和通信官。

"只要我们恢复通信，"他吩咐他们，"就立刻重复播放这条信息。循环播放，不要中断。"

"是，长官。"通信官说。

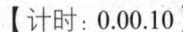
【计时：0.00.10】

诸多巨兽苏醒了。超出凡人心智理解范畴的庞大战舰在考斯上空的燃烧尘云中穿行。它们的漆黑躯体从闪亮云团般的残骸之间浮现，越过光辉灼目的能量漩涡，恍若一头头冲破水面的深海巨怪。

它们不见前路。它们难觅敌踪。它们用短路的通信系统和残缺的扩音器向那熊熊燃烧的虚空发出嘶哑的挑战与威吓。它们试图脱离轨道船坞中那些无比庞大的支架、悬臂和泊位，其中一些在绝望出逃时扯开了缆线与气密门。

移动目标更难被击中，这便是它们的思维方式。但事实上，移动目标仅会变得孤立无援。

第十七军团的战舰让这场杀戮工作显得分外轻松。它们几乎是沉稳庄严地升起虚空盾向前滑行，被力场焚灭的尘埃和碎片在舰身周围汇聚成一团明亮的光晕。无数炮台沿着轨道探出头来，如同厉声咆哮的巨口。能量电池与等离子电容逐渐沸腾，随时准备释放出致命的火力。它们理应同样又聋又瞎，但事实上并非如此。侦测仪器和寻敌系统窥伺着分外嘈杂的幽暗太空，紧紧盯住奥特拉玛舰队中那些逐渐分散的钴蓝星船，仿佛它们是埋在冰冷灰烬中的红热煤块，而这种功能是机械神教在最黑暗的梦境中也难以想象的。那些仪器寻获目标，锁定目标，无情地追踪目标，饥渴地审视一切细节，评估权衡其护盾和装甲强度，与此同时武器系统则转向瞄准，装填弹药。庞大的军火库隆隆作响，炮弹和导弹由自动装载机械、甲板间起重机或弹药滑槽运送上来。

炮火充满了虚空，如同无数粒种子，如同一阵暴风雪。长达几百公里的一束束炽热等离子和激光在旁观者的视网膜中烙下残影。主光矛武器喷吐出夺目的能量，释放着光束、光球或扭曲分叉的闪电。

大批舰船在黑暗太空里灭亡。来自萨拉曼斯一翼的军刀号在刚刚脱离泊位时发生连环爆炸，这艘护卫舰的四公里船体因内部爆炸而迅速瓦解。一片暴雪般的导弹如同无数根钢针，击中了战斗母舰纳门尼亚的希望号，在它的上层舰身和舰尾部分留下近百个射入伤口，白热的烈焰席卷其内部结构。辅助航母告别号与沃斯费汝斯号被一艘第十七军团战斗母舰的密集舷侧火力所击溃。告别号首先崩解，它的船体在一场核心爆破中四分五裂，如同被延时摄影所捕捉到的一朵鲜花，迅速地绽放、盛开并凋零。匆忙放出的逃生船被超高温的热浪轻易吞没。沃斯费汝斯号幸得姊妹舰船的庇护，开始转向逃离，但敌军的炮火紧随其后，将它的引擎化作废墟。排气管和连接器灰飞烟灭，战舰内部承受的恐怖压力导致了引擎的连锁反应，工程区中一连串炽热星辰般的剧烈爆炸让舰尾分崩离析。这巨大冲击将那艘航母的残骸一把推向前方，迎头撞上运兵船安卓菲利斯号，将其斩作两截。八万条性命在五秒之内陨灭。

地狱火级战舰纯净之焰号是第十七军团舰队中的一头庞然巨兽，它一边扑向阿瑟提斯轨道船坞，一边肆意释放火力，尽可能地造成连带伤害。它的船头覆有重甲，如同一柄硕大的锃亮利刃，仿佛是巨人手中的华丽刻刀，覆满了天使、海兽和雄鹰的雕饰。它从那些停泊在船坞里的小型舰船之间犁过，击碎其装甲，撕裂其舰身，或是将一些星船劈成两半。坐落在它龙骨主炮位置上的那台主量级激光武器苏醒过来，尖啸着释放出一束湮灭万物的光芒，让试图守护船坞的哨卫巡洋舰奥特拉玛岗哨号在强烈冲击下全身颤抖。那艘巡洋舰还想重整旗鼓，它焦黑熔融的左舷倾撒着零乱残骸。它在眩晕中缓缓转向，笨拙地擦碰到辅助设施与船坞悬臂。那饱受折磨的引擎喷吐着云朵般的粉色火团。它成功升起了护盾。纯净之焰号用充能完毕的激光武器再次开火。奥特拉玛岗哨号的护盾甚至没能削弱那股光芒。它像肥皂泡一样破裂消融。激光束将巡洋舰的主体瞬间蒸发，只剩下一个环绕着白热大洞的凄惨铁环。纯净之焰号继续前行，用舰艏的电磁冲击波将奥特拉玛岗哨号的悬浮残骸撞到一旁。

在幽深的引擎室和工程区里，大群锅炉工人与奴仆卖力地劳作着。那些地狱般炎热的房间里满是烟尘，被诸多巨型引擎和反应堆的灼目光辉照得通红。无数汗流浃背的工人低声呼吼，将矿物燃料与钷颗粒铲到钢铁滑槽里，他们的双眼如同漆黑面庞上的两颗白石。机仆操作着脉动不已的激活棒，为引擎反应堆进行加速，它们的金属皮肤被毫无停歇的高热炙烤成了老旧水壶的样子。炭黑色的铁链摆动着。风箱嘶鸣不已，向烟道和排气管释放出翻滚火浪，犹如巨龙的吐息。怪物般的亚人类劳工闷哼着将装满沉重燃料的巨型货车从仓库甲板拖拽过来。

这里的狂乱与恐慌被引擎室工头的鞭笞和命令勉强压制住。这些房间没有窗户，让人无从了解外面的宇宙及其中隐藏的种种危险。

事实上，虽然身处华美舰桥上的那些船员招人忌妒，但若是说到对这场灾难的认知，他们与很多被禁锢在幽深舱室里的锅炉工人相差无几。只是锅炉工人们或许并不会因为这讽刺性的现实而感到宽慰。

很多人永远不会重返光明。葬送于考斯暴行中的一些舰船会围绕那颗饱受折磨的恒星继续公转，陷入冰封的星船废墟将化作静默亡者的墓穴，其中永不腐朽的一具具尸骸会保持他们临终时的模样。

【计时：0.00.20】

文坦努斯和塞拉顿坠落在地。那段距离很长。他们的力量与盔甲吸收了大部分冲击，他们站起身来，紧握爆矢枪。灰尘覆盖了他们的战甲。

他们开始行动。

工作间在他们身后坠地，砸落时分崩离析。金属破碎的轰响震耳欲聋。一座铁塔的大部分结构紧随其后。他们能听到铁链被扯断的声音，就像是爆矢枪的怒吼。被极端压力迸飞的螺栓像微型导弹般四下横飞。

塞拉顿和他的连长避开了轰然陨落的铁塔。它就像一头被麻醉针击中的野兽，先是双膝跪倒，随后腰部松弛，接着是瘫软的脖颈向后摆动。冲天而起的滚滚烟尘汇成一堵高墙，仿佛是被钢铁撕裂的声音所激起的。文坦努斯和塞拉顿从尘墙中冲了出来。

他们前方的停机坪铺满了残骸和尸首。文坦努斯看到死去的极限战士，面孔苍白。爆矢弹击碎了他们蓝金两色的华美战甲。他看到一个死去的战士手中握着一面旗帜。那图案是金色的军团标志与其下的双头鹰。覆有铁甲的拳头将旗杆紧紧握住，以致留下了几处凹痕。

这是一支荣誉护卫。这个准备登机的仪仗小队被当场击杀。附近还有城市名流、贸易官员、总管、侍从和货运工人的尸体。到处都是血腥的残骸：破碎不堪的皮肉和衣物。屠杀了他们的那种武器是为超人的战争所铸造的，那种武器可以杀死阿斯塔特，如今也确实杀死了阿斯塔特。

那种武器用在未经改造也未着装甲的普通人类身上属于过度杀伤。

塞拉顿停下脚步。他注视着那些死者。

"快走！"文坦努斯命令道。

"他们在等待登机。"塞拉顿说，仿佛这很重要。

文坦努斯停下来，看着他的军士。

这多么明显，却被他忽略了。塞拉顿相对缺乏经验的头脑发现了那简单的真相。

他们在等待登机。他们死去的时候在等待登机，手中高举着旗帜。但现在距离灾难降临已经过去了大概十五到二十分钟，距离轨道爆炸引发的天降火雨已经过去了十五到二十分钟。

他们难道就一直站在这里，在整个世界陷入火海的时候还安然等待登机？

"他们当时已经死了，"文坦努斯说，"已死，或者濒死。"

这场谋杀要早于那场灾难。最多是同时发生的。那场灾难并非偶然。

枪弹从平台远端尖啸而来，激光开始敲打他们身后的墙壁。爆矢弹搅动着他们刚刚穿过的尘云。猛烈的冲击四下而起。

文坦努斯看到怀言者从污浊的空气中现身。其余部队随之而来，有手持激光枪和长戟的帝国军队士兵。

他们在朝视野里的所有目标开火。

塞拉顿依旧被那些他曾经理解的道德准则所束缚，因此提出了一个十分浅显的问题。

"我们怎么办？"他说道，"我们怎么办？"

2

【计时：0.01.00】

在萨摩索瑞斯号上，索洛特·绰尔着手履行他的第二项职责。

他的部下已经杀死了这艘战舰的大部分高阶船员。匆忙关闭的防爆舱门被迅速洞穿，绰尔踏入舰桥，来到舰长面前。后者庄严地宣称自己绝不会帮他们作恶，无论受到怎样的威吓。

绰尔并不理会这位军官。他只是一条狂吠不已的无知警犬，他在向占据主导地位的雄狮发出徒劳的挑衅。

绰尔用右手攥住舰长的脑袋，像捏生鸡蛋一样捏碎了它。他松开手将尸体扔下。舰桥船员们惊愕地瞪着他，突然意识到自己所处的困境远比想象中更加凶险。当战舰遭到俘获时，舰桥船员通常能够用自身掌握的关键技能来换取生命安全。

萨摩索瑞斯号的舰桥军官们目睹舰长惨遭杀害，从而明白入侵者并不需要他们的技能。

一些人掏出了武器，尽管他们是身着常服且未经改造的凡人，尽管他们在刚刚突入舰桥的超人战士面前寡不敌众，尽管他们的激光手枪难以在入侵者的盔甲表面留下什么痕迹。

绰尔穿着新式的极限型战甲，彰显了他的领袖地位。这套盔甲仅仅披覆过猩红色的涂装。

"死。"他命令道，一发激光在他的肩甲上弹开。

怀言者们收起枪械，用拳头解决问题。绰尔不希望舰桥上那些至关重要的控制台被质爆弹误伤。他们将凡人轻易击溃。他们将对方一把抓住，随之将其杀害。那些军官无路可退，但他们还是四散奔逃，惊恐地尖叫。他们被怀言者揪住头发、抓住衣摆、攥住脚踝和手腕，被拎在半空夺去性命。所有尸体都被扔到了舰桥中央，在前任舰长的宝座旁摆成一堆。

绰尔审视他们的工作成果。他抬起左臂，将手腕靠近嘴巴，对那个由玻璃和铜丝所组成的装置低语了几句。八重之道的神圣徽记铭刻其上。这个缠有铜丝的玻璃瓶里盛放着某种漆黑闪亮的活物，它并不像通信器那样用信号来传递他的话语，它只是用自己处在不同位置的嘴巴来加以复述。

机械神教贤者们在各自的虚空瓶里听到了指令，纷纷赶来舰桥。他们都属于倒向战帅的派系。他们背弃了火星与泰拉。长袍和徽记上的微妙改变已经显示出了他们如今归属的阵营，但更为显著的迹象是萦绕在他身边的黑暗气息。他们所掌握的科技奥秘如同一袭阴影披风。

"战舰已经被控制了。"绰尔告知他们的领袖。那个贤者点点头，指示手下在舰桥就位。

"十分钟，我们就能动身。"贤者对绰尔说，"动力已经开始激活。"

"泽桑韦瑞德船坞。"绰尔点明了他的目标。那座规模较小的特种船坞距离萨摩索瑞斯号的锚点不远，是这片星海群岛里的诸多轨道平台之一。

贤者又点点头。在甲板下方，战舰系统低吟着恢复了供能。

绰尔转头看着他的副手赫拉尔。

"定位器。"他说道。

赫拉尔的小队将定位器抬了过来，把那个骨灰坛大小的虚空瓶摆放在甲板中央。他们将这装置嵌在那个尸堆里，稳稳地立住。他们脚下的地面涂满了鲜血。

他们退后一步，虚空瓶里某种漆黑闪亮的物体开始脉动，某种物体在黑暗中低语。某种物体像一块湿滑的蚌肉般缩进外壳，但它的外壳不在此处，不在这个瓶子中，不在萨摩索瑞斯号的舰桥上，而是在其他位置，在另一个宇宙里，潜藏在深渊裂隙的纠缠涡旋之中。

寒霜爬上尸堆，早已死去的肌肉僵硬紧缩，一些尸体开始抽搐颤抖，仿佛它们妄图从交错重叠的肢体间抽身离去。

电光在虚空瓶周围浮现，点亮了那些尸体，如同灼目的常青藤般沿着天花板上的横梁闪烁奔窜。那光辉变得极度明亮。绰尔移开了目光。

当他转回视线的时候，光芒已经逐渐消散，尸堆被烧成了焦黑，一个新的身影凭空出现，身上散发着传送能量的一丝丝青烟。

"欢迎来到萨摩索瑞斯号。"绰尔俯首说道。被焚化的尸体让空气中充满了烧焦脂肪的味道。

"索洛特，我们开始吧。"科尔·法伦说。

【计时：0.20.34】

在巴托地区，波罗斯河东岸的森林已是一片火海。茂密的树冠喷出滚滚浓烟，叛军泰坦迈着沉重步伐在火光中穿行。它们仿佛是赶来扑灭灌木火灾的樵夫。然而，它们的武器却向林间空地泼洒着毁灭力量。

空中支援呼啸而过。在树林里，极限战士第一百一十一连和第一百一十二连的残余部队在叛徒的无情攻势面前节节败退。阿基里斯型和普罗迪厄斯型兰德掠夺者将战士与树木一同轻易摧毁，那些坦克的猩红装甲上涂抹了令人憎恶的图案。巨型爆矢武器像热火朝天的铸造车间般隆隆轰鸣，撕扯着大地，将树木化作纤维，将石块化作尘埃，将躯体化作肉酱。

埃克瑞图斯且战且退。他旁边的安柴斯也是一样。后面还有另外几个可靠的战士。埃克瑞图斯已经不再思考这究竟是怎么回事了。踟躅于这一点就意味着要去面对匪夷所思的现实，让自己的思维和心灵毫无防备，就像这些脆弱的树木无法为他提供任何掩护一样。

埃克瑞图斯专注于求生。他向所有能够辨别的目标开火，脚下一刻不停。

他们在为那些急速撤退的小队争取时间。王座在上，他们或许能够摆脱危险，并在往复扫荡的空中火力之下求得一线生机。

埃克瑞图斯麾下连队的残部已经失去了重型装备的支援。他们现有的武器无法对付兰德掠夺者。那些钢铁巨兽将面前的大片森林夷为平地。任何武器都无法对付那些泰坦。每当一台无情进军的战争机械释放出充满轻蔑与凯旋意味的震天呼吼时，埃克瑞图斯都能感觉到自己全身骨架的颤抖。

埃克瑞图斯踉跄着穿过灌木，换上一个从尸体上搜到的弹夹。旁人的鲜血将他的盔甲涂抹成了一片猩红，他有种格外强烈的冲动，想要把这颜色洗刷干净。爆矢弹在树林中尖啸怒吼。一颗子弹将树叶打成四散绿雾。一颗子弹击中树干后爆炸，让那棵古树轰然倒地。一颗子弹摧毁了卡拉丁的头颅，将他的尸体抛进壕沟。

埃克瑞图斯找到了一个覆满青苔的斜坡，他俯身钻过一团虬结树根，之后开始向上爬。这古老的石头围墙是早年某座建筑的残存之物，昔日这里是一片庄园。浓烟从林地中席卷而过，仿佛是奔腾不息的海潮。飞禽走兽仓皇逃窜满目疮痍的家园。

自然陷入了暴乱。整个世界都上下颠倒了。

埃克瑞图斯爬到更高的地方，到了树冠上。他能看到几公里之外的景象。他能看到这个世界在熊熊燃烧。在森林以外的平原上，他看到河流沿岸的城镇与港口遭到大举入侵。那里攻势如潮，足有数万之众，都是帝国军队，或者说他们在一个小时之前还算得上是帝国军队。士兵、装甲车辆、泰坦编队、星际战士方阵，全都被他们进军时扬起的沙尘和烟雾笼罩着。

这场暴行的血痕。

他们罪孽的污点。

埃克瑞图斯站在波罗斯河东岸，孤身一人，遥望那支足以攻陷整块大陆的侵略部队。或许一个世界也不在话下。而这还仅仅是考斯上的一个集结点。他看着那支大军汹涌前行，将沿途遇到的一切摧毁。

头顶上有太多喷薄火光的舰船和轨道平台，仿佛是一百场日落在同时发生。那颗真正的太阳，韦瑞迪安星系那颗蓝白色的纯净恒星，在烟雾缭绕的天空上已难寻踪影。

埃克瑞图斯想把他们全都杀了。他想看着那些家伙，将他们亲手杀掉，一个不剩，直到那时他的怒火才会有所平息。

他察觉到附近有动静。第一个怀言者现身了，后面还有两个，他们都在努力爬上这道斜坡。更多人紧随其后。埃克瑞图斯站稳脚跟，直面敌人。

他们没有开火。

他略有迟疑，紧紧握着爆矢枪和动力剑。

他全身赤红，与他们一样，并非刻意为之。

怀言者靠近之后才辨别出了那层黏稠血迹之下他的真正涂装。等到他们反应过来的时候，埃克瑞图斯已经大开杀戒了。

他一枪打中第一个人的脸。那顶头盔骤然爆炸，但他没有时间享受这幅景象所带来的满足感。第二个人腹部吃了一枪。第三个人左肩中弹，仰面摔下斜坡，砸在后面的战士身上。

第四个，又是一枪爆头。

没有第五个。子弹打完了。

埃克瑞图斯挥剑突入敌群。他斩断手腕、大腿和脖颈。他刺穿一人的躯干，将对方提了起来，像布袋一样抛下斜坡。那具尸体当头砸向其他叛徒。

一个敌人的爆矢手枪掉落在地。埃克瑞图斯从血迹斑斑的苔藓上抓起那把枪，朝最近处的叛徒胸膛送出两发子弹，让他当场倒地身亡。他又杀了两个，随后一剑把左边石脊上的敌人砍翻。

但他们冲了上来。敌人的数量太多了，足以攻陷一个世界，足以击溃一支军团。他们击打他。他们用枪托和剑柄狠狠击打他。他们将他按倒在地，不停敲打他的盔甲，直到一些蓝色涂装重新显现出来。

其中一个人扯掉了他的头盔。

"混蛋！混蛋！"他吼道。一记铁拳击中了他的脸，连续几次重击让他皮开肉绽。鲜血连同牙齿从肿胀的嘴唇间一同滚出，他的一只眼睛瞎了。

他们将埃克瑞图斯拽起来。他是一名连长，是一份战利品。

一个身影笼罩了他。半盲的埃克瑞图斯意识到那是一架泰坦走到了斜坡近旁。它的号角轰鸣起来。怀言者呼吼着回应，将拳头举向天空。

当那架泰坦继续前进，将这片残垣断壁与茂密树林夷为平地的时候，埃克瑞图斯已经被钉在了它的装甲上。

【计时：0.32.31】

霍尔·贝罗斯刚刚传送到地表，负责统领向兰席尔海港的进军。基因群落、魔环与短刃兄弟会的大批教徒正在为他的装甲编队开辟道路。轮回家门的一支部队围困住了北边的港口。

那些兄弟会教徒都极端热忱地投入战斗。贝罗斯和他的直属军官仔细挑选并亲自祝福了很多热血狂徒。他们负责扮演"导管"的角色，帮助第十七军团的高阶成员用虚空魔法来掌控这支大军。

霍尔·贝罗斯野心重重。他不甘止步于军官和"导管"的角色。艾瑞巴斯和马洛克·卡索向他允诺过更为崇高的地位，萦绕那两人的无名阴影时常在暮光中传出低语。他会蒙受眷顾，他甚至会比受祝之子更加伟大。但他必须证明自己，即便他早已在战场上证明过千百遍了。

这是一种崭新的战争。这是从未公之于世的一种战争。贝罗斯必须完美达成他的目标，妥善履行他的使命。他必须证明无论是人还是非人都任由他驱使。

他渴求力量。艾瑞巴斯和科尔·法伦一度是无人能及的宗师，然而，现在原体似乎已经超越了他们。他的精魂令人敬畏。洛加超凡入圣，不仅凭借他的雄厚力量，还有他炉火纯青的运用手法。能够站在洛加身侧便是一种殊荣。而远离他的时候，比如此刻站在考斯……感觉像是暗无天日。

霍尔·贝罗斯认为艾瑞巴斯和科尔·法伦已经痛感自己渐渐落后。他认为那两人试图窥探并剽窃原体的天赋与技巧，但他们不过是东施效颦。他们已经不再是宗师了，难以企及洛加的精妙技艺。

他们只能从某个领域借取力量，洛加则与那个领域合而为一。

霍尔·贝罗斯想要在原体身边获取一席之地。为了赢得这样的殊荣，他要将兰席尔化作焦土。

【计时：0.45.17】

努米纳斯城遭受了重创。光芒在天际闪动。克里欧·弗斯特知道那些蒙受祝福的第十七军团主宰已经动摇了考斯的根基。他们在撼动这颗星球，就像一个窃贼将珠宝从底座中撬松。白霜在城市的墙壁与屋顶上迅速冻结又随即消融。火焰毫无缘由地颤抖熄灭，接着瞬间重燃。有两次，弗斯特抬起头来，在烟雾弥漫的天空上看到了不属于考斯和韦瑞迪安的星座。事实上,那些星座是他前所未见的,同时又似乎那么熟悉,令他喜极而泣。

他将部下集结起来。短刃兄弟会全心奉献,他们已经将河南岸的诸多帝国军队营地彻底剿灭并付之一炬。他们杀掉了数千人。弗斯特检视过堆积成山的死者。有几乎一整支连队冲进河里,手忙脚乱地妄图逃跑,随即被他们的枪炮尽数屠戮。尚未被河水冲到下游的大批尸体在岸边垒成了几道新的码头,那些由遗骸所搭建的栈道向污浊的湍流中延伸出去。

面对零星的抵抗,兄弟会也毫无惧意,他们踏入枪林弹雨之中直面死亡。这种欣喜若狂的自我牺牲最终将对方彻底压倒。有些人把爆炸物绑在身上,一头扎进仓皇逃窜的敌人之间以求超脱。

当他们攻陷了努米纳斯第六十一连的营地之后,兄弟会发现了一批武器箱,里面的光耀型新式激光枪还有待分发。短刃兄弟会用这些性能强大的崭新武器替换掉了老旧装备。弗斯特就拿了一把。它结实又轻便,几乎没有后坐力。它的枪托是可折叠的,完全不碍事。他已经用这把枪杀掉了六个人。

他受过教育,其中的讽刺意味他不难体会。

军团传来了命令。必须攻陷空港,之后要夺取附近平原上的宫殿。

弗斯特想着那荒无人烟、覆盖海洋的南半球。他相信那里很快就会承受极端密集的狂暴火力。仪式性和现实性的诸般伟力在今天得到释放。然而当下的任务还需要更多力量。

【计时:0.58.08】

萨摩索瑞斯号驶入泽桑韦瑞德船坞。在它后面,考斯主船坞熊熊燃烧。没有人质疑萨摩索瑞斯号的举动。它是一艘寻求庇护的第十三军团战舰,况且通信频道一团混乱,思维空间也已不复存在。

泽桑韦瑞德船坞的工作人员也并未怀疑为什么唯独这里毫发无损。规模太小?无人注意?然而,它是关键的特种设施。周围的其余船坞已无一幸存。

那艘战舰停泊在了两艘于船坞中避难的快速护卫舰之间。

"多久?"科尔·法伦向他手下那些阴影技术神甫的领头贤者问道。

"如果我们不受干扰的话,三个小时,大人。"那个神甫回答。

"他们不会受到干扰。"索洛特·绰尔说道。

科尔·法伦喘着粗气。他披挂战甲的身躯显得干瘪孱弱，仿佛他正在大量抽取自己的生命活力。他周围的空气都略显稀薄。

他倾注于考斯的心血远超洛加。科尔·法伦为他的原体制订了周密的计划，并且在艾瑞巴斯的协助下将其付诸实施。首要目标是针对第十三军团的打击和剿灭；针对罗保特·基里曼那卑贱小人的羞辱和处决。然而，这同样是一种进取，是在那场伟大仪式的螺旋道路上迈出的又一步，这会让他们敬爱的原体得以成长。

索洛特·绰尔能够感受到指挥官肩头的重担，这个任务没有失败的余地。他们的军事成果是无价的，但是与那更加伟大的目标相比，简直不值一提。

他会一直支持自己的指挥官。能够担任科尔·法伦的左膀右臂，这对索洛特·绰尔来说是一项殊荣。他们军团的蜕变更是巩固了他的信念。他们一向被信仰所推动。如今真正的力量在激励着他们，它眷顾了他们，它响应了他们，它祝福了他们，它向他们揭示了一切创世奥秘的根本真理。

那真理便是——泰拉的帝皇并非他们昔日眼中的神祇。他仅仅是黑暗宇宙中的一点卑微星火，丝毫不值得他们崇拜。帝皇斥责了怀言者的信仰，也理应如此：帝皇或许惧怕那些真正的神祇在看到他接受崇拜时会做出反应。

怀言者的信仰放错了位置，他们找错了目标。他们寻求的是一个神，而找到的却只是一个渴求崇敬的虚伪偶像。

如今他们在天界发现了真正值得崇拜的力量。

泊位悬臂将气密舱门打开。就像第一场仪式中那样，索洛特·绰尔走在最前面。

3

【计时：01.16.32】

在战斗母舰命运之手号的带领下，第十七军团舰队的十七艘战舰组成星形阵势，进入了考斯南半球的低层轨道。

它们一边下降，一边向附近的轨道平台投放弹幕，将两座船坞当场毁灭，让第三座陷入瘫痪。凶猛火力击退了对这支舰队展开的拦截。护卫舰詹尼维斯号试图干扰这个行星打击阵形，但立刻被数门主光矛武器的连续轰击所湮灭。航母斯坦哈特号与康诺的勇气号先是被迫退却，又在随后的正面交锋中遭受重创。斯坦哈特号失去动力，生命维持系统全部停止运作，从此开始环绕那颗恒星展开了漫长而死寂的公转，所有船员都被冰封在各自的岗位上。两轮舷侧齐射让康诺的勇气号遍体鳞伤，它垂死挣扎，试图躲避那不断逼近的突击阵形，但随即遭受了第三轮火炮轰击。其舰身装甲分崩离析，龙骨开始断裂。最后是一道介子束撕裂了这艘航母暴露在外的反应堆内核，让它骤然焚灭，遁入考斯的大气层。

因此，它成了击中考斯的第二艘主力战舰。

它的坠落过程不像大型巡洋舰安卓达米克斯号那样庄严而缓慢。康诺的勇气号是一个状如满月的白热火球，从头到尾都被熠熠闪光的辐射所吞没。它像流星一样迅速陨落，不停地翻滚旋转，轰然扑进星球南极点附近的冰冷大海。

这场冲击近似于能引发物种大灭绝的陨石碰撞。热量与光芒喷薄而出，让方圆五百公里之内的大气层剧烈震荡。数万亿吨海水瞬间蒸发，另有数万亿吨被抛上天空。地质构造也受到了损伤。这场冲击所引发的海啸在六分钟之后席卷了大陆的海岸线，用气势汹汹的滔天黑浪将四公里范围内的沿海区域彻底抹平。

然而，这仅仅是个前奏，是为真正攻势拉开残暴序幕的附带伤害。

那个突击阵形下降到了能够维持的最低海拔，它们的虚空盾与稀薄的高层大气接触，发出尖锐的嘶吼。光矛武器阵列和轰炸火炮开始射击。

系统性毁灭由此展开。

这毫无精巧技艺可言。北半球布满了战略目标和聚居区，需要进行定点清除。同时，在袭击开始之前，第十七军团的绝大多数地面部队都已经在北半球完成登陆了，只有这样，才不会引起质疑。

但南半球基本上可以彻底毁灭。

命运之手号麾下的阵形正着眼于此。熔岩炸弹轰击着荒凉的大陆，用炼狱般的烈焰风暴烧焦山河。炽热的光矛将海水蒸发，让海床暴露在外。介子转化束和离子束撼动着上古板块，冲击地壳，让震荡波在地幔中肆意蹿行。烟尘和灰烬玷污了大气层。蒸汽将南极点彻底笼罩。

树木熊熊燃烧，丛林化作焦土，河流踪迹全无，冰川骤然融解，山脉崩塌倾覆，沼泽蒸发干涸，沙漠熔融固结。

在零星分布的城市中，数百万人顷刻间丧生。

【计时：01.37.26】

基里曼注视着。

他手中的笔折断了。他命人再取一支来。他面前的工作台上摊着笔记和草稿。

那些并没有在最初的灾难中瘫痪、死亡或发疯的机械神教技师着手对饱受创伤的旗舰系统进行重启。他们恢复了有限的通信。基里曼已经拥有可供作战的动力、护盾和武器。

但即便是纵横天下的马库拉格之耀号，也无法凭一己之力阻止第十七军团的舰队。奥特拉玛舰队单位七零八落，完全无法进行协调作战。

他来不及协调舰队去阻止那场行星打击。

考斯正在燃烧。考斯，韦瑞迪安星系的璀璨明珠，五百世界中的翘楚，它正在遭受暴行，或许永远都无法痊愈。

基里曼转过身来，他看不下去了。

"还在重复吗？"他问道。

"大人？"盖奇开口回应。

"我的通告？向我兄弟发出的信息？"

"是的，大人。"马瑞乌斯•盖奇说，"我们在用仅有的通信手段重复播放。"

原体点点头。

"我要……取消它吗？"第一战团战团长问。

基里曼没有回答。侍从们将更多数据呈交到了舰桥。在缺乏有效运作的沉思机与数据网络的情况下，他命令所有岗位上的书记官使用数据板和纸张进行手动记录。递送员每隔四分钟会将一批文件交给他。桌子上的材料已经堆积成山。

原体注意到了什么，他在无数细节之中发现了某些信息。基里曼将它拣出来，其余纸张和数据板纷纷散落。

"那是什么？"盖奇问道。

【计时：01.40.41】

这个世界战栗不已。在星球另一端，行星轰炸正在大肆摧残南半球。即便在这里也能感觉到由此引发的轻微地震和气压波动。

这里，努米纳斯空港，大片区域依旧在熊熊燃烧。重型火炮的低沉轰鸣从市区传来。每过几分钟就有一支飞行编队拖曳着明亮的尾迹从头顶掠过。浓烟将天空涂抹成一片昏黑，诸多明亮的光点代表着残骸焚灭，战舰开火与轨道船坞爆燃。

尘埃遮天蔽日。那是被剧烈冲击所震起的黄土与灰烬。它悬浮在空中，覆满了一切物体的表面。轻微地震让尘埃纷纷洒落。它渗入排气管。它钻进下水道。它像一缕缕轻烟般随风摇摆。

它黏附在鲜血上。

无数死者血迹斑斑的皮肤和盔甲都被尘埃覆盖了。它像锯末一样堵塞住鲜血流动。它涂抹了尸体的面孔，让死者显得像被殡仪馆工作人员整理过遗容。

维尔·特斯是一支基因群落突击小队的领袖，也就是基因名主，他沿着一条公路前进，将激光枪端在手中。他的棕色皮靴不时激起尘埃。八名部下紧跟着他，另有十二个人带着重型武器在后方压阵，搭乘一辆配备了自动炮的装甲速攻艇。他们的守望者佐拉托尔就在附近。

这片区域需要清剿，指挥官下达了命令。在午夜之前，整个空港必须被彻底扫清。到处都藏匿着幸存者。特斯十分谨慎，因为他知道所谓的"幸存者"里有些是第十三军团战士。他的手下可没法对付那样的敌人，无论对方的状态多么糟糕。

这就是为什么他们带上了重型武器和守望者。

特斯所惧怕的并非死亡。他们是基因群落，他们是不朽的。这是他们得到的承诺，是他们立下的誓言。正是这样的承诺诱使他脱离帝国军队，加入了这个兄弟会。用忠诚换取不朽，在特斯看来，这是笔好生意。

他所惧怕的并非死亡。但他是个老兵了，他知道自己还是要尽量远离痛苦的。

佐拉托尔的存在让这片区域的敌人坐立不安。特斯警觉地站直身子，因为有三个人冲进了前方的空旷地带，逃向远处那片闷燃不熄的废墟。特斯欣慰地看到，他们是未经改造的人类。他们穿着装卸工的制服，手无寸铁。

特斯举枪，瞄准，朝最前面的那个人开火射击。七十五米，移动目标。大腿后部中弹，正合他意。不错。那个人倒在地上，痛苦地哀号起来。他还活着。

活着就好。除了清剿这片区域之外，特斯的突击小队还负责觅食。

在他周围，基因群落的其余成员纷纷举枪瞄准。两个人开枪但射偏了，仅仅打在覆满灰尘的碎石上。他的副手加瑞尔射出一枪，命中了。敌人被一枪爆头。死了也不错。

特斯笑了起来。加瑞尔也笑着回应，在满面尘灰中露出一排白牙。

又一声枪响。不是激光枪，而是分外深沉的轰鸣，爆矢枪。加瑞尔当即殒命，碎肉和黑血四处飞溅，本就全身上下覆满尘埃的众人又被涂抹了一层模糊血肉。特斯眨了眨眼，挤出眼睛里的鲜血。他在地上看到了牙齿，那是嵌在一块颚骨碎片中的牙齿，是仅仅一秒之前还在朝他笑的牙齿。

特斯的手下急忙分散。他呼号出一道命令。

"支援！支援！"

有个该死的极限战士朝他们冲了过来。他冲出掩体，像一道蓝色的残影。那个混蛋的块头可真大。

他们开火了。五把激光枪的灼目光束命中了那个巨人。猛烈的冲击敲打着覆满尘埃的蓝色盔甲。对方放慢了脚步，但没有止步。极限战士一只手挥动着一把长剑，另一只手则握着金色的残破旗帜。

他用剑捅穿了福布，之后又砍翻了格罗卡斯。那一剑让格罗卡斯整个翻转起来。他像一位舞者那样飞速旋动，喷洒出来的鲜血如同一袭红色披风，然后才摔落在地。

极限战士杀掉了索尔科，紧接着特斯眼中的世界就骤然上下颠倒，他被狠狠撞翻。那个极限战士并没有停下脚步，他朝重型武器冲了过去，他知道那才是真正的威胁。

特斯翻过身，吐出鲜血和尘土，在极限战士撞上他的时候，他不慎咬掉了一块舌头。

"杀了他！杀了他！"

支援单位逐渐准备就绪。那些人举枪开火，其中几个跪在地上以便瞄准。那个极限战士大步流星。他挥舞着那根旗杆。白痴！自动炮会把他弄死。

速攻艇向前猛冲。为什么不开火？

特斯意识到了那个极限战士的狡猾之处。这就是为什么他一头扎进人群。他想要把速攻艇解决掉。而如果速攻艇此刻开火的话，特斯和其余教徒就会被误伤。

你们这些蠢货，特斯心想。你们这些蠢货！这个宇宙如果由你们做主的话，要变成什么鬼样子？我不重要！我是不朽的！基因名主！记得吗？我们是基因群落！他们取了我们的血。他们会复活我们。怀言者承诺用不朽换取我们的忠诚。如果我们为他们而死，他们就复活我们，他们能做到。他们有基因科技。

别管我！该死的干掉那个混蛋！

速攻艇冲向那个埋头狂奔的极限战士。那个混蛋可真快。个头那么大的家伙不应该能跑得那么——

特斯意识到一件事。

加瑞尔是被爆矢枪杀掉的，但那个极限战士并没有爆矢枪。他没有爆矢枪，所以——

第二个披挂钴蓝盔甲的巨人现身了。他有爆矢枪。

他在二十米开外的一个铸造车间房顶出现，六米的高度，有助跑。超人的肌肉能够跨越相当可观的距离。他纵身飞跃，探出双脚，扑向地面。他一直在等待速攻艇从下方经过。他一直在等待速攻艇前去与他的同僚对阵。

那个新出现的家伙轰然落在速攻艇前盖上，两脚稳稳站定，让车身装甲都略有凹陷。他落脚时的巨响如同爆矢枪的怒吼，剧烈冲击让反重力速攻艇明显颠簸起来。

那个新出现的家伙在站稳脚跟之后就俯下身去，用爆矢枪隔着驾驶舱顶开火，轰出两发子弹，终结了两条性命。

第一个极限战士也冲了过去，一头扎进支援小队轻型武器的狂乱火力之中。特斯看到激光枪的近距离射击从他的盔甲上徒劳地弹开。又是一阵剑刃纷飞，动脉血喷洒在速攻艇侧面。那个极限战士将旗杆像棍棒一样挥动着，某个基因群落的成员被打飞出去，靴子还留在地上。

第二个极限战士跳下速攻艇前盖，加入混战。他收起了爆矢枪，节约子弹。他握着战斗短刀突入敌群。区区几秒钟，十二个人就死了八个。

特斯大喊起来。他喊得如此用力，仿佛要把自己的五脏六腑都翻出来了。

文坦努斯听见了喊声。他转过身去，手里的金色旗杆淌下鲜血。

"你拿它干什么？"塞拉顿低吼着，从最后一个死者身上拔出战斗短刀。

文坦努斯心有旁骛。一些敌军步兵还活着。领头的那个在大声呼喊。

"我们应该让他闭上嘴。"塞拉顿说。他打开速攻艇的舱门，将一具四分五裂的尸体拽了出来。驾驶舱内部溅满了鲜血。他得找找调整座椅位置的拉杆。

那个怀言者出现了。铁骑式盔甲，终结者。

"佐拉托尔！我的守望者！杀了他们！"特斯尖吼道。

终结者身形庞大。那套经过强化的盔甲虽然颇为笨重，但是如同坦克般坚实。层层叠叠的巨型肩甲比那顶佩戴羽冠的头盔还要高。厚重护颈的造型一半是钢铁牢笼，一半是咆哮巨口。覆满铜钉的皮条与链甲保护着相对脆弱的关节位置。他恍若一架泰坦，无论是宽大的肩膀与上身，还是粗壮的双腿。

他左手的利爪上电光流转。他巨大的复合爆矢枪开火了。

质爆弹撕碎了道路，被文坦努斯打翻在地的两个基因群落成员当即毙命。子弹轻易击倒了文坦努斯，让盔甲碎片嵌进了他的双腿，并啃掉了速攻艇车头上的一大块装甲。

塞拉顿翻身躲到速攻艇背后寻找掩护。他试图开火还击。他的准头还不错，但铁骑式盔甲轻松吸收了所有伤害。质爆弹冲击所引发的火焰舔舐着经过强化的装甲。

那个怀言者立刻将火力向塞拉顿集中过去。速攻艇受到了严重的损伤，一颗子弹掀开驾驶舱，金属舱顶像鞋舌一样卷了起来。

文坦努斯受伤了。他的一条腿被碎片穿透，流血已经止住了。他翻身爬起来。他拥有那个笨重的终结者无法比拟的速度。那是个头戴猩红马鬃的血色巨兽。他冲了上去。

敌人突然将枪口转了回来。文坦努斯具有超人的迅捷，但他没法躲过双联爆矢枪的子弹，盔甲也帮不了他。

旁边传来一声金属撕裂、螺钉脱落的轻响。那是塞拉顿将速攻艇的自动炮从支架上扯下来的声音。他站在速攻艇的驾驶舱里，露出上半截身子，一只脚踩着座椅，另一只脚踏在车头装甲上，方才被子弹掀飞的舱顶仿佛是要刻意突显他的戏剧性登场。他用腿稳住那门多管自动炮，粗重的子弹带如同一条盘卷铁蛇般延伸到驾驶舱内部。

他开火了。那重型武器发出一阵刺耳声响，如同铃铛被石磨压扁的声音。飞旋的炮管上蹿起一缕青烟。

暴风骤雨般的子弹敲打并撕裂了铁骑式装甲。金属残片如同雪花般纷纷撒落。敌人周围的乱石被炸成了粉末。对方破碎的护颈与面甲被爆炸崩飞，还有残破的皮条和一丝丝马鬃，以及断裂的链甲铁环。子弹在四个位置穿透了盔甲，鲜血从弹坑里汩汩淌出。

那个终结者挺立了许久，在冰雹般的子弹面前蹒跚后退。最终，他轰然倒地。

文坦努斯俯视着敌人。刺鼻的青烟在空气中缭绕。怀言者动了动，他口中涌出的鲜血已经充满了头盔和护颈。他离死还有一段时间。他试图抬起那漆黑的双联爆矢枪。

文坦努斯双手举起旗杆，将锋利的杆尾透过护目镜捅了下去，随即猛力拧动，直到杆尾碰到头盔内侧底面。鲜血浸湿了怀言者的马鬃装饰。

文坦努斯后退一步，将歪歪扭扭的旗杆留在原处。塞拉顿走了过来。

"我们得动身了。"他说。

"速攻艇能用吗？"

"勉强可以。"

文坦努斯将旗杆拔出来，拿着它走向遍布弹孔的速攻艇。

"这就是为什么。"他说道。

"什么？"塞拉顿问。

"这就是为什么我要带着它，"文坦努斯举起血迹斑斑的旗杆说道，"正是为了这种事情。"

【计时：01.57.42】

"那意味着什么？"马瑞乌斯·盖奇问。

"它意味着……"基里曼开口道，他接回那块数据板，仔细审视，"它意味着先决恶意。"

他透过旗舰舰桥宽大的柔晶舷窗望着下方那颗饱受摧残的星球。

"这已经称不上出乎意料了，"他接着说，"即便这件事真是被错误或意外所引发的，如今的局面也走到了完全不可原谅的地步。无论如何，能够确凿地证实我兄弟的罪行总是有好处的。"

基里曼用一个手势招来了通信官。

"撤销上一条循环播放的信息，"他说着拿起话筒，"改为这条。"

他略加迟疑，思考片刻，之后抬起头来，面对话筒清晰而流畅地开了口。

"寇其斯的洛加，听清楚以下两点。其一，我收回之前庄重的停火倡议。它一经撤销，就绝不会再次提出，无论是对你本人还是对你手下那些野种混蛋都是如此。其二，你不再是我的兄弟。我会抓住你，我会杀掉你，我会把你的肮脏尸体扔进地狱之口。"

他将话筒交还给通信官。

"立刻重复播放这条。"他说道。

基里曼带着盖奇、泽多夫舰长和其余几位高级军官走向战略室。

"在通信网络缺失的情况下，我们就要运用直连激光通信以及由快速舰船所呈递的密封指令来协调舰队，"他开口道，"我仓促起草了一份战术计划。我们必须利用现有的一切手段，将精确的命令传达给每一位舰长和连长。在一个小时之内——注意，一个小时之内——这支舰队要恢复作战能力。我们要阻止这场轰炸。"

"那就是我们的作战目标吗？"泽多夫问。

"不是，"基里曼承认道，"我会把这项职责托付给姆拉图斯号和索罗尼姆之殇号。它们要率领各自的作战部队前去对抗行星打击。我们的具体目标是信仰之律号。"

泽多夫挑起眉毛。

"如此说来，是私人恩怨了。"他说道。

基里曼毫不掩饰。

"我要杀了他。我要亲手杀了他。"

他看着盖奇。

"什么都别说，马瑞乌斯，"基里曼说道，"你要转移到姆拉图斯号去坐镇指挥。保持清醒头脑，制订合理的方案。我知道从战术层面上讲，一心追杀敌军旗舰有严重的缺陷。我不在乎。我平生唯独这一仗是要用心去打，而不是用头脑去打。那个混蛋必须死。那个混蛋。"

"我只是希望能亲眼看到你杀了他。"盖奇说。

"我的原体！"

他们转过身去。通信官脸色苍白。

"全息投影,长官。从信仰之律号传来的远程信号。"

基里曼点点头。

"当我呼吁停火的时候他不理不睬,当我叫他下地狱的时候他就立刻联系我。接通。"

"我的原体,我——"盖奇开口道。

基里曼从他身边挤了过去,迈向全息投影平台。

"你没法阻止我和他谈话,马瑞乌斯。"他说道。

基里曼踏上全息投影平台。光线在他面前涌动扭曲。诸多图像形成而又消逝,重现而又褪去,就像是胶片上的一块块光斑。之后洛加就突然出现,与基里曼面对面站着,和真人同等大小。他的面孔依旧被阴影所笼罩,但这一次他的投影显得无比真切。另外一些形体簇拥在洛加周围,那是一团团残缺模糊的虚影,让人无法分辨出他的任何一位奴仆或军官。

"你发脾气了,罗保特?"洛加问道,嗓音中带着明显的笑意。

"我要把你开膛破肚。"基里曼柔声回答。

"你发脾气了,伟大、冷静而超然的罗保特·基里曼终于屈从于激情了。"

"我要开你的膛,我要剥你的皮。我要砍了你的脑袋。"

"啊,罗保特,"洛加低声说,"此时此地,我终于听到你用一种让我喜欢的方式说话了。"

"先决恶意,"基里曼的声音近乎耳语,"你控制了钟楼号。按照我的推算,你在至少一百四十个小时之前就控制了它。你控制了那艘船,你安排了这一切,你亲手导演了这场暴行,洛加,你将它伪装成一场可怕的意外,从而利用我们的同情。你诱使我们按兵不动,眼睁睁地看着你滥杀无辜。"

"这叫背叛,罗保特。这很有用。你是怎么发现的?"

"在查清船坞究竟是被什么击中之后,我们就追溯了钟楼号的路线。一旦看到它的航行轨迹,再想把这一切视为意外就很可笑了。"

"你自以为能伤到我,这同样很可笑。"

"我们没什么可争论的,你这蛆虫,你这背信弃义的混账。"基里曼说,"我只想让你知道,我会把你的心挖出来。而我想知道的是为什么?为什么?为什么?如果你只是在幼稚地追讨我们的陈年旧账,那么你简直是整个宇宙里最可悲的灵魂。可悲。我们的父亲当年应该让你早早夭折。他该把你喂给鲁斯,你这畜生，你这蛆虫。"

洛加微微抬起头，基里曼能在那张阴影笼罩的脸上看到一抹微笑。

"这与我们的积怨无关，罗保特……不过这确实让我有机会向你和你那些荒唐的玩具兵复仇。那只是个附加的好处罢了。不，这是乌什库尔·苏。考斯就是乌什库尔·苏，是献祭。这是崭新宇宙的破晓，是崭新秩序的开端。"

"你在胡说八道，混蛋。"

"银河在经历巨变，罗保特。它将要天翻地覆，将要上下颠倒。我们的父亲会从王座上滚下来。他会就此陨落，没有人能让他东山再起。"

"洛加，你——"

"听我说，罗保特。你自以为很聪明，很睿智，消息灵通。但这一切已经开始了。它已经在进行了。银河在经历巨变。你会死的，我们的父亲会死的，其他人也会死的，就因为你们全都太愚蠢，无法看清真相。"

基里曼向那全息幽影迈了一步，仿佛想要将其打翻在地，或是扭断他的脖子。

"听我说，罗保特，"那团光影嘶声说道，"听我说，帝国已经完了。它正在倾覆。它即将焚灭。我们的父亲已经完了。他的恶毒幻梦结束了。荷鲁斯在崛起。"

"荷鲁斯？"

"狼神荷鲁斯在崛起，罗保特。你丝毫不明白他的高贵之处。他超越了我们所有人。顺其者昌，逆其者亡。"

"你这肮脏的东西，洛加。你吃迷魂药了吗？你发疯了吗？这是什么疯癫胡话——"

"荷鲁斯！"

"荷鲁斯什么？"

"他在崛起！他来了！他会扫清一切障碍！他会统御万物！他会达成帝皇永远做不到的伟业！"

"荷鲁斯不会——"基里曼清了清喉咙。他咽了下口水。洛加彻头彻尾的疯癫状态让他备受震慑，"荷鲁斯不会堕落。即便我们之中任何一人堕落了，其余人也会——"

"荷鲁斯向我们那位残酷而暴虐的父亲展开了抗争，罗保特。"洛加说道，

"接受这一事实,你就能心怀平静地安然赴死了。狼神荷鲁斯将要推翻腐朽的帝国,惩罚施暴的昏君。这一切已经在发生了。荷鲁斯绝非孤身一人。我诚心立誓与他同在。弗格瑞姆也是。还有安格隆、佩图拉波、马格努斯、莫塔瑞恩、科尔兹、阿尔法瑞斯。你的忠诚是一纸空文,罗保特。我们的忠诚源于血誓。"

"你这是一派胡言!"

"你命在旦夕。伊斯特凡V变成了焦土。几位兄弟已经死了。"

"死了?谁——"

"费鲁斯·马努斯、科拉克斯、沃坎,全都死了,像牲畜一样被宰杀。"

"这都是谎言!"

"看着我,罗保特。你知道这不是谎言。你知道的。你研究过我们每个人。你了解我们各自的优势和弱点。理论可能,罗保特。理论可能!你知道这是可能的。你从事实上知道,这是个可能发生的结果。"

基里曼后退一步,他张开嘴,但哑口无言。

"无论你对我作何看法,罗保特,"洛加说道,"无论你觉得我的观点如何糟糕透顶,你总该知道我不是个愚蠢的人。难道我背叛自己的兄弟,悍然袭击全员集结的第十三军团……就为了一点私怨?真的吗?真的吗?实战可能,罗保特!我来这里剿灭你和极限战士,因为你们是帝皇阵营中唯一一支有可能阻止荷鲁斯的军事力量。你们太过危险,不能存活,而我来到这里就是为了确保你们不会存活。"

洛加身体前倾,光芒照在他的牙齿上。

"我来这里将你从棋盘上移除,罗保特。"

基里曼后退一步。

"要么是你疯了,要么是这个银河疯了。"他说话时的镇定状态令人惊叹,"无论如何,我要去把你还有你手下的那些野蛮恶徒全都干掉。你这叛逆,你没有机会反思你的滔天罪行了。"

"喔,罗保特,你总是擅长扮演一个傲慢浮夸的混账。那就来找我吧,我们看看究竟是谁先死。"

洛加转身准备离开那束光芒,随后又迟疑了一下。

"还有一件事你需要知道,罗保特。你真的不明白自己在对抗什么。"

"我在对抗一个疯子。"罗保特厉声说道,转身离开。

洛加开始转化。

他的全息投影产生剧变,如同融化的油脂、变形的骨骼、淌落的白蜡。他的微笑从中开裂,某种物体由他的人形躯壳之中现身。那绝非人类。

基里曼有所察觉。他转过身来,看到了它。

他瞪大了双眼。

他能闻到它。他能闻到那个乌黑梦魇的气息,能闻到源自亚空间的亘古恶臭。那个物体在成长,一直在成长。洛加空荡荡的皮囊像蛇皮般蜕了下去。

那是一个源自无光虚空的恐怖存在。它具有湿滑闪亮的黑色皮肉与盘根错节的粗大血管,它具有蟾蜍般的体表黏液与一颗颗颤动不已的眼珠,它具有尖牙利齿与蝙蝠皮翼。它的形态违背常理,它是个畸形怪物。

污秽的光芒笼罩着它,像一袭天鹅绒长袍般将它包裹起来。它如影似烟。它头顶有一对野牛般的棕色巨角,足有四米之长。它低哼一声,那隆隆闷响如同掠食者的贪婪嘶吼,带来了腐败的恶臭、鲜血的腥气、刺鼻的酸楚、毒素的异味。

飘浮在洛加身后的那些形体也在转化,它们变得像甲虫般漆黑闪亮,泛着幽蓝光泽。它们柔若无骨的肢体和伪足翻滚起来。它们扭动着触须,发出昆虫般的滴答声响。无数张面孔相互交融,异变成可怕的双面畸形。一张张交错重叠的嘴巴含混地念着基里曼的名字。

基里曼稳住心神。他无所畏惧。

"我看够这些江湖把戏了。"他说道,"切断全息连线。"

"那……连线……"通信官开口回报,"长官,连线早就切断了。"

基里曼转回身去面对那个梦魇,面对那个不再是洛加的物体。他的手掌探向剑柄。

那个物体说话了。它的声音便是疯狂本身。

"罗保特,"它说道,"让银河燃烧吧!"

它张大嘴巴扑了过来,口中唾液飞溅。

鲜血,数百升人类的鲜血突然极其猛烈地喷射到了旗舰舰桥的墙壁上。那扇柔晶舷窗顿时被轰成暴雪般的纷飞碎片,向太空敞开了门户。

马库拉格之耀号的舰桥轰然爆炸。

洛加的恶魔化身发动攻击

迎击 // 目标

在全面开战阶段，尤其在被迫展开防守或反制的情况下，必须保持积极主动。要认定我方抓住优势并转守为攻所需的资源和能力，要探明对方具备其中哪些资源和能力。要将其夺取过来。不要盲目追逐荣耀，不要强行开展缺乏胜算的正面交锋。不要明知敌强我弱却执意以弱击强，不要浪费时间。要明确能够消除敌我实力差距的方法，并着手达成相应的目标。最为宝贵的永远都是持续展开作战的能力。

——基里曼《军事法典初稿　14.2.xi》

1

【计时：4.12.45】

天亮得很早。又是个好天气。光线非常理想，欧尔觉得他们能多干一个小时的活。多干一个小时就是多收获两车亚麻。辛勤劳动会换来丰厚成果。

收割的工作让他双手酸痛，但他睡得很好，精神不错。明媚的阳光总能让他心情舒畅。

欧尔坐起身来祷告。房子后面那间粉刷成白色的小屋里有个重力淋浴。他拽了拽绳子，站在水流下面。他洗澡的时候能听见她在厨房里唱着歌。

当欧尔擦干身子，穿好衣服，走进厨房的时候，她却不见踪影了。他能闻到热面包的香味。厨房门是开着的，阳光洒在地板上。她肯定是刚刚出去了一下，是出去拿鸡蛋了。他能在温暖的空气中闻到亚麻的气息。

他坐在老旧的餐桌旁。

"该去干活了，欧尔。"

他抬起头来。有个人站在厨房门那里，背对着阳光，欧尔看不清他的脸。

但欧尔·佩松照样能认出他。欧尔摸了摸挂在脖子上的小徽记，下意识地寻求保佑。

"我刚才说——"

"我听到了。我准备好之后就会去的。我妻子在做早餐。"

"你要错过时机了，欧尔。"

"我妻子在做早餐。"

"她没有，欧尔。"

那个人走进厨房。他一点都没变。他不会变的，对吧？他永远都不会。那种自信。那种英俊……那种魅力。

"我好像没邀请你进来。"欧尔说。

"从来也没人邀请我。"那人答道。他自顾自地倒了一杯牛奶。

"我没兴趣。"欧尔坚决地说，"无论你要说什么，我都没兴趣。你白跑了一趟。这就是我现在的生活。"

那个人坐在他对面。

"不是的，欧尔。"

欧尔叹了口气。

"很高兴又见到你，约翰。现在，从我家里滚出去！"

"别这样，欧尔。你最近如何？还是那么虔诚？"

"这就是我现在的生活，约翰。"

"不是的。"那人说道。

"出去。我不想跟你扯上任何关系了。"

"恐怕你没有选择。抱歉。局面有所恶化。"

"约翰——"欧尔几乎是咆哮着警告对方。

"我是认真的。咱们这样的人已经所剩无几了，欧尔。这你知道。如果掰着手指头来数的话，都用不完你我的两只手。我们这样的人从来都不多。现在越来越少了。"

欧尔站起身。

"约翰，听我说。我要尽可能直白地把话跟你说清楚。我对这些从来都没兴趣，我从来都不想卷进任何事情里。我不想知道你带着什么样的麻烦来到了我家。我喜欢你，约翰。实话实说，但我也希望永远都不要再见到你，我只想好好过一辈子。"

"别这么贪心。你已经过了好几辈子了。"

"约翰——"

"得了，欧尔！你和我？安娜托巢都？泛太平洋？拜托，别告诉我那什么都不算。"

"那是一辈子之前的事了。"

"几辈子之前，好几辈子。"

"这就是我现在的生活。"

"不，这不是。"

欧尔瞪着他。

"我希望你离开，约翰。走，现在就走。趁我妻子还没回来。"

"她不会回来的，欧尔。她根本就没有出门。"

"快滚，约翰。"

"这就是你的生活，是吗？就这些？一个退伍军人改当农夫？解甲归田？用辛勤劳作换取粗茶淡饭和一夜安眠？真的吗？欧尔？这就是你的生活？"

"这就是我现在的生活。"

那个人摇摇头。

"那么等到你受够了这些之后，又要去做什么呢？你会抽身而去，换个活计吗？你厌倦了农活之后是什么？教书？做扣子？你会加入海军吗？也行啊，反正你加入过帝国军队。你会去做什么？一个当过农民和士兵的鳏夫要何去何从？"

"鳏夫？"欧尔厉声说道，那个字眼像迎面扑来的黄蜂般让他后退一步，"你在说什么，鳏夫？"

"喔，拜托，欧尔。别把麻烦事都扔给我。你自己知道，她没有出门，她没有给你做早餐，她刚才也没有唱歌，她根本就没有来到考斯定居。她去世了，那个可怜的女人在你加入帝国军队之前就走了。在你最后一次加入帝国军队之前。拜托，欧尔，你的脑袋有点乱。你该冷静了。"

"别来烦我，约翰。"

"你知道我是对的。你知道。我能在你脸上看出来。"

"别烦我。"

"拜托，你想一想。"

欧尔盯着他。

"你钻进我脑袋里了，约翰·格拉玛提卡斯？你钻进我脑袋里了？"

"我发誓没有，欧尔。我不会那样做。这完全是你自己。这是精神创伤，会过去的。"

欧尔重新坐下。

"发生什么了？"他低语道。

"我没多少时间。我待不了太久。能和你聊聊就已经很不容易了。我们需要你，欧尔。"

"他们派你来的？我猜也是。"

"是的，是他们。是他们。但我不是指他们。我是指全人类。整个人类种族需要你，欧尔。一切都糟糕透顶，非常非常糟，你简直不会相信。他会输的，而如果他输了，我们就都输了。"

"谁要输了？"欧尔问。

"你觉得是谁？"

"他要输掉什么？"

"战争，"约翰说，"就是现在了，欧尔。这就是那场大战，我们总会谈论的那场战争。我们有所预感的那场战争。它已经在发生了。基因原体在自相残杀。最新的一轮处决即将发生，就在此时此地，就在考斯。"

"我不想被卷进去，我从来都不想。"

"真是该死的顽固，欧尔。无论你是否乐意，你都是一个永生者。"

"我不像你一样，约翰。"

约翰·格拉玛提卡斯靠在椅背上微笑起来，抬起手指着欧尔。

"不，你不像我一样。我之所以成为现在这样，要感谢异形的手段。而你不同，你还是一个真正的永生者。你还是像他一样。"

"我不是。我也没有你的那些力量、天赋、灵能。"

"这无关紧要。或许正是因为这个，所以你很重要。或许因为你在考斯，所以你很重要。目前只有三个我们这样的人处在五百世界的范围里，而站在考斯上的唯独是你。不偏不倚，就是你。这件事交给你了，你别无选择。这件事就交给你了。"

"找别人去干，约翰。跟别人解释这些。"

"你知道那没用的，没有人足够古老，没有人能够理解这一切，没有人拥有这种……长远眼光。如果我跟任何人说这些，他们一定会以为我疯了。我也没时间像上次那样找个避难所躲上十八年。这事必须由你来做。"

"做什么？"

"离开这里。赶在他们颠覆这个世界之前离开这里。利用间质涡旋，运用古老的虚空跨越手法。你必须做好准备，在那扇门开启的时候跨进去。"

"然后去哪儿？"

外面变暗了。太阳被遮蔽起来。格拉玛提卡斯抬起头，打了个冷战。

"你要去拿一样东西，把它带给我。当那扇门开启的时候，跨进去，把东西带给我。我会等着你。"

他犹豫了一下。

"至少，我会尽力等你。"

"我要去哪儿，约翰？"

天色迅速变黑。格拉玛提卡斯耸了耸肩。

"我们没时间了，欧尔。如果你同意的话，我可以让你看明白。"

"你别——"

【计时：未知】

这是某个地方。这里充满了亚空间的恶臭及虚空盾的刺鼻味道。周围的墙壁由光洁乌木和雕纹陶钢组成，表面镶有水晶、象牙和红宝石。舱门边框嵌着一圈金叶。这个地方很大，非常大。深邃而幽暗的房间如同一座教堂的正殿，如同一座坟冢，如同一片宏伟的墓穴。地面是黑色大理石铺就的。

这不是地面，这是甲板。

他能感觉到下方传来的震动，引擎的震动。空气很干燥，这是人工维持的环境。他能闻到烟味。

"我为什么闻到一股烟味，约翰？"他问道。

他看不懂光洁墙壁上铭刻的文字。他意识到自己对此感到宽慰。

"约翰？你去哪儿了？"

舷窗外面是一片星海。地板上有血迹。猩红的手印和脚印留在了地板与墙壁上。挂毯被扯掉了。舱壁表面有很多弹孔，被爆矢弹敲出的深坑，被激光灼烧的印记，还有利爪的刻痕。地板上有尸体。

这不是地板，这是甲板。

他能听到战斗的声响。那是一场大战。数百万个声音的高喊与尖叫、刀剑的铿锵、枪炮的轰鸣。震耳巨响从甲板下方传来。沉闷的声音在漫长走廊与昏暗舱门之间回荡。仿佛转过一个拐角就能目睹惊天动地的历史事件。

"约翰？"

丝毫没有约翰的踪迹。但他能察觉到其余心灵的存在，像主序星一样明亮的心灵。

"约翰，我不想来这里。我一点都不想。"

他向前走去，穿过一道有他二十倍高的拱门，进入一个有他五十倍高的房间。墙壁和廊柱都无比宏伟。空气中充满了烟味和逐渐消逝的回声。

一个死去的天使倒在地上，倒在甲板上。那位天使是个巨人。他很美。他的剑碎了。他的金色盔甲遍布裂痕。他的羽翼被双双碾碎。鲜血覆盖了他的甲胄，浸透了他的狮皮斗篷。他的头发与盔甲都是金色的。他的双颊上流着泪滴。

凶手就潜伏在旁边，他漆黑如夜，脱胎于怒火，笼罩着阴影。带有黄金镶边的战甲为他的黑暗形象赋予了一丝高贵轮廓。嵌在他胸甲和腿甲上的眼眸徽记也环绕黄金，一枚枚目光恶毒的血红眼眸。他全身力量满溢，散发着滚滚高温，如同一个致命的辐射源。他仅仅站在这里便污染了整个宇宙。四周噼啪作响，嘶鸣不已。那股可怕的恶意简直能够让辐射探测器显示读数。

那个凶手身形庞大，他的肩甲上挂着兽皮，一个带刺的框架围绕着他的头颅。那是一个灵能牢笼，一个装甲铁箱。其中闪耀着猩红的光辉。那个凶手头颅光洁。他低垂目光，面孔陷入阴影。他俯视着那个刚刚被他杀死的天使。皮层插头和生体导管像骇人发绺一样扎在他的头顶。他是一个藏在血肉皮囊和钢铁甲壳里的怪物。他是纯粹憎恨的化身。

欧尔·佩松意识到自己不该来这里。任何地方都行，整个宇宙中的任何地方都行，只要不是这里。他开始退却。

那个凶手听到了他的脚步声，或是察觉到了他的存在。那个凶手缓缓抬起巨大的头颅。猩红的光芒从护颈里漏出，自下而上照亮了他的脸——高傲、自负、邪恶。他睁开双眼，盯着欧尔。

"我……我弃绝你，邪魔。"欧尔结结巴巴地说道。他摸了摸挂在脖子上的小徽记，下意识地寻求保佑。

"你……什么？"

"我弃绝你的邪恶。"

"没有邪恶可言，"那个凶手说道，他的声音如同一阵隆隆山崩，"只有漠然。"

那个凶手向欧尔迈出一步。地板——甲板——在他脚下颤抖。

他停住了，他在注视什么，他在注视欧尔手里的什么东西。

欧尔困惑地向下瞥了一眼。他意识到自己另一只手里始终握着某个物件。

他看清了那究竟是什么。

那个凶手发出一个声响，一声叹息。他张开嘴巴，双唇之间挂着一丝丝唾沫。他盯着欧尔的脸，直视欧尔的灵魂。

欧尔转过身去，他再也无法忍受与那双眼睛对视了。他转身想要逃跑。

他看到了光芒。

那个凶手，还有那种刺痛神经的厚重黑暗方才吸引了他的全部心神，让他起初没有注意到那束光芒从何而来。

现在他看到了。但那股光芒已经远不如昔日夺目。已经不是他印象中的那股光芒了。

那光芒愈发暗淡。它曾经具有无可比拟的美感，此刻却日薄西山。它变得微弱、苍白。它与那个天使一样是金色而残破的。它也与那个天使一样被脱胎于黑暗的凶手大肆摧残。

那光芒背后是一扇巨大的舷窗。

透过舷窗，欧尔看到了泰拉的朦胧荣光。

人类的家园世界正在熊熊燃烧。

"我看够了。"欧尔·佩松说。

【计时：4.12.45】

你被震慑了。只是震慑。你身上有伤，而且我让你看了太多。我很抱歉，真的。谁都不该目睹那些事情。谁都不该被一口气灌输那么多。但真的没有时间让我们慢慢来了。

你已经看到了你需要看到的事情。我已经向你展示了你需要去的地方。

这一切会很痛苦，会十分艰难，但你能做到，你克服过很多困难。拜托，欧尔。拜托，我亲爱的老朋友欧兰涅斯。

该醒过来了。该醒——

欧尔醒过来了。

没有阳光，没有床，没有厨房里传来的歌声。

只有灰暗的光线，浓雾弥漫，很冷。

还有痛苦。

他姿势扭曲地仰面倒在地上。他双臂酸痛，还有后背、一侧的屁股。他感觉自己脑袋里像是被拧进了几颗铁螺丝。

他坐了起来，身体更疼了。

欧尔意识到最剧烈的痛苦并非来自全身各处的摔伤、扭伤和淤青。

而是震慑，是那幅幻景所带来的震慑。他跪伏在地，剧烈干呕，仿佛要把那些记忆都吐出来才算舒服。

他情愿将方才的一切视作梦魇。那是个十分诱人的想法。他只是因为磕伤脑袋而做了个噩梦。

但欧尔知道，人类的思维是没法想象出那种情景的，没法捏造出那种事物。格拉玛提卡斯刚刚就在这里。那个混蛋刚刚就在这里。站在这里的他并非有血有肉，但也差不太多。他就在这里，他为欧尔展示了那些事情。

为了来到这里，约翰想必花费了极大力气，也承担了极大风险，这本身就意义非凡。其中的重大意义丝毫不能让欧尔·佩松感到宽慰。

他摇摇晃晃地站起身，伤痕累累。他的衣服上覆盖了一层逐渐干燥变硬的泥巴。他试图搞清楚情况。

什么都看不清。厚重的灰色浓雾笼罩了整个世界。云层之上传来隆隆轰响与暗淡闪光。在很远的地方——欧尔猜想大概是北边——有一团朦胧光芒，仿佛是浓雾另一头的某种庞大物体正在燃烧。

某种像城市一样庞大的物体。

他环视四周。地面上覆满了恶臭扑鼻的黑色淤泥，到处散落着扭曲损坏的农用机械和农场围栏。那道巨浪留下了这一片狼藉。他的土地，他的农田，已经变成了这副模样。

他踟蹰前行，靴子不断陷入淤泥。那厚重的雾气一半是燃烧的浓烟，一半是蒸发的洪水。地面上飘散着矿物质与河床底泥的异味。他的作物都没了。

他看见了一排尚且屹立不倒的栅栏。从它们露出淤泥的高度来判断，洪水留下了大概一米深的泥层。一切都被掩埋了。比那该死的克拉森汀山脊还要糟。他看到一只手，一只属于男性的手，从黑色淤泥里探出来，那苍白的手掌上满是皱褶。看起来他像是在寻找空气。

现在做什么都晚了。

欧尔走到栅栏旁边，靠在上面。他意识到这是西边田地的入口。他所在的位置与自己想象中完全不同。他在西边半公里开外。一定是洪水把他冲了过来，就像一截浮木、一块废料。他居然没有撞在某根柱子上把胳膊折断或是把脑袋砸扁，真是个奇迹。他居然也没被淹死。

搞清楚情况之后，他转过身去，沿着原路往回走。他知道了自己目前所在的位置，也就知道了自己的房子在哪里。

他路过一台播种机，那侧翻的机器有一半陷进了黑泥里。随后他找到了一条小路，至少它曾经是一条小路。如今它只是淤泥中的一道沟，里面积着齐膝深的紫色泥水。他涉水前行。

"佩松先生？"

他停下脚步，那声音吓了他一跳。

一个人坐在小路旁，背靠着残存的栅栏。他全身都是泥巴。

"是谁？"欧尔问。

"是我，宰比斯。"

宰比斯，赫比特·宰比斯，一个工人，一个临时工。

"站起来。"欧尔说。

"不行。"宰比斯回答。他用一个很奇怪的姿势靠坐在栅栏旁。欧尔意识到对方的左臂和肩膀都被带刺的铁丝网缠在了栅栏上。是那场洪水把他卷入了这样的困境。

"坚持住。"欧尔说。他伸手去摸腰包，但他的工具早就不见了。他走回那辆侧翻的播种机旁边，在附近的淤泥中搜寻了一阵，终于找到原本放在驾驶舱里的工具箱。之后他拿着一把钳子回来，解救了宰比斯。那个人身上被铁丝网剐得鲜血淋漓。

"走吧。"欧尔说。

"去哪儿？"

"我们要去些地方。"欧尔说。

他们花费二十分钟穿过泥沼和浓雾，来到了欧尔的房子，至少是这座房子的残存部分。

一路上，宰比斯不停地提问题，比如："发生什么了？""为什么会发生这种事？"

欧尔没法解答。或者说，他没有时间和耐心去解答。

距离房子五分钟路程之外，他们遇到了卡特，她的全名是卡特琳娜，或者叶卡捷琳娜。类似的一个名字，欧尔记不清了。她和宰比斯一样也是个临时工，负责烘干成捆的亚麻。她大概有十七岁，是邻居家的女儿。

她就这么呆呆地站在浓雾里，浑身泥水，双目无神，茫然地盯着什么她不可能看到的东西，因为这雾气让能见度几乎为零。或许她正在回想某种能够让她安心的经历，比如昨天，比如她的五岁生日。

"你还好吗，姑娘？"欧尔问她。

她没有回答，因为震慑，强烈的震慑。

"你还好吗？卡特，跟我们走。"

她没有进行目光接触。她甚至没有点头。然而当他们继续前进的时候，她远远地跟了上来。

欧尔的房子一片狼藉。洪水席卷而过，带走了所有门窗和大部分家具，留下了半米深的淤泥和残骸。欧尔考虑了一下是否要找找他妻子的照片，曾经就放在厨房的柜子上，但如今那个柜子已经踪迹全无，所以他觉得想要找到一张放在上面的照片恐怕是希望渺茫。

他让宰比斯和卡特等着，自己走了进去。他的卧室在楼上，所以那里的情况比房子的其余部分略好一些。他找到了那个已经褪色的绿色帆布工具包，又往里面装了几样有用的东西。之后他脱掉了干农活的靴子，换上一身干衣服。当下最合适的就是他那套老旧的帝国军队制服，同样是暗淡的绿色。

他还拿了另外几件东西，在自己的财物中做了一番取舍。他给宰比斯挑了件外套，从床上拿了条毯子给卡特保暖，还带上了一个医药包。他走下楼梯与他们会合。

他的激光枪还挂在壁炉上方。他把枪取下来。他从烟囱旁的小格子里掏出一个木盒，里面是三个充好能的弹夹。他把其中两个放进口袋，准备把第三个弹夹装到武器上。

他听到宰比斯的喊声，立刻冲进泥泞不堪的院子里，差点滑倒。那个该死的弹夹怎么都装不上。他很久没拿过枪了，技巧已经生疏。

而且他很害怕。他这辈子从来没有如此害怕过，即便他经历过克拉森汀山脊。

"怎么回事？"他问道，此时宰比斯正躲在一些翻倒的箱子后面。

"那边有个东西，"对方指着房子旁边的谷仓说，"是个大东西，动静不小。"

欧尔什么都看不到。他回头找卡特。她站在厨房门旁边，继续凝视着往昔，对宰比斯的恐慌毫无察觉。

"待在这儿。"欧尔吩咐那个伤员。他站起身，端着枪走向谷仓。他听到了什么动静。宰比斯没说谎。无论那究竟是什么东西，确实很大。

欧尔知道他需要很好的准头。一枪毙命。如果那是个大家伙，他就得尽快把它放倒。

他一把拽开谷仓的门。

他看到了格拉福特。那个庞大的装卸机仆正在谷仓里闷头乱撞。淤泥和水草彻底扰乱了它的传感器和视觉系统。

"格拉福特？"

"士兵佩松？"那个机仆认出了他的声音。

"别动。站住别动。"

那个庞大的半机械生物停了下来。欧尔伸手把水草扯掉。他又用一块抹布将视觉元件擦拭干净，把沾在精密传感器上的淤泥清理掉。

"士兵佩松，"格拉福特说，"感谢你的协助，士兵佩松。"

"跟我来。"欧尔说。

"跟你去哪里，士兵佩松？"

"我们有活要干。"欧尔说。

2

【计时：4.14.11】

"解释清楚。"那个怀言者说道。他的名字是乌默·诺尔。

"我们被伏击了，"维尔·特斯说，"是两个极限战士。"

诺尔看着那个终结者的尸体。

"这是他们干的？"

"是他们干的。"特斯回答，"他们杀死了我的守望者，杀死了我队伍里的很多人，还开走了速攻艇。其中有个连长。"

"你为什么没有阻止他们？"诺尔问。

"铁骑式装甲都没法阻止他们。"特斯惊愕地说，"你凭什么觉得我可以？"

他停顿了一下。

"原谅我，大人。他们是军团战士。我们无计可施。"

"在遭到伏击之后，你就一直原地等待增援？"

"是的，大人。"

乌默·诺尔抬起他的虚空瓶。他朝里面说了几句，警告前线军官至少有两股敌人在星港区域活动。

"他们可能有交通工具。"他补充道。

诺尔看着自己的小队成员。

"必须猎杀他们。"他言简意赅地说。

他手下的柯尔特点点头，将追踪者牵了过来。他不得不使用电击棒，这头愤怒的追踪者抗拒性很强。

它和成年獒犬体形相仿，但更加壮硕，而且它并非犬科动物。它低吼起来，嗅着四周，黑色的鼻孔淌下黏液。

"我们需要一些他们触碰过的东西。"诺尔说。

"那个连长碰到过我，"特斯说，"他把我撞倒——"

话音未落，他就意识到自己是个蠢货。

诺尔看着他，点了点头。

"大人，不——"特斯开口道。

那头追踪者猛冲过来。它一下扑到他身上。特斯尖叫起来，开始被它生吞活剥。

"它记住味道了。"柯尔特说。他将追踪者从那个基因名主身上拽开。特斯还没死。他本该死了，他早该死了，他的身体被啃掉了太多，已经不可能恢复健康或继续生活。他没法说话。他甚至难以表达自己此刻遭受的可怕剧痛，只能微微抬起十指尽断的手掌或是晃动支离破碎的下颚。

那头追踪者开始行动，它凭借刚刚吞噬的血肉，运用灵能展开搜寻。怀言者紧随其后。

"他怎么办？"一名战士指着那具颤抖不已的残躯对乌默·诺尔说，"你可以结束他的痛苦。"

"痛苦是良师益友，"诺尔说，"而慈悲是浪费弹药。"

【计时：4.26.11】

那个极限战士连长死战到底。他凭借一己之力困兽犹斗，在不可避免的结局到来之前造成了尽可能多的伤害。

索洛特·绰尔取走了他的性命。他朝那个极限战士身后的舱壁发射了两颗质爆弹，猛烈爆炸在密闭空间中产生的冲击将那个披挂钴蓝装甲的对手从掩体中推了出来。

对方试图站起身来，但已经太晚了。第三颗子弹夺走了他的头颅。

绰尔走回船坞主控室。他的小队正在押送凡人囚犯，或是将敌人的尸体拖走。空气中缭绕着一股青烟。泽桑韦瑞德船坞已经被攻陷。

这花费的时间比预期中要久。绰尔对此感到恼火。他原本希望强烈的震惊能够让第十三军团丧失斗志，但事实上并非如此。

让他略感宽慰的是，那些阴影技师也未能达到预期进度。他们还在埋头工作，继续对船坞主系统进行重调。科尔·法伦的不悦主要会降临在他们头上。

在主控室里，一些技师操纵着动力工具来拆除更多的甲板和舱壁，从而触及其下埋藏的大捆缆线。另一些则开展着更加细致的工作，如同钟表匠般运用融合在手指上的精巧工具来刺探微型电路。几名技师通过神经脉冲单元直接建立了相互连接，在这简易的思维空间环境中解放他们的头脑，重建这座船坞的破碎信息流结构。八重之道的代码在系统中流窜，一股温暖光辉笼罩了他们。

信仰之主科尔·法伦并没有被激怒。绰尔在一个俯瞰主控室的办公间里找到了他，这个锃亮的黄铜色房间如同一间忏悔室。对方正在研读一本粗制封皮的书籍，正是《洛加之书》。当然，这远非全部内容，仅仅是其中一册。

全套《洛加之书》足够填满一摞数据板，已经被手动编纂成了九千七百五十二册。这个数字还在不断增长，科尔·法伦亲自组建了一支上万人的书记员队伍，专门进行誊写和复制。每一位第十七军团高级军官及每一个由怀言者所指派的行星总督都应该拥有一套，并且勤加研习。绰尔知道还有几套书将要作为礼物被赠予那些效忠荷鲁斯的原体。它们都是复制品的复制品的复制品。佩图拉波的版本具有钢铁封面。弗格瑞姆的书则以鲜活皮肉包裹。阿尔法瑞斯会收到有着细微差别的两套书。

荷鲁斯那套书的人皮封面取材于遭到背叛的军团战士。

它们都是复制品的复制品的复制品。洛加逐字逐句地审阅每个版本。誊写时出现的差错往往会招致死罪，甚至更糟。就在他们进入韦瑞迪安星系的前一天，某个书记员刚刚因为漏掉了一个逗号而遭到肢解。

绰尔走进办公间。他在靠近之后才注意到，科尔·法伦正在读的那本书是最初的手稿之一。那是原体在构思这些内容时的亲笔之作。这是最新的一册，正待批量传播。科尔·法伦总是在新的章节完成时率先研读，之后才分发给手下书记员进行誊写、保存和出版。

科尔·法伦所阅读的奥秘是任何人都尚未得见的。

"我要为这场延误道歉。"绰尔说。

科尔·法伦摇了摇头，抬起一只戴利爪的手，他还在阅读。

"贤者已经解释过了。"他说道，"我们对考斯思维空间的摧毁要比预期中更加彻底。重建工作很繁复。据我所知，还需要十分钟。"

"等到你安全返回战舰之后，我就宽心了，大人。"索洛特·绰尔说。

科尔·法伦终于把头抬起来，面露微笑。

"你的好意我心领了。但我在这里很安全，索洛特。"

他看起来似乎比以往更加羸弱。一团肮脏秽恶的天界光晕围绕着他。绰尔时不时能透过他的皮肤看到下方的骨骼，就像是一幅断断续续的 X 射线影像。科尔·法伦正在持续运用水平惊人的虚空奥术。

"过来，索洛特，"他说道，"来和我读一读。"

索洛特·绰尔走到桌子前面，看着那本摊开的书籍。他注意到了字迹的优美精妙。书页上几乎毫无空白。

"他用笔墨来写，"科尔·法伦仿佛在惊叹，"在当今年代还是用笔。当然，我让那些书记员也这样做。"

"据我所知——"

科尔·法伦看着他。

"什么，索洛特？"

"大人，我刚才想说，据我所知基里曼也是用笔。"

"的确。谁告诉你的？"

"卢希尔。"

"你杀死的那个人？"

"是的，第一个祭品。"

"他曾经是你的朋友。"

"所以，他的死亡才有价值。"绰尔说。

"是的，据我所知基里曼也用笔，"科尔·法伦说道，"他时常书写。据说他的作品很多。然而并没有多少实质性的内容。他在写一篇……论述，关于战争、作战机制、战斗理论。真是幼稚的主题。那个人显然毫无灵魂与人格可言。他也丝毫不去关注那些让更具智慧之人受到挑战的超凡事物。我们挚爱的原体早已了解关于杀戮的一切知识。他不需要写下来。那些原理十分浅显。这就是为什么他可以超脱于卑微世俗之事，将时间和精力投入到更伟大的奥秘上去。他所关注的是这个宇宙及更多宇宙的运作机制，还有生命存在的本质意义。"

科尔·法伦看着绰尔。

"洛加只是将他听到的一切复述出来。唯独他能听到那些低语，你知道吗？"

"来自诸神的低语？"绰尔问。

"来自八重之道神圣伟力的低语，"科尔·法伦答道，"来自虚空之语和深渊之声，来自原初湮灭者的亚空间喉舌。"

外面传来一个声音。贤者们完成了工作。

科尔·法伦合上书本，站起身来。

"我们去好好利用他们的工作成果，如何？"他说道。

【计时：4.55.34】

泽桑韦瑞德船坞的系统被阴影机械神教重启后逐步上线。一台数据引擎恢复了运行。它察觉到星球武器阵列处于失灵状态，且当前情况源于考斯韦瑞迪安锚点数据引擎枢纽所遭受的极端损伤，因此这台机械就遵循章程自动运行，接管了群龙无首的武器阵列系统。泽桑韦瑞德船坞具有十分先进的数据引擎枢纽，有能力在紧急情况下代行轨道主枢纽的职责。

考斯武器阵列重新启动，数据流开始恢复。

科尔·法伦审视着一切，审视着八重之道的废代码深入了思维空间。他选定了一个打击目标，技师们匆忙锁定坐标。

所有轨道武器平台和包括极地发射井在内的若干地面设施都被激活了，它们伴随备用能源的启动而恢复运作。

大约十分钟之后，主控室操作台上的权限警示灯变成了绿色。

"目标锁定完成。"贤者说道，他的嗓音里混杂着二进制废代码。

"准备好之后就开火。"科尔·法伦说。

光芒脉动，一闪而过。蕴含着惊人能量的众多光束从考斯地表以及轨道平台上喷薄而出。

考斯的武器阵列足以击退一整支远征舰队或主战斗群。只有最为恶毒而狡诈的背叛行径才能将其攻陷。

武器阵列开火了，考斯开始大举杀戮韦瑞迪安星系中的邻近天体。

首先遭到毒手的是一颗在考斯卫星轨道之外环游太空的小行星。这个公转轨道曾经被一颗行星所占据，而它形成的残骸便是这颗叫作阿拉玛斯塔的小行星。它是一块与大型卫星相仿的巨石。

它的名字已经不是阿拉玛斯塔了，如今它被称作韦瑞迪亚铸造厂。它是机械神教在这个星系中的首要基地，同时也是附近六个星系中最为重要的生产设施。

韦瑞迪亚铸造厂孤立无援，让考斯武器阵列陷入宕机的废代码同样摧毁了它的系统。

它没有虚空盾，没有反击武器，也无法躲避。

武器阵列总共开展了四次长时间轰击。前两次将表层岩石化为灰烬，焚灭了混凝土要塞和精金壁垒。第三次轰击让铸造设施暴露在太空中，并引燃了反应堆的能源系统。

第四次轰击致使韦瑞迪亚铸造厂如同一颗新星般轰然爆炸。

在之后的十八分钟里，考斯没有了夜晚那一面。

3
【计时：5.46.19】

文坦努斯猛地让速攻艇倒车。被砸烂的扫描仪已经完全失灵了，所以他在拐过弯之后才看到那辆炮车。

速攻艇沿着小路急速后退，文坦努斯和塞拉顿都从座椅上不由自主地扑向前方。炮火已经追上了。那辆带有抗重力系统的钢铁巨兽用四联武器倾泻着凶猛火力，将他们周围的仓库和店铺撕成碎片。工厂和库房在爆炸中纷纷解离。混凝土墙壁被子弹洞穿，颤抖着喷出灰尘，窗户轰然炸裂。

"那条路也不行。"文坦努斯说。

"同意。"塞拉顿说。他将那门自动炮架在腿上，低头检查弹药量，发现弹药已经所剩无几了。

文坦努斯向左转弯，迅速穿越一条潮湿的混凝土隧道，踏着蜿蜒路线从两座庞大的航空器工厂之间冲过。接着，绕开一座火光冲天的税务机构。到处都是尸体，有平民、帝国军队士兵，还有太多的极限战士，以致文坦努斯都难以看到任何希望。战士们死去时武器尚未出鞘，他们没能直面死亡便惨遭屠戮。

一堆堆钴蓝色的盔甲——包裹着瘫软尸首的残破甲胄——散落在小径与大道两侧。有些像柴火一样靠在栅栏和墙壁边；有些被劈成两半，里面的尸体不见踪影；有些被钉在了柱子和钣金墙壁上。

有些似乎被开膛剖肚，或是被……啃噬过。

文坦努斯无法理解。他猜测这些人死于第十七军团武器库中的某种新式爆炸物。理论可能。这是最好的理论可能。文坦努斯希望这也确实是实战可能。其余的理论可能实在太过卑劣，匪夷所思。怀言者与一些肉食异形结盟，怀言者施行某种食人仪式……

文坦努斯不需要更多理由去下定决心与怀言者死战到底，他们对考斯以及第十三军团所造成的伤害就足矣，他们的背叛恶行就足矣，他们毫无荣誉感可言的无情攻势就足矣。

但此等残暴亵渎让他的开战理由提升到了一个新的层次。这已经不仅仅是战争了，这是战争罪行。它违背并辱没了阿斯塔特军团的准则与戒律，而那是由全父帝皇所制定的准则与戒律。怀言者彻底扭曲了帝国的真理之心和正义之道，人类种族的道德规范也在他们身上荡然无存。

　　文坦努斯随处都能看到像是用鲜血涂抹在墙上的猩红符记。有八芒星，还有很多他并不熟悉的图案，单单看到它们就让人浑身不适。

　　速攻艇引擎的轰鸣中逐渐掺入了一些令人不安的嘶吼。除此之外，文坦努斯还听到其余炮车在附近街道中穿行的动静。他们身处在星港和城市之间的工业地区。文坦努斯急迫地想要突出重围，向西北方的埃汝德省进发。他的首要目标是与麾下连队及在埃汝德集结的其余部队会合。如果那些战士毫发无伤，或者基本上完好无损地熬过了这场灾难，那么他就打算将其作为反攻的先头部队。

　　一团云雾涌入城市与港口。其中既有大量烟尘，也有水蒸气。浓雾遮天蔽日，覆盖了河谷，将数百万处烈火化作温暖柔和的橙色光斑。文坦努斯之前见过类似的情景，这是能量武器的持续性轰击将巨量海水瞬间蒸发造成的。这是一命呜呼的海洋凝聚在了地势低洼的城市头顶。

　　他们转过另一个弯，在前方的货运车道上发现了六个怀言者。那些怀言者呼吼一声，举枪开火。

　　在子弹的冲击下，速攻艇晃动着开始倒车。它的装甲很结实，但文坦努斯知道它已经伤痕累累了。他向后滑行，打算在一座铸造厂门口的空地上掉头，另寻去路。更多的怀言者闻讯赶来，从一个瞭望台与两座工厂之间的脚手架上朝他们开火。一枚质爆弹在座舱侧面炸开，那里的舱盖先前早已被掀翻。塞拉顿受到了不小的冲击。

　　他们快要无路可走了。

　　文坦努斯快速倒车。他撞倒了两个突然出现在后方的怀言者。那些披挂猩红盔甲的身躯被速攻艇尾部的反重力引擎狠狠甩了出去，翻滚着摔在混凝土地面上。

　　但他总不可能把那辆轰鸣而来的炮车也一起撞翻。那个比速攻艇大上一倍的家伙将它的四联武器转了过来。

　　"快！"塞拉顿大喊，"快！从他们中间冲过去！"

　　文坦努斯猛踩油门，让速攻艇扑向前方。他撞上了一个方才被冲倒在地的怀言者。那个家伙还没站稳脚跟，速攻艇的右前翼狠狠顶了上去，让敌人全身紧贴住经过强化的防护板，又将其抛在一边。那个怀言者翻倒在地，分外扭曲的姿势表明脊椎已断。

塞拉顿从座位上站起身，将自动炮的炮管架在挡风玻璃的边框上。他们径直冲向那群出现在货运车道上的怀言者。他们冒着从瞭望台与脚手架上倾泻而来的枪林弹雨。子弹敲打着他们周围的地面，溅起火星与碎石。另一些则像重锤般撼动着车身。

塞拉顿用自动炮开火了。虽然当下条件并不理想，但他还是找到了一个不错的射击角度，用一串子弹横扫脚手架，将金属栏杆和扶手撕成碎片。他撂倒了两个敌人，又击中了第三个。文坦努斯看到一枚头盔像红色信号弹那样炸成粉末。死者坠落下来，在速攻艇急速掠过的一秒之后摔倒在地。

塞拉顿放低炮口，又射杀了一个地面上的敌人。飞速旋转的炮管用大量子弹啃噬那副身躯，将他撕扯成了一团碎肉和金属条。其余敌人坚守位置，向他们继续开火。文坦努斯稳稳握住操纵杆，眼看着一枚质爆弹从他和塞拉顿的脑袋之间划过，击穿后方的窗户后飞出了驾驶舱。

他冲倒一个怀言者，用埋头疾驰的速攻艇将敌人抛上半空。接着他又撞上了另一个，把对方狠狠钉在经过强化的速攻艇防护板末端，那个家伙的上半截身体瘫在车头上，双腿则垂在下面。速攻艇将这具尸体顶在头上继续前进，车身下方飞溅出大团火花，那个怀言者的铁靴和胫甲正在与地面产生剧烈摩擦，可怕的金属嘶鸣不绝于耳。文坦努斯没法把那家伙甩下去。

前方货运车道旁的一堵墙壁轰然倒塌，一辆猩红的兰德掠夺者坦克隆隆现身。它扬起车头从建筑废墟上碾过，缓缓转向，车身侧挂的武器开始瞄准。

文坦努斯将速攻艇猛力拧向左边。没有其余的实战可能了。他一头撞穿某座仓库的钣金墙壁，尽量躲避兰德掠夺者的火力。被钉在车头上的那个怀言者承受了主要冲击。倘若他之前还没死的话，现在肯定是死透了。

但这艘速攻艇的生命也到此为止了。方才的猛烈冲击已经让引擎彻底损坏。它开始厉声嘶吼，从排气管喷出滚滚黑烟。速攻艇在幽暗的仓库里缓缓停歇。

文坦努斯和塞拉顿跳下车。塞拉顿扛着自动炮和最后一条子弹带。文坦努斯拿起旗帜，随后停下脚步，转回身去，从怀言者尸体的手里把对方的爆矢枪扯了出来，那个家伙已经和受损扭曲的车头融为一体了。空气中弥漫着过热金属、强烈摩擦和烧焦骨髓的味道。

第一批怀言者从那个被速攻艇撞开的大洞里冲了进来。塞拉顿干掉了两个敌人，在墙上扫出一个个透光的小洞。

那条子弹带打空了。他扔掉自动炮，端起了爆矢枪。

他们沿着仓库内部的凌乱地面逐步后撤，与那些穿过破洞猛冲进来的怀言者交火。爆矢弹往复纷飞。文坦努斯命中了一发，但他不确定有没有击中。对方的压倒性数量对他们非常不利。

他知道那辆兰德掠夺者坦克会撞倒一面墙壁，冲进仓库来猎杀他们。他能听见引擎的隆隆轰鸣。

突然，外面传来了震耳欲聋的爆炸声。在一瞬间，极端明亮的光芒穿过每一道缝隙、每一个弹孔和每一扇窗户透进了仓库。整幢建筑颤抖起来，超高温的机械碎片与装甲残骸击穿墙壁四下横飞。

文坦努斯和塞拉顿爬了起来。紧随他们闯进仓库的怀言者也纷纷起身。他们试图重新锁定这两个极限战士逃亡者的位置，但他们非常困惑。刚才的爆炸是怎么回事？难道兰德掠夺者坦克被击毁了吗？

没等他们转过身去，炽热的等离子束就骤然斩断黑暗，将他们切成了碎片。那些夺目的绿色光束洞穿陶钢战甲，让怀言者的头盔像气球般爆裂。

文坦努斯和塞拉顿躲进掩体，端起武器。

大批机械神教护教军抬着威力强悍的等离子冲击炮冲入仓库。它们无情地处决了全部没有当场毙命的怀言者。

足有数十个令人畏惧的机械神教士兵。

"第十三军团的战士，"其中一个用广播模式说道，"现身吧。赶快，时不我待。"

文坦努斯站起身，高举着那破损不堪的旗帜。

"瑞玛斯·文坦努斯，第四连。"他表明身份。

护教军指挥官走到他面前。这是个高大魁梧的老兵，一张丑陋的面孔上疤痕交错，那充满警戒意味的盔甲让他显得有些华而不实。紫铜色面甲上的一只红色眼睛闪动不已。

"阿鲁克·瑟罗提德，考卡斯护教军战队，"他回应道，他开口时有些迟疑，仿佛很不习惯讲话，"我们从附近怀言者的行为模式推断出，这里一定有第十三军团的部队。只有你们两个？"

"是的。我们感谢你们出手相助。"

"如果我们在这里逗留太久的话，一切都没有意义了，连长。"阿鲁克回答，"我们具备的火力足以对抗一支小型部队，再加上一些装甲单位。但备用能量很有限，我们无法与敌人展开大规模作战。"

"你们能带我们离开这里吗？"文坦努斯问。

"我们可以带你们去找机械贤者，"阿鲁克说，"我们希望能够协调抵抗力量。"

文坦努斯点点头。护教军带着他们走向最近的突围点。

阿鲁克注意到了文坦努斯手里的旗帜。

"那很不灵便，"他说，"没必要带着它。"

"真的有必要。"塞拉顿说道。

【计时：6.12.33】

她用语音展开交谈。

"我是米尔·艾德维·陶伦，"她说道，"我的职位是贤者，是考斯和努米纳斯分析部门的伺服师。"

"看起来没剩下多少值得分析的了。"文坦努斯说。

"的确。"陶伦回答，"这是一个可怕的日子。我们都遭受了重大损失——"

"整个帝国遭受了重大损失。"文坦努斯说，"说实话，现实情况还要更糟。出于某种我难以想象的理由，怀言者向我们展开了攻击。他们对考斯、第十三军团、奥特拉玛五百世界，乃至人类帝国发动了全面战争。"

陶伦点点头。她身材高挑，神情庄重。代表她职位的那件仪式长袍已经脏污破损，因沾满血迹而变得僵硬。在之前的几个小时中，一定有某个人死在了她的怀里。

他们站在努米纳斯主干道以北几百米处的地下洞穴网络中。这个十分潮湿的空间是附近河流的泄洪道。阿鲁克提出，他们头顶的厚重混凝土可以抵挡怀言者所使用的侦测系统。

"我的直属上司死了。"陶伦说，"我们在战舰坠毁时从哨塔里逃了出来，但他没能得救。指挥与协调的责任落在了我身上。"

"你手头有什么资源？"文坦努斯问。

"我有大约三百名护教军，以及便携武器和一些轻型装甲。"她答道，"随着我们与更多的幸存者取得联系，这个数字还在不断地增长。我们没有信息流场，没有思维空间，也绝对没有韦瑞迪安星系武器阵列数据引擎的作战控制权。"

"完全没有？"

她摇摇头。

"这要归咎于早在一切敌对行为爆发之前出现的废代码污染。我们认为第十七军团在发动攻击之前将某种侵染性废代码注入了考斯的思维空间，从而扰乱并破坏了机械神教的正常运作。"

"从什么时候开始，机械神教的科技水平居然不敌一支军团了，贤者？"文坦努斯问道。

"从今天开始，连长。"

"所以……这种废代码，你们从没遇到过？"

"这与我们此前经历过的一切情况都截然不同。并不局限于编码语言层面。在基础层面上就是如此。目前我们仍然无法完全确定它的技术本质与运作方式。"

"进一步证明这早有预谋。"塞拉顿说。

没有人再开口。片刻间，周围只有污水滴落的声音。

"你们此刻有什么打算？"文坦努斯问道。

陶伦看着他。

"我要利用一切手段重新获取数据引擎的控制权。我要将敌人从我们的系统中驱逐出去，夺回思维空间。"

"武器阵列的确是相当宝贵的资源，"文坦努斯说，"甚至可以说是至关重要的。我担心第十三军团所遭受的惨重损失已经不仅是地表部队这一方面了。我也为舰队感到忧虑。"

"我们很难得出准确的估算，"阿鲁克说，"但至少有 50% 的集结舰队和地面部队已经被摧毁。"

文坦努斯试图集中精神。他试着考虑理论可能，从而协助制定战略。他试图避免自己执迷于超过十万名极限战士已经阵亡的实战可能。在短短几个小时中集体阵亡。这是军团历史上最重大的一次战损，远远超过其他。

"你们是怎么联系的？"塞拉顿突然问道。

"请你再说一遍？"陶伦回答。

"你刚才说过，随着你们和其余幸存者取得联系，护教军的数量还在不断增长。你们是怎么联系的？通信已经全没了。"

"的确，但护教军拥有专属的紧急信息流，是一种危机后备机制。"陶伦说道，"阿鲁克已经切换到了护教军特有的军用级别强化密令系统。它联络范围有限，但确定是保密的。"

"你们拥有一定水平的保密通信能力？"文坦努斯问。

她点点头。

"我需要联系军团指挥部。"他说。

"不可能，"阿鲁克回答，"我们无法连接到轨道单位。"

"那么我需要联系我的连队。"文坦努斯接着说，"有护教军部队驻扎在埃汝德集结点的机械神教辅助设施里。我需要和那边取得联系。"

"埃汝德站？"阿鲁克应声道。他用红色的双眼看着伺服师。其中一只眼睛断断续续地闪动起来。

"当然。"她说。

文坦努斯掀开盔甲护腕，点亮了一幅小型全息地图。他扫视周围地形。塞拉顿的视线越过他的肩膀看过来。

"理论可能。"文坦努斯说，"如果我们让集结部队行动起来，就可以协调双方会合。比如在德拉平原，或者是泽塔亚。"

"那里易于防守，但西边门户大开。"塞拉顿指出，"莱纳尔可能更理想。"

"他们在穿过山谷的时候会缺乏掩护。"文坦努斯说。他提议其他更合适的区域。

"梅拉提斯呢？不错的位置，而且是农业区。如果我们幸运的话，梅拉提斯或许躲过了第一波攻击。那里并不是什么重要资源点。"

"今天我们恐怕算不上幸运，连长。"塞拉顿说。

"这是什么话，塞拉顿？"文坦努斯厉声道，"我们活到了现在，不是吗？"

他转过头看着阿鲁克和陶伦。

"在你们建立联系之后，我可以把我的职权密令告诉你，来验证我的身份。

尽量搞清楚对方是谁。最好是塞丹斯上尉或者尧鲁斯上尉。我需要让他们把现有的一切作战单位转移到梅拉提斯去。我会到那里与他们会合。"

"你打算前往梅拉提斯？"陶伦问道。

"是的。"文坦努斯简洁地说。

"这个目标或许太高了。"她柔声说。

"河流北岸遭到了密集轰炸，"阿鲁克说，"他们已经摧毁了高速公路。而且敌方正在沿着耐瑞德围墙大量部署战争机械。"

"泰坦？"文坦努斯问。

阿鲁克迟疑了一下。

"这也让我感到非常震惊，长官。"他的语气倍显僵硬，"我无法理解为什么机械神教的泰坦能够遭到如此卑劣的腐化。忠诚与奉献在今日显然非常稀缺。"

"莱普提斯努米纳斯。"陶伦说道。

众人都看着她。

"它是当年的总督宫殿，在平原上。"她解释道，"我之前就将那里视为潜在目的地之一。那座宫殿有并不活跃但尚可运行的数据引擎，还有高功率通信阵列。只要行星总督不去下榻，二者就都不会激活，但一直在保养维护。我期望的是，既然这两套系统都处于离线状态，那么它们或许避开了废代码侵染和电磁波伤害。"

"届时我们就可以联系到舰队？"文坦努斯问。

"如果我们能让那些装置重新运作，"她说，"我们就可以与舰队取得联系。"

"我们已经将莱普提斯努米纳斯认定为一个可行的选择了，"阿鲁克说，"而且通往那里的地下隧道与平原相比更为安全，这是一个额外优势。"

"是考斯隧道系统的一部分吗？"文坦努斯问道。他回想起了密布于星球地下的天然洞穴系统，其中一些已经被开发成了居住空间。在当地恒星活动达到巅峰强度的时段，它们往往成为民众的避难所。

"不完全是，只是一个分支。"陶伦回答，"早期的历任总督建造了连接城市与宫殿的安全隧道。"

"第十三军团对莱普提斯提供的军事支援会对我们的重建工作极有帮助。"阿鲁克说。

他看着文坦努斯,那只受损的眼睛闪烁不已。文坦努斯能听到一阵二进制码的滴答响动从阿鲁克的机械部件中传出来。

"我建立联络了,"他说道,"我通过信息流连接到了护教军指挥官加戈兹。加戈兹和塞丹斯上尉在一起。"

"情况如何?"文坦努斯问道,"问问他情况如何。"

又一阵二进制代码的轻响。

"很严峻。"阿鲁克传达道,"集结点遭到了轰炸。伤亡很大。装甲和运输车辆少有幸存。塞丹斯报告称,隶属极限战士第四连和另外八支连队的单位目前在布拉萨斯围墙寻求庇护,大约七百人。他们只等你的命令便可动身。"

阿鲁克直视文坦努斯。

"塞丹斯上尉显然想要强调说他很高兴听到你的消息。他很高兴知道你还活着。"

"告诉他部队需要去哪里。让他看看还有什么其余兵力可以一同转移。我作为集结指挥官,正式授予他部队调动权。让他发给我一个预计的抵达时间。"

阿鲁克点点头,开始传达信息。

"我们需要一个暗号。"塞拉顿说。

文坦努斯犹豫了一下。

"他们什么都能破解。他们打破了机械神教密令。"塞拉顿说道,"就连我们的职权密令也不可靠了。"

文坦努斯点点头。

"告诉塞丹斯,他只能信任知道花哨灵族究竟有几个的人。告诉他,我也会如此。"

"完成了。"阿鲁克说,"那是什么意思?"

文坦努斯没有回答。

"告诉他,几个小时之后我们在莱普提斯努米纳斯见。"他说道。

4

【计时:6.59.66】

马瑞乌斯·盖奇战团长撞上旗舰的舱壁,在一阵湿滑声响中缓缓瘫倒,身下抹出一片血迹。

他的伤势很严重。其中存在某种毒素，竟然击败了经过基因改造的凝血因子。他能感觉到自己的身体在与高烧展开斗争。

他能感觉到自己的意志在与恐惧展开斗争。

那并非对死亡或痛苦的恐惧，甚至不是对失败的恐惧。

那是一种动摇心魄的，对未知事物的不安。

人类正是克服了它才能迈出洞穴，才能从家园世界扬帆起航。人类正是征服了它才能直面异形威胁，并对抗那些藏匿于古老长夜中的诸般邪祟。

他生来就不知这种恐惧为何物。

所以，他现在感到十分惊讶。

他以为自己早已见多识广了。他的戎马生涯相当漫长且功勋卓著。他作为第一战团长的身份便是佐证。自从极限战士军团初创之时，他就是其中一员。

基因改造在极大程度上削减了他们对恐惧的反应。心理训练帮助他们摒弃这种弱点，抵抗由恐惧引发的慌乱与震慑。其中一部分的训练内容是仔细研究帝国在开疆扩土时可能遭遇的所有威胁和灾害、所有异形和变种。不应该存在任何让他们出乎意料的事物。一切可能遭遇的恐怖存在都必须加以探究。他们必须掌握每一种新的可能性，他们要对其免疫，他们要泰然处之。有些人说这让极限战士变得麻木不仁，但事实上这与工人掌中的老茧并无分别。

他们必须坚定不移，他们必须无所畏惧。

盖奇以为自己确实如此，他真的以为自己确实如此。恐惧对他而言，分外陌生。

他的前额渗出汗珠。他挣扎着试图起身，却办不到。这是个教训，他心想，一个理论范例变成了实战场景。我们的弱点在于骄傲，在于过度自信。我们对自身能力及这份久负盛名的无畏之心抱有盲目的自负，我们笃信这个银河之中再也没有任何能让我们感到惊惧的事物，也就因此给自己埋下了一个弱点。

盖奇确定基里曼已经考虑到了这些。他确定基里曼已经在那份法典初稿中写下了相关的内容——过度自信的危害。是的，基里曼绝对写过相关的训导之言。他曾经劝诫第十三军团，切莫自以为完全掌控了任何事物，包括恐惧在内，因为这会立刻成为弱点。

盖奇此时回想起来，原体曾经数次说过这些。

肯定，他肯定说过。

他说过这些。

他警告过这些。

万一他还没有，万一……万一他还没有，那么盖奇希望自己可以……可以向基里曼提起这些。日后提一提。

除非……除非没有日后了。

基里曼……

在舰桥上……舰桥……

那个东西……那个东西……

那么多的鲜血。之后暴露在太空中。那个东西……或许再也没有机会了。基里曼……基里曼或许已经……在舷窗爆炸的时候他被抛入了太空。

他或许已经……

基里曼或许已经死了。

那个东西，那个该死的东西。

他——

——他从黑暗中醒转过来，喉咙里有一股酸楚味道，双眼泛着泪光。那个东西在他后背和两肋留下的伤口发出阵阵剧痛。

他刚才昏了过去，晕倒了。那凶猛的毒素让他短暂地失去了意识，陷入一团猩红迷雾深处。

盖奇气喘吁吁。肺脏的每一次舒张都会引发焚身之痛。他沿着走廊向远方望去。

空气灰蒙蒙的。在微风吹拂下，烟尘像河水般沿着天花板涌动。在舰桥暴露于太空中之后，旗舰的空气泵就开始奋力补充战舰内部的气压。危机警示灯闪烁不已。他看见在大约五米之外有一名死去的极限战士。那个战士的头颅被拧成了奇怪的角度。在远处，三名舰桥军官背靠舱壁瘫坐在一起，仿佛是彻夜畅饮方才归队的水手。他们全身都是猩红色的，除了失去神采的双眼之外。

在更远处是一副鲜血淋漓的胸腔。旁边是另一个极限战士，他已经像一粒富含纤维的种子般爆裂了。

之后他看到了那个东西。

对于闯入舰桥的那个东西，对于……杀死了基里曼的那个东西……盖奇不确定它究竟是单独的个体，还是形态万千的很多个体。此时此刻向他逐渐逼近的那个东西或许是若干怪物的其中之一，抑或某个庞大整体的一部分。

它大致呈现出人形，比军团战士高出一倍。它的肢体比例与猿猴相近，然而真正的轮廓难以辨别。现实似乎在它周围产生了扭曲，空气恶臭刺鼻，它如同一团虚幻迷雾般翻滚涌动，仿佛是源自地穴的漆黑梦魇。

它像是一头巨猿，用树干般粗壮的四肢爬行。它的躯体上覆满了黑色鬃毛，皮肉则散发着变幻不定的虹彩光芒。

它没有眼睛。它的头颅上除了一张巨口之外别无他物。它的面孔就只是一片干瘪皮肤，紧紧绷在那副扭曲变形的人类头骨上，空荡荡的眼眶像月球上的坑一样。它的嘴巴里挤满了刻刀般的弧形獠牙和泛黄的巨型利齿。缺少嘴唇的牙龈上淌着棕色毒液，恍若黏腻糖浆。

它似乎正在嗅着什么。它全身散发出电池酸液和焦糖的气味。

就是这个东西咬伤了盖奇吗？他可不想再被咬一口了。他不禁猜想那个东西能否看到自己。

当然可以，他就仰躺在它正前方。

但它没有眼睛，所以——

盖奇深吸一口气。他意识到那毒素令自己头昏脑胀。他知道自己脑海里充满了愚蠢、荒谬、缺乏逻辑的想法。他也明白经过基因强化的新陈代谢系统正在奋力抗争，但他并不确定胜利将会属于哪一方。

就算他的生理机制能够最终取胜，盖奇也不知道是否还来得及。

那个东西就在他面前。

他伸手去拿爆矢枪。

但武器早就不见了。他意识到自己握枪的那只手已丢了几根指头。

他的动力剑躺在左腿旁边的甲板上。他弯腰去够。他努力伸直胳膊，探出手掌。泰拉的旧神在上，他简直没有一丝力气！

盖奇不由自主地发出一声沮丧的咆哮。

那个东西听到了。它将遍布利齿的巨口转了过来。它像野猫一样微微压低脑袋，随后猛扑过来。

盖奇在狂怒与惊骇中放声呼吼。他挥出右手，试图扼住那个东西的喉咙，让它保持距离，阻止它将整个身躯压上来。若是那样的话，他必死无疑。

盖奇没能掐住它的喉咙。他把整条手臂都捅进了那个东西的嘴里。

它一口咬了下来。

盔甲碎裂和骨骼断折的脆响顿时传来。那个东西咬掉了他的整只手掌，鲜血喷涌而出。滚热铜丝般的剧痛贯穿了他的臂膀。盖奇大声呼号。他的心跳急剧加速。

那凶暴的痛楚使他的生理机能在刹那间飙升，让饱受毒素蒙蔽的思维立刻恢复了清醒。他挥动左拳，砸在那个东西的头颅侧面，打飞了它的两颗臼齿，粉色唾液四溅。

这一拳击退了它。那个东西嘴里还叼着他的手臂。盖奇扭过身去抓剑，但那个东西踩住了他的膝盖，他够不到武器。

它将巨口扩张到匪夷所思的幅度，朝盖奇迎面扑来。他能看到自己的断臂被那个东西吞进腹中。

一记蓝色的凶狠冲击将它撞开了。黑色液体突然泼溅在近旁的所有物体表面，包括盖奇的脸。那个东西身受重伤，匍匐在地。一个极限战士站在盖奇身前。他是个军士。他的盔甲伤痕累累，头盔被涂成了红色，标志着他背负处分的状态。他两只手分别握着一柄电磁长剑和一把科勒台阻力斧。

"回地狱去吧！"军士朝那个东西吼道。它厉声尖叫，翻滚扭动，那副黑色形体不断变幻重组，仿佛正在尝试自我愈合。

军士手起斧落。科勒台人是在艰难苦涩的克拉尔归顺战役中被剿灭的，他们所打造的锋刃薄如纸张，可以达到分子层面。这把极端锋利的巨斧比芬里斯战斧还要庞大。它将那个东西轻易斩断，它的腐败污血四下泼洒。

以防万一，军士又用长剑捅了一次。那个东西在死掉之后仅仅留下了一摊污渍。

军士转过身来。

"前进！"他喊道。一支战斗小队应声出现，沿着走廊快步赶来。其中有几名极限战士，但也有帝国军队士兵和海军人员，以及至少一个亚人类劳工。他们手中握着七拼八凑的奇异武器，这是盖奇在基里曼的私人军械库之外从未——

这些全都是来自原体私人军械库的。

"前进！扫清这个区域！"军士喊道，"科索，侦察下一条走廊。火焰喷射器在前！杰尔药剂师，到战团长这里来！马上！"

他在盖奇身旁蹲下，将武器放在手边的甲板上。在他靠近之后，盖奇看见了对方盔甲上交错纵横的抓挠痕迹。

"你手下有个药剂师？"盖奇问道，他昔日的浑厚嗓音已经变得沙哑干涩。

"他马上就来，长官。"

"你叫什么？"

"希尔，长官。艾恩尼德·希尔，第一百三十五连。"

"受了处分？"

"我们今天的经历不同寻常，长官。"

"的确，希尔。说得好。是谁把指挥权交给你的？"

"是我自己。我原本在第四十层甲板等待面见，结果情况突然就急转直下。指挥链完全不存在了。所以，我认定我需要自己建立一个。"

"干得好。"

"究竟怎么回事，长官？"希尔问道。他向后稍退了一步，方便药剂师着手处理盖奇的伤口。

"我们遭到了袭击，整个舰桥都被炸毁了。我们一些人逃了出来。至于其他人的下落，我说不好。"

"都有谁死了？"希尔问道。

他很无礼，盖奇在心里说道。他——

不，并非如此。他很冷静，他很现实，他无所畏惧。他提出问题是因为他需要答案。

"牺牲人员显然包括舰长，"盖奇回答，"以及大部分的舰桥高级军官。瓦瑞德战团长、班佐战团长，还有你的战团长安托利。"

"惨痛的损失。原体呢？"

"我没有看到他死，但我并不乐观。"盖奇回答。

希尔沉默了一阵。

"你有何命令，长官？"他问道。

"你的作战计划是什么，军士？"

"实战可能：我要尝试集结并协调一支舰内作战部队，之后开始夺回旗舰，长官。恶魔到处都是。"

"恶魔，希尔？我可不认为我们现今还相信恶魔的存在。"

"那么我不知道要如何称呼它们了，长官，因为它们显然不是异形。它们是邪祟，是怪兽，是虚空生物。我们用尽一切手段才能杀死它们。"

"这就是为什么你掠夺了原体的收藏品？"盖奇问道。

"不。我掠夺了原体的收藏品是因为怀言者，长官。"

"理论可能：解释此处的逻辑。"盖奇说，"等等。药剂师，先扶我起来。"

"大人，你现在的状况不能——"药剂师开口道。

"见鬼，扶我站起来，药剂师。"盖奇厉声说。

两人将他搀扶起来。他脚步不稳。药剂师重新开始包扎他的断臂。

"继续讲，"盖奇说道，"理论可能？"

"我们遭到了怀言者的袭击。"希尔说。

"同意。"

"这些恶魔或许是他们的盟友，或许是受他们奴役的某种生物，抑或它们操纵了第十七军团。倘若果真如此，倒是可以解释兄弟军团为什么会与我们彻底反目成仇。"

"同意，继续。"

"这些恶魔的威胁十分可观，但它们似乎在……消退。"

"消退？解释清楚。"

"就像退潮一样，长官。比起一个小时之前，它们的数量已经明显减少，强度明显弱化了，仿佛它们逐渐退回了地狱或虚空。与此同时，仍然有三艘怀言者巡洋舰停靠在我们周围，并且逐渐展开了跳帮行动。不出一个小时，他们就会突破气密舱门和舰身装甲，而我们就会被迫与同类交战。这种战斗形式是前所未有的。他们的优势在于震慑和奇袭。我们则必须采取超乎常理的应对手段，以此作为发动反击的优势。"

"详细说明。"

"他们了解我们，因为他们与我们同宗同源。他们熟知我们盔甲和武器的特性。他们也清楚我们的战术和战略，因为我们的挚爱原体将他的军事法典向所有兄弟公开了。我们从未想象过有必要对同胞们隐瞒自己的作战方式。"

从今日起，我们不会继续抱有这种想法了。我们必须运用他们意料之外的方式展开抵抗。我们必须跳出常规，随机应变，灵活变通。为了真正遵循罗保特·基里曼的教导，我们今天必须将他亲手制定的规则抛在一旁。我始终认为，他最具智慧之处便是第101.x号笔记——"

盖奇点点头。

"我记得。'能够怎样取胜便要怎样取胜。一言以蔽之，在事关胜败之际，任何手段都不应被排除。'"

"正是如此，长官。"

"那个利用一切手段的指示，"盖奇说道，"那条允许打破一切规则的终极规则。你知道吗？他为此深感困扰。他曾经告诉我说，他时常想要删除那条笔记。他认为它太过危险。他担心它会成为任何越轨行为的事后辩词。"

"我认为第十七军团已经驳斥了这种担忧的必要性，长官。"希尔回答，"我也要奉劝你避免在众人面前用过去语态提及原体。"

盖奇这才意识到。

"说得没错，军士。"

"你认同我的理论可能和实战可能吗，长官？"希尔问道。

"是的，我们来协调一下。我们能联系上哪些军官？"

"安皮恩战团长可能正在第三十五层甲板领导一支反抗力量，修通尼克斯连长则在第二十层甲板。"

"那就这么办。"盖奇说道，他捡起自己的剑，收回鞘中，"我们即刻出发吧。那把阻力斧？"

"长官？"

"它能单手使用吗？"

希尔把战斧递过来。

"它足够轻，长官。"

"带路吧。我们要杀到舰桥去。"

希尔行了个礼。他转过身去，高举长剑，向清剿小队喊出指令。

盖奇瞥了一眼药剂师。

"我们完事了吗？"他问道。

"我打算把你转移到——"

"我们完事了吗，杰尔？"

"是的，长官。暂时完事了。"

盖奇用完好的那只手掂了掂战斧。

"关于希尔军士，你知道他为什么背负处分吗？"

"是的，长官，"杰尔回答，"他的直属军官发现他在推演如何对抗并击败星际战士的理论可能，长官。希尔辩解说，他已经在所有主要敌人身上推演过理论可能了，而不知如何与各支军团对战是一个战术盲点。据我所知，他说人类帝国的星际战士是银河中最强大的作战力量，因此，有责任明白该如何对抗并击败银河中最强大的作战力量。希尔声称，星际战士是世间仅存的值得推演理论可能的对手。他的理论可能被视为叛逆思想，所以他被送到旗舰来接受处分。"

"这就是他的过错？"盖奇问道。

"如今看来真够可悲的，不是吗？"杰尔说。

【计时：7.44.02】

贝尔·雷恩列兵和多根特·克兰克列兵在熊熊燃烧的街巷间埋头逃命。马西里德列兵与他们同行过一段时间，但是浓雾里突然冒出来一个该死的地狱怪物，一个谁都没来得及看清的东西，把马西里德的脑袋一口咬掉了，所以现在只剩下他们两个。

他们能苟活下来完全是因为那怪物一门心思要吃掉马西里德。到处都是血。

雷恩已经麻木了。今天他大开眼界。他见识到了一切。所有可能见识到的东西他都见识了，所有恐惧、所有震慑、所有惊骇。他目睹了同僚丧生；他目睹了朋友丧生；他目睹了城市燃烧和星船陨落；他看到了多得超乎想象的尸体；他看到了活人被撕成碎片；他看到了恶魔从浓雾中现身。

然而比恶魔更可怕的是，他看到了本该是朋友也理应是朋友的人带着毫不掩饰的杀意向他冲来。帝国的根基被颠覆了。向泰拉王座效忠的基本原则已经荡然无存。

贝尔·雷恩知道死亡会很痛苦。战争也会很痛苦。与新婚妻子别离，抛下她踏上战场，那同样很痛苦。

而他从来都没有想过，遭到背叛竟会如此痛苦。

他们遭到了背叛。考斯、基因原体基里曼、奥特拉玛、帝皇、人类帝国，还有努米纳斯第六十一连的贝尔·雷恩，他们全都遭到了背叛。

雷恩想要杀人，想要为这个上下颠倒的世界报仇。他想要杀掉一个该死的怀言者，虽然他明白自己毫无希望，连一秒钟也坚持不了。

那些家伙在想什么？他们打算怎样？他们的脑袋里究竟灌了什么肮脏有毒的垃圾进去，让他们觉得自己该做出这种事来？

克兰克逐渐落后了。他越来越疲惫。四面八方都是浓雾，已经难辨方向。他们手里有激光枪，是光耀型，但这并不是他们在部队集结时领到的武器。这是他们在逃命的过程中从尸体上捡到的。那些该死的士兵已经把两人所属的部队屠戮殆尽了。

"快点，克兰克。"雷恩咕哝道，"快点啊，克兰克老兄。我们得继续走。我们能逃出去。"

克兰克点点头，但他很疲惫。他受到了巨大的震慑。雷恩不敢让他停下或者睡着，他或许就醒不过来了。

情况本该是反过来的。本该是老兵克兰克督促新兵雷恩。理应如此。直到今天为止都是如此。

雷恩时常想起奈芙。他觉得自己该去找她，带她一起出城。雷恩努力说服自己，奈芙很安全，正躲在姑妈家的地窖里。但那是在怀言者发动背叛之前，是在怀言者以及那些邪教士兵反戈大开杀戒之前，是在这一切突然变得与意外无关之前，是在恶魔从浓雾里现身之前。

贝尔·雷恩知道，按照常理他有责任去寻找自己的新婚妻子。他应该去找她，如果有必要的话还有她的姑妈，然后赶在这里彻底沦为死城之前带她们逃出去。就是如此。

他把自己的打算告诉了克兰克。

"如果你想一起来的话也行。如果你不想来，我也不会怪你。"

克兰克说雷恩是个白痴，但还是继续和他并肩前行。

有意思的是，雷恩相信他们不会花太久时间就能找到奈芙，但雷恩没有和克兰克说，因为这听起来很奇怪。雷恩能感觉到她。不知为何，雷恩能感觉到她就在附近。奈芙好像在呼唤他。她就在不远之外等着他。

人们说坠入爱河的人就是如此。天下有情人终能披荆斩棘，历尽千山万水而重逢。他会找到奈芙,她也会找到雷恩。

浓雾就像一道纱帘。一切都是灰色的。在远方燃烧的冲天火焰变成了一团团朦胧不清的脉动余烬。大片黑色废墟散发着烟尘、燃料、泥土和污秽的味道。

贝尔。

"什么?"雷恩问克兰克。

"什么什么?"克兰克回答。

贝尔……贝尔……你在哪儿?

"你听见了吗?"雷恩问道,"克兰克老兄,你听见那个声音了吗?"

雷恩能听到她。是奈芙。她离此不远。她就在附近,她在呼唤他。这简直像是一场戏剧,两个情人在最后一幕终于相聚。

"奈芙?"

雷恩停下脚步。他看到了奈芙。隔着一片浓雾,她就站在街对面的一道门廊下面。她显得格外苍白,仿佛是由雾气组成的。她是怎么找到他的?

雷恩这辈子从来没有因为见到什么人而如此兴高采烈过。他能感觉到爱情。爱情让他心神振奋。

他向遍布弹坑的街道迈出一步。

克兰克攥住了他的胳膊。克兰克一言不发,因为他在惊恐中张口结舌。

克兰克所看到的那个东西一点都不像是贝尔·雷恩的新婚妻子。

【计时:8.10.32】

在莱普提斯努米纳斯的边缘位置,洞穴系统与地表相接。最后几公里的地下通道近乎支离破碎,积水足有膝盖深。城市污水处理系统产生了严重倒灌,加上地下水位的剧烈变动,很多通道都被彻底淹没了。他们不得不涉水前行。

文坦努斯带领他们踏入宫殿区域,阿鲁克的小队负责在侧翼掩护。他们的部队在路途中愈发壮大。数支护教军战队加入了他们,使得机械神教的兵力接近千人。他们与大约三十名来自若干覆灭连队的极限战士会合了。此外,还有斯帕兹上校所率领的四百名耐瑞德第十连士兵。

这座造型典雅的宫殿由一列庄园组成,它的华贵轮廓在浓雾中缓缓浮现。周围的绿地已经一片狼藉。烈风与冲击波将果园剥蚀殆尽,葡萄架上残留着焦黑的藤蔓，覆满雕饰的墙壁倾颓坍塌，鱼塘中的池水早已干涸。他们在断裂的树木背后发现了园丁和工人的枯骨。

宫殿在冬季是关闭的。总督居住在城市中心的德拉高塔。文坦努斯此刻想到，总督恐怕已经性命不保。所有窗户都被那场席卷大陆的狂风震碎了，只有一些防弹玻璃或柔晶幸免于难。大部分房间中堆放着覆盖防尘布的家具，如今又铺了一地的玻璃碎片和残破窗框。

宫殿以外的山谷和平原被雾气所遮盖。四下无风。一种诡异的静谧降临于此。这容易让人联想到被死亡所强加的那种沉寂。

在西北方，暮光山脉为浓雾笼罩的平原划出了灰色的边际。在东南方，黑黝黝的盾墙环绕着城市。这道自然形成的起伏丘陵在缓缓涌动的雾气中隐约露出了脊梁。昔日远近闻名的茂密森林如今只剩下了光秃秃的树干，如同一片稀疏凄凉的鬃毛。

陷入火海的努米纳斯城是一团巨大的金色光晕。然而那并非他们视野里的唯一一片蓬勃火光。与之类似的光晕在四面八方的遥远浓雾中显现，天空上也是星星点点。时常会有某种巨型物体拖曳着烈焰从天而降，轰然坠落在遥不可及的远方，让大地颤抖不已。

他们进入了宫殿，必要时就砸开房门。一些厅堂和宫室的墙壁与天花板已经坍塌，支离破碎的石雕散落一地。文坦努斯看到了一些涂过油彩的石膏碎片。他看到奥特拉玛五百世界早年的众多英雄人物的雕像化作残骸，看到与自己盔甲上样式相同的极限徽记四分五裂。

陶伦将技师们组成了一支工作队伍，前去寻找并启动宫殿的数据引擎和高功率通信阵列。文坦努斯则着手部署防御力量，从旁协助他的有塞拉顿、阿鲁克、斯帕兹，以及第三十九连的生还者苏鲁斯连长。虽然宫殿的围墙与沟渠都规模可观，但这片庄园本身并不是为了抵抗任何程度的军事行动所兴建的。斯帕兹手下的士兵在西边的一片库房里找到了几门牵引火炮和轻型野战炮，将它们面向平原安置。

"如果我们被发现了，"苏鲁斯说道，"他们一定会让我们吃些苦头。"

"如果我们被发现了，"文坦努斯回答，"我一定会杀了他们。"

苏鲁斯点点头。若有若无的笑容在他脸上闪过。自黎明以来，他失去了连队里的大部分兄弟。他目睹了其余第十三军团单位被枪炮或重型武器所湮灭。文坦努斯明白，若要让苏鲁斯有所作为，就必须帮助他摆脱目前的消沉情绪。文坦努斯已经考虑过是否要用苏鲁斯麾下的格瑞瓦斯军士来取代其在指挥链中的位置。苏鲁斯是个饱经风霜的老兵，但是他的活力仿佛已经枯竭了。

格瑞瓦斯走到众人身边。他将头盔夹在臂弯里，面孔和头发上沾满了灰白粉末。格瑞瓦斯的短发本是金红色的，灰尘让他显得未老先衰。

"伺服师的汇报，长官。"他向文坦努斯开口，而非苏鲁斯，"他们找到了通信系统。有一些能源方面的问题，但他们预计会在一个小时之内进行一次广播测试。"

"很好。数据引擎呢？"

"还没有消息，长官。"格瑞瓦斯回答。

阿鲁克突然抬起了主武器臂。

"有动静，"他开口汇报，"北门两公里之外，从浓雾中向这里接近。"

"身份？"文坦努斯问道。

"没有表露。"

文坦努斯拿起战旗。

"塞拉顿，守住南部阵线。斯帕兹上校，东北方交给你。其他人跟我来。"

他们走向大门，踏过昔日的平整草坪。帝国军队士兵在匆忙挖成的散兵坑里各就各位。文坦努斯注意到，屈指可数的几门火炮和迫击炮被放置得十分妥当。斯帕兹显然读过一些战术手册，或许是出自基里曼的手笔。

他们从野战炮旁边走过，来到了大门前方。通向宫殿的一座桥梁横跨了深深的壕沟。在两座里程碑之外，道路扎进灌木之间，从那里开始就是广阔的德拉平原了。黑压压的天空与灰蒙蒙的雾气让眼前风景大打折扣。

"我们检测到了热源，"阿鲁克报告道，"是体温。"

"我也检测到了。"格瑞瓦斯拿着一台便携式探测器说。

"他们利用浓雾作为掩护，"苏鲁斯阴郁地说，"这不是好事。"

"如果是我带领援军从埃汝德集结点赶过来，"文坦努斯说，"我也会用浓雾作掩护。"

他看着护教军领袖。

"通信信号？"

阿鲁克摇摇头。他受损的红色眼睛缓缓闪动。

"你提到过一个暗号。"阿鲁克说。

"是的。"文坦努斯说,"再等等。"

一阵微风拂过,细小残渣在他们脚下的碎石间跳跃。

"有信号了。"阿鲁克说,他们都听见了低沉的二进制码鸣响,"宫殿人员注意,驻守者表明身份。"他翻译道。

"是机械神教吗?"文坦努斯问。

"我可以确认信号的编码来源是机械神教,"阿鲁克说道,"但这证明不了什么。倘若这是加戈兹的话,他也表现得十分谨慎。"

"同样地,"文坦努斯说,"如果是我的话,在前方敌友不明的情况下也会如此。"

"那个信号重复了两遍。"阿鲁克说。

"回应。"文坦努斯说,"询问对方身份。"

阿鲁克发出一段代码。

"对方回复道,"他向众人传达信息,"埃汝德集结点的辅助单位,寻求庇护。"

文坦努斯将旗杆插进地面,空出手戴上了头盔。

"太直白了。"他说道,"我的连队里没有人会如此轻易地暴露身份。尤其是在今天这种日子,无论我的连队还是其余连队都不会。问他们那个问题。"

"花哨灵族的数量?"阿鲁克问。

"就是那个。"

他们等了一秒。

"没有回应。他们再次宣称是来自埃汝德集结点的辅助单位。"

"再问一遍。"文坦努斯说,他瞥了一眼斯帕兹,"让你的人做好准备。"

上校点点头,匆匆走开。

"对方回复了。"阿鲁克说,"他们请求确认这个区域存在异形活动。确认,灵族部队?"

"他们不明白那个问题。"文坦努斯说。

"我也不明白那个问题。"阿鲁克指出。

"关键在于,塞丹斯会明白。"文坦努斯答道,"第四连的任何军官都会明白。让对方确认他们的回应信息。告诉他们,我们等待回复。"

阿鲁克照办了。

隔了好一会儿，他说："对方请求我们确认这个区域存在异形活动。"

文坦努斯举起旗帜。"阿鲁克，让你的护教军标记出浓雾里的热源目标，为火炮操作员提供便利。告诉斯帕兹上校，我们在六十秒后开火。"

"你要开火？"苏鲁斯吼道，"你疯了吗？如果那是我们的同胞——"

"他们不是。所以我不会放任他们再靠近一步。"

"但如果他们是第十三军团！"苏鲁斯坚持道，"如果他们是奥特拉玛的战士！"

"他们不是，连长。"文坦努斯决然地说。

在壕沟之外，在惨淡浓雾的边缘，第一批身影缓缓出现。微弱的阳光映在色泽深暗的猩红盔甲上。

"开火！"文坦努斯说。

【计时：8.19.27】

"让我回去，"贝尔·雷恩喊道，"让我回去！"

克兰克一拳打在他肚子上，叫他喘不过气来，只是为了让他闭上嘴。

"抱歉。"克兰克说，"抱歉，雷恩。抱歉，小子。我不能让你去。"

雷恩弯下腰喘着粗气。

"我没有开枪打你老婆，贝尔。"克兰克说道，"我没有那样做。我确实朝某个东西开火了，但那肯定不是你老婆。那绝对不是。"

"那就是奈芙。她在呼唤我！"

"雷恩，闭嘴。闭上嘴！好好感谢我吧，行不行？你给我看过你老婆的照片。她很漂亮。那个呼唤你的东西，它可不漂亮。"

克兰克叹了口气。他瘫坐在雷恩旁边。

"那不是你老婆，小子。就算你没给我看过她的照片，我也知道。你老婆，她有眼睛，对吧？而且她头上没长角。我不知道那究竟是什么，雷恩，但那肯定不是好东西。那是某种异形玩意儿，某种该死的恶魔。"

阴风吹动着浓雾，在满目疮痍的街道上翻涌。远方的一座居民楼轰然炸成火团，它崩溃倒塌的隆隆巨响持续了三四分钟。火炮轰鸣，轨道上雷霆万钧。

贝尔·雷恩嘀咕着新婚妻子的名字，涕泪纵横。

克兰克听见了跑动声。

"起来，起来！"他说着拽住雷恩的袖子，将对方推进一处掩体背后。

两个帝国军队士兵沿着街道奔跑，从他们身边经过，紧接着又跑过来第三个。他们衣衫褴褛，撒腿狂奔。其中一人哭得像个孩子。

他们在逃命。就是这样。

克兰克把雷恩紧紧摁在墙边，那些人身后的追踪者出现在了视野里。他们也是帝国军队，但绝不是同一批人。他们装备破旧，穿着邪教兄弟会的黑色衣服，就像将克兰克所属部队屠杀殆尽的那群人一样。共有两个教徒。其中一人大笑着抬起步枪，将一发子弹打进了那个掉队者的脊梁。

剩余的两个逃命之人突然停住了。另外两名教徒出现在他们前方。

那两个幸存者缓缓退却。教徒们从浓雾中踱步而来。刚才展开追杀的那两个家伙也放慢脚步，切断了逃命者的退路。

"求求你们！"克兰克听见其中一个幸存者的哀叫，"求求你们！"

他的诚挚恳求换来了一发爆头。他像个脱线木偶般倒下了。

另一个人试图逃跑，但是被教徒们抓住了。他们将此人包围起来，揪住头发，用一把仪式匕首划过喉咙。他的鲜血在脚下汇聚成一面暗红的镜子。

雷恩发出了声音，一阵情不自禁地抽泣。

那四个短刃兄弟会成员顿时转过头来。他们深陷的眼窝如同一团团阴影。在昏暗的光线下，他们的面孔犹如死神。

克兰克手忙脚乱地举起枪。他没时间瞄准了。其中一个杀手看到了他，立刻开火。子弹呼啸着打在两人身边的地面上，溅起一片泥土和污秽。克兰克开火还击，但雷恩还缠在他身上，他的准头也差得可以，射偏了很远。

那些教徒冲了过来。

克兰克近身击中一人胸膛，对方当即倒地。紧接着，他脸上就挨了一枪托，口鼻喷血地瘫倒在地。另外两名教徒扭住雷恩的胳膊。其中一人揪着雷恩的头发，将他的脑袋往后拽。

"这个先来。"打倒了克兰克的那个人说道。他弯下腰，将匕首探向牺牲品。

克兰克捂着鼻子呻吟不已。那人攥住克兰克的下巴，将他的面孔拧过来，用匕首瞄准了克兰克的圆瞪左眼。

雷恩突然狂暴起来。他抬脚踢中了一个教徒的下半身，随即挣脱束缚，挥拳打在另一人喉咙上。趁两个敌人踉跄后退的当口，雷恩一头冲向那个拿刀的混蛋，将他从克兰克面前狠狠撞开。

他们扑倒在地，翻滚扭打。雷恩完全不是对手，他只是个孩子。而那个教徒体形高大，精瘦而强壮。他臂膀更长，而且像一头野兽般顽强。

另外两个人咒骂着前来帮忙。克兰克伸手去够自己的枪，但立刻就被踢倒了。其中一人掏出手枪顶在他头上。

枪声响起，克兰克居然没有感觉到多大的痛苦，毕竟他的脑袋是被一枪打穿了。鲜血沿着他的脸颊流淌下来，滚烫的血。但那并不疼，连一点冲击都没有。

拿着手枪的那个人倒了下来。洒在克兰克脸上的是他的血。那个教徒的半边头颅都没了。

另外一个人站在街道上，他手里有把激光枪。他再次开火，将第二个教徒击倒。爆头，一记非常干净利落的爆头，达到了神射手的水准。

克兰克眨眨眼睛。这家伙是从哪儿冒出来的？他是帝国军队的。克兰克认不出是哪支部队。那个射手迈过街道，走到他们身旁。

雷恩和那个教徒已经停止了扭打。雷恩将死去的教徒从自己身上推开。那个身高臂长的怪胎被一把匕首捅穿了心脏。不知怎的，雷恩在混战中用那个混蛋自己的刀刺死了对方。

"估计是个意外。"雷恩说着坐起身来，道出了克兰克心中所想。克兰克笑了起来，即便这个世界上丝毫没有任何事情好笑。

他们抬头看着那个射手。

"谢谢。"克兰克说。

"你们需要帮助。"那个人说道。他是个老兵，脸上有不少皱纹，军服也暗淡褪色了。他的头发已经斑白。

"我们今天都需要帮助，朋友。"克兰克说。

"一点没错。"那个人说着伸出手。他把克兰克拽了起来。

"我是克兰克，那小子是雷恩，贝尔·雷恩。我们是努米纳斯第六十一连的，至少曾经是。不知道这还有没有什么意义。"

"欧兰涅斯·佩松，退伍兵。"那个人说道，"我在尽力从这个鬼地方杀出一条路来。你们俩想一起走吗？"

克兰克点点头。

"共渡难关。"他说道。

"或者共赴黄泉。"那个老家伙回答,"但无论哪个我都能接受。拿上你们的枪。"

佩松看着贝尔·雷恩。

"你还好吗,小伙子?"他问道。

"还好。"雷恩回答。

"他受了点打击,"克兰克说,"他以为看见自己的老婆了,他的新婚妻子。但那不是她。那根本不是个人。"

"我看到她了。"雷恩坚持道。

"今天一切都是假象,"佩松说,"你不能相信自己的眼睛。这是虚空在作怪,它诅咒了我们所有人。"

"但是——"雷恩开口争辩。

"你的朋友说得没错。"佩松说,"那不是你的妻子。"

"你怎么知道这么多?"雷恩问道。

"我老了,"佩松说,"我见识广。"

"你也没那么老。"雷恩说。

"确实比不上有些人。"佩松说。

他俯下身,将那柄短刃从教徒鲜血淋漓的胸膛里拔了出来。那是一块锋利的黑色石片,有个用金属丝手工缠成的刀柄。那是一把仪式匕首。它让欧尔·佩松回想起了什么,但不合时宜。他将那令人厌恶的东西扔在一边。

"来见见其他人。"他向那两名士兵说道。

"其他人?"克兰克问。

5
【计时:8.55.49】

敌人向莱普提斯努米纳斯发动了进攻。在这糟糕的能见度下,很难判断对方的确切数量,但文坦努斯估计至少有六千人。这支部队的主体是效忠第十七军团的帝国军队,那些所谓的兄弟会。在文坦努斯眼里,他们与其说是士兵,倒更像是一群愚昧的暴徒,与第十七军团的狂热作风颇为匹配。今日的种种灾厄都源于怀言者的盲信，文坦努斯对此毫不怀疑。他们常有越界行为，一直怀有宗教倾向。他们将帝国视为一种信条，将帝皇视为神祇去崇拜。这就是他们昔日遭受惩戒的根本原因。这就是为什么帝皇将此事托付给了第十三军团，托付给了他麾下最具理性的战士。

这本该足以劝其向善。这本该终结怀言者的顽固思想，让遭到斥责的原体和军团迷途知返。

显然，并非如此。

怀言者从那一天起就心怀怨恨。他们遭遇信仰危机，站在认识论的十字路口，最终背叛了昔日崇拜的帝皇。

文坦努斯不禁思考：这又是为了什么呢？他们能用什么来替代神祇的概念？

文坦努斯推测，第十七军团将考斯集结作为一个契机，以公然展现他们如今投身的新阵营。这一切发生在考斯并非偶然。这是一个绝佳的机会，可以杀伤并羞辱这支昔日对他们施加惩戒的军团。极限战士在四十四年前担任了对蒙纳齐亚降下天谴的工具，为自己树了敌。他们为奥特拉玛五百世界树了敌。

有很多问题让文坦努斯心神难安。究竟什么样的力量或概念得以颠覆帝皇在怀言者心中的至高地位？除了恶毒的复仇之外，他们在韦瑞迪安星系还有何图谋？如果他们在考斯击溃了极限战士，下一步又将作何打算？

那片浓雾里到底藏着多少敌人？

敌军首领驱使大群教徒冲上前来。那些身披黑衣的兄弟会士兵们口中吟诵不已，文坦努斯还能听到鼓声。怀言者按兵不动，将那些教徒当作炮灰，让他们冲向壕沟和大门。

斯帕兹的炮兵已经向敌军阵线倾泻了二十分钟的炮火。那些野战炮的威力远不算强悍，能造成目前的杀伤已堪称可观。壕沟之外的地面上密布着弹坑和尸首。站在宫殿墙壁上的瞭望员指引炮兵轰击最为密集的敌群。炮弹落入敌方阵线，扬起烈焰和残骸，将破碎的尸体抛上半空。

但他们前仆后继。

"轻型武器！"文坦努斯向驻守在大门和墙壁的战士们发出指令。他尽量让帝国军队抵御这些攻击，因为军团战士需要节省弹药，将爆矢枪和重型武器留着对付怀言者。

帝国军队士兵们似乎并无怨言。格瑞瓦斯和另一些军团战士利用富余的激光枪等轻型武器加入阵线。其余人则刀剑出鞘，等待敌军抵达大门。

只有苏鲁斯显得心不在焉。他将爆矢枪握在手中。他想要行动,想要战斗。他愤怒而沮丧，这更加助长了他的焦躁。

"稳住，"文坦努斯警告他，"等到第十七军团打进来的时候，我需要你。"

苏鲁斯的回答如同一阵嘶吼。

"那他们最好快点来！"他厉声说。

文坦努斯没有搭理他。教徒们再次发动攻击。宫殿的外墙已是千疮百孔，一些护墙倒塌了。那些包裹黑衣的身影无穷无尽。他们不断跑向桥梁。桥上堆满了尸体，很多黑色残躯已经掉进了壕沟。

火箭弹尖啸着跃向高墙。斯帕兹的炮兵尽力还击。

文坦努斯愈发担忧弹药补给了。

文坦努斯在大门旁边的护教军防线上找到了阿鲁克。

"有什么外界的消息吗？"他问道。

"没有。"阿鲁克说。

"伺服师呢？她有消息吗？"

"没有。"阿鲁克说。他略显尴尬。

迫击炮在他们身后发出闷响。文坦努斯听到更多火箭弹朝墙壁呼啸而来。

"你的人能锁定那些火箭弹的来源吗？斯帕兹的火炮要赶在墙壁被炸塌之前把那些家伙除掉。"

阿鲁克点点头。

"他们是如何这么快就找到我们的？"阿鲁克向他麾下的战士发出指令，之后嘀咕道。

"窃听了我们的通信？"文坦努斯猜测。

"不可能。"阿鲁克说，"护教军频道是保密的。"

"那就是我们倒霉。"文坦努斯说，"今天也不是头一次了。"

【计时：9.07.32】

虚空伸展开漆黑的双翼。科尔·法伦骤然现身。

"何故拖延？"他嘶声道。源自异界的无光邪物在他身边跃动絮语。

莫泊·克希尔指挥官向刚刚现身的上级俯首行礼。从虚空瓶里渗出的污光将双方包裹起来。

"这里有抵抗力量，大人，"克希尔说道，"莱普提斯努米纳斯。"

"我知道它，"科尔·法伦回答，"一座夏宫罢了。没有战略意义，没有战术价值。烧掉它。继续前进。"

"这里有抵抗力量，大人。"

黑主教长叹一口气。

"你的部队应该在两个小时之内抵达盾墙，克希尔。不要将精力和人命浪费在一个稍后可以用轨道武器夷平的次要目标上。"

"无意冒犯，大人，"克希尔说，"我相信它另有玄机。"

他指着自己周围的战士们。其中一个是乌默·诺尔，他的追踪者低声嘶吼着不断扯动缰绳。

"诺尔在追猎一名从空港逃脱的极限战士连长。他找到了不可磨灭的印迹。对方来到了此处，就是这座宫殿。"

"区区一个幸存者，逃向最近的藏身处。"科尔·法伦指出。

"这条逃亡路线的目标非常明确，大人。"诺尔说，"据我所知，此人与机械神教部队同行，并且将其余幸存者纠集成了一支规模可观的作战力量。"

"他们对宫殿主体的防守态度十分坚决。"克希尔补充道，"部署得当，意图清晰。我认为这里具有战术价值。第十三军团在此必有所图。"

科尔·法伦沉默了片刻。原初真理在他身边呢喃低语，那轻柔嘶鸣仿佛是遥远波涛拍打着无尽海岸。

"你的作战目标有变，克希尔。"他说道，"继续进攻，歼灭他们。"

【计时：9.20.00】

吟唱和鼓声愈发响亮。又有一批教徒向宫殿冲来。

"他们有些不对劲。"格瑞瓦斯突然警告道。

文坦努斯放大了护目镜中的图像。冲在最前面的很多兄弟会士兵身穿炸弹背心，或是手中握着爆炸物。

"别让他们过桥！"文坦努斯命令道。在墙壁顶端，包括一些护教军在内的狙击手们开始留意击杀那些自爆者。有些人在命丧黄泉时轰然爆炸。其中一个被子弹击中的时候已经几乎冲过了桥梁，他的背心释放出一道巨大的烈焰之弧。文坦努斯能感觉到脚下地面的颤动。

"他们又加强了进攻。"苏鲁斯说。

"是啊。"文坦努斯说。

"我敢打赌，这是在为阿斯塔特的进攻作铺垫。"苏鲁斯说。

"他们必定要首先削弱防线。"文坦努斯说。

"让我展开反击！"苏鲁斯吼道，"实战可能：切入敌军腹地。击杀其首领，打破攻势。"

"理论可能：你会死，如果我愚蠢到愿意派人和你同去的话，他们也会死。弹药和兵力会严重受损。否决。"

苏鲁斯怒视文坦努斯。

"你在怀疑我的勇气吗？"他质问道。

"在某种程度上，是的。"文坦努斯说，"我们无所畏惧，但此时此刻我认为你心存畏惧。"

苏鲁斯愤怒地向文坦努斯逼近一步。

"你竟敢这样侮辱我！我不惧死亡！"

"我知道你不怕死，苏鲁斯。但我觉得你惧怕我们的存世之道即将消亡。你惧怕我们所熟知的宇宙即将消亡。这些正是让我惧怕的事情。"

苏鲁斯眨了眨眼睛。

"实战可能：对我们的处世准则失去信念会引发过度强势而鲁莽的行为倾向。我们的作战效率会全面降低。我们的战场表现会严重受损。"

苏鲁斯咽了下口水。

"如果……基里曼死了呢，文坦努斯？"他问道。

"那么我们就为他复仇，苏鲁斯。"

苏鲁斯移开了目光。

"去找伺服师，"文坦努斯吩咐他，"去了解一下她的进度。一旦敌方攻破墙壁，我就需要你去保护她。"

苏鲁斯点点头，大步走开。

在宫殿下方的深幽洞穴里，陶伦能听到从地面传来的爆炸闷响。感受到频繁颤抖的洞顶飘下阵阵灰尘。她听到了弹药引爆的咆哮、轻型武器的嘶吼、密集炮击的轰鸣，还有此起彼伏的癫狂吟诵与沉重鼓点。

在附近的洞穴里，她麾下的贤者们正在手忙脚乱地重启宫殿中那台古旧的高功率通信器。装置本身看起来毫发无伤，但就是缺少足够的能量。

在一位名叫塞拉米卡的女性护教军副官的协助下，陶伦刚刚掀开了位于宫殿正下方的那口陶钢深井，数据引擎便栖身于此。冰冷的数据引擎处于离线状态。她检查了一下，用灵巧的双手触摸着覆满灰尘的棕色塑料外壳。她透过观察孔向机械内部窥视，查看里面的蚀刻电路与黄铜按键。这是台古老的机械，是个古老的型号，或许是考斯刚刚受到殖民时就在这里运行的那第一批数据引擎。它使用的是康诺－甘兹次级以太系统，以及线性二进制运算。它很古老，也很美。但它的性能算不上强大。据陶伦所知，只有在总督下榻于宫殿时，这台引擎才会被启动，而且也仅作为行政记录的备用系统。

"也只能如此了。"她将心中的想法说了出来。塞拉米卡瞥了她一眼。

陶伦召来几位贤者，他们着手尝试启动电源并激活系统。这台数据引擎拥有独立的供能系统，是一部安装在地面上的盖森聚变模块。随着模块开始运作，整个房间都变得温暖了。

"要是通信器也能配备这么一部……"其中一个贤者说道。

"我们先让它达到最大功率，之后测算一下。"陶伦提议，"它的能量输出应该高于数据引擎的要求，以备不时之需。或许我们可以在数据引擎正常运转之后将一些能源转移到通信器那里。"

刚才说话的贤者点点头。陶伦间接解决了一个令他困扰的问题。

陶伦监督着众人的工作。她的目光停留在神经脉冲单元的连接槽上。她必然要连入系统，在时机来临之际必然如此。倘若这台数据引擎也被废代码污染了，那么她将会前功尽弃，而且性命不保，就像赫斯特一样，经历脑死亡、数据死亡。陶伦想起了赫斯特在她怀里逝去的样子。

一个声音打断了她的思绪："这能用吗？"

她转过身。一个极限战士连长走入了房间，是苏鲁斯。她不确定该如何评价苏鲁斯。在来宫殿的路上，她通过文坦努斯面部的微表情推测出他并不信任此人的判断力和可靠性。

"一定能。"陶伦的话语里带着不知何来的信心。

"通信系统呢?"对方不置可否地看着那台古老机械问道。

"一样。大概还需要半个小时。"

"我们远没有半个小时,伺服师。"苏鲁斯说,"他们已经攻到墙边了。你听不到吗?他们一旦打进来,就会把这些东西全都付之一炬。"

"那么,连长,"她回应道,"就请确保他们别打进来。"

一名贤者向她点头示意。她清了清嗓子,走到神经脉冲单元连接槽前方。连接器随之就位。

数据引擎低吟起来。

【计时:9.33.01】

希尔轰开了前方的舱门。对面房间里的恶魔顿时嚎叫着扑了过来。它的巨口长满了一整圈牙齿——腐烂残缺的牙齿——庞大得足以将他囫囵吞下。怪物的腿关节向后弯曲,像鸟类一样。

希尔用电磁长剑穿透了它的巨口,将上下颚劈成两半。接着他朝那唾液四溅的咽喉送去了两颗爆矢弹。

科索冲过来支援他,向恶魔喷洒烈焰。那只怪物已经开始嘶鸣抽搐了,大团恶臭黏液溅到旗舰的大厅里。它全身包裹火舌,疯狂扭动。

安皮恩战团长在他们身后高声示警。第二只恶魔从阴影里蹿了出来,那绒毛密布的躯体上长着蜘蛛腿足和分叉鹿角。它一把攫住措手不及的科索,沿着脊梁劈开了他的盔甲,将陶钢像锡纸般轻易剥离。科索尖叫起来。他的火焰喷射器掉落在地。

希尔砍掉了怪物的两条腿。它们如同乌黑的柳树枝干,坚韧而粗糙。更多黏液泼溅了出来。另一条腿猛力挥向希尔。它的腿太多了。

科索的尖叫已经停止,他死了。

那个恶魔只有一只眼睛,巨大的白色眼珠里脉动着令人憎恶的诡异光芒。它头顶长着一丛分叉鹿角。

博马如斯有一把重型爆矢枪。他不停地把子弹送进那只怪物的干瘪躯体里。爆矢弹洞穿皮肤轰然爆炸,将那松弛肉体震裂或撕碎,喷洒出一团团烂肉和脓液。

安皮恩冲到希尔身旁。他用手中的雷锤砸碎了怪物的一条条肢体。他狠狠敲打恶魔的身躯，那把动力武器的雷霆重击让其外壳四分五裂，将柔软组织化为肉酱。恶魔仰起上身，抛下了科索的尸体，防御性地挥动着蜘蛛一样的腿足。其中一些无力软垂，早已残破不堪。但它有数百条腿。

博马如斯向暴露在外的敌人腹部继续开火。某种物体突然爆裂，整座大厅顿时充满了刺鼻的恶臭。苍蝇漫天飞舞。恶魔猛然扑倒。希尔躲开一条迎面扫来的腿足，将长剑捅进那只凶恶独眼，猛力扭动，直到其中的不洁光芒最终熄灭。

扎博捡起了科索的火焰喷射器，将那颤抖不已的尸体焚化。

"邪祟无尽。"安皮恩对希尔说。

"时不我待。"希尔回答。

他们一路下行朝辅助舰桥杀去。从外层舰身传来的敲击声和摩擦声已经愈发响亮而频繁——怀言者快要从停泊在周围的战舰上发动跳帮了。如果极限战士无法控制旗舰的话，为之展开争夺就毫无意义。辅助舰桥是一个至关重要的实战资源。马库拉格之耀号已经失去了主舰桥塔楼和舰长，但他们从来自神圣萨拉曼斯号的幸存者中找到了泽多夫的继任者。侯米德舰长和一批准备就绪的指挥军官目前紧跟在希尔的急迫攻势之后。

这场战斗在一个个房间、一条条走廊中展开。每一片阴影和每一个拐角都藏匿着恶魔。在主舰桥被毁的时候，它们从虚空裂隙中借机涌入旗舰，顷刻间就弥散在了庞大的战舰内部，如同漆黑暴雨，如同高压油料。

希尔、安皮恩，以及旗舰上的其余防御者逐渐学会了在实战环境中与恶魔交手。火焰和刀剑要比实弹枪械和能量武器更有效。似乎这些来自原初界域的生物更惧怕简单朴素的杀伤方式，更惧怕原始的刀锋、钝击和火焰。

希尔在建立一个理论可能，深入讨论对敌伤害与仪式性质之间的关联。火焰和利器是古代魔法的重要组成部分。这些仪式器具的过往意义并未被埋没，这似乎不是简单的巧合。那些恶魔源自人类问世之前的上古虚空，它们似乎还记得曾经用来召唤它们的神圣器具。

他觉得自己恐怕没有机会将这个理论可能付诸纸端或加以阐述了。而且即便能够如此，他也会被视为一个迷信的愚者。

他们重新展开突击。博马如斯担任先锋。大群苍蝇在房间角落中嗡嗡作响，舱壁的照明灯下也聚集着狂乱飞舞的虫群。霉菌在天花板和墙面上浮现，污秽黏液从甲板接缝中滴落。

下一道舱门背后是一座尸首横陈的宽敞房间。死者绝大多数是旗舰船员，以劳工为主，但希尔也看到了至少四名极限战士。所有尸体都像是被毒刃车队的履带碾轧过一样。整座房间浸透了鲜血，苍蝇四处飞舞。

希尔听到了滴答声。

他抬起头，发现天花板上也有大量尸体。在重力的影响下，一些碎尸块不时掉落。

"这是怎么搞的？"安皮恩嘀咕道，这匪夷所思的恐怖景象让他愕然。

一阵刮擦声突然响起。他们转过身去，顿时找到了那个问题的答案。

6
【计时：9.38.01】

"他们来了！"阿鲁克·瑟罗提德大喊。

怀言者从浓雾深处发动冲锋，那些庞大的猩红身影在教徒之间鹤立鸡群。在他们的驱使下，兄弟会士兵冲锋陷阵，像一群恶犬般扑向宫殿防御者的枪炮。他们将那些教徒当作人肉护盾。

"迎上去！挡住他们！"文坦努斯命令道。他终于用爆矢枪开火了。在驻守于墙壁和大门的阵线上，爆矢枪纷纷发出咆哮，颤抖的枪口喷吐火舌。军团的重型武器也加入了战斗，有自动炮、激光炮，更为宝贵的武器被他们留给了这一刻。

他们的火力倾泻在埋头冲锋的敌军部队身上，造成了可观的杀伤，将对方的进攻势头放慢并打散。成百上千处爆炸和冲击让一具具躯体分崩离析或飞上半空。明亮的激光束和等离子在战场上交织。大群身穿黑衣的凡人遭到收割。文坦努斯在头盔面甲背后露出微笑，他也看到了诸多披挂猩红盔甲的身影颤抖着倒地而亡。

然而，有来必有往。如今终于到了用军团武器打击敌人的时候，也终于到了敌人遭受同等打击的时候。怀言者用爆矢枪和重型武器开火，为那些吟诵不止的兄弟会士兵手中的轻型武器提供支援。质爆弹敲打墙壁，炸飞一块块砖石，撕扯着大门。忠诚派部队开始遭受更严重的伤亡。

忠诚派，文坦努斯心想。这自然而然的称呼是多么苦涩！

迅捷无比的猩红身影从浓雾之中一跃而起。那是使用喷气背包的突击小队。他们如同一枚枚导弹，以雷霆之势越过宽阔的壕沟，一头扎进防线中。他们的跳蛙式突击将主体部队远远甩在了后面。他们刚刚落地就立刻用爆矢枪和链锯剑展开杀戮，将大批帝国军队士兵像成熟的谷物一样轻易收割。狂怒嘶鸣的链锯剑把大声尖叫的士兵劈成两半。

"把他们从墙上赶下去！"文坦努斯喊道。

阿鲁克举枪开火，精准的拦截火力将一个怀言者突击战士从半空击落。那个怀言者拖曳着一股黑烟翻滚坠地。

四个敌人落在了桥头，直扑宫殿大门。他们势不可当，杀向驻守在此的凡人士兵。链锯剑切开沙包，切开炮管，切开装甲，切开皮肉，切开骨骼。那些毫无还手之力的帝国军队士兵用声调怪异的凄厉呼号昭示着怀言者的凶残步调。

文坦努斯猛冲向前，格瑞瓦斯与他并肩同行。他们抵达了大门面前的防御阵线，地面上已血流成河。那些身受重创的濒死士兵的惊惶心跳加速了鲜血的溢出。血液的溪流沿着桥梁上的排雨沟槽奔涌而下。暗红色的湍流注入壕沟，仿佛是铁制管道里的锈水。

文坦努斯冲向一个怀言者，对方正在肢解一个帝国军队下士。文坦努斯挥动旗杆猛击叛徒头盔的下颚位置。他将对方打退一步，随即近身用爆矢枪朝敌人的躯干轰了一发。子弹干净利落地洞穿了怀言者和他的跳跃背包，喷出了一个炽热的火团。

那个突击战士轰然倒下，但他临死时将旗杆从文坦努斯手中拽走了。文坦努斯无暇顾及，他一边继续开火，一边反手抽出动力剑，他将跃出剑鞘的兵刃旋转半周稳稳握住。

格瑞瓦斯已经与第二个背着跳跃背包的敌人展开了对决，他抬起动力拳迎向那个怀言者的链锯剑。那把链锯剑还飞甩着上一个受害者的血肉残渣。然而经过强化的动力拳带着噼啪作响的能量力场击碎了对方武器的剑柄和引擎，使其全然失灵。

叛徒果断地抛下受损的链锯剑，用爆矢手枪开火。子弹炸在格瑞瓦斯的头盔侧面，将他狠狠抛到大门一侧的墙边。那个战士迈上一步，准备再补一发子弹。

文坦努斯的爆矢枪厉声咆哮起来，顿时那个怀言者的喉咙和胸口分别中弹。两次剧烈冲击让他踉跄后退，炸裂粉碎的盔甲如同两团冰晶颗粒般从他身上扬起。鲜血涌出弹孔。那个怀言者瘫坐在墙脚，头盔口部渗出血泡。他试图再次抬起爆矢手枪。

文坦努斯的子弹打光了。他收起爆矢枪，双手交握动力剑。他用两记力道凶猛的斩击终结了那个受伤的怀言者。正手一击横穿面甲，反手回击扫过躯干直透脊椎。那个怀言者倒地而亡。

文坦努斯转过身去，正好遇上了第三个敌人。那个突击战士向他猛扑过来。文坦努斯注意到怀言者的肩甲上覆有种种可怕图案，盔甲其余位置则铭刻着不知所谓的繁杂祷言。那是疯癫狂人的标志。

文坦努斯用长剑拦住迎面袭来的敌方兵器，火花四射。那柄凶残的双手链锯剑在刺耳嘶鸣中奋力啃噬着动力剑的锋刃。两把武器随即打破对峙。文坦努斯又接住了接下来的两次攻击，并抓住破绽，一剑刺进对手的肚腹。剑刃错过了脊椎，从那个怀言者的后腰左侧穿透出来。

文坦努斯试图抽回动力剑，但武器被卡住了。他的对手一息尚存。怀言者再度挥剑进逼，那厉声嘶吼、当头劈来的链锯剑让文坦努斯不得不避其锋芒。他被迫松开自己的武器，将其留在了敌方战士的躯体里。

怀言者向他猛扑过来，一心要了结这场对决。他双手握住庞大的链锯剑往复横扫，想尽快解决这个手无寸铁的极限战士。一名护教军前来掩护文坦努斯，但立刻在飞旋血雾中被怀言者劈成两半。

趁对方的链锯剑还在撕咬那名机械神教战士，文坦努斯飞身冲向敌人，徒手将其扑倒在地。文坦努斯压住怀言者的右臂，阻止他大幅度挥动链锯剑，紧接着朝敌人的脑袋连续施以猛击。在第三拳过后，头盔开始微微凹陷。第四拳震裂了一部分颈甲。第五拳打碎了一侧的护目镜。

怀言者放声怒吼，将文坦努斯掀飞出去。文坦努斯任由自己被敌人猛力推开。

他已经重新握住了动力剑的剑柄。

他顺势将剑横向抽了出来。

格瑞瓦斯还没死，他头上鲜血淋漓。他甩掉受损的头盔，重新挺直身躯。

他捡起一把爆矢手枪，朝文坦努斯身后开火。第四个突击战士正在帝国军队步兵和护教军之间横冲直撞。

阿鲁克和其余几名重装护教军已经成功组建了新的防线。他们用等离子武器发动齐射，将那个叛徒撕成碎片。文坦努斯听到格瑞瓦斯高声呼喊战术指令，努力集结位于桥头的防御力量来击退突击部队。他们还在不懈坚守，但阵线必将崩溃。数百名教徒和怀言者已经踏上桥梁，有些敌人甚至沿着壕沟的陡坡向上冲来。驻守在墙顶的防御者无法从这个角度开火。

塞拉顿带着几支极限战士小队来增援了。他前去协助格瑞瓦斯驻守桥梁。文坦努斯给自己的爆矢枪换好子弹，加入阵线。

此时此刻，向宫殿大门和墙壁倾泻而来的火力极为凶猛。枪林弹雨已经造成了大量伤亡。就连子弹炸在墙面溅起的碎石都足以致命。

"我收到了一个信号！"阿鲁克盖过战场的轰鸣向文坦努斯喊道，"新的信号。"

"讲！"

"即将抵达的第十三军团部队，请求获知具体位置。"

"质询他们。"文坦努斯命令道，"问他们花哨灵族有几个！"

阿鲁克发出信息。

"对方回答如下，"他说道，"是十二个。回应信息继续，'谁都知道'。"

他看着文坦努斯。源于数十具尸体的鲜血洒在了他的金色盔甲上。那枚受损的红色眼睛闪烁不已。

"连长？"他问道，"如何回应？"

"正确的数目是十三。"文坦努斯说，他深吸一口气，"把坐标发给他们，告诉他们时间不等人。"

【计时：9.44.12】

那恶魔有一副尖喙。它有尖喙和羽毛，以及数百条长着蹄子的萎缩腿足。那重达三十余吨的身躯就像是一条披覆鳞甲的臃肿巨蟒。一名星际战士伸展双臂也不及它的直径。

它从房间一侧的幽深阴影中现身，那摇摆游动的庞大躯体穿过一道舱门，盘卷在门后的弹药库里。

那副尖喙发出阵阵敲击声。希尔看到还有数十条蛇形躯体簇拥在尖喙下面，组成了一丛邪异长须。它们像触手或伪足般翻滚扭动。整个恶魔就是由上百条巨蟒和一副尖喙融合而成的硕大怪物。

博马如斯用重型爆矢枪发动扫射，扎博也喷洒出灼热烈焰。那条恶魔巨蛇一样昂起脑袋，猛然扑击。它探出尖喙，在刹那间将那位名叫多穆尼斯的战斗兄弟残害至死。

安皮恩毫不犹豫地冲了上去，手中的雷锤抡着圈子以积蓄动能。恶魔巨蛇向战团长扑来，他则迎头赶上，用一记势大力沉的猛击将敌人的尖喙敲到一旁。这凶狠冲击在一声雷鸣中震动了整个房间。

尖喙顿时破裂。腐液四下飞溅。希尔大步上前支援战团长，当恶魔巨蛇再次扑击的时候，它要遭遇的就是雷锤与电磁长剑两把武器了。

战锤轰然击中庞大尖喙的上方，打碎了状如鸟类的脆弱眼眶。就在同时，希尔将锋利兵器捅进了那丛蠕动蛇须之下的柔软喉咙。长剑轻易切开了白色鳞片、亮粉血肉与透明骨骼。怪物体内的粉色液囊与消化管道立刻随剑刃而裂解。

恶魔巨蛇仰起身躯，大张尖喙。依附在它身上的蛇形躯体与退化萎缩的蹄子全都狂乱地抽搐起来。被希尔劈开的那道深重伤口里倾泻出大量遭到部分消化的凡人船员和阿斯塔特。喷涌而出的胃液冲散了众多面目全非的残躯。

极限战士们听到一阵隆隆巨响。恶魔巨蛇的硕大尾部还盘卷在弹药库中，此刻因剧痛而癫狂地拍打着金属墙壁。

那恶魔滑进舱门，仓皇退却。

"舱门！关闭舱门！"扎博喊道。他拿着一串破片手雷。随着安皮恩敲击舱门控制按钮，扎博立刻扯下一个拉环，将整串手雷扔进舱门。

在手雷引爆的时候，舱门已经快要关闭了。那剧烈冲击将近乎完全闭合的舱门又震开了几厘米，局限在弹药库内部的爆炸压力被狭窄缝隙汇集成了一束极其炽热的火焰喷泉，携着残骸喷涌而出，在天花板上燃烧四散。

那隆隆巨响停歇了。

安皮恩瞥了希尔一眼。

"邪祟无尽。"他说道。

"时不我待。"希尔回答。

这不是他们最后一次重复同样的话语。

这不是他们最后一次在旗舰舱室中杀出一条血路。

7
【计时：10.00.01】

怀言者突击部队向宫殿发起了第三波攻势。

文坦努斯、塞拉顿和格瑞瓦斯协力维持防线，守住了大门和桥梁，然而昔日的雄伟桥梁已经被炮火啃噬得面目全非。第二波攻势就险些突破大门，将他们反推到宫殿内院，但阿鲁克麾下的护教军用无比凶猛的反击炮火最终力挽狂澜。

文坦努斯明白，第三波攻势是关键所在。他已经能够看到踪迹了：一群带跳跃背包的战士朝苦战良久的大门俯冲而去，另一群则向南迂回，绕开防线。他们意在对斯帕兹的炮兵阵地发动突袭。

瑞玛斯·文坦努斯决心奋战到底，但他明白防线最终必将崩溃。这是预见之中的。这是双方兵力的差距问题，非常现实。

他仍旧怀有一丝希望。他仍旧惦记着自己连队传来的那条消息。千万别是又一个谎言或诡计，他心想。我今天已经受够诡计了。如果不是谎言的话，就让他们快一点吧！让他们步伐迅捷，让他们赶在一切都太迟之前抵达这里。

他知道那波攻势即将到来。已经出现了诸多预兆。兄弟会教徒再次冲向桥梁和壕沟。吟诵声变得分外响亮，以致文坦努斯觉得那声音的震动与无数人的喘息就要驱散浓雾。敌人用火箭弹、迫击炮和中型火炮向宫墙发动了更加猛烈的轰击。炮弹在古老的宫墙上敲出一个个大洞，或是落入庭院，炮兵和预备队四散躲避。塞拉顿报告说，他在浓雾中听到了履带的鸣响，这意味着一部分的炮击火力来自敌军坦克或者自行火炮。文坦努斯什么都没听到。他一直身处激烈的战局之中，听觉早已被战场的轰鸣钝化了。

那些突击战士尖啸着纷纷落地，他们的跳跃背包喷吐出咝咝作响的蓝焰。兄弟会士兵的大举冲锋压碎了桥梁的路障。拱门的一部分结构轰然爆炸，在飞扬尘土与四溅碎石中崩塌。防御者们准备迎接冲击。

格瑞瓦斯咒骂了一句，他的金红色短发上沾满了血迹。

一辆猩红巨兽般的毒刃坦克从壕沟之外的浓雾深处现身，将炮口转向了宫殿大门和西面墙壁。兄弟会士兵簇拥着那辆庞大的坦克。

超重型坦克用攻城武器瞄准目标。那门毁灭者火炮铮铮作响着逐步就位。它的侧面挡板与车身装甲上涂着八芒星图案，还有很多看似扭曲文字的记号。

那是一辆毒刃坦克。

文坦努斯明白，战斗的天平终于严重地偏向了怀言者一边。

近身战已经爆发，没时间顾忌那辆坦克了。

他匆忙地抵挡两个突击战士，其中一人刺伤了他的躯干侧面，另一人则挥舞着动力斧埋头冲来。宫殿大门处相对狭窄的空间限制了战斧的挥动幅度，但那个怀言者依旧迅速杀死了两名帝国军队士兵和一个护教军。

塞拉顿在连长身后掩护他，用一面饱经风霜的战斗盾格挡住那柄动力斧，盾面上的装饰图案已经被彻底磨灭，只剩下了无数的划痕、参差的缺口和裸露的金属。文坦努斯与塞拉顿背靠背协同作战。文坦努斯的动力剑与敌人的动能锤相互碰撞。塞拉顿刺出链锯剑，扫过那个持斧敌人的面甲。

文坦努斯时刻留意着那辆坦克。

塞拉顿中了一招。动力斧绕过他的战斗盾，砍在了肩甲上。它没能咬穿盔甲，但塞拉顿还是伤得不轻，臂膀的活动受到了影响。

塞拉顿试图进行补救，但他已经失去了平衡。敌人猛力抽回动力斧，导致他不由自主地向侧面摔倒。

因此他没能躲开当胸劈来的第二次攻击。

他的伤口鲜血淋漓。那凶猛一击将他击倒在地，整个斧刃好像都埋进了他的胸口。事实上，他的甲壳吸收了致命威力，但塞拉顿毕竟伤势严重，在超人体质让血液凝结之前，那道伤口会大量出血。

文坦努斯无暇抽身去保护负伤倒地的军士。那个握着动力斧的突击战士走上前去，准备了结对手。

格瑞瓦斯用动力拳从侧面猛击他的脑袋，把对方的头盔像盛放口粮的锡箔盒子一样砸扁了。

格瑞瓦斯把塞拉顿拽起来。他们花了点时间，将战斧从塞拉顿的盔甲里拔了出来。

怒火为引，文坦努斯杀死了他的对手。他的长剑洞穿了那个怀言者的头盔。那个突击战士倒地而亡。

文坦努斯能感觉到自己的体温像高烧般滚热。自从战斗爆发至今，他已经负伤十八处，其中包括右侧大腿肌肉被激光穿透、一处前臂骨裂，还有小指骨折。其余都是摔伤、割伤和严重的震荡瘀伤。

他的新陈代谢水平显著提升，以弥补战斗的损耗、压制或延缓痛苦、维持巅峰状态的身体机能、加速伤口愈合与组织修复。能量消耗已经让他的体温升高了几度。他正在快速燃烧体内的脂肪储备。他知道自己很快就需要获取水解物和额外的镇痛剂来维持作战状态。

他又望了一眼那辆坦克。它为什么没开炮？为什么——

那辆毒刃坦克突然发动了强大的引擎，喷出一股黑色尾气，开始迅速倒车。文坦努斯能听到履带的鸣响。那庞大身躯整个颤抖起来，主炮塔开始向左侧回转，战斗火炮的炮管逐渐抬升。

聚集在它周围的大群兄弟会战士匆忙四散，以免被突然移动的坦克碾死。

它在干什么？它在转向吗？它在转向吗？

那厚重的雾气深处有什么动静，是从西北方来的。

怀言者毒刃坦克的战斗火炮开火了。炮口喷出猛烈的冲击波，在周围震起大团尘土。炮弹一头钻进浓雾深处，留下了一道缓缓消散的螺旋轨迹。文坦努斯没有听到它击中任何目标。

但他听到了反击的声音。

一阵气势逼人的尖啸骤然奏响，细微的电磁振荡同时传来。光辉灼目的粗大能量束斩开浓雾，击中了那辆毒刃坦克。那凶狠冲击撼动了重达三百余吨的坦克，就像是摇晃一个铁皮玩具。毒刃坦克在刹那间从地面上弹了起来，滑向侧面。数十名兄弟会士兵当即葬送在那突然挪动的庞大身躯下。

能量束在击中坦克时发出一声巨响。大块装甲四下横飞，弹射到空中，半个炮塔遭到毁灭。黑烟先是从受损处喷薄而出，随后缓缓向外涌动。那辆毒刃坦克颤抖起来。文坦努斯能听出来，它在试图重启因车体受创而失灵的主引擎。他能听到那台运用多种燃料的发动机传出阵阵嘶吼。

同样明亮的第二束能量穿透浓雾，打在了坦克数米之外。它击中地面，瞬间掘出一条散发高热的熔融沟渠，当即焚灭了二十余个兄弟会士兵和四名怀言者。不幸站在附近的教徒厉声呼号起来，二次灼烧引燃了他们的黑袍和弹药。

接下来的第三束能量将毒刃坦克击毁。它正中车体，打在炮塔下方，让那辆坦克轰然爆炸。有那么一瞬间，它仿佛是帝国军队在基础训练中所使用的战车模型，由木板和帆布搭建而成，与野营帐篷没什么两样。仿佛有一股狂风钻了进去，把帆布从支架上掀飞，将那涂抹油漆的轮廓拧成一团。

随后它的内部开始爆炸，凶猛而明亮，炽热而剧烈，那扭曲变形的坦克灰飞烟灭。

两辆影刃坦克从浓雾深处猛冲出来，它们的钴蓝色装甲上雾气流转。

是钴蓝色的。钴蓝色，披着白金两色的极限徽记。

兰德掠夺者和犀牛运兵车咆哮着随后现身，还有三辆旋风导弹车，接着是四十人宽的极限战士射击队列。他们一边开火，一边从北面进军，向怀言者发起攻势，绕开了那辆毒刃坦克的深坑坟墓。几台喷气摩托和速攻艇从庞大的主战坦克身后呼啸而来，扬起一片尘土。

身处桥头的兄弟会部队遭到两面夹击，顿时手足无措。数百人当场毙命。其中一些纵身跳进堆满尸体的壕沟，以求躲避兰德掠夺者的凶猛火力。两辆影刃坦克继续向浓雾深处开火，打击那些躲藏在浓雾中的高价值怀言者战斗单位。它们的主炮台厉声嘶鸣，能量束穿透了厚重的雾气。浓雾之中的某些物体轰然爆炸，火焰冲天而起。空气中的味道悄然改变，就像盛夏入秋。这是新的能量，是新的机械，是新的化学反应。

战斗全面爆发。自从宫殿遭到袭击至今，怀言者方面第一次被迫采取了守势，这支突然出现的机动部队让他们伤亡惨重。

教徒们士气崩溃，他们不再吟诵了。在第一道极限战士队列之后还有第二道和第三道。那蓝金两色的盔甲在污浊昏黑的空气环境下略显暗淡，却依旧闪亮。救赎从未显得如此壮丽，死亡从未显得如此高贵。

教徒开始四散奔逃。他们沿着壕沟跑向南边，或是一头钻进浓雾深处。那些步履蹒跚、沿着壕沟逃跑的家伙吸引了宫殿围墙上的火力。斯帕兹手下的士兵和阿鲁克的护教军借机开火，将敌人像木棍般成排撂倒。其中一些教徒往返窜逃，在压倒性火力下无处藏身，最终命丧黄泉。大量的尸体滑落到壕沟里。

文坦努斯向上校传话，命令停止炮击。他希望反攻力量能够不受阻碍地突入敌军阵地。

"塞丹斯上尉。"塞拉顿指着一面战旗说。

"第四连。"文坦努斯说。他心中骤然涌现的浓厚情感让他有些惊讶。那并不仅仅是劫后余生的宽慰，更有归属感所引发的强烈自豪。这是他的连队。

事实上，那是一支混编部队。塞丹斯所指挥的队伍包含了隶属第十三军团若干连队的战士。所有人都来自埃汝德集结点。他运用其余单位的增援力量填补了第四连部队结构中的缺口。其中一辆影刃坦克是第八连的，两辆兰德掠夺者坦克则属于第三连。文坦努斯还注意到了第九连副官洛卡斯上尉的旗帜。

宫殿防御者们密切关注着战局。战场大部分已经收缩到了浓雾之中。装甲车辆的远距离对决不断撕开雾气。在近处，极限战士终于歼灭了负隅顽抗的教徒，与第十七军团战士展开凶残的近身格斗。

怀言者自然没有像那些高声吟诵的凡人跟班一样士气崩溃。他们人数可观——文坦努斯估计有两三个连队的兵力——而且即便突然遭到两面夹击，他们依旧坚守阵地毫不退缩。从塞丹斯发起的凶猛攻势来判断，第四连及其援军今天想必已经目睹了诸般暴行，足以让他们明白此时不可心怀慈悲。文坦努斯不禁猜想——也不禁惧怕——他们在埃汝德集结点都经历了什么，那里毕竟是这场背叛暴行的主舞台。是不是驻扎在极限战士身边的怀言者突然倒戈？是不是他们毫无预警地站起身来，抽出武器就展开杀戮？

他相信事实情况就是那样。文坦努斯相信怀言者的唯一目标便是彻底消灭第十三军团。

谁也休想轻而易举地杀死极限战士军团。

洛加手下的野蛮之徒不敢堂堂正正地临阵对决。他们抓住了突袭、诡计和陷阱所能赋予的一切优势。他们打算在对手察觉到敌意之前将其一击毙命。

这没能奏效。第十三军团受伤了。在过去的十个小时里，军团在考斯遭受了重创，以致它或许再也无法恢复原样，或许将要永远成为一支较为弱小的作战力量。

但怀言者没能像预期中那样完成击杀。他们功败垂成，或是力有不逮。他们留下了一片狼藉，还有一个尚可作战的对手；一个身负重伤，但又被痛苦、憎恨、复仇和震怒所推动的危险对手。

务必确保你的敌人已经彻底灭亡。

如果你一定要与极限战士为敌，那就务必彻底杀死他。如果他保住性命，那么你就死定了。

你死定了,洛加。你死定了!

"你说了什么吗?"阿鲁克问文坦努斯。

文坦努斯自己也不确定。

"没有。"他回答。他摘下头盔,抹掉受损护目镜上的一片血迹。大部分钴蓝色涂装都已经磨损殆尽。同样,阿鲁克·瑟罗提德也全身上下遍布划痕与凹坑,他那套造型华丽的金色盔甲被血污和机油所覆盖。

在他们周围,一个个伤痕累累、疲惫不堪、满面脏污的士兵聚集过来,望着壕沟对面的残酷战斗。帝国军队、极限战士和护教军并肩而立,将手中武器低垂在身侧。残存的黑烟从大门拱顶的残垣断壁上缓缓飘起。装甲车辆的突击步伐撼动大地,震落了墙壁上的片片瓦砾。文坦努斯手下那屈指可数的几名医疗人员抓紧这分外宝贵的停火时间来照料伤者。几乎每一个宫殿防御者都受了伤。绷带和药品完全不够分配给所有人。

"那个密令是什么意思?"阿鲁克问道。

"什么?"

"花哨灵族的数量?"

"那是与杰斯瓦工艺世界的战争。"文坦努斯轻声答道,"八年前。塞丹斯获得殊荣,负责率领主力部队。在冲锋中,他短暂地与部队分开了,被迫孤身奋战,凭一己之力对抗十几个灵族战士。那是一项令人惊叹的成就。他为此获得了嘉奖。在战斗进入尾声的时候我才赶到,那时他刚刚解决了最后一个敌人。"

文坦努斯瞥了一眼护教军领袖。

"原体嘉奖他在一轮激战中杀死了十二名敌人,十二个花哨灵族。然而当我赶到他身边的时候,那座大厅的地面上躺着十三个灵族的尸体。我当时担心他的安危,所以一边开火一边前进。很有可能是我向烟雾中发射的子弹杀死了第十三个灵族。于是,这就成了我们之间常开的玩笑。众所周知,他杀死了十二个灵族并荣获嘉奖。而我只杀死了一个。但或许那一个恰恰是关键所在。或许正是那个敌人最终会将他击倒。塞丹斯或许会葬送在第十三个灵族的手下,从而无缘获得荣耀和嘉奖。那么他杀死的十二个与我杀死的一个,究竟孰重孰轻?"

阿鲁克盯着他。

"你们拿这种事情开玩笑？"他问道，"对你们而言，这算是幽默？"

"我以为你能够理解。"文坦努斯摇摇头说道，"大部分人类都无法理解。"

阿鲁克耸了耸壮硕的肩膀。

"我大概可以理解，我们护教军有类似的吹嘘和竞争。只不过我们用二进制码来讲，也不与外人道。"

装甲车辆的战况激烈，以至宫殿西边的那片浓雾像波涛汹涌的大海般翻滚不息。炽热光束在昏暗环境下时常骤然闪现。一辆运兵车被剧烈爆炸掀飞，像跃上海面的鲸鱼般从雾气之中突现。它随后就翻转着坠回了雾气的海洋，大量的碎片从燃烧的残骸上撒落。

在较近处的浓雾边缘，极限战士与怀言者展开了白刃战。忠诚的钴蓝对阵背叛的猩红，双方对彼此都毫无怜悯。

文坦努斯给爆矢枪换上子弹，检查了一下动力剑，随后握住旗帜。旗杆上沾着一道道血痕和鲜红的手印。

"我要重新参战。"他告诉塞拉顿，"防守好宫殿。"

他的左耳中听到一阵嗡鸣，在明白过来之前他就本能地作出了回应。

"文坦努斯？我是苏鲁斯。"

"苏鲁斯？"

"我在宫殿地下室里，文坦努斯。她做到了，伺服师做到了。通信器已经启动。重复一遍，通信器已经启动。"

文坦努斯表示收到。他转身面对塞拉顿和其余军官。

"计划有变。"他说道，"我要回到宫殿主体建筑去。你们驻守防线，一旦外面的局势有变就立刻通知我。"

他转身大步走开，穿过拱门，踏过弹坑密布的庭院，迈向那座满目疮痍的夏宫。

蓝色烟雾在空气中旋动，炮兵阵地传来刺鼻的燃料气味。

他有希望了。在今天，文坦努斯心中第一次泛起了切实的希望。

【计时：10.40.21】

文坦努斯走进地下室。他能感觉到机械运作所散发的热能。机械神教技师分散站在四周，在埋头观察和记录。其中几人对裸露在外的集成电路进行着最后的调整。

陶伦站在房间中央，通过神经脉冲单元连接索与那台滴答作响的数据引擎相连。她神情安详。

她在文坦努斯走近的时候瞥了一眼，但始终忙着在脑海中设置数据传导结构，因而无暇开口。

苏鲁斯看了看文坦努斯。

"第四连刚刚接手了战斗。"文坦努斯告诉他。

"她也是这么说的，"苏鲁斯向伺服师点头示意，"她在建立一个战术概观。我不理解具体细节，但我推测她正在借助一切可用系统和信息源头来收集情报并核实战略数据。"

"整个星球范围？包括轨道吗？"文坦努斯问道。

"还不行，连长。"伺服师的副手塞拉米卡说，"暂时仅限于这块大陆。这台数据引擎之前处于休眠和孤立状态，因此并未被有害的废代码感染。伺服师必须循序渐进，注意维持代码封锁，以防她自身遭到有害数据传输的污染。再者，这台引擎是否强大到足以支持全球规模的思维空间也尚未可知。"

文坦努斯点点头。他很欣赏机械神教直陈利害的风格。

"那么能否控制星球武器阵列呢？"苏鲁斯问道。

"不能。"塞拉米卡直白地说，"活跃运行的武器阵列处于敌方控制之下，而且遭受了侵害性废代码的感染。伺服师所能做的仅仅是在被动模式下收集信息。这台引擎没有能力从敌方操纵的数据引擎那里夺回武器阵列控制权，况且即便它可以做到，也需要行使更为活跃的神经脉冲单元功能，而这就会给废代码提供可能的交叉感染路径。今天所发生的一切都已经表明，我们不具有代码封锁防护或足够强大的'杀戮代码'来消灭并清除废代码。"

"所以陶伦被迫维持被动模式？"文坦努斯问道。

"为了保全我们现有的一切。"塞拉米卡说。

"但她可以为我们收集并整合战术信息？"

"极大程度上是。她的技师已经在汇总第一批数据简报了。"

文坦努斯看着苏鲁斯。"她提供的材料可以让我们总结出恰当的理论可能。之后我们可以利用通信器来协调战术。"

"一切有组织的反击都是好事。"莱若斯·塞丹斯说着走进了房间。他扯下沾满血污的头盔，向文坦努斯笑了笑。"还以为你死了呢，文坦努斯。"他说道。

"我还指望你死了呢。"文坦努斯回答。

"做梦去吧。"塞丹斯说。

他们在盔甲撞击声中相互拥抱。

"总会有第十三个灵族的。"文坦努斯说。

"十二个，永远都只有十二个。"塞丹斯回答。

他松开对方，朝苏鲁斯笑了笑。

"很高兴看见你也活着，苏鲁斯。"他说道。

"我们为马库拉格而战。"苏鲁斯刚强地回答。

"你为谁而战都行。"塞丹斯说，"我今天要为洛加的喉咙而战。我看到了……"

他迟疑了一下，厌恶地撇撇嘴。

"很多人都死了，兄弟们。"他轻声说道，脸上的笑容顿时被阴云所遮盖，"我现在就不给你们一个个数了，但真的很多。有朋友，有战士，有英雄。逝者的名单会让你们哭泣。我们被那些混蛋屠杀了。毫无防备。突袭是一种值得尊敬的战争传统，但若是来自备受信任的朋友，那就要另说了。唉，想必你在过来的路上也见了不少，文坦努斯。"

"是的。"

"我要让他们血流成河。"塞丹斯说道，"血流成河。我要让土地浸满那些混蛋的血，我要让他们流尽最后一滴血，我要把他们的脑袋插在棍子上。"

"复仇，是的。"苏鲁斯点点头，"没错。但我们还是应该建立切实的理论可能。"

"去他的理论可能！"塞丹斯低吼道，"就这一次，我们有理由抛开以往的严谨作风。这场战争要用心来打，用情感来打。"

"是啊。"苏鲁斯说道，"我们应该在脸上涂抹油彩，埋头冲向敌军的枪口。毕竟，他们只有我们四倍多而已。我们这些幸存者会全军覆没，但我们至少表达出了满腔愤怒。这就够了。"

塞丹斯发出一个轻蔑的声音。

"我同意塞丹斯的看法。"文坦努斯说，但他抢在苏鲁斯开口反驳之前迅速抬起一根手指,"除了一点。考虑到我们已经遭受的损失、敌军所占据的数量和技术优势,我相信我们的顽强精神、我们的复仇怒火,还有我们展开反击的强烈渴望……或许这些正是我们手中仅有的优势。他们犯下的错误在于没能彻底杀死我们。这让我们变得更加危险了。我们要利用这种伤痛。"

他看着塞丹斯。

"但总会有第十三个灵族。"

塞丹斯笑了起来。

苏鲁斯也难以掩饰微笑。

"我们必须保持头脑清醒,"文坦努斯说道,"我们必须妥善引导心中的怒火,用战略加以打磨。我们必须利用一切武器:愤怒、仇恨,还有信息。愤怒是我们的实战可能,信息是我们的理论可能,二者缺一不可。如果我们忘记这一点就会让基里曼蒙羞。信息带来胜利。"

他转身面向塞拉米卡。

"请告诉伺服师,我希望发送通信信息。我需要运用现有最高等级的信号加密,以及任何信号源变位手段。她要尽一切可能掩盖我们的位置。"

塞拉米卡点点头。

在塞丹斯和苏鲁斯的陪同下,文坦努斯走进通信发送室。他拿起话筒。

8

【计时:11.06.41】

地表比地底还要黑。

空气被毒雾所取代,浓厚的黑色雾气在强风推动下从奥罗森丘陵上卷过。

布瑞兰兄弟不认为这是自然风。这绝不是自然的气候现象。在战斗的间歇,他听到多米提安军士猜测说这是大气层位移现象——轨道轰炸引发了强烈的气压变化与气流紊乱。

在南边的天际,确实有一道烈焰风暴的光辉。

位于奥罗森集结点的第六连与一些帝国军队单位以及来自另外两支极限战士连队的散兵一起行动,他们撤离了已经被完全摧毁的营地,去一片北部洞穴系统门口的地表高塔周围驻守。

布瑞兰没有进过洞穴,但他知道那是非常庞大的地下空间。其中有的部分是居住区。显然，这片洞穴就是。下面居住着数十万名工人，而挡在他们与敌人之间的就只有第六连。

这座地表高塔是个小型要塞，它遮盖并把守着洞穴系统的大门。它的下层结构包含诸多入口，分别通往地下主干道、步行道路、货运道路，甚至还有磁悬浮轨道，这些都是那座广阔的地下城市的给养通道。

这座高塔值得为之一战。

敌人沿着道路不停地向上攻来。冲在最前面的是兄弟会教徒，随后是怀言者，最后是装甲部队。那些教徒显得心智尽失，无比狂热。他们敲着鼓，口中吟诵不已。他们丝毫不在意自己的性命，盲目地扑向高墙和大门，死伤无数。其中一些人身上绑着爆炸物，他们冲到墙边随即引爆，试图将墙壁炸开。

他们的行为方式令布瑞兰感到费解。那些教徒似乎心甘情愿，但求一死。他们的吟诵、鼓点和盲目牺牲都明显指向这个结论。然而，这是一种群体思维，一种歇斯底里。他观察到怀言者站在大群教徒后方督战，用痛苦和威胁逼迫他们不断前进。这些凡人是遭到奴役的杀手，他们的癫狂举动背后站着残酷的主人。

或许他们被许诺了某种救赎，某种超越现世的奖赏，以此作为浴血拼搏的回报。或许他们觉得若是能在忠心效劳之后侥幸生还的话，便可重获自由。

抑或他们心里明白，忤逆第十七军团的后果远比死亡更糟糕。

又一波攻势到了高塔脚下。达摩克里斯连长已经下令让帝国军队担任防守主力，击退来犯的敌人。军团战士必须养精蓄锐，将宝贵的弹药留给阿斯塔特军团目标。

与地下洞穴的畅通联系是关键所在。标准规格的弹药可以源源不断地运送上来，为普通士兵提供补给。但军团专用弹药，包括装甲车辆的炮弹在内，就仅限于战斗兄弟们随身携带的那些了，以及在撤离集结点之前从营地带走的少量补给。

每一发爆矢弹都十分宝贵。但激光能量和轻型武器弹药可以被随意泼洒到那些不断冲来的兄弟会教徒头上。

军团武器要留给更重要的目标。

而那些目标正在接近。除了尚未大举进攻的怀言者之外，还有迹象表明重型装甲部队正在路口集结，甚至可能有战争机械。

布瑞兰理解并支持指挥官的实战考虑。他们都渴望参战，然而军团战士必须妥善留存自己的力量，等到唯有他们才能力挽狂澜的那一刻。

但他无法理解敌人。

究竟是什么引发了他们身上的巨大转变？是什么让他们反戈相向？大家都从多米提安那里听说过关于昔日敌意与过往竞争的故事。

那又如何？有哪两支军团不会为了荣誉和声望而相互竞争？当年的那次惩戒恰恰是为了斥责不尽如人意的表现与成果，况且那是四十多年前的事了！

现在又是为了什么？难道怀言者和他们的疯狂主宰竟然愚蠢到可以怀恨在心四十余年，又一举犯下如此令人不齿的无端暴行，以至整个银河都发出惊呼？

布瑞兰看得出来，达摩克里斯连长为此倍感痛心。他从没见过连长显得如此决绝而阴郁。这场背叛本身远比无数伤亡更加惨痛。这场背叛让他感到窒息，动摇了他对帝国真理之神圣不可侵犯的笃信。

更不用提怀言者自身的转化：他们改变了涂装和徽记，他们在盔甲上肆意添加各种古怪图案和邪异装饰。而且他们与众多愚昧狂徒沆瀣一气。

他们是被某种群体幻觉或强大巫术迷惑了心智吗？

或是某种更加黑暗险恶的事物毒害了他们，让他们阋墙相残？

下一波攻势来临了。布瑞兰能看到一团翻滚起伏的黑色衣袍与长枪短剑冲上坡来。数千名短刃兄弟会成员践踏着前人的尸首，像决堤的洪水般朝大门和墙壁冲来。

包括努米纳斯第十九连和第二十一连、耐瑞德第六连"西方人"，以及埃汝德极限第二连在内的帝国军队防线顿时开火。激光枪发动齐射，轻型辅助武器咆哮起来，掷弹器发出一阵阵空洞轰响。藏在掩体里的重型自动炮喷吐火舌，撕咬着步兵阵线。

又是一场屠杀。黑色的身影遭到收割，其中一些在灭亡时轰然爆炸，让周围的教徒一同丧命。

布瑞兰紧紧握住爆矢枪，压抑住开火的冲动。

"连长！连长！"

多米提安军士从阵线后面跑过，他引起了众人的注意。

多米提安来到达摩克里斯连长面前。

"长官，"他说道，"那该死的通信器响了。"

【计时：11.10.13】

安柴斯军士猛地转过身。

"你说什么？"他问道。

他们当前处于沙汝德省边缘，正在全速前进，以求避开那场逐渐吞噬整片森林的大火。他们是第一百一十一连和第一百一十二连的残兵败将。

如今两位连长都已经牺牲，安柴斯接过了指挥权。他试图重整部队，但他们没时间停下脚步。近在咫尺的追兵无休止地施加着压力：有属于机械神教叛徒的泰坦，还有重型装甲部队。

怀言者就在那火光冲天的森林里，他们每走一步都意味着更多的伤亡。

深沉而悲凉的战争号角声在幽暗森林中回荡，召唤极限战士们直面厄运。

"我们检测到了一个间断的脉冲加密信息，长官。"坎提斯说道，他携带着从巴托抢救出来的唯一一台通信器。

"能在头盔里接收到吗？"安柴斯问。

"信号太弱了。"坎提斯说，"我必须安置好接收器，把移动天线伸出来。"

安柴斯没必要告诉他这个方案为什么不可行。三四枚质爆弹如同惊弓之鸟般穿过他们头顶的树冠疾射而来，落在一棵高大的树木上。树干轰然断裂，枝杈在暴雪般的火花间纷纷砸落。

"快走！快走！"安柴斯喊道。见鬼，他们追得真紧！他能听到履带的旋动嘶吼。那是辆该死的旋风导弹车，或者是一辆军刀型坦克杀手。

毫无喘息之机。敌人会穷追不舍，直到将他们赶尽杀绝。

两个怀言者冲进林间空地。周围的树木都被炽热的火焰烤成了一片焦黑。安柴斯能闻到木材发出的浓烟、烧焦的灌木、火花，还有爆炸物的气味。

一个怀言者抬起暴风爆矢枪开火，当即杀死了福尔松兄弟，一颗子弹击中他的后腰，撕碎了脊柱和胯部。另一个敌人则扛着激光炮。他架起武器，用灼目长枪般的激光将前方树木和正在撤退的星际战士一同扫倒。

安柴斯决定直面死亡。他冲向敌人，一只手紧握爆矢枪，另一只手则挥舞着动能锤。那柄战锤曾经属于他的故去连长弗拉斯托瑞克斯。连长今天早上都没来得及打开箱子将武器拿出来。

第十七军团和第十三军团的恶战

安柴斯的子弹打在那个手持激光炮的怀言者脸上。对方重重摔倒，面甲被炸成碎片。另一个敌人发射的子弹先是擦过安柴斯的肩膀，随后实实在在地击中了他的左腿。质爆弹的凶狠冲击将安柴斯甩到了松软的地面上。他就地翻滚，挥出动能锤，砸断了那个怀言者的双腿。敌人躺倒在地。安柴斯用另一记重击了结了对手。

他自己的腿也断了。他能感觉到骨骼在试图进行自我修复，但伤势或许太重了。

他转过头，发现第一个怀言者并没有死。

那个家伙正在站起身来。安柴斯的子弹撕碎了他的头盔、颈甲和一部分胸甲。那个怀言者的头颅与面孔暴露在外。

那或许只是伤痕：烧伤、挫伤、肿胀。毕竟，爆矢弹对那个战士造成了相当严重的伤害。

然而在安柴斯看来，眼前的恐怖景象远非那么简单。敌人脸上皮肉紧绷，如同是遭到毒物噬咬后的坏疽症状。他的嘴巴歪在一边，但看起来竟然是长成这副模样的，而非动能撞击的惨烈后果。鲜血沿着那个怀言者的面孔和脖子向下流淌。

他额头上有令人不安的黄色突起物，仿佛是刚刚长出的犄角。

他扑向安柴斯，右手握着一柄战斗短刀。那把匕首似乎是用黑曜石或打磨过的黑色石块制成的。短刀手柄上缠着纤细的铁链。这是某种战利品吗？

安柴斯无暇思索，进入实战，用最基础的近身格斗技巧抵挡对方的刀刃。他半仰上身迎向怀言者，挥出左掌从那猛刺而来的短刃后方穿过，将敌人的右腕与前臂扭开。同时，他抬起右臂，拦在对手的面部和胸膛前方。

这是超人之间的战斗。关键在于体形和速度，以及对于强悍力量与迅捷反应的良好运用。安柴斯的迅猛格挡击中了那个怀言者的脸，对方的短刃也被扭向一旁。然而怀言者十分强壮，而且心怀暴怒杀意。他回转刀刃，刺向安柴斯的躯干侧面和左臂。安柴斯用先前进行格挡的右臂猛然出击，挥动铁拳打在了敌人因颈甲受损而暴露在外的喉咙上。怀言者的咽喉在凶狠冲击下顿时粉碎。他骤然双眼暴突，鲜血从嘴巴和鼻孔中流淌出来。他狂暴地再次反击，用刀刃刺中安柴斯的右臂，穿透了盔甲和血肉，直抵骨骼。

安柴斯乘胜追击。他向对方的喉咙挥出第二拳，紧接着又第三拳打在他扭曲变形的下颚上。

怀言者的头颅甩向后面。安柴斯察觉到一声尖锐的碎裂响动。为求保险，他又打了一拳。敌人瘫倒在地，他将那把短刃从自己手臂上拔出来，打算做个了结。

他握住刀柄的手掌一阵麻痒。他前臂的伤口脉动不已。

他霎时间僵立在原地。

他的脑海里像是开启了一扇大门。虽然周围的森林陷入了火海，但一切都感觉寒气逼人。一抹冷冽的蓝色光辉四下笼罩。有什么物体在缓缓脉动。安柴斯能听见一股低沉的亘古心跳。他能闻到神经毒素和酸性分子的味道。虽然他看不到什么，却能察觉到某种庞大而漆黑的物体在缓缓盘卷，它身披滑腻鳞甲，外面还包裹着一层厚厚的黏液。他能感觉到那个可怕存在逐渐伸展躯体，从远比时间更为古老的深渊中现身，穿过古老长夜的幽暗与星系之间的虚无，径直扑向这片火光冲天的森林，径直扑向他。

它能闻到他，它能品尝到他的痛苦，它能听见他的思绪。

越来越近。越来越近。越来越近。

安柴斯大喊一声，将黑曜石匕首抛向旁边。他脑海中的那扇大门轰然关闭。

他气喘吁吁，颤抖不已。他前臂的伤口血流不止。

他明白自己需要通信器。他们究竟有没有停下脚步的时间或机会都不重要了。他需要通信器。

如果还有其他人，如果还有人能听见，他们就需要知道他的经历。他们需要明白。

他们需要明白自己即将面对的是什么。

【计时：11.16.39】

开启，关闭。

开启，关闭。

开启。

维持启动状态。维持。清醒。

动弹不得，目不可见。无助。他失去意识太久了，已经对当前的时间毫无概念。

他知晓了恐惧。

他是泰利梅克汝斯。

他学到了很多东西，其中一点便是控制自己的愤怒，在需要时再令其爆发。或许此时此刻就需要了。

他不再压制怒火，以此取代那令人厌憎的恐惧。

他进行分析，扫描，判断。

他的判断如下：他依然处在自己的铁箱内部，休眠系统被关闭了。不对，是系统遭到了干扰。源于一个通信信号，一个加密通信信号。

一个加密通信信号触发了铁箱支持系统的自动反应，由此唤醒了他。

他的铁箱受损了。泰利梅克汝斯不认为自己能够脱身。他发出呼唤，但周围并没有能够为他提供建议或帮助的神圣无畏。

周围谁都没有。

他将无所畏惧。

内置计时器表明，他仅仅休眠了约十一个小时。外部传感器都损坏了。他什么也看不到。他无法打开铁箱，没有思维空间，没有数据输入。

只有那个将他唤醒的通信信号。他紧紧抓住它，尝试进行解密。

各个惯性定位器表明，他目前是静止的。它们记录了十一个小时前的一次极端位移，随后出现的剧烈动能冲击则超出了测量范围。他对此毫无印象。他一定是在那发生之前就进入了静滞休眠。

动作感应器亮了。

附近有什么物体。正在向他的铁箱移动。

是敌是友？他没有任何数据，没有任何判断依据。他无法锁定目标，铁箱将他困住了。他被锁在这个箱子里，甚至无法用武器开火。

是敌是友？

某种物体击中铁箱的外壳，将夹钳斩断了。舱门被拽开。

"你还活着吗？"一个声音问道。

泰利梅克汝斯突然接收到了视觉信号，是光亮。他能感觉到空气拂过自己的皮肤，虽然他没有皮肤。

声音源自一个站在光亮之中的剪影。

"请回应。"那个声音又说，"你可以行动吗，朋友？"

泰利梅克汝斯试图回应，但他说不出话来。只有一阵嗡嗡声，一阵低鸣，一声嘶哑的叹息。他启动自己的机械躯体，将能量导入四肢，摆脱静滞休眠所带来的麻木感，向前迈出脚步。

他笨拙地从铁箱里爬了出来。那个身影退后几步，给他让出空间。

他迈出铁箱，将落脚处的碎石与玻璃碾成粉末。他感觉到阳光照耀着自己的面孔，虽然他没有面孔。他舒展开个复存在的脊梁，活动着记忆中的臂膀。

他的武器系统激活了，能量耦合逐一亮起，弹药供给全部上线。泰利梅克汝斯俯视着那个将他解救出来的身影。

"谢谢……你……大人。"他费力地说。

"你认识我？"那个战士问道。

"是的，英杰。我……识别出了……你的语音……模式。"

艾科斯·拉米亚德点点头。

"那很好。我的脸已经不像往日那样好认了。"

泰利梅克汝斯调整他的视觉信号，集中在伟大的英杰身上。拉米亚德的面部细节与泰利梅克汝斯记忆库中的数据版本并不对应。

拉米亚德的华贵金甲上布满了凹坑和焦痕，那块著名的陶瓷面具已经四分五裂，左眼的精密机械结构完全损毁。

他左臂手肘以下的部分踪影全无，只剩下扭曲的盔甲残骸、撕裂的纤维缆线、断折的陶钢骨骼，以及破损的人造肌肉。拉米亚德用右手拄着自己的阔剑，仿佛那是一根拐杖。

"你……受伤……了。勇士大人。"

"没有什么不能修复的。"拉米亚德回答，"或许，除了我的心之外。"

"你……遭受……了……心脏损伤？哪根……血管？"

"不，朋友。我只是打个比方。你明白今天发生了什么吗？"

"不。我……在……哪里？"

拉米亚德转过身，指向远方。泰利梅克汝斯调整视觉系统，开始进行大范围扫描。这是一片荒漠，漆黑的天际点缀着一团团热斑。一块距离较近的热斑代表某座正在燃烧的大型建筑。在远处，还有更大的热斑可以被检测到。荒漠中布满了残骸，其中有很多是军团物品，大部分似乎都因撞击而受损了。泰利梅克汝斯环视四周，他自己的铁箱略微扭曲地半埋在一个撞击坑里。附近散落着储物箱和装备盒，还有另外两个铁箱。

　　泰利梅克汝斯搜寻着思维空间，但一无所获。他无法得出任何精确的全球定位结果。

　　"你是从一个低层轨道设施里坠落下来的。"拉米亚德说道，"你的两位同胞一同坠落，但他们的铁箱已经受损，因此未能生还。"

　　泰利梅克汝斯将视线停留在附近那两个半开的铁箱上。

　　"喔。"他说。

　　"你叫什么名字，朋友？"拉米亚德问。

　　"盖布瑞尔。不。那……不是……我叫……泰利梅克汝斯，大人。"

　　"泰利梅克汝斯，我们遭到了最为卑劣而懦弱的袭击。第十七军团背叛了我们。他们屠杀了我们，击垮了舰队和轨道设施，践踏了考斯的大片疆域。我们已经濒临溃败，我们已经濒临死亡。"

　　"我曾经直面死亡，大人。你我都曾经直面死亡。它距离我们一步之遥，但是……并未……将我们……夺走。"

　　拉米亚德认真聆听，缓缓点头。

　　"我没有从这个角度去想过。你资历尚浅，泰利梅克汝斯，但你已经展现出了神圣无畏所具备的智慧。技术神甫将这项荣誉托付给你，可是选对人了。"

　　"据我……所知……那是……因为我……的体质适合，大人。"

　　"想必如此。而且并不仅仅是体质。在巴索尔的战斗结束之后，我差一点就要成为你的同胞。但康诺的机械神教为我赋予了一个不那么显眼的再造之躯。然而却不如你这般牢固。"

　　拉米亚德低头扫了一眼他的破碎断臂。

　　"今天，你的无畏装甲让你毫发无伤。"

　　"如果没有你，大人，我甚至……无法……从我的……铁箱……里……出来。"

　　拉米亚德笑了笑。

　　"请……将全部……战术信息……输入给我。"泰利梅克汝斯说道。

　　"我之前在那边。"拉米亚德说着指向不远处那片燃烧的大型建筑，"寰博馆，那本该是我们的未来博物馆，泰利梅克汝斯。轨道轰炸带来的残骸雨覆盖了整片区域。大型残骸，它们像流星暴一样击中了这里。"

"我……就是……其中之一。"

拉米亚德点点头。

"一艘战舰在那边坠毁，"他继续说道，"而在那个方向，一块轨道平台像失控的核弹般引发了爆炸。寰博馆被直接击中，没有任何防护。我受伤了。在场的大部分人员都在冲击创伤、震荡波和随后的大火中遇难。"

"那边是努米纳斯城。"他指着另一个方向说。

泰利梅克汝斯扫描到了一个庞大的热源。他比对记忆中城市与寰博馆的位置，从而计算出他与两者的相对距离，误差在二百米之内。

"没有……任何……数据，"泰利梅克汝斯说，"没有……任何……中央……指挥。"

"的确没有。"

"你是否……建立了……理论可能，大人？"

"我在尝试集结我能够挽救的任何兵力，"拉米亚德说道，"之后我打算向那些犯下诸般暴行的叛徒开战。"

"你的……部队……现今……有多少……兵力，大人？"

"有你，还有我，泰利梅克汝斯。"

"为什么？"

"什么为什么？"拉米亚德问。

"我们的兄弟。为什么……背……叛……我们？"

"我完全无法理解，朋友。我几乎不敢知道答案。我担心那个答案会让我们的未来再度陷入火海。兄弟阋墙相残，军团彼此为敌。内战，泰利梅克汝斯。这是帝国从未预料到的灾难。"

"我们将……无所……畏惧，大人。"

拉米亚德再次点头。

"我……听凭……你的……吩咐，大人。"

"那座城市，"拉米亚德说，"努米纳斯城。如果我们要选择一块杀戮场的话，就是那里了。敌人必定在那里。"

"是的。"

拉米亚德转过身。

"那个……通信信号呢，大人？"

"什么通信信号？"

"那个……加密的……信号。"

"我的通信器坏了，泰利梅克汝斯。告诉我，你所说的信号是什么？还有人在吗？有人在说话吗？"

【计时：11.40.02】

那扇足有两个军团战士高的安全舱门在一阵嘶鸣中开启，收回到覆有装甲的门框中。内部防爆帘随之依次升起，如同接连眨动的眼睑。

马库拉格之耀号的辅助舰桥展现在众人面前。从舱门右侧开始，直到整个房间，诸多控制台和工作站逐一启动，开始运行自动激活程序。辅助指挥中心拥有相互重叠的多层控制体系。它暂时未受废代码的侵染。仅由最高层人员所掌管的密钥可以启动辅助指挥中心，使其与旗舰的主控系统重新连接，全面净化并改写指挥密令，并且在必要的情况下接管战舰的控制权。

泽多夫舰长有一把密钥，但他死了。基里曼也有一把，但他失踪了。

马瑞乌斯·盖奇有第三把密钥。

他看着侯米德舰长，以及在旗舰底舱的战斗中获救的两位贤者。侯米德伤痕累累，他的制服因为浸透了旁人的鲜血而变得僵硬。他的战舰神圣萨拉曼斯号已经覆灭，他本人之所以侥幸生还，只是因为他在昏迷中被副官塞进了逃生舱。他其实更愿意与那艘古老而光荣的战舰共赴黄泉。

此刻侯米德临危受命，他很清楚这项职责出乎意料但至关重要。必须有一位能力出众且经验丰富的舰长替代泽多夫站在马库拉格之耀号的舰桥上。

"准备好了？"盖奇问道。他的话语里没有留下"是否"的余地。他甚至丝毫不去设想侯米德会推辞指挥权的理论可能。奥特拉玛舰队濒临灭亡。各个单位散落在考斯近地空间，被满腔杀意的第十七军团战舰大肆追猎，被不可阻挡的武器阵列轻易摧毁。必须做些什么。或许为时已晚，但至少要尝试做些什么。

"我准备好了，战团长。"侯米德答道。

在侯米德、两位贤者，还有一群舰桥军官及机仆的簇拥下，盖奇穿过房间来到主控制台前方，将最后一把密钥插了进去。按照要求，他通过基因检测与视网膜扫描表明了身份，之后用语音和信息素加以验证。侯米德随即迈上前来，让系统记录、验证和保存他的生物信息。

"指挥权归你了，舰长。"一名贤者说道。

"我荣幸地接受指挥权。"侯米德回答，"开始对主控系统进行净化和改写。倒数三、二、一。"

"净化开始，舰长。"

"准备接管程序。"侯米德说。他自信陡升，走到战略台前，或者说他至少不想让自己显得像个蠢货。他一边前行一边指点两侧，示意手下军官各就各位。众人匆忙响应，进入各自岗位，众多技师与机仆则纷纷接入系统。

"全员就位。"侯米德说道，"全体人员，全体人员。我将在三分钟后进行接管，我希望所有人在系统上线的那一刻就着手收集和提交尽可能多的数据。引擎、护盾、武器和扫描阵列拥有优先权。"

"战略平台的外部战术评估要在重启后两分钟之内拿出来。"盖奇补充道。

"让他下命令，"安皮恩对盖奇嘶声说，"侯米德明白他在干什么。他要知道指挥权确实属于他。"

"而我需要知道战场是个什么样子。"盖奇说。他没有说出口的是，我需要知道基里曼是否还奇迹般地活着。

希尔和突击队站在门口观望，同时防范潜在攻击。怀言者很有可能已经登上了旗舰。即便侯米德掌握了指挥权，事实上战舰还并不属于他们。希尔迫切地想要率领队伍前往那些主气密舱门和机库甲板。

换作是他的话，这些位置就会成为他展开跳帮的突击目标。

"接管完成。"一位技师宣布。

"辅助舰桥已经上线。"一名舰桥军官高声说。

"我获得了控制权。"侯米德确认。

刚刚上任的通信官几乎瞬间就大喊起来。

"有信号！"他高呼道，"来自地表的加密信号！"

"地表？"安皮恩惊诧地说，"但是——"

盖奇迈上前来。他向通信官点点头，示意启用完全加密，接着拿起话筒。

"我是马瑞乌斯·盖奇。"他说道，"谁在代表考斯讲话？"

9

【计时：12.00.00】

"第四连的文坦努斯。"文坦努斯说道,"请稍等,我们需要验证你的职权密令和身份。"

文坦努斯放下话筒静静等待,直到塞拉米卡传达了伺服师的确认信息。

"我是文坦努斯。"他说,"听到你的声音真好,战团长。"

"我也一样,文坦努斯。"对方的回话伴随一阵噪声传来,他的语音被信号加密所扭曲,"就在刚才我们还是一无所知。我们以为地表已经彻底覆灭了。"

"目前还没有,长官。"文坦努斯回答,"但我必须承认,情况很糟。我们伤亡惨重。从攻击展开至今,我们一直在尝试恢复通信网络并重新获取信息。在之后的几分钟里,我会开始向你传输星球地表幸存部队的当前状态和具体位置的数据。我们这里有一位机械神教伺服师,她在为我们进行数据处理。"

"文坦努斯,你们能否修复武器阵列?"盖奇的通信器噼啪作响,"伺服师能否做到?敌人控制了武器阵列,并且正在利用它摧毁舰队。在这样的条件下,我们不可能取得战果。"

"稍等,"文坦努斯回应道,"据我所知,这台数据引擎的计算能力不足,但伺服师正在研究这个问题。我现在要和她讨论一下。数据应该已经开始向你传输了。塞丹斯上尉会保持连线,以备后续语音联络。"

"盖奇,明白。"

文坦努斯将话筒交给塞丹斯,随后和塞拉米卡一起走回数据房间。陶伦脸上有种安宁而死寂的表情,仿佛她的躯体只是一具空壳,仿佛她的思维已经遁入了心灵国度的深渊,将凡尘琐事抛在身后。

"我们已经与六十七支幸存部队建立了通信联络,"塞拉米卡告诉他,"包括北埃汝德的两个战争机械编队、靠近里斯科湾的一个装甲连,以及加耐德第十四重型步兵团,他们在位于塞拉托省的一组地堡中避难,几乎毫发无损。"

"继续收集信息。原体会定夺主动出击的实战可能。"

"代表旗舰回话的是战团长,"塞拉米卡指出,"而非你的原体。你们有没有讨论轨道上的损失情况?"

"你是什么意思?"

"轨道上的损失显然极为惨烈,随着武器阵列继续展开猎杀,伤亡数字随时都在攀升。你的原体还活着吗？是否还存在主动出击的实战可能？"

文坦努斯瞪着她。

"我能和伺服师谈谈吗？"他问道。

"她在进行深度交互。"

"我明白她在全力工作，但我需要和她谈谈。"

塞拉米卡点点头，发送出一个柔和的二进制信号。

陶伦睁开了双眼。

"连长。"她点头示意，一个不易察觉的承载信号掺杂在她的语音中，轻轻颤抖着滴答作响。

"我们的首要目标是武器阵列，伺服师。你有什么进展吗？"

"我可以确认的是，"她冷静地回答，"这台数据引擎不具备夺取武器阵列控制权的能力，它也无法在控制权易手之后承担武器阵列的正常运作。它不够强大。"

"有其他方案吗？"

"我正在探索，"她答道，"目前还没有在考斯地表发现任何一台正常运转的数据引擎既具备相应能力，又尚未遭到敌方废代码的侵染。如果你需要一个明确的答案，那么就要等我完成最后的检索。"

"那要多久？"文坦努斯问道。

"我不知道，连长。"她回答。

文坦努斯听到脚步声从身后传来，他转过头去。

塞拉顿站在门口。

"你最好来一下，长官。"他说道。

文坦努斯点点头。

"一旦你获取了答案，就立刻通知我。"他对陶伦说道，随后离开了。

陶伦回到了数据的海洋里。她的安宁表象是刻意训练后的结果。一位伺服师在保持冷静的时候可以处理体量更为庞大的信息。而事实上，她正在与内心的紧迫感交战。

数据引擎的上线运行让她对当前情况一览无余。至少，她对当下局势的整体理解仅次于敌人。她能看到那些真正恐怖的损失：阵亡者数量、第十三军团承受的剧创、燃烧的城市、惨遭屠杀的平民、化作焦土的大地，以及被敌人系统性毁灭的舰队。在任何其他情况下，考斯都会被认定为彻底灭亡，这场战争则会是全面溃败。

极限战士那标志性的坚定意志是促使他们继续奋战的唯一因素：他们以无畏决心去建立新的实战可能，他们凭借不屈意志在压倒性劣势面前依旧进行迂回反击。

然而，目前的劣势远不只是压倒性的。陶伦能够看到。她拥有实时的全球数据总览，她目睹了幸存的忠诚派部队遭到围追堵截，在强敌环伺之下孤军奋战，逐步踏入坟墓。他们过于分散而孤立。敌人在各个方面都具有显著优势。

这是灭绝。武器阵列或许能够力挽狂澜，但那是他们力不能及的。

这是灭绝，这是考斯的覆亡，这是第十三军团的终结。

【计时：12.07.21】

"我觉得你有必要来看一眼。"塞拉顿说。他带着文坦努斯走到了宫殿外面一片弹坑密布的草坪上。

"一个囚犯？"文坦努斯狐疑地问道。

大部分敌人都在第四连摧枯拉朽的迅猛攻势面前四散奔逃。也有不少人负隅顽抗，死战到底。而这个家伙却甘愿被俘。

他站在草坪上，旁边是破碎的喷泉，周围有四名极限战士严加看守。

文坦努斯让塞拉顿返回岗位，接着走到怀言者面前。那个战士的盔甲上满是血迹和凹坑。他的面孔也涂抹了一片猩红。他看着文坦努斯，像是在微笑。

"名字。"文坦努斯说。

"莫泊·克希尔。"那个怀言者答道。

其中一名极限战士卫兵向文坦努斯出示了怀言者被俘时持有的武器。有一把破损的爆矢枪，还有一支用黑色金属制成的大号匕首，握柄上缠着纤细的铁链。这匕首令人十分好奇。它看起来更具仪式性用途——与其说是作战武器，倒不如说是地位的象征。

"你是最高阶的军官吗？"文坦努斯问道。

"我是指挥官。"克希尔承认。

"有什么理由让我留你一条狗命吗，畜生？"文坦努斯问。

"你们依旧遵循一种信条、你们的帝国真理、你们的荣誉准则、你们的道德标尺。"

"而这些全都被你们忘却了。"

"这些全都被我们唾弃了。"克希尔加以纠正。

"就因为之前的积怨？"文坦努斯问道。

克希尔笑了起来。

"真是标志性的自负！真是奥特拉玛人的思维定式。我们今天的确发泄了对你们的厌恶。但这并不是我们攻击考斯的真正原因。"

"那究竟是为什么？"文坦努斯问。

"银河已经陷入战火。"克希尔回答，"这是一场针对伪帝发动的战争。我们追随荷鲁斯。"

文坦努斯没有回答。这完全讲不通，然而今天已经发生了种种匪夷所思的事件，一切看似毫无逻辑的说法都要以此作为参照。他又看了一眼那把仪式匕首。它分外丑恶，它的形状和样式都让他感到局促不安。他相信那些兄弟会教徒也持有类似的武器。文坦努斯将匕首收在腰带上，他打算交给伺服师检查一下。或许数据引擎能够提供一些有用的信息。

"你说银河陷入了战火？"他问道。

"是的。"

"这是一场内战？"

"这是独一无二的内战。"克希尔重复道，他仿佛对此颇为自豪。

"战帅荷鲁斯背叛了帝皇？"

克希尔点点头。

"消息还没传过来，"他轻描淡写地回答，"你们很快就会听说的。但你们几个并不会，你们这些人不会，第十三军团都不会。接受现实吧，你们时日不多了。"

"如果你自愿被俘只是为了来威胁我们，"苏鲁斯走到他们身边说道，"那么你真是太愚蠢了。"

"我不是来威胁你们的，"克希尔说，"我甘愿赴死，但我作为指挥官拥有一项职责。我要来和你们谈判。"

苏鲁斯拔出剑。

"容我让这个叛徒闭嘴。"他说道。

"等等。"文坦努斯回答。他看着那个怀言者。克希尔的神情显得轻蔑而自信。

"他知道我们不会伤害一名囚犯,苏鲁斯。"文坦努斯说,"他借此嘲讽我们,他嘲讽我们的信条和原则,他讥笑我们的人道主义精神。如果他只会这招,那就随他便吧。"

苏鲁斯低吼一声。

"说真的,苏鲁斯,"文坦努斯说,"他认为这是一种侮辱?我们拥有道德准则而他没有?"

克希尔直视文坦努斯的双眼。

"你们对道德的坚守令人钦佩,连长。"他说道,"请不要误解我。我们第十七军团钦佩你们,向来如此。尊贵的极限战士身上有很多值得钦佩的地方,你们的决心、你们的责任感,尤其是你们的忠诚。我的这番评论并非讥讽之言,连长。我非常诚恳。但你们所代表的事物在我们看来是秽恶可憎的,因此我们奋起反抗。在将其颠覆灭绝之前,我们是不会善罢甘休的。纵然如此,你们在为之战斗时所表现出的坚定意志仍旧让我们感到钦佩。"

克希尔的目光在文坦努斯和苏鲁斯之间游移。

"你们身上的一切都是我们求之不得的。"他说道,"但现在我们已经看清了真理,原初真理。所以我们幡然醒悟,你们身上的一切都是我们避之不及的。"

"他的胡言乱语让我厌倦了。"苏鲁斯对文坦努斯说。

"造就你们的是荣誉和理性,"克希尔说道,"你们能够理解何谓妥协。这就是为什么我没有慷慨赴死,而是甘愿经历这番羞辱。我是来与你们谈条件的。"

"你有一分钟时间。"文坦努斯说。

"我未能攻克这里并摧毁你们,"克希尔开口道,"因此,我辜负了我的指挥官。莱普提斯努米纳斯已经被认定为首要目标。你明白我在说什么吗,连长?你们虽然击败了我的部队,但无法阻挡其他人的脚步。就在我被俘的时候,福德拉·费尔指挥官已经率部向莱普提斯进军了。他们即刻就到。费尔会碾碎你们。你们只是勉强击退了我的部队。他手下的兵力有二十倍于此,而且造就他的并不是荣誉,连长,至少不是你心目中的那种荣誉。现在就投降吧,向我投降,我会为你们担保。你还有你这里的部队,都能活下去。"

"活下去为了什么？"苏鲁斯问，"在这种条件下讨来的一条命还不如不要。"

克希尔点点头。

"我理解。这是我意料之中的。我们之间已经不可能和解了。我们结下了太深的血仇。"

"那么你究竟有何预期？"文坦努斯问道，"你指望我们投降吗？你指望我们投靠你，投靠第十七军团——如果你说的是实话——投靠荷鲁斯？对抗泰拉？"

"当然不是。"克希尔回答，"或许我期望的是你们至少能够聆听我们的真理。那与你想象中截然不同，连长。那很美。你会重新认识银河，你的视角会彻底转变，你会对自己此前的思维方式感到惊诧，你会对过往观念体系的建立和维持感到惊诧。"

"克希尔，"文坦努斯说道，"我聆听了你的谈判条件，也听到了你的劝降要求。我正式拒绝两者。"

"但你们会死的。"克希尔说。

"人固有一死。"文坦努斯说着转身离开。

"这不是个光彩的死法，"克希尔在他背后喊道，"毫无荣耀可言。这将是一个悲哀而凄惨的结局。"

"就算是充满荣耀的死亡也照样凄惨。"文坦努斯回答。

"费尔会让你们受尽苦难！他会用超乎想象的方式让你们受尽苦难！他会把你们的血肉碾到泥土里！"

"别理他。"文坦努斯对苏鲁斯说。

"就像你们的原体受尽苦难一样！"克希尔大喊，"我们会让你们遍体鳞伤失血而亡，正如他被千刀万剐！最终他乞求死亡。乞求，像个懦夫一样低声下气！他哭个不停！他哀求我们让他死，结束他的痛苦！我们放声大笑，朝他的心脏吐口水，因为我们知道他害怕了。"

文坦努斯没能及时阻拦。苏鲁斯身如电闪，把克希尔的躯体一剑切开。

鲜血从怀言者全身泼洒出来。他的躯干缓缓摇摆，黑血沿着双腿滴落，沿着剑刃流淌到苏鲁斯的手臂上。克希尔口中也喷着鲜血。他嘴巴半张。文坦努斯能看到锐利的剑锋嵌在两颗牙齿之间。

克希尔在大笑。

他含混地说了什么，但话语被鲜血淹没，喉咙被剑刃封住。

文坦努斯推开苏鲁斯，握住剑柄，准备将利刃拔出来，给怀言者一个干净利落的解脱。

"终于，"克希尔咕哝道，"我一直在……在想怎……怎样才能……我就知道你们之中总……总该有一个人有胆量……"

文坦努斯还没来得及拔出剑，对方就已经跪倒。鲜血汇聚在他身边的干燥土地上，像一面紫色的镜子般逐渐扩展。那四名极限战士卫兵不悦地默默退后了几步。苏鲁斯盯着这幅场景，暗暗咒骂自己没能控制住怒火。

还有另外一些声音。

克希尔在大笑。那笑声让一股股鲜血如潮水般涌出喉咙。血液很浓稠，里面有凝固的血块，还有被撕裂的组织。那汩汩笑声就像是来自严重堵塞的排水管道。

文坦努斯、苏鲁斯，还有那四名卫兵都惊愕莫名地纷纷退却，鲜血泼溅在他们身上。克希尔的脊椎像钙化的树干一样伸展开来，生长出像是由手臂骨骼所组成的诡异枝杈。他的肋骨如双翼般张开，他的内脏脉动着变形增生，将组织和皮肉涂抹在那副彻底重塑的骨架上。

克希尔成了一个容器。无论藏匿在他体内的究竟是什么，无论在他躯干中生根发芽的究竟是什么，其庞大体形都远远超过了这具渺小凡躯所能承受的限度。

急速成长的肢体覆盖了一层乌黑的鳞片。它们生出鬃毛和尖刺。它们拉伸成巨型蜘蛛腿足的模样。诸多蝎尾从无遮无拦的肋骨间探出来，像属于梦魇的花环般扭动抽搐。湿滑闪亮的毒针恰似一柄柄尖刀。

克希尔长出了一颗新的头颅，他从蜷缩姿势中慢慢伸展躯体。口器颤动不已。巨大的复眼闪烁着多彩的光芒。修长的尖角从额头浮现，恍若古希腊传说中那邪魔的高耸牛角。

克希尔还在大笑，但那已经不再是克希尔了。

半空中蝇群翻飞，就像一团嗡嗡作响的尘云。

"萨姆斯，"克希尔笑道，"萨姆斯来了！"

乌什库尔 // 苏

在任何一场战斗的尾声，或是在决定性打击已经完成之后的任意时间点，认清损失都是必不可少的。这往往是各位战士毕生所学之中最困难的一堂课。它鲜有付诸纸端，也缺乏对其的关注和重视。对于战败与否的准确判断是重要的。这与夺取胜利同样关键。一旦通过理论评估判断己方已经落败，就应当尽快认定当前能够达成的最佳实战结果。举例而言，可以选择撤退，尽量保存兵力和物资，以免白白浪费；可以选择投降，以求在囹圄之中有所作为；可以选择顽抗，用最后的作战力量对胜利方施加最大限度的惩罚性伤害，从而助后人一臂之力；可以选择死亡。与大破敌军时的表现相比，对待失败的态度才能更加真实地体现出战士的品性。

——基里曼《军事法典初稿 26.16.xxxv》

1

【计时：12.17.46】

"谁是……萨姆斯？"通信官问道。紧接着，他就匆忙扯下了耳机。

"汇报！"盖奇厉声说。

"突发的持续性干扰，长官。"通信官手法灵巧地操作控制面板，尝试重建连接，"干扰模式。听起来类似于强烈风暴所引发的信号扰动，就好像莱普提斯努米纳斯地区突然遭遇了恶劣天气。"

"失去通信了吗？"盖奇问道。

"与莱普提斯努米纳斯的通信暂时中断。"通信官回答。

"但是数据连线依旧活跃，"旁边一个工作台上的贤者说道，"宫殿的数据引擎还在继续处理并递交信息。"

"恢复连线。"盖奇对通信官说。

盖奇穿过战略室走到侯米德身旁，舰长正在与几位军官一同审视迅速成形的战术概况。考斯及其近地空间都体现在了这幅三维全息投影里。

它讲述着一个分外苦涩的故事。

基本上所有轨道船坞都已经覆灭，或是严重受损以至无法修复，日后只能彻底拆除重建。第十七军团舰队组成了若干突击阵形，对考斯南半球展开轰炸。敌方舰队其余部分则牢牢占据着轨道优势位置。

奥特拉玛舰队已经七零八落，仅剩大约两成。那些幸存的战舰或是朝恒星远端方向仓皇撤退，极力摆脱追击并躲避武器阵列的压倒性火力，或是像马库拉格之耀号一样无助地飘浮在高层轨道上。

几乎已经没有反击的资本了。他们完了，结束了。怀言者只需要将最后一些殊死抵抗的第十三军团战舰猎杀殆尽就大功告成了。

对于武器阵列而言，这堪称易如反掌。它已经摧毁了一个当地铸造世界、一颗拥有攻击能力的卫星、星系孟德维尔点附近的一座空间堡垒，以及若干艘主力战舰。

"扫描仪器正常运转，"舰长说道，"动力在逐渐恢复。我预计十五分钟之内就足以支持武器或引擎，但无法兼顾二者。"

"护盾呢？"盖奇问。

"以我所见，武器或引擎拥有更高的优先级。"

盖奇点点头。这个理论可能颇有道理。三艘怀言者巡洋舰几乎是停泊在了旗舰身上。只要它们保持如此之近的距离，武器阵列就不会向马库拉格之耀号开火。那些巡洋舰也不会开火，否则它们早就动手了。它们贴近过来是为了发动跳帮。

敌人想要完好地捕获旗舰。

盖奇如今看清了局面。他之前还不明白，为何极限战士舰队中很多最为庞大而强悍的主力战舰都得以幸存。掌握着武器阵列的敌人总该明白应当首先剿灭最显著的威胁吧？

那些逃过一劫的战舰都和马库拉格之耀号同样无助。一旦它们摆脱废代码和电磁脉冲的影响，一旦它们展开移动或升起护盾，武器阵列便立刻将其摧毁。

怀言者打算尽可能多地俘获军团主力战舰，增强自己的舰队实力，他们想要强化手中的作战火力。

他们图谋利用极限战士的战舰来对抗帝国。

洛加最后都说了些什么胡言乱语？荷鲁斯发动反叛？帝国爆发内战？他已经彻底发疯了，况且那并非洛加本人。那是某种异形的诡谲勾当。那是天界能量突破屏障的怪异结果。

盖奇知道他在自欺欺人。今天所发生的一切已经重塑了整个银河，就算是最为疯狂的理论可能也望尘莫及。他希望自己不要苟活在那天翻地覆的世界里。

无论他的余生还有多少时光，他都不会允许奥特拉玛的战舰落入叛徒手中。

他转向安皮恩。

"你的小队准备就绪了吗？"

"是的。"安皮恩说。

"行动。"盖奇命令道，"击退登舰者。搜捕他们，把他们从旗舰上赶走。"

【计时：12.20.59】

欧尔·佩松让大家等着。

烟雾遮盖了河流，遮盖了码头，遮盖了栈桥。两艘货船在河口燃烧，金黄火舌在厚重的雾气中跃动。整个世界仿佛都变成了气态。

他让大家等着：格拉福特、宰比斯、两名士兵，还有那个沉默的女孩。他们藏身在一座俯瞰河岸的船员宿舍里。他们都带着武器，除了格拉福特和那个女孩之外。她还是没有说过一句话，也没有与任何人对视过。

欧尔把枪背到身后，躲在一间装货的小棚子后面。过去，他常常到耐瑞德口岸的集市来。虽然河口的空间大多被工业设施占据了，但也常常有新鲜的海产抵达这里。数百艘小船挤在大型运输船之间，漂荡于诸多码头和堤岸旁。

现在这里一片狼藉。不止一道滔天巨浪将渔船卷入街巷，把它们抛向房屋和工厂，砸得粉身碎骨。路面上覆盖着一层垃圾和残骸。积水的情况更糟，那就像褐色的油脂，其中漂浮着尸体。足有数千具尸体堵塞了口岸，堆积在栈桥下，像遭到遗弃的废品般被涌动的潮水聚集起来。

这地方充满了死亡的气味，被污水浸透的死亡。

欧尔坐下来，打开他的工具包。他拿起了从卧室里抢救出来的几样物件，摊在一个破旧的包装箱上整理清楚。

有个小铁盒,盛放粗制烟叶的铁盒。他很久没抽过烟了,但之前几个不同时期的他是会抽烟的。他打开铁盒,闻到了累积多年的烟草味,之后把里面的东西倒在手里。他把那个小布包翻开。

和他记忆中一模一样,里面有一个银制罗盘针和一枚黑玉钟摆。好吧,它们看起来像是白银和黑玉制成的,别人如果这样说的话他也不会去纠正。那块黑玉挂在一根纤细的银链上。他已经很多年没有用过这些物件了——欧尔怀疑大概超过一百年了——但银链末端那枚光滑的黑色球体依旧触感温暖。

罗盘被造成了人类头骨的样式,这是一件拇指大小的精美工艺品。颅骨略显修长,稍稍超过人类的标准比例,暗示着它并非以人类头骨作为设计模板。那颅骨实际上是个容器,可以沿着下颌的轮廓借助微型合页打开,显露出作为表盘的上颚。罗盘边缘的铭文极其微小而精细,需要借助钟表匠的放大镜才能看清楚。这个欧尔也有。

随着他挪动罗盘,那根黑金两色的指针轻快地转动起来。

他将罗盘放下来,朝向北方。他看着指针颤动不已。

欧尔从包里掏出一个小记事本,打开新的一页。老旧的笔迹已经填满了过半的页数。他把记事本附带的那支笔抽出来,拔掉笔帽,记下了日期和地点。

这总共花费了几分钟的时间。他提起银链,让钟摆悬在罗盘上方缓缓晃动。他将这个过程重复了几次,工工整整地记录下每一次钟摆晃动的角度与方向,以及罗盘指针颤动的方式。他计算出相应的方位,写了下来。接着他翻到记事本的最后一页,将一张折叠之后粘在封底的泛黄纸张铺展开来,开始研究上面的图表。这是两万两千年前在泰拉所完成的一份抄本,复制了那两万两千年前所书就的一幅图表。他昔日的笔迹与现今大不相同。图表上展示着一个带有基本方位的风向图。这是个付诸笔端的绝妙奥秘。欧尔思索着在考斯展开对决的两股势力,并意识到他们具有共通之处。他们对一件事的看法相同,那就是言语拥有力量,至少一些言语是这样的。信息带来胜利。

"Thrascias."他自言自语道。如他所料,他们需要一艘船。

他像之前一样小心翼翼地将这些物件收好,检查了一下枪,随后动身去找其他人。

贝尔·雷恩狐疑地看着那艘小船。

"赶快上来。"欧尔说。

那是一艘渔船，足够承载十几个人，它船体纤长，还有个带顶篷的船舱。

"我们要去哪儿？"宰比斯问。

"要离开这儿，"欧尔把一些箱子搬上船，"走得远远的。Thrascias."

"什么？"宰比斯问。

"西北偏北。"欧尔更正道。

"为什么？"雷恩问。

"因为我们必须往那边走。来帮我搬箱子。"

他们在那座船员宿舍里翻箱倒柜，找出了一些罐头和裹着锡纸的口粮包，还有医疗用品及其他种种有用的东西。克兰克和格拉福特拿着四个塑料桶到口岸的水箱去接饮用水了。

"我们要划船吗？"雷恩问。

"不，它有引擎，一台小型聚变引擎。但它会发出噪声，而有时候我们不能出声音，所以也得把船桨带上。"

"我可不想划。"雷恩说。

"我也没让你划，小子。我们有格拉福特呢。他不会嫌累。"

雷恩这个小伙子逐渐变得躁动不安。欧尔看得出来，他们全都很紧张。只有卡特是个例外，她坐在一根系船柱上，凝视着水中的尸体。口岸内陆的街道中传来枪声，还有坦克和猎犬的声响。

但欧尔知道那不是猎犬。

"去帮你朋友接水吧。"欧尔说道。他爬上船去检查电子器件并启动引擎。

雷恩沿着河滩朝水箱走去。狂风卷着黑烟扫过码头，他咳嗽起来。

他根本没在想奈芙，一点也没有。

然而她突然就出现了。就在他面前，仿佛是从烟雾中浮现的。

她面露微笑。在雷恩眼中她从未显得如此美丽。

"我一直在找你，贝尔。"她说道，"我以为再也见不到你了。"

雷恩说不出话。他张开双臂，眼含热泪地向她走去。

在水箱旁边的克兰克抬起头，他看见了站在道路远端的雷恩，他看见了对方正在做什么。

"贝尔！"克兰克尖吼道，"贝尔，不要！不要！"

他正准备冲过去，却突然被人挡住了路。有人来到了码头。有人从烟雾中现身。他们凶神恶煞，肮脏不堪，身穿黑衣。他们瘦骨嶙峋，仿佛营养不良。他们手里有枪，也有用黑色石块和锈蚀金属制成的短刀。

克兰克的枪就靠在水箱上。但他被迫步步退却，他没法拿到武器。

那些短刃兄弟会教徒嘲弄着他。

"杀了他。"克里欧·弗斯特命令道。

【计时：12.39.22】

六号杀戮小队身披密封战甲，冲出了86号气密舱门。希尔拥有指挥权。这项职责是安皮恩亲自交给他的，尽管战舰上幸存的数名连长都乐意接受这一殊荣。

四十支小队沿着马库拉格之耀号的舰身前行。四十支杀戮小队，各有三十名成员。他们配备了爆矢枪和近战武器。每支小队还有三名兄弟携带了磁性地雷。

希尔所属小队的出击位置在左舷主转向推进器后方。那个庞大而坚实的结构如同一座居住塔楼，分布在各个方位上的排气管道就足有一些殿堂拱顶般大小。

考斯悬挂在那些林立的管道上方，仿佛是阴森高塔背后的一轮明月。考斯看起来恍若古时的泰拉——绿色的大陆、蓝色的海洋、白色的云层。

然而，希尔能看到它如今遭受的重创。一片深棕色的螺旋形乌云覆盖了部分星球，其他区域则像是受到磕碰的水果般遍布瘀伤。大气层严重错位。在晨昏线一侧的弧形阴影中，南半球大陆点缀着明亮的橙红色光斑，如同炉箅上的炽热煤块。

战靴的电磁锁将他吸附在舰身表面。他快步前进，不断拓宽视野。他能清晰地展望考斯近地空间。他能看到那些被烈焰吞噬的轨道平台闪耀着狂野的能量。他能看到距离最近的那颗天然卫星已通体焦黑，弹坑累累。

希尔面前有很多战舰，成百上千。有些战舰熊熊燃烧，有些战舰缓缓飘荡，被洞穿、被处决、被撕碎、被毁灭；这是一片凋零四散的飞船残骸，一团死寂而闪亮的金属碎片。一束束能量在太空中闪现。

广袤银河之中，茫茫星海无动于衷地俯视着一切。

星光冷冽。仿佛这是一个明亮、透彻而又清冷的夜晚。韦瑞迪安星系那颗恒星的蓝白色光芒不受任何阻隔。所有阴影都显得鲜明而幽深。他周围不是灼目的光亮就是漆黑的影子。

军团战士训练有素，能够在绝对真空与失重的条件下作战。然而严格来说，目前的环境并非如此。旗舰提供着有限的引力，重力场发生器能够确保一层稀薄的空气——或者说大气层——依附在舰身外部，从而为开放式机库和泊位的运作提供便利。

然而，这里毕竟不分上下。旗舰左舷部分展露在希尔面前，如同一座巢都的天际线。这片繁杂结构上密布着管道和塔楼、排气口和拱门、高台和棱柱。一切事物都尺寸巨大。杀戮小队沿着舰身飞跃前行，仿佛是一群在都市屋檐上如履平地的杂技演员。

微弱的重力让他们具备了数倍于平日的力量，一步便可踏出十米之遥。尽管他们训练有素，对理论可能熟稔于心，但这个实战可能依旧让他们花费了些时间才掌握。很容易走得太远，冲得太猛，飞得太快。当他们遭遇到左舷冷却排气口之间的裂谷或是无底深渊般的甲板间开垛口时，杀戮小队的成员们就会短暂启动太空装甲所配备的推进装置，从而跨过这些由精金和钢铁构成的鸿沟。

怀言者巡洋舰自由的寇其斯号是一头身形宏伟的猩红猛兽，它像吸血的寄生虫般钳附在马库拉格之耀号左舷后部。两艘战舰夹缝中的空间一片漆黑，星光被彻底隔绝。

然而，在那片黑暗之中却闪现着点点光明。与小队同僚并肩前进的希尔辨认出了切割工具的火花和探照灯的光亮。随时准备突入舰身的怀言者小队正在手术式地切割旗舰装甲，打算将大型气密舱门连接过来，为他们的突击部队提供一条直接通道。

四号和八号杀戮小队按计划应该从其余出击位点抵达这里，合力对抗入侵者，但希尔没有看到他们的踪影。他该等多久？在希尔看来，敌军登舰的威胁已经被忽视太久了。

他瞥了一眼自己的副手安特罗斯。

他发出信号。

他们发动了攻势。

他们将推进装置开足马力，沿着一条宽阔而明亮的热交换通道迅速前进，从一座如吊桥般高大的能量耦合器下方穿过。他们的渺小阴影掠过舰身。

半数敌方目标站在旗舰本体上。另一半则站在与舰身垂直的停泊塔上。热熔工具正在对付舰身装甲。大型切割装置从巡洋舰的开放式货运舱门中探了出来。在希尔眼中，那艘巡洋舰位于上方，众多切割装置从头顶垂下来，不断噬咬着旗舰的皮肉。一蓬蓬白热火花在黑暗太空里四处飞溅。

希尔用爆矢枪开火，子弹带着喷灯般的颤抖尾迹蹿了出去，毫无声响。一个怀言者站在热交换口旁边放哨，但他面对着错误的方向，爆矢弹击中了他的胸甲。他的躯干被炸成了一个火球，弹片和鲜血朝四周迅速扩散。强大的冲击力让他全身抽搐着向后翻滚。希尔从那具不停旋转的尸体旁掠过，再次开火。他的第三发子弹射偏了，无声地在舰身表面凿出一个弹坑。他的第四发子弹带走了一个怀言者的面孔，在一丛烈焰与火花中将对方甩飞出去。

杀戮小队全体开火了，他们像一支发动轰炸的雷电战机编队般席卷目标区域，怀言者在爆矢弹的密集冲击下纷纷毙命。怀言者的尸体翻滚四散，其中一些分崩离析，云团状的血滴像水银一样泛起波纹。一个怀言者的尸首在重击下急速远离旗舰，很快就从视野里消失了。另一个敌人的推进装置受损失控，他带着一条火龙冲天而起，轰然撞在巡洋舰的舰身装甲上。

有四名怀言者在死去的时候都没来得及解除战靴的电磁锁，因此始终保持着站立姿势，只有双臂软垂下来，仿佛是一组雕像，或是挂着重物沉入海底的溺毙之人。

这片区域顿时充满了飞旋飘散的血团。它们撞在希尔身上，爆成更为细小的血珠，沿着他的盔甲滑动。在片刻间他的护目镜被完全覆盖，视线彻底被挡住了。

他急停步伐，启动逆向推进，终于脚踏实地。

他刚刚恢复视线就看到一个怀言者迎面冲来。双方都站在那座停泊塔的侧面，他们脚下的"地面"与舰身垂直。在低重力环境下，那个怀言者的动作倍显夸张，近乎可笑。他开火了，一枚爆矢弹从希尔身边划过。希尔展开反击。一串寂静而迅猛的子弹打断了敌人的右腿，将两侧肩甲撕成碎片。这致命冲击顿时明显改变了他的行进方向，让冲锋变成翻滚和旋转。他撞在推进器底座上，沿着另一个角度弹了出去。

希尔转过身。他以毫厘之差躲过了一柄从黑暗中袭来的动力斧。他用一发子弹干掉了那个敌人，将对方从阴影深处轰到光明之中。但另外两个对手接踵而来。他们握着切割工具——一把炽热的粒子炬和一把动力切割器——发动进攻。那两个怀言者动作缓慢地向他大步扑来。

希尔带上了那柄电磁长剑。他拔剑出鞘，同时将两颗子弹送给那个手持动力切割器的怀言者，在对方胸口扬起一片飞舞血珠。随后他前去迎战那把喷吐热能的粒子炬。

它能切开舰身装甲。它当然也能切开希尔。

希尔将掌中兵刃的长度与锐利运用到极致。他一剑斩断了粒子炬的整流罩，以及握着它的那只手臂。断臂的伤口涌出鲜血，破损的粒子炬则喷薄能量。那个怀言者立刻被笼罩在白热火团里，他踉跄后退，迅速焚化。希尔冒险朝敌人胸膛猛踢一脚。怀言者翻转着飘了出去，那噬身烈焰令人难以直视。脱缰的能量最终引爆了粒子炬的核心。静默无声的冲击波与灿烂夺目的光芒在舰身弧线的引导下沿着停泊塔向上方奔涌而去。这颗火球轰击在巡洋舰的装甲表面，朝四面八方蓬勃扩散，最终耗尽了全部怒气。

希尔被猛然震退。盔甲内置的传感器在转瞬间全部失效，他只能接收到一阵刺耳的噪声。

他试图锁定在舰身表面，重新站稳脚。

爆炸的光芒消散了。他快速评估战局，在可见范围之内，他失去了两名战士，但怀言者部队已经溃败。破碎的尸首四处飘荡，形态各异的颤抖血滴不计其数。然而，其余杀戮小队还是不见踪影。

希尔来到重型切割器附近。这些庞大机械比犀牛运兵车还要宽，它们借助巨型伺服臂从敌方巡洋舰内部伸展出来。希尔向博马如斯发出信号，他携带了磁性地雷。他们开始动手将地雷吸附在这些切割器上。希尔让博马如斯继续工作，自己向上行进，来到了位于伺服臂中段的控制平台。如果他能把这个东西收回到敌军战舰内部去……

流星雨一样的质爆弹向他倾泻而来。其中一些击中了平台和护栏，炸出了明亮的火花。这枪林弹雨无比凶残。在他下方，数名战士当即命丧黄泉。身披钴蓝盔甲的尸体与身披猩红盔甲的尸体一同飘荡开来。那些晶莹闪亮的颤抖血珠则有着相同的颜色。

他向上望去。

杀戮小队的突袭并非神不知鬼不觉。一支兵力可观的怀言者部队从巡洋舰的开放式货运舱门中现身。他们立刻发动了攻势,背后推进装置喷吐着火舌。

希尔和他的战士即将面对八倍于己的敌人。

【计时:12.40.22】

欧尔迈出小船站在码头上。他握着激光枪。

他用长满老茧的右手食指轻轻一拨,解除了枪械的保险,一眼都没看手里的武器。他直面前方,沿着码头望向远处的那些人。他神情严峻,皱纹显得更深了。他紧锁眉头的样子就像是在灼目阳光下眯着眼睛。

他没有犹豫。一步,两步,他开始小跑,接着大步奔跑起来,沿着码头向上前进,他把激光枪抵在肩头,贴在脸颊上,边跑边瞄准。

第一枪瞄准一个短刃兄弟会教徒肩胛骨之间的脊柱,那个家伙正要一刀扎进克兰克的脖子。第二枪和第三枪,把克兰克按在地上的那个教徒,正中面孔。第四枪,一个正要转过身来的教徒,命中下颚的一枪将他打倒在水里。第五枪、第六枪和第七枪,两个持枪的教徒,这三次射击将他们一并洞穿。

两个敌人开始朝码头方向还击。

第八枪,其中一个射手,把他打倒在地。第九枪,击杀了他。第十枪,另一个射手,爆头。

第十一枪,没能开火。能量匣打空了。今天已经开了不少枪。他一边换弹,一边继续向上跑,能量匣嘭的一声掉落在地。他装上了一个新的。

他来到敌人面前,冲进敌人之间,近身格斗。欧尔挥动武器,把枪托砸在一张脸上。沟壕战技巧,正是他们多年之前在那片泥地里学会的,那是在……凡尔登外面?喔,要是有把刺刀该多好!此刻光秃秃的枪口也凑合了。他猛敲一个额头。

一记侧踢击碎了某人的脚踝,他的枪托又打中另一张脸。他抬起激光枪挡住一把刀子,像使用短棍一样抵开敌人的武器。他再次开火,近身距离,射穿了对方的胸骨,鲜血从那人背后喷溅出来。

黑暗中发出的激光从他身边扫过,他不予理会。四名教徒手忙脚乱地翻过码头末端的栏杆加入战斗，埋头向他扑来。

欧尔转过身去，端着激光枪，调成全自动开火。枪口像频闪灯一样发动扫射。

他背后传来骨骼碎裂的声响。欧尔猛然扭过头。他之前未曾注意的某个教徒躺在一摊逐渐扩散的血泊里。是格拉福特用装卸臂打倒了他。

"谢谢。"欧尔说。

"他要伤害你，士兵佩松。"

在这种时候，欧尔盼望自己能教会这个老旧的劳役机仆如何使用枪械。

在这种时候……

他祈祷过不知多少次，让自己别再经历这种时候。但悲哀的是，战争永不停息，总会有另一场战斗要打。欧尔很清楚，他几乎比任何人都更清楚。

或许这一次，格拉玛提卡斯是对的。或许这就是最终的战争，或许这确实就会成为最后一场战斗。

克兰克勉强站起身来，他受了不小的震慑。欧尔四处寻找雷恩。他看到那个小伙子被某种东西拖进阴影里了。

"它抓住他了，抓住他了！"克兰克一直在嘀咕。

"没事。"欧尔说道，但他没有看克兰克，而是一直看着雷恩，"拿上水。到小船那边去。我们要出发了。"

那个小伙子或许已经死了，或许只是晕过去了。现在激光枪已经派不上用场了，将他抓走的那个东西是从亚空间直接现身的。欧尔不知道雷恩或者克兰克看到的究竟是什么，或许是书本画册里的某种怪兽形象。欧尔能看清它的真正面目，融为人形轮廓、包裹梦魇外观的污秽物质。它很真实，它的致命力量是真实的，但它也并不真实，它只是亚空间物体在现实世界能量环境里所投射的倒影，某种饥饿、亢奋、急欲冲破屏障的东西。

如果你愿意的话，可以称之为恶魔。这个说法太具体了，但或许也能够概括它。

欧尔瞥了一眼死在他手下的那些人，那些身穿黑衣的粗野士兵。他们掌握虚空魔法，十分浅显，但足以粗加运用；足以让他们相信自己找到了令人无法承受的深刻真理；足以凝聚一个教团，形成一种信仰；足以让他们失去理智，就像那些愚蠢的怀言者一样。虚空的污秽极为恶毒，一旦稍有沾染便如附骨之疽，很难将其根除殆尽。

这个兄弟会以黑色短刃为特征。它是仪式短刃、献祭匕首。他捡起最近处的一把，将刀柄嵌进枪口里。这种临时组合拼成的插入式刺刀在紧急关头颇有用处。他在奥斯特里兹就是这样干的。

欧尔装好刺刀，迈步上前，将黑色短刃捅进了正在抓挠雷恩的那个东西。顿时，黑光四溅、烟雾弥漫，腐肉和臭鸡蛋的味道飘散开来。

那个恶魔用女性嗓音厉声尖叫，随即消亡，它的组成物质崩坏成黑色黏液。雷恩全身上下都遭殃了。这个小伙子已经陷入昏迷，但还有脉搏。

欧尔转头张望。那个女孩卡特就站在他身后，直勾勾地盯着雷恩。

"帮我把他抬起来。"欧尔说。

她没答话，但还是握住了雷恩的双脚。眼睛里饱含恐惧的宰比斯走了过来，帮她抬起那个小伙子。

欧尔把黑色短刃从枪口里拔了出来，随手扔进污秽的河水。他抬起手抚摸挂在脖子上的徽记，轻轻咕哝一声感谢上帝恩赐救赎。肾上腺素灌注了他的老胳膊老腿。他讨厌这种亢奋感，这种灼热感。他以为自己早就过了那个岁数。

他转身走回小船。枪声肯定会引来敌人的注意，但他估计他们还有时间离开这里，驶入海峡。

他看到了被格拉福特撂倒的那个教徒。他是指挥官，是一名军官，是这群人的领袖，一位大人。此人俯卧在地，他头上的伤口流出了一大摊血。他身边有一把短刃，一把仪式匕首。

但这名军官的匕首非同寻常，是精工打造的，以彰显他的身份与地位。这比其他人所携带的粗糙工具更为精美，如果这种从本质上便是扭曲而邪恶的事物能够以"精美"二字来描述的话。

它并非欧尔的理想之物，但目前为止他还没有见过更合适的，如果把它就这么扔在这里实在太愚蠢了。

他将那把匕首捡起来，用布包好，装进口袋。

三分钟之后，小船的引擎轰鸣着启动了。那艘船驶入黑色的水域，将码头抛在身后。

克里欧·弗斯特猛然惊醒。他坐直身体，从那冰冷潮湿的码头地面上把脸抬起来。到处都是血，他全身都是血。他轻轻抚摸自己的脑袋，发现有一片颅骨疼得不行，而且有些松动。

他很难受。

他意识到自己丢失了一件东西，一件特殊而宝贵的东西，由阿汝尼·森交给他的一件东西。弗斯特的全部未来均系于此。有了这件东西，他才能获取自己梦寐以求的力量和权势。

那个贼要为此抵命。

不，比死更糟。

【计时：12.41.11】

他听到沉闷的轰响，仿佛耳朵被堵住了，仿佛一切都蒙上了雾气，仿佛是额头上的血管在疯狂跳动。

一阵噪声，一阵沙沙作响的噪声。是通信器。是他头盔里的通信器。一段通信信息。说的是什么？

文坦努斯试图做出回应。他的嘴巴麻木、僵硬。他头朝下脚朝上。他能闻到血腥味。是他自己的血。

那段信息说的是什么？是什么信息？那么微弱，那么遥远，那么沉闷。

他努力去聆听。那段信息逐渐变得愈发响亮，冲破了阻碍其传递的一层层屏障，就像是从水下传来的声音，最终它变得足够清晰了。

"萨姆斯，这是你将听到的唯一一个名字。萨姆斯，它意味着终结和死亡。萨姆斯，我是萨姆斯。萨姆斯包围了你。萨姆斯就是你身边的那个人。萨姆斯会咀嚼你的骨头。小心！萨姆斯来了。"

"谁在说话？谁？"文坦努斯结结巴巴地说，"谁在频道里？表明身份！"

在莱普提斯努米纳斯的宫殿庭院里，他仰面躺在一道由破碎石块和凌乱草坪所组成的斜坡上。

他站起身来，旁边有两个死去的极限战士，一个被压成扁片，一个被撕成两半。

文坦努斯想起来了。他想起了克希尔的转化过程。

他四下张望。

那个恶魔身形庞大。它有一双干瘪修长的臂膀，行走姿态恰似收起双翼的蝙蝠。它头顶的两根尖角也十分粗大。

它正在向宫殿发动攻击。它将墙壁撕开，破损坍塌的墙体喷吐出一股由砖块和灰泥组成的汹涌洪流。

战斗兄弟和军队士兵不断后撤，用一切武器朝它开火：爆矢枪、激光枪、等离子、普通实弹。枪林弹雨敲打着那个丑恶怪异的黑色躯体，但它似乎完全没有感觉到自己受的伤害。文坦努斯能听见它的声音在通信频道里胡言乱语。

"萨姆斯，它意味着终结和死亡。萨姆斯，我是萨姆斯。萨姆斯包围了你。萨姆斯就是你身边的那个人。萨姆斯会咀嚼你的骨头。小心！萨姆斯来了。"

文坦努斯看到了苏鲁斯。他刚刚捡起自己的剑，就是他斩杀克希尔的那把剑。文坦努斯知道，他就是知道，苏鲁斯打算为失手放出这个怪物而赎罪。

苏鲁斯持剑冲向恶魔。

文坦努斯迈步向前，开始奔跑。

"苏鲁斯！"他喊道。

苏鲁斯充耳不闻。他全身溅满腐液，埋头劈砍着怪物的秽恶躯体。

恶魔似乎终于注意到了那个不断攻击它脊背的钴蓝色身影。

它一脚踩了下去。

随后它继续前进，对接连轰击自身皮肉的质爆弹不以为意。另一段宫殿围墙轰然倒塌。

文坦努斯冲到苏鲁斯旁边。他的身躯被碾进了草坪里，那个飘散青烟的焦坑缓缓渗出黏液。文坦努斯尝试把对方拽出来。苏鲁斯还活着。动力盔甲救了他一命，但他身受重伤，多处骨骼断裂。

文坦努斯听到一阵引擎轰鸣和履带滚动的声音。一辆影刃坦克闯入了宫殿庭院。它穿过桥梁撞倒大门挤了进来。怀言者付出几百条性命也未能夺取的大门被它一举摧毁。

那辆超重型坦克咆哮着碾过破碎的草坪，推翻了斯帕兹手下士兵先前建立的掩体。它抬起火山炮。文坦努斯听到了坦克主炮充能时所发出的独特低吟。

那冲击力极为凶狠。一道闪光，一股炽热光束，正中恶魔的躯体。但那明亮灼目的光芒似乎被恶魔的表皮偏转了，被它的黑暗本质掩盖了。怪物身上飘散出一团乌黑气体，但没有留下任何明显的损伤。

它转向那辆坦克。

文坦努斯再次开始奔跑，他大步穿越那片被屡次撕碎的草坪，经过了葬送在恶魔手下的诸多死者，朝宫殿围墙埋头冲去。他有一个理论可能。虽然十分粗略，但他也别无选择。那个恶魔对躯干所受的伤害毫不在意，但它的头颅也许更为脆弱。大脑或颅骨受损也许足以放缓它的行动并削弱它的力量，甚至能把这该死的东西赶走。

它已经扑到了影刃坦克面前。那辆超重型坦克正在试图为武器继续充能，但它那名声在外的缓慢射速……

恶魔抓住坦克的前部车身，捏扁了装甲，撕碎了履带护罩。它将那辆重达三百吨的坦克向后推动，从地面上掀起一块恍若桌布的草皮。坦克喷吐出大团尾气，奋力对抗那个生有双角的怪物，履带厉声嘶鸣着飞旋打滑。泥土四溅，青草横飞。影刃试图调整炮管方向，打算在零距离朝敌人开火。那个恶魔将粗大的炮口连同炮台一并扇开，就像用一记重拳打歪了对手的下巴。文坦努斯能听到内部传动装置和旋转驱动器断裂失灵的声音。炮台顿时歪倒，瘫在那强悍的车身表面。

恶魔俯下身去，嗅了嗅，张口咬掉一块装甲。接着它再次猛力推动，让坦克倒退着碾过一片美丽花园，撞在了带露台的墙壁上。

文坦努斯快步冲上一道由碎石堆积而成的斜坡，接着张开双臂奋力一跃，落在花园长廊的平坦顶面上。他沿着长廊狂奔，翻过一条被恶魔砸开的断口，随后再次飞跃，跳到了宫殿的屋顶上。他继续奔跑，与恶魔保持着相近高度，似乎还要更高一点。怪物正在肆意摧残那辆坦克，就像猎犬杀死兔子一样。

文坦努斯能看到它布满皱纹的苍白脖颈，与人类体形近似。他能看到覆盖在上面的一缕缕丑恶黑毛。他能看到恶魔的硕大头颅，那对荒唐巨角下面挂着松弛病态的斑驳皮肤。

文坦努斯开始加速。他伸手拔剑，但剑鞘是空的。

他腰间只有克希尔的仪式匕首。

他抽出匕首，双手交握，刀尖向下，随后高举臂膀从屋顶一跃而起。

【计时：12.42.16】

他们已无路可走。怀言者蜂拥而来，整片区域弹如雨下。

希尔不停地弯腰躲闪，爆矢弹沿着静默的炽热轨迹从他身边划过。

他的杀戮小队已经濒临灭亡，任务宣告失败。敌我实力差距过于悬殊。

"分散！"他在通信频道里高喊，同时将自己的推进装置提升到最大功率。

骤然的加速让他一跃而起，飞向斜上方，逃离了这片杀戮场。四五名小队成员随他一同脱身。最后撤离的扎瑞杜斯被一颗从上方射来的子弹击中，他的瘫软身躯旋转着遁入星海，失灵的推进装置间歇性点火，让他的尸体偶尔扭动。

子弹穷追不舍。希尔向侧面急转，看到位于下方的旗舰装甲迸发出无声的闪光，舰身表面的扶垛和支柱上火花飞溅。

他降落下去，希望能够在这里掩蔽身形。他必须装填子弹。他尝试计算敌人的分布，推测他们发动攻击的角度。他向幸存的小队成员们呼喊命令，提振士气。

怀言者还是突然降临了。两个敌人从一座散热塔后方翻了过来，另外两个则绕开侧面的缓冲板。希尔开了两枪。有什么东西拍打了一下他的肩膀。

不，那是一只手。那只手把他往后拽。

基里曼将希尔推到一边，自己向怀言者扑去。他的战靴碾入旗舰装甲，让他得以站稳脚跟。他显得无比雄伟，就像一个泰坦。并非火星的战争机械，而是神话里的参天巨人。

他没有戴头盔。这不可能。严酷低温给他的面孔蒙上了一层冰霜。他张嘴发出无声的呼吼，大步冲到敌人面前。

他杀死了其中一个。他赤手空拳将那个军团战士的脑袋砸进了胸腔里。那具尸体缓缓向后瘫倒。

基里曼转过身，找到了另一个敌人，他挥动巨拳凿穿了那个军团战士的胸口，击杀了敌人。第三个敌人纵身抢攻，急不可耐地妄图获取手刃原体的无上荣耀。希尔站稳脚跟，双手握住装填完毕的爆矢枪，将怀言者轰成了碎片。

第四个敌人冲了过来。

基里曼扭过身去，一拳打飞了他的头颅，干净利落。

支援火力突然到来。另一支杀戮小队终于抵达了这片舰身区域。一场激烈而静默的枪战隔着热交换通道爆发。阵亡尸首淌着鲜血遁入冰冷的黑暗太空。

希尔确定了自己的位置。他向舰桥发出信号，请求开启88号气密舱门。

他看着基里曼。他向气密舱门挥手示意。

原体想要战斗。希尔明白那种目光的含义。那种强烈的需求。基里曼想要继续战斗。鲜血如同猩红花瓣一样环绕在他身边，他还想要更多。

然而是时候结束这场战斗，去开展另一场至关重要的战斗了。

2

【计时：12.53.09】

艾瑞巴斯置身于群魔之间。

他依然站在星球北部地区，萨崔克高原如今已是一片诅咒之地。天空昏暗血红，恰似他军团的盔甲涂装。天际线是一道火环。大地覆满灰烬。从伊斯特凡V那座坟墓里取来的黑色岩石组成了仪式圆环，光怪陆离的能量在石块间起伏脉动。烈风呼号不止。那如泣如诉的凄凉音调中蕴含着真理，原初真理。

洛加的真理。

他们所秉承的真理。

侥幸生还的轮回家门的少数成员早已沿着峡谷退却到了大约十五公里以外的安全地带。只有佐特麾下的受祝之子还留在这里，他们的强健体魄足以抵挡致命狂风与邪异烈火。

艾瑞巴斯很疲惫，但也很欣喜。就要到第二场日出的时候了。更加伟大的第二个献祭之阳。

他向艾森博尔·佐特示意。

在艾瑞巴斯周围的焦黑山石上，众多恶魔被他的举动所搅扰，纷纷嘶吼起来。它们沐浴在炽热火光下，躯体湿滑，皮肉闪亮，声音尖锐。有一些动作迟缓，另一些则焦躁不安。

他用轻柔的话语安抚它们。不计其数的恶魔形体一直铺展到了他的视野之外，就像是在沙滩上晒太阳的海豹。它们会聚在一起，相互盘卷、纠缠、交叠。它们翻转嘶鸣，呼号低吟，抬起头颅向濒死天空发出秽恶的尖叫。遮天蔽日的肥硕蝇虫嗡鸣震耳。它们的尖角和羽冠伴着恐怖的节拍颤抖摆动，蝙蝠皮翼伸展拍击，分节腿足咔嗒作响。

艾瑞巴斯对它们低声吟唱。他熟知它们的名字——阿苟拉斯；瑟苟萨；艾特雷提德；姆博尼克斯；巴尔卡拉；乌恩；费卓贝尔；恩卡瑞；艾匹德缪斯；万变化身塞斯艾什；重获新生的塔瑞克，如今它是托玛迦顿；拉瑟瑞图斯；普罗泰尔；苟尔古斯；阿兹莫岱。足有十万之众。

萨姆斯刚刚回来了，它埋头遁入仪式圆环，为自己寻觅一副新的皮囊。如此看来，敌人斗志尚存，竟然能够逐退萨姆斯这样的存在。

但那远远不够。他们依然末日临头。

这个世界正在逐渐崩塌。艾瑞巴斯能听到现实撕裂断折的尖锐声响。考斯已经不堪重负。

毁灭即将降临，恰似一场风暴。

佐特递来了虚空瓶。

艾瑞巴斯与这个装置进行同调，向身处泽桑韦瑞德船坞的科尔·法伦传话。

艾瑞巴斯意识到自己嘴边淌着鲜血，把血迹抹掉。

"开始吧。"他说道。

【计时：12.59.45】

索洛特·绰尔看着科尔·法伦接收到了地表传来的信息。他脸上写满狂喜。时候到了。

大批量的轰击坐标已经被锁定。科尔·法伦简单地点头示意，绰尔立刻向操作台上的技师们发出指令。整座星球武器阵列都瞄准了同一个目标。

科尔·法伦的急切心情显而易见。他已经把武器阵列当作玩物，随心所欲地湮灭了诸多战舰、卫星和轨道平台，但他很快就厌倦了。一个更为纯粹的目标摆在面前。

怀言者与群星之间颇有渊源。天空中的星辰对于他们而言意义重大。他们习惯用星座来命名军团的组织架构。艾瑞巴斯和科尔·法伦耗费了极大心力才将整个考斯星球转化成了一座星辰圣殿，他们要在这个祭坛上造就最后的贡品。

艾瑞巴斯让现实不堪重负，他掀开了阻隔亚空间的那道帷幕。祭坛已经受到了祝福。

科尔·法伦迈出一步，将左手放在主控按钮上。

他按了下去。

武器阵列立刻开火。连贯密集的能量、成群结队的导弹、威力惊人的光束、包裹着重金属外壳的反物质弹头，那些光束要花费大约八分钟时间才能抵达目标。其余投射弹药则要更久。但它们最终都会接连命中目标，在一场无情轰炸中毫不间断地打击目标。

　　它们的目标是韦瑞迪安星系的蓝白色恒星。

　　科尔·法伦要谋杀那颗太阳。

【计时：13.10.05】

　　"我们都担心你不在了。"马瑞乌斯·盖奇说。

　　损兵折将的杀戮小队刚刚护送基里曼踏入了马库拉格之耀号的辅助舰桥。

　　"没能杀了我。"基里曼回应道，"只怪他们不够努力。"

　　他让大家露出了笑容。他擅长于此。但大家都能看出来他所经历的转变。他从来不是一个易于亲近的人。他太强硬，太专注，太严峻。现在他伤痕累累，就像一只受伤的野兽，就像一只因为受伤而更加危险的野兽。

　　"没戴头盔进入太空，"基里曼说，"原体的生理机能能有所帮助，但包裹在舰身表面的那层空气是我的真正救星。"

　　"那是……"盖奇开口道。

　　"那是个什么东西？"基里曼替他把话说完。所有人的目光和注意力都集中过来。

　　"我们是否私下讨论这件事？"盖奇问道。

　　基里曼摇摇头。

　　"希尔告诉我说，"他指着身边的那位军士，"你们奋勇拼搏了几个小时，在充斥战舰的怪物之间杀出了一条血路。你们都付出了代价。我能看到你也付出了代价，马瑞乌斯。"

　　盖奇突然意识到自己断了一条手臂。

　　"我认为没有必要对在场的任何人隐瞒真相，"基里曼说，"你们今天对奥特拉玛做出的贡献早已超越了职责范畴。然而今天尚未结束。面对当前局势，我们恐怕无法夺取任何胜果，甚至难以求得生存，但我非常希望能够在慷慨赴死之前重创那些阴险的敌人。"

　　原体扫视四周。他的盔甲表面覆盖着一层污迹。他满面尘灰，头发上沾着点点鲜血。

"我们要共享信息，敲定战略。此时此刻我欢迎任何人提出理论可能。一切方案都可以考虑。"

他来到战略台面前。

"我认为，我们可以用'恶魔'这个词称呼它们。一个亚空间生物闯入并摧毁了舰桥。你们和其余类似生物进行过战斗。'恶魔'这个词很适合。那是洛加，至少……"

他略加停顿，转过身来面对众人。

"我不知道洛加究竟在哪里。我不确定我的兄弟是否真正抵达了这个星系，但先前造访我的声音和形象的确实是他，产生转化的也确实是他。那绝非障眼把戏。洛加和他的军团已经与亚空间力量相互勾结，他们签订了某种肮脏的契约。那扭曲了他们，引发了战争。"

基里曼叹息一声。

"我不知道要如何与之战斗。对绝大多数敌人我都有应对之策。我甚至可以明确要如何对抗阿斯塔特军团战士，即便这看似是异端思想。和希尔一样，我能够考虑常人所不能，用离经叛道的思维方式建立理论可能。但恶魔呢？在我看来，经过尼凯亚议会，我们自愿废除了手中能够与亚空间抗衡的唯一一种武器。我们现在非常需要智库。"

他麾下的战士们默默点头表示同意。

"应当请求恢复他们的建制，"基里曼补充道，"如果有机会的话。现在不行。没有时间，没有渠道。但我们如果能活下去，就一定要推翻那道敕令。"

他心事重重地停顿下来。

"就好像某些人早有预料，"他沉吟道，"尼凯亚会议的决定致使我们手无寸铁。就好像敌人知道接下来会发生什么，因此精心策划了种种事件，促使我们在内战即将爆发之际自愿抛弃了仅有的实战武器。"

一阵不安的低语顿时响起。

"我们全都被利用了，"基里曼抬起目光看着盖奇，"所有人，甚至包括洛加在内。在他试图杀死我，把我抛进太空的时候，我能感受到他的痛苦。我和他一向疏远，但我们之间毕竟存在血缘的纽带。我能体会到他的惊惧。降临在我们身上的扭曲命运让他非常痛苦。"

"他说荷鲁斯——"盖奇开口道。

"我知道他说了什么。"基里曼回答。

"他说其余几人已经死了,在伊斯特凡。"盖奇继续说,"马努斯、沃坎、科拉克斯。"

"倘若果真如此,"安皮恩说,"那实在是一场难以置信的悲剧。"

"三位帝皇子嗣,三名基因原体,这是惨痛的损失。"基里曼说,"如果算上洛加就是四个。如果关于荷鲁斯他所言不虚,那么就是五个。他还说其他人也叛变了……"

基里曼深吸一口气。

"我会深切哀悼科拉克斯和沃坎。我会最为缅怀马努斯。"

盖奇明白原体的意思。在各项战术推演中,有几位兄弟令基里曼格外垂青。这些能够坚决可靠地履行自身天职的兄弟被他称作"无畏之众"。多恩及其麾下军团是其中之一。暴躁好斗的鲁斯是另一个。第三个是圣吉列斯。虽然基里曼十分欣赏可汗,但白色疤痕既无法预料又难以仰仗。费鲁斯·马努斯一向是无畏之众的第四个成员。基里曼坚称,只要有这四个关键性人物之中的任何一个——多恩、鲁斯、马努斯或者圣吉列斯——他就可以赢得任何战争,彻底取胜,无论对抗什么敌人。即便身陷绝境,极限战士也能够与这四支盟军中的一个联手打败任何敌人。这是首要理论可能。在帝国所面临的任何末日情景里,只要能够仰仗那四位兄弟之一,基里曼就可以推演出实战胜利。而马努斯是其中关键所在,坚定不屈、无可动摇。如果他与你并肩作战,那么他绝不会倒下。

如今看来,他已经不在了。不在了,死了。兄弟、朋友、战士、领袖,奥特拉玛最坚实的盟友。

基里曼打破了那倍显凄凉的寂静。

"给我看看战术简报,近地空间的战斗。刚才谁说过地表终于传来通信信号了?"

"来自莱普提斯努米纳斯,大人。"通信官说道。

"是谁?"

"文坦努斯连长。"盖奇说,"信号一度良好,我们也建立了重要的数据传输,但是大约一个小时之前通信突然中断,由于强烈的干扰。"

"我不必询问你们是否在尝试重建连接吧？"基里曼说道。

"不必，大人。"通信官说。

基里曼面对安皮恩。

"集结战舰上现有的一切部队，包括所有杀戮小队和任何能够找到的重型武器。不用考虑战团和连队的编制了，只管把他们划分成规模合适的作战队伍。让小队领袖把头盔涂成红色。"

"红色，长官？"安皮恩问道。

"我们缺乏可靠的通信手段，安皮恩，所以我要采用简单明了的视觉标志来确保指挥链的顺畅运作。"

基里曼将视线转移到希尔身上。

"再者，"他说道，"考虑到希尔今天做出的努力，红色头盔也理应不再是背负处分的标志了。"

"是，长官。"安皮恩说。

"大人！"侯米德舰长喊道。

"怎么了？"

"是武器阵列，大人。它在开火。"

"朝什么开火？"

"朝……太阳。"

3

【计时：13.30.31】

在莱普提斯努米纳斯的破碎宫殿上方，震耳雷霆沿着纷乱天空滚滚袭来。暴雨骤降，饱受折磨的气候又一次抽搐起来。

文坦努斯在雨中站了一阵，让那热气腾腾的雨水洗刷掉盔甲表面的乌黑腐液。他体会着雨滴打在脸上的感觉。他睁开双眼，看着斯帕兹手下的火焰喷射器小队将那个恶魔的残余痕迹焚灭殆尽，它方才轰然爆炸的时候留下了满地的黑色黏液、胶质血肉和恶臭的内脏。烈焰在雨中嘶吼不已。

他走入宫殿大厅的残垣断壁。塞拉顿正在等他。

"你杀了它。"塞拉顿指出。

"我不认同你的用词。"

"那么，你驱逐了它。你是怎么办到的？"

"是运气，最糟糕的那种运气。"

文坦努斯扫视满目疮痍的花园、支离破碎的高墙、化作废墟的大门。

"我们不能在此久留。"他说道，"克希尔说其余部队即将到来。这座宫殿原本就不易防守。现在已经不可能防守了。这里从来都不是一座堡垒。"

"同意，但数据引擎怎么办？"塞拉顿问。

"好问题。"

文坦努斯注意到他的军士拿着一个袋子。他伸手接过来，往里面瞧了一眼。

袋子里装满了各种各样的黑色短刃，是仪式匕首。有些是黑色的金属制品，有些是黑曜石，另一些则是敲断的燧石。有些握柄上缠着铁链，有些裹着皮革，还有一些覆有蛇皮。它们都是塞拉顿从兄弟会教徒的尸体上收集来的。

"你用克希尔的武器驱逐了恶魔。"塞拉顿简要地说，"理论可能：这些匕首有效。他们的武器有效。"

"或许你是对的。"文坦努斯回应道，他看着袋子里的东西，那些怪异短刃在阴影中闪闪发亮，"然而，我担心这些东西就像我们努力对抗的种种怪物一样危险而有害。把它们扔掉，塞拉顿。扔进井里。往袋子里放一枚手雷，然后扔进壕沟。我们不能用这些。"

"但是——"

文坦努斯盯着他。

"理论可能：第十七军团当初抱有相同的观点，"他说道，"作为权宜之计，用特种武器对抗某些格外难缠的敌人。比如，在一座异形墓穴或无名神殿中发现的古怪匕首，能有什么坏处呢？可以有效杀伤恶魔。所以值得冒险。"

塞拉顿脸上浮现出一种极端厌恶的表情。

"我会把它们处理掉，长官。"他说。

文坦努斯向数据房间走去。他沿途看到塞丹斯监督着几位贤者努力恢复通信连接。

"干得漂亮。"塞丹斯握着他的手说道。

"这次我是第十三个灵族。"文坦努斯回答，"但我们不可能再得到那样的机会了。通信恢复了吗？"

"他们还在努力。数据连线依旧正常。伺服师要见你。"

"很好。我也要去见她。"

文坦努斯走进数据房间。陶伦已经与那台滴答作响的数据引擎断开了。她手下的奥多特贤者接替了她的位置，通过神经脉冲单元连接继续进行数据处理。

"连长。"陶伦说道。

"伺服师。"

"这台数据引擎的力量不足以夺取武器阵列的控制权，"她开门见山地说，"况且它也无法承担武器阵列的常规运行。"

"也就是说到此为止了？"文坦努斯问道，"我们现在能够做出的贡献就是……收集战场信息，向舰队呈递数据，直到最终灭亡？"

"莱普提斯努米纳斯的命运就到此为止了。"她承认，"然而，请参考当前局面来恰当评估这一贡献的实际价值。这是考斯地表唯一一台正常运作的忠诚派数据引擎。这不只是一个重要的数据来源。这是唯一的数据来源。"

她向对方展示手中的数据板。

"我们已经大致掌握了全球抵抗力量的状态。他们虽然损失惨重且自顾不暇，但依然在顽强奋斗。目前至少有三万名你的战斗兄弟以及二十万名帝国军队和机械神教士兵分散在数百个地点与敌人周旋。与其各自为战，不如合兵一处，必然能有更好的战果。"

"供我们在这里协调部队的时间已经不多了，"文坦努斯说道，"敌人正在逼近。"

"眼下情况并非糟糕透顶，连长。在十五分钟之前，我刚刚有一项重大发现。"

回想起方才的惊人启示，陶伦不由得面露微笑。这份记忆甘苦交织，令人悲痛而又振奋。她找到了赫斯特的遗赠。她明白了对方垂危之际究竟在做什么。赫斯特将那宝贵成果一丝不苟地隐藏起来，留给她来发现。

"我的前任上级，"陶伦说道，"他成功构建出了能够对抗敌军废代码的杀戮代码。他在临终之前刚刚完成了工作。这是他身处绝境时的灵光乍现。这需要高超而直观的编码技巧，只有赫斯特能够办到。"

"我们能用它来净化系统吗？"文坦努斯问。

"赫斯特把杀戮代码隐藏在一台安全的数据引擎里，之后将其彻底关闭并封锁。这台数据引擎是星港货运工会用来处理货单的沉思机。它所在的安全地堡位于努米纳斯星港与兰席尔海港之间的工业区。它负责管理两个港口的货运工作,因此足以承载星球武器阵列的数据量。作为一台民用数据引擎,它不会成为首要军事目标。赫斯特用他的杀戮代码将其净化之后就封锁了起来。"

陶伦如今明白,这就是为什么他坚持到了最后一刻;这就是为什么他不肯离开岗位,即便废代码已经毁伤了他的头脑。他必须完成工作,他下定决心完成工作。他苟延残喘只为了完成工作。

"你能远程控制这台数据引擎吗?"文坦努斯问。

"不能,连长。我需要神经脉冲单元直连来发动杀戮代码。一旦在系统中净化出一条通路,我就可以创建新的信息流场并接管武器阵列。"

"去港口的路想必不好走。"

"当然不好走。"她承认,"还有另外一个问题。"

"继续。"文坦努斯说。

"敌人占据了某座幸存的轨道平台,利用那里的数据引擎来控制武器阵列。我可以净化系统,但我无法夺取控制权。我们需要舰队的协助。"

他点点头。

"这里的数据引擎怎么办?"他问道。

"必须尽可能长时间地维持工作。"陶伦回答,"奥多特贤者已经自愿申请留在这里确保数据引擎的运行了。"

"这是一条死亡之路,"文坦努斯看着那个与神经脉冲单元相连的年轻技师,"怀言者要来了。"

"考斯就是一条死路,连长。"伺服师答道,"唯一的关键是我们要如何去面对。"

他沉默了一刻。

"让你的部下准备出发,伺服师。"他说道,"看看能否通过数据连接来协调统筹其余部队,为我们针对港口发起攻势提供支援。"

他走回通信室。在门口,他吩咐塞丹斯、塞拉顿和格瑞瓦斯去动员部队。

"我们要撤离这里,"他说道,"回到港口去。集结尽可能多的兵力,尤其是作战车辆。我们要一路杀过去。"

"听起来不太妙啊。"塞丹斯说。

"听起来是什么样就是什么样。"文坦努斯说,"这是我们手头唯一一个有价值的实战可能。我需要数据连线,我需要正常通信。如果不能协调舰队的话,我们就是在浪费时间。告诉技师我需要正常通信。"

他们匆匆动身。他静静等待，陷入了沉思。

阿鲁克走了过来。

"我也要留下。"那个护教军说道。

"我用得上你。"

"我要对机械神教负责，文坦努斯。数据引擎必须尽可能长久地维持运行。你明白这是我的职责所在。"

文坦努斯点点头。他伸出手。

阿鲁克起初瞪着那只手，这陌生的社交互动让他颇为困惑。

他随后握住文坦努斯的手。

"我们为马库拉格而战。"文坦努斯说。

"我们为火星而战。"阿鲁克回答，"这是一个意思。"

他们转过身，看到苏鲁斯走了过来。那位连长的盔甲伤痕累累。他一瘸一拐地。他的受损骨骼要花费一段时间才能逐渐修复。

"我也会留在这里，文坦努斯。"他说道，"护教军能用得上一两把军团的枪。眼下我没法长途行军。但我可以站在原地开枪。"

文坦努斯直视苏鲁斯的双眼。

"苏鲁斯，那不是你的过错。"他说道，"那——"

"我这不是以死赎罪，文坦努斯。"苏鲁斯回答，"我不为自己感到悲哀。这不是任何人的过错，但我们总要尽己所能。你们去打下那座港口，夺回武器阵列，毁掉他们的舰队。到时候别忘了我的名字。"

"我们恢复通信了！"塞丹斯喊道。

文坦努斯从贤者手中接过话筒。

"我是文坦努斯，莱普提斯努米纳斯的指挥官。文坦努斯，文坦努斯。请求与第十三军团舰队接通紧急加密连线。请回应。"

"这里是第十三军团舰队旗舰，"通信器沙沙作响，"你的职权密令已经通过认证。稍等。"

一个新的声音出现了。

"文坦努斯。"

"我的原体。"文坦努斯说。

"你听起来有些惊讶。"

"我以为你安排了下属军官来负责通信网络,长官。"

"是的。但这次不一样。我担心你的惊讶或许与我已经身亡的谣言有关系。"

"这也是一方面,我的原体。你安然无恙的消息一定会显著提升我方的士气。"

通信器发出一阵杂乱嘶鸣。

"我刚才说,你今天做得很好,连长。"通信随即恢复正常,"你们输送的数据极为宝贵。盖奇正在协调我们的部队。"

"这是糟糕的一天,长官。"

"我想不到还有哪天比这更糟了,文坦努斯。"

"我们所在的这座设施已经无法长时间维持运作了,长官。数据传输预计会在几个小时之内彻底断绝。但我们准备动手夺取武器阵列,长官。我们要把武器阵列抢回来。"

"这是好消息。它在屠杀我们,它也在谋杀太阳。我认为第十七军团打算摧毁一切。"

"从我这里看也是如此。长官,有件很重要的事情。我们——"

通信频道又被杂音淹没了。

"——重复,莱普提斯。重复。文坦努斯,你能听到吗?"

"我是文坦努斯,长官。我能听到。干扰越来越强烈了。长官,敌人利用一座轨道平台来操纵武器阵列,舰队必须将其摧毁,否则我们无法达成目标。我们可以净化敌人的代码,但不能夺取控制权。摧毁对方的武器阵列指挥中心必须成为舰队的首要任务。"

"明白,文坦努斯。首要任务。你能确认目标吗?"

文坦努斯望向塞丹斯。塞丹斯递给他一块数据板。

"能,长官。"文坦努斯说。

【计时:14.01.01】

"文坦努斯?再说一遍!"基里曼喊道,"文坦努斯,回应!回应!目标是什么?目标是什么?"

他看着通信官。

"失去联络了，长官。"通信官说道。电磁噪声从喇叭中传出。

"莱普提斯的数据连线也中断了。"盖奇说。

"他们阵亡了吗？"基里曼问道，"该死，文坦努斯和他的部队阵亡了吗？"

"没有，长官。"通信官说，"这是干扰，剧烈的干扰。"

"是太阳。"安皮恩说。

他们全都望向主屏幕。

高强度的能量轰击和有毒重金属的污染已经让韦瑞迪安星系恒星的能量代谢显著失衡。自然状态下的内部链式反应和能量流动遭到了严重干扰。它的辐射强度骤然提升。它以肉眼可见的速度加快了能量输出，异常迅猛地消耗着它的燃料资源。

它的蓝白色怒火愈发炽热，如同一种邪恶的光芒，一种恶魔的光芒。大量黑子浮现在饱受折磨的恒星表面。致命的巨型耀斑如同一条条火舌般撕裂出来，用弧形能量鞭答着方圆数百万公里的太空。

它即将变成一颗新星。

【计时：14.01.59】

雷霆滚滚。

在笼罩海峡的厚重雾气里，欧尔驾驶小船在黑色水域中穿行，他沿途遭遇了一艘艘逐渐沉没的燃烧船只，以及漂浮在污水里的无数肿胀尸首。

他感觉有另一艘船远远地跟着他们。但也有可能是他们自己的引擎在雾气中产生的回响。

克兰克睡着了。宰比斯坐在船头凝视前方。卡特和格拉福特一如既往地神游天外。

深陷噩梦的雷恩扭来扭去。他们用毯子把他裹了起来。他恐怕是难以摆脱那场噩梦了。

欧尔掏出罗盘，努力检查方位。

Thrascias，看起来还是 Thrascias。在风向图的基本方位被赋予了其余更为深奥的含义之前，这个词代表风向西北偏北。Thrascias，希腊人是这么叫的。

彼时他身为伊阿宋的船员，扬帆驶过那片太阳照耀的海面返回色萨利，带着一个巫女和一张羊皮凯旋。至于罗马人,他们的叫法是 Circius。当时他在船舱里埋头摇桨,并不太关心自己奋力对抗的风的风向究竟如何称呼。而法兰克人,他们称其为 Nordvuestroni。

　　欧尔抬起头。一颗星星突然显现,就算是隔着浓重黑雾与污浊空气也清晰可见。它的蓝白色光芒明亮灼目。那是一颗灾星,是厄运之兆。

　　它意味着末日正在迅速降临。

　　不过,他至少可以借助它来判断方向了。

毁灭 // 风暴

"一切都是敌人。"

——基里曼《军事法典初稿 645.93.vi》

1
【计时：19.22.22】

地表一直在下雨。倾盆大雨已经持续了七个小时毫无停歇。南半球的海洋被蒸发之后涌入了上层大气，如今又以浓厚毒雾和灭世暴雨的形式返回地面。

熊熊燃烧的居住区蒸汽四散，嘶鸣不止，但烈火始终没有熄灭。宽达数百公里的陷坑火光闪耀，暴露出了城市废墟的熔融核心。炮弹和冲击所留下的种种痕迹都灌满了雨水，无论是最庞大的陷坑还是最不起眼的弹孔。平原变成了暗红如血的泥塘。河流汹涌决堤。考斯的葱郁高原和繁茂峡谷怒吼着燃烧起来，绵延不绝的火线足有上千公里之宽。

瓢泼大雨汇聚成一道厚厚的帷幕，与之前的浓雾不分高下。

彩虹到处都是。那颗走向灭亡的恒星迸发出分外灿烂的蓝白色光辉，与不知停歇的暴雨同心协力，用亮丽彩虹装点着每一条损毁的街道、每一座燃烧的建筑、每一片焦黑的森林。

第四连在地下穿行。

这支以第四连为主体的作战部队追随着文坦努斯的脚步，穿过地下洞穴系统的分支通道，沿着殖民时期地方总督所开拓的安全路线向目标前进。

尽管剧烈冲击所引发的地表沉降导致了一些通道的断裂或坍塌，但整体上路径仍旧是完好而宽阔的。就连最大型的作战车辆也可以顺畅通过。

大段通道都已经被部分淹没，还有更多的水从破损管道和岩壁裂缝中汩汩流出。雨水无孔不入，战士们在齐腰深的积水中行进。坦克和运兵车像鳄鱼般穿过浑浊的黑水，缓缓前进的车身激起一道道细小波浪。

文坦努斯走在队伍前列，与瓦提安以及其他侦察兵同行。他手握旗帜，一马当先。

在他们离开港口的两个小时之后，数据和通信连线终于恢复了，这都要归功于奥多特贤者的不懈努力。文坦努斯通过数据连线得知，已经有若干支作战力量正在赶往港口与他们会合，其中包括从沙汝德省前来增援的大规模兵力，这支由第一百一十一连和第一百一十二连残部所组成的联合部队目前由安柴斯军士负责指挥。若是放在另一天，放在另一段历史中，那么安柴斯集结部队、维持阵形、迂回行军、转守为攻的卓著成果必将成为军团上下的典范与传奇。

然而在今天，在考斯，这无非是另一个死战到底的故事罢了。

文坦努斯盼望安柴斯的部队能够及时抵达提供增援。但他对此不抱信心。第四连在急行军，他们丝毫没有坐等援兵和迟疑不决的余地。即便安柴斯或者其余任何一支友方部队可以成功赶到，这场战斗也远非胜券在握。港口地区处在敌人的掌控范围里。努米纳斯港早就变成了熊熊燃烧的废墟，兰席尔及其周边铸造厂也已经陷落在了霍尔·贝罗斯大军的铁蹄之下。

贝罗斯从南边迂回进攻。福德拉·费尔则从西北方发动突击。文坦努斯不知道奥多特还能将宝贵的数据连线维持多久。

他们从盾墙脚下穿过，逐渐接近了港口的服务联动区，此后他们就要被迫返回地表，进入开阔领域了。

文坦努斯停住脚步，与手下的指挥官们短暂交谈，包括负责率领护教军的塞拉米卡、帝国军队的斯帕兹上校、塞丹斯，以及诸位军士，还有侦察兵部队的瓦提安。

他握着那杆扭曲破损的金色旗帜与众人交谈。他没有下达命令，也没有粉饰现状。他告知了当前局面和行动目标。他阐述了实战可能，还有自己对各方面的期许。

他们一言不发，只是点点头。

这正是他所需要的。

【计时：19.29.37】

他们找到了确切目标。他们找到了实战可能。

他们准备好了。

原体用大约十分钟时间就认定了目标,十分钟。希尔眼看着他完成推断。基里曼用肉眼进行观察,用散落在战略室里的大量报告和笔记作为辅助。

他得出结论的时间要比莱普提斯数据连线恢复的时间早得多。

"它必须是一个仍然正常运作的设施,"他推论道,"数据引擎的规格至少要达到46级运算水平吧?它需要保持活跃的数据连线,我们应当可以利用回溯手段检测出来。怀言者对轨道设施的摧毁十分彻底,这就让我们更容易找到一座被刻意保存完好的平台了。"

他指着屏幕。

泽桑韦瑞德船坞。

下一步是确立实战可能。侯米德舰长提议发动远程轰炸,使用龙骨主炮和光矛。马库拉格之耀号的火力足够强大。盖奇对此表示支持。然而一旦他们的首批炮火没能摧毁目标,敌人就会利用武器平台展开还击,并处决旗舰。

安皮恩推荐近距离攻击:旗舰全速突进,升起虚空盾,甩掉那些钳附在身上的巡洋舰,直取船坞。把它轰成碎片。如果必要的话,可以采取撞击。

然而他们一旦展开移动,甚至是一旦恢复动力,马库拉格之耀号就会成为敌军的打击目标。旗舰纵然可以迅速出击,发动奇袭,但究竟能否比武器平台锁定并开火更快?这还要假设一切顺利,没有遭遇引擎故障或敌舰阻挠。

因此安皮恩的计划被否决了,盖奇则提出了另一个方案:将所有能量集中在传送系统上。向泽桑韦瑞德船坞直接传送一支杀戮小队,如果能量水平允许的话就送去两支。用老办法解决问题。

"当然,我会亲自率队。"基里曼说。

"我看未必。"盖奇立刻表示异议。原体应声向战团长投去的那道目光几乎让所有人都后退了一步。

"那好吧。"盖奇说。

"见鬼了,盖奇。"基里曼低吼道,"如果现在还不行,那要什么时候可以?"

第一支杀戮小队在旗舰的传送设施前方集合,负责率领他们的是基里曼、修通尼克斯和希尔。如果还有足够的剩余能量,那么安皮恩所率领的第二支小队也会随后出击。

修通尼克斯以及其余军官的头盔都被涂成了红色,与希尔相同。

基里曼的装甲经过了清洁打磨，让他显得比平日里更像一位复仇战神。金色双翼铺展在头盔面甲上。他的左拳配备了庞大的动力爪，右手则握着工艺超群的爆矢枪，二者的装饰风格都与他的盔甲相配。

房间里充满了臭氧刺鼻的味道，传送系统的暗灰色平台飘散着金属气息。不断挥发的冷却液在黄色光线中造成一团缭绕雾气。基里曼确认小队指挥官们已经准备就绪，于是向包铅窗口后方的传送技师示意。

能量逐渐积聚，嘶鸣声尖锐刺耳，就像一场即将释放怒火的风暴。

【计时：19.39.12】

苏鲁斯听到雨水在敲打房顶。他注视着与数据引擎相连的奥多特贤者，对方如同深陷梦境。数据引擎滴答作响，她的双手在无形触控板上轻灵飞舞。

苏鲁斯全身都很疼。他从来没有向文坦努斯或者其他人透露过自己的伤势究竟有多重。他能感觉到无法愈合的断骨末端相互碾磨，机体修复所引发的高热脉动不息。

痛苦和死亡，这些他都不惧怕。他只是惧怕失败。

头盔的内置通信器发出鸣响。他站起身，拿上长剑和爆矢枪，步履蹒跚地迈上阶梯走向西边入口。

在大雨中，宫殿的满地狼藉和残垣断壁更显凄凉。雨水从破碎的房顶奔涌而下，洒在华美地板和精致彩砖上，沿着嵌入式台阶逐级倾泻，将随处散落的窗帘和挂毯变成了瘫软的裹尸布。

他一瘸一拐地踏入废墟。雨水敲打着他的盔甲。那颗蓝色太阳发出的恶毒光芒穿透了云层。

阿鲁克·瑟罗提德在等待他。

"他们来了。"护教军领袖说道。

苏鲁斯举目眺望。在坍塌的高墙远方，在纷乱的壕沟远方，在残存的桥梁远方，敌人已经大举集结。他们默默地从雨中现身，没有吟诵。身披黑衣的兄弟会教徒聚集在壕沟前方，每一纵列都有上百人，他们身后则是战争机械的轮廓和暗红盔甲的不祥光泽。

在那支大军后方还有更加宏伟的身影。暴雨遮掩住了某些生有长角、脊背佝偻的庞然大物。

这远比苏鲁斯想象中还要多。福德拉·费尔的突击部队足有数万之众。

"现在结束了。"阿鲁克说。

苏鲁斯拔出剑。

"得了，护教军。"他昂首说道，"这才刚刚开始呢。"

2
【计时：19.50.23】

第四连发动了攻击。

怀言者首先品尝到的是一阵轻型火炮和迫击炮的凶猛轰炸，此外还有一辆影刃坦克和若干作战车辆的支援火力。

怀言者沿着克塔尔运输线部署了兵力，这条主干道将诸多仓库与北边的兰席尔海港设施相连。此地守军的主要任务是保护霍尔·贝罗斯的主力，负责阻挡由盾墙东翼迂回攻向努米纳斯城区的反击力量。

然而这支守军并未意识到，他们占据了克塔尔运输线，实际上也就把守着货运工会的数据引擎。放置它的地堡正隐藏在宏伟的工会主楼脚下。

那曾经是一座宏伟的建筑。现如今千疮百孔的工会主楼仍旧高大，它肩头有辛勤劳工的雕像和那令人自豪的极限徽记。

这片区域并没有被炮火夷平。这里不是军事目标，而是商业区域。赫斯特伺服师选对了地方。

密集的火力席卷道路，将三个街区化作废墟，打散了敌军阵线。数百名短刃兄弟会教徒和几十个怀言者当即殒命。被击毁的装甲车辆在大雨里熊熊燃烧。一架叛军战犬泰坦顿时警醒，像愤怒的恐鸟般迈开脚步开始猎杀。洪流般的炮弹立刻向影刃坦克倾泻过去，单单倚靠凶猛无情的火力就打下了它的虚空盾。影刃随即开火，那白热的杀戮光芒如同某位复仇之神的天怒长枪，将战犬泰坦一击毙命。

残骸散落在方圆数百米的范围里，砸死了一些四散奔逃的教徒。其余士兵则在那些猩红主宰的狂怒呵斥下守住阵地，躲在墙壁和废墟背后展开还击。

从虚空瓶里传出的信息在整片地区尖声呼啸。他们都在绝望地请求支援。

兰德掠夺者坦克裹着奔流雨滴猛冲过满是积水的道路。它们撞倒墙壁，压碎乱石，将那些被困在倒塌掩体里的教徒碾成粉末。侧挂激光炮在蓝白色的暮光中嘶鸣不止，把雨水化作缭绕蒸汽。重型爆矢枪的巨响撕裂了空气，用毁灭之潮将敌军阵地淹没。

文坦努斯率领部队跟在兰德掠夺者坦克后方徒步进军，快速穿过破碎的街道。他左方是塞丹斯、洛卡斯和塞拉顿的队伍，右方则是由格瑞瓦斯、阿尔克和巴卡率领的部队。塞拉米卡的护教军组成了一道宽阔的右翼阵线，让魔环教徒重整部队发动反攻的妄想彻底破灭。在军团战士的后方和左翼，斯帕兹的大批步兵蜂拥而上，扫过运输线的西北末端，将碉堡和战壕里的短刃兄弟会教徒清理干净。

怀言者在暴雨中组成了一道猩红色的防线，试图抵挡主力攻势。导弹击毁了文坦努斯的第一辆兰德掠夺者，失去履带的坦克瘫在原地熊熊燃烧。轰鸣震耳的自动炮和呼啸而来的质爆弹击倒了一个个大步冲锋的钴蓝色身影。

但怀言者如今有了对白刃战的偏好。或许这源于那些手持短刃的奴仆大军。或许这仅与锐利刀锋所代表的献祭含义有关。

投放在恰当位置的密集火力有可能摧毁或击退文坦努斯的攻势，但局面并没有如此进展。怀言者始终充满期待地迎接着对方的冲击，他们拔出了刀剑，他们想要在近身混战中与声名卓著的第十三军团一决胜负，毕竟这场战斗无论是何结局都不可能影响考斯之战的最终走向。

面对长久以来自己一次次被迫与之相较的榜样，那些叛徒想要证明自己的实力。

双方在震耳轰鸣中迎面相撞。钴蓝色的迅猛攻势扑向猩红色的坚实阵线。他们冲破障碍。他们撕开防线，冲入敌阵，红色与蓝色顿时混作一团。双方你来我往，毫不示弱。巨大的能量，巨大的冲击，巨大的超人蛮力。鲜血在滂沱大雨中喷射。尸体砸落，积水四溅。覆盖着雨水、油污和血迹的剑柄变得滑腻不堪。盾牌磨损，盔甲碎裂，空气中充斥着臭氧的气味、能量的火花和电流的爆鸣。

文坦努斯身陷恶战。他们的武器是爆矢枪和动力剑。他把旗帜背在身后。他将一颗头颅轰成四散血雾。他把敌人刺穿，他砍断一条手臂，又将一顶头盔劈成两半。

他从未感觉过如此力贯千钧，如此势不可挡，如此义愤填膺。

他从未体会过如此无所畏惧。

怀言者已经没法再对他做什么了。他们已经犯下了极恶罪行。他们将他的世界、他的舰队，还有他的兄弟全都付之一炬；他们让这个世界血流成河、恶魔横行。

他们可以开枪打他，他们可以挥剑刺他，他们可以把他拖倒在地，他们可以把他杀掉。

无关紧要。

轮到他了，现在轮到他了。

这就是放任极限战士存活下来的后果。这就是将最卑劣的背叛当作工具的后果。这就是一切暴行的结局。这就是奥特拉玛的报复。

屠杀，屠杀，绝对而彻底的杀戮。死亡化身为一场蓝金两色的风暴登门拜访。一个怀言者，步履蹒跚，双臂张开，黑色甲壳四分五裂，暴露在外的五脏六腑喷涌鲜血。另一个，双手被齐腕斩落，断臂末端冒着青烟，缓缓跪倒在地，胸膛被爆矢弹炸出了一个洞。另一个，猩红头盔的左半边不翼而飞，这是动力剑所为。另一个，质爆弹的接连轰击让他的身躯抽搐颤抖、破碎。另一个，被动力斧砍翻。另一个，被兰德掠夺者坦克的炮火撕碎。另一个，全身都是链锯剑的牙印。

另一个……

另一个……

另一个，低吼，唾骂，诅咒，喘息，流血，出击，转身，移动，杀戮，死去。

文坦努斯来到了工会主楼脚下，他越过路障，落在一群惊声尖叫四散奔逃的短刃兄弟会教徒之间。一副红色盔甲向他冲来，那是个手持雷锤的第十七军团军士。文坦努斯躲过势大力沉的一击，战锤将混凝土地面砸得粉碎。他猛扑上前，递出长剑，直取护目镜，刺透了敌人的面孔、颅骨、大脑和头盔后部。

他抽回武器，那个军士仰面瘫倒。

排水沟里血流成河。文坦努斯挥手打翻两个胆敢主动进攻的愚蠢教徒，接着将枪口指向一名沿着千疮百孔的阶梯向他冲来的怀言者。他的胯部被子弹击碎，顿时失去平衡。文坦努斯抢在对方起身之前用动力剑将其了结。

塞丹斯从文坦努斯身边冲过，大步登上台阶。他端着爆矢枪不断开火，目标是那些挡在工会主楼大门前方的怀言者。反击火力呼啸而来。他身边的极限战士泰克斯兄弟当场脑浆四溅，结束了服役生涯。杀死泰克斯的凶手随即被塞丹斯的爆矢弹击倒，撞穿了镶板大门。

首批第十三军团战士终于突入主楼。文坦努斯身在其中。他们盔甲表面的鲜血和雨水滴落在大理石地板上。

"躲开。"格瑞瓦斯警告道。

他们让出一块空间。

一辆兰德掠夺者坦克长驱直入，将厚重的木制大门化作碎片。

文坦努斯和麾下战士纷纷围拢在侧面车门旁，护教军带着陶伦现身。

"快！"伺服师对文坦努斯说。

"这一点不必强调，伺服师。"他回答。

霍尔·贝罗斯的突击部队指挥官很快就会意识到，这场攻势并非针对兰席尔港口的反扑。工会主楼是一个明确的战略目标。

轻型武器的火力从这座宏伟大厅的上层向他们袭来。阿尔克军士挥手招来一支杀戮小队，率众前去剿灭那些短刃兄弟会教徒。

火炮和重型武器继续在大楼外面轰鸣。悬挂在大厅里的吊灯晃动不已。破碎的玻璃和瓷砖从头顶的残破天窗撒下来。

塞拉顿找到了通往工会主楼地下的装甲电梯。他们可以转接兰德掠夺者的能量来启动并运行这个系统，然而他们还需要一套覆写密令。

陶伦将密令输入系统。

"是我的生日。"她注意到文坦努斯在看着她。

"有两个密令。"他说道。

"我有两个生日。一个是我的有机躯体诞生的日子，一个是我接受改造全面接入系统的日子。这两个日子赫斯特都知道。"

"你们很亲近。"文坦努斯指出。

"是的。"她答道，"他大概称得上是我的丈夫，我的人生伴侣。机械神教并不使用这些老式的称呼，我们的社交关系也更为低调内敛。但没错，连长，我们很亲近。那是一种二元形式。我怀念他。我做这些是为了他。"

电梯门打开了。在一瞬间里，文坦努斯对她的沉痛损失感到嫉妒。无论她与赫斯特之间的关系究竟能够与寻常人类多么接近，那毕竟是真实存在的。那毕竟是近乎常人的。

文坦努斯是个经过改造的超人。他无所畏惧，除此之外，还有很多基础情感是他同样永远无法体会的。

在主楼外面的滂沱大雨中，斯帕兹上校猛然转过身，枪弹开始亲吻他背后的墙壁了。

"该死的。"他呻吟道。

他的部下也都看见了。

霍尔·贝罗斯已经抵达。

他带着仇杀之心扑向工会主楼，他带着滔天怒火而来，他带着泰坦、铁骑式装甲和受祝之子而来。

3

【计时：20.01.23】

传送的冲击如同电流般灼烧着他们全身上下的每一个分子。

这是一项极具风险的行动。近地空间较长距离的传送非常耗费能量。这次大规模集体传送尤其如此——是一支人员齐备全副武装的杀戮小队，而且目标区域相对狭小。

希尔厌恶传送，那感觉就像是强行挤过一张通电的细密铁丝网，脑海里总会响起一声热熔炸弹引爆般的轰鸣，嘴巴里总会留下一股胆汁和灰烬般的苦涩味道。

他们现身了。

希尔失去平衡，趔趄了一下。他站在甲板上，听到了尖叫。

考虑到众多风险因素和糟糕至极的误差范围，这次传送颇为成功。杀戮小队的四十六名成员追随基里曼一同出现在泽桑韦瑞德船坞的横向集结甲板里。他们损失了四名战士。

其中两人与他们身后的墙壁融为了一体，部分护目镜、手甲和膝盖从灰色的精金结构中天衣无缝地延伸出来。另一人被错误重组，化作一摊湿滑闪亮的猩红印迹。

第四名战士维尔库斯则是腰部以下出现在甲板内部。发出尖叫的就是他。他无法脱身。现在他就是甲板，甲板就是他了。

听到一位军团战士如此无法忍耐地放声惨叫实在令人不安，但据说传送重合的痛苦超乎想象。

基里曼拢住维尔库斯的头颅，迅速终结了他的生命与苦难。

"行动。"他命令道。

没有时间多加思考，没有时间调整状态。没有时间慢慢摆脱传送带来的强烈不适。杀戮小队参考船坞的建造图纸确定了当前位置。他们保持谨慎，但从未放慢脚步。这些超人战士尽其所能，展开行动。

之所以选择横向集结甲板，是因为它最为宽敞，可以容许最大限度的传送误差。他们的突击目标是位于两层甲板之上的船坞主控室。

怀言者必定检测到了这次传送。谁也不能掩盖如此明显的能量痕迹。

修通尼克斯向马库拉格之耀号发出通讯，确认他们已经抵达。盖奇回复表示，剩余能量不足以支持第二次传送。安皮恩的杀戮小队无法随后赶到，至少短时间内不行。

他们沿着甲板间的支架上行，经过了宽阔的气密门和已有舰船停靠的泊位。船坞超结构的内部灯火通明，挤满了由管道、支杆和缆线组成的庞大网络。

怀言者突然从上方向他们开火。子弹呼啸而来，炸在船坞的金属骨骼和陶钢皮肉上。凶猛冲击在这个宏伟的人造空间里发出震耳轰鸣。

佩琉斯和戴拉克图斯这两名极限战士死在了第一拨子弹下。他们被密集火力撕成了碎片。紧接着，莱西多尔就被爆头，顿时仰面翻下护栏。他的钴蓝色身躯张开双臂，朝集结区域坠下。

极限战士们发动还击，用云团般的爆矢弹覆盖了上方区域。怀言者一个个倒下，但更多敌人前仆后继。

基里曼发出一声富含挑战意味的怒吼。他宣判怀言者命不久矣，他宣判怀言者主人的命运要更加悲惨。

他一跃而起。

希尔意识到，原体显然是他们手中最强大的资源。他的超群力量并非关键所在，当然这一点无论如何强调都不为过。

关键在于他是基因原体。他是罗保特·基里曼。他是放眼帝国最伟大的战士之一。究竟有多少人能够胜他一筹？说实话？难道是所有十七位兄弟吗？绝不是十七位。远不是十七位。最多四个或五个，最多。

怀言者看到了他。居高临下的敌军兵力至少堪比一支杀戮小队，近乎一整支连队的规模。其中一部分还是声名远扬的受祝之子精锐。

但他们看到了来势汹汹的基里曼，明白了这意味着什么。究竟是何种席卷寰宇的失心浪潮腐化了他们的神智与灵魂并不重要。黑暗诸神究竟在他们耳边低语了什么永恒承诺也不重要。亚空间究竟把怎样的虚假勇气连同彻底癫狂一并灌入了他们的全身血脉，同样不重要。

奥特拉玛的基里曼来了，来杀掉他们，来杀光他们。

虽然他们得以先发制人，却白白浪费了良机。他们不知所措。在片刻间，他们的扭曲心灵知晓了何为恐惧，真正的恐惧。

他随后就拉近了距离。

他随后就展开了杀戮。

"跟上他！跟上他！"希尔喊道。他们纷纷加快脚步。支离破碎的怀言者从头顶飞过，或是砸在周围的甲板上。等到希尔赶上原体的时候，基里曼已经杀死了十多个敌人。他的爆矢枪咆哮不止，他的动力拳伴随着嘶鸣烤干了斑斑血迹。

格外凶残的白刃战爆发了。希尔紧握着那柄在这个黑暗日子里屡建奇功的异星长剑。他双手持握武器，将猩红盔甲如绸布般劈开。怀言者的鲜血颜色发黑，仿佛已经腐败变质。希尔护卫在原体侧翼，与整体攻势保持着一致稳健的步调，向主舱门推进。

他们损失了八个人，八位极限战士。但他们已经突入了主控室，在身后留下遍地尸首。

真正的战斗在那里等待着他们。

迎接他们的是一阵令人措手不及的枪林弹雨，当场杀死了斯特提斯，杀死了阿斯瑞提斯，杀死了修通尼克斯。

黑暗信仰之主、无名真言之主科尔·法伦命令部下发起进攻。

随后他拖曳着一股乌黑烟雾扑向基里曼，全身上下包裹着从虚空深渊抽取而来的幽暗能量。

"畜生！"基里曼放声呼号。

他迎头直上，毫不迟疑。

【计时：20.06.23】

工会主楼颤抖不已。泰坦正在朝这里开火。

"现在状况如何？"文坦努斯在通信频道里高喊，暴雪般的玻璃和碎石在他周围飞旋。

他留在地表指挥抵抗力量。塞拉顿则与陶伦一同乘电梯进入了装甲地堡。来自莱普提斯努米纳斯的所有数据传输和通信信号在五分钟之前就彻底断绝了。宫殿已经陷落。文坦努斯此刻能够获取的全部信息就来自身边连队的近距离通信。

"伺服师启动了数据引擎。"塞拉顿回复道，"她在建立连接，与神经脉冲单元连接。"

"能行吗？"文坦努斯追问。

"我不知道如果行的话会是个什么样子。"塞拉顿回答。

"我保证总比现在这个样子好些！"文坦努斯说。

效忠于怀言者的装甲车辆正在沿着运输线无情推进，将冰雹般的炮弹与激光投向极限战士阵地。浓烟和暴雨让能见度几乎为零。道路远端的工厂已经在冲天而起的火焰与碎石中倾覆了。两架掠夺者泰坦全速前进穿过烟云，它们的武器臂因持续开火而变得红热。

塞拉米卡死了，洛卡斯死了，斯帕兹估计也死了。文坦努斯找不到格瑞瓦斯和塞丹斯。连队阵线支离破碎。第四连已经倾尽全力了。

他们无法与霍尔·贝罗斯的压倒性兵力抗衡。

"伺服师发送了杀戮代码，"塞拉顿汇报，"她将代码导入了武器阵列系统，正在准备展开净化。"

文坦努斯猛然弯腰躲闪，一辆兰德掠夺者坦克被泰坦的火力抛到了半空，之后砸落在他面前区区几十米之外。熊熊燃烧、扭曲变形的坦克轰然坠地，那一声巨响恍若天崩地裂。

当然，此时此刻的确就是天崩地裂。蓝白色的火焰在暴雨乌云之上噼啪作响。恒星耀斑灼烧着考斯的外层大气，猛烈辐射笼罩了这颗饱受创伤的星球，高能粒子不断轰击热电离层，造成了大片非自然的极光。闪耀光芒与缤纷色彩在文坦努斯身边狂舞。那是凶猛爆炸的光芒、破碎天空的光芒。

"这是好事，对吧？"文坦努斯回应道，"这是好事吧？"

"是的，连长。"塞拉顿说，"但如果拿不到控制权的话，这就毫无用处。除非敌军丧失控制权，否则她无法掌控武器阵列。她说情况目前还没有进展。"

一个怪物般的受祝之子战士挥舞着动力斧从黑暗中扑向文坦努斯。他没有佩戴头盔。他的脸……不是人脸。

文坦努斯正面迎接敌人的冲锋，抬起利剑挥向斧柄，挡住了对方的劈砍。他们开始对峙。文坦努斯被敌人的凶蛮力量推开了。紧锁在一起的武器由此分离，文坦努斯匆忙弯腰躲过那接踵而来的杀招。

文坦努斯迅速调整姿态，猛力上挑兵刃。他的剑尖划过受祝之子的战斧，改变去向，捅进了敌人的嘴巴，将那颗头颅一举洞穿。

那个受祝之子没有死。死得还不够快。他用含着长剑的嘴巴放声大笑，喷涌而出的黑血泼洒在剑柄和文坦努斯的手臂上。那个受祝之子将战斧狠狠埋进文坦努斯的躯干侧面。

随后他才安心赴死。

文坦努斯单膝跪倒。

"情……情况如何？"他问道。

"连长，你怎么样？"塞拉顿回应。

"有什么进展吗？"

"你的声音听起来很奇怪。"

"塞拉顿，她有进展吗？"文坦努斯低吼一声。

"没有，长官。敌人依然拥有控制权。"

泰坦已经逼近了。第四连的最后一辆影刃坦克刚刚开火击伤了其中一架钢铁巨兽，但它们随即共同发起还击，将超重型坦克化作冲天烈焰，连带吞噬了后方的一片街区。

他们孤军奋战，没有任何一批盟友如期抵达，没有任何增援。

他们的希望是美好的，但不够坚实。

第十七军团已经赢得了考斯之战。

【计时：20.09.41】

萨崔克高原沐浴在极光之下。那颗恒星向整个韦瑞迪安星系喷吐着潮水般的能量。

艾瑞巴斯静静旁观。

大雨倾盆。雨滴是鲜血。所有恶魔都在尖吼。

风暴骤起。

【计时：20.10.04】

科尔·法伦用一束污浊黑光迎接基里曼，从他右手掌心迸发出来的秽恶光柱将第十三军团原体轰然击飞到了墙边。

基里曼立刻起身，但已经摇摇晃晃。他方才撞上的墙面四分五裂。

科尔·法伦拼尽全力地高呼一声，又发出一束黑光。基里曼正在大步冲锋，却在一声雷霆轰鸣中被光束再度击退。

基里曼趔趄起身，随即扑倒，又握紧动力拳半抬起身躯。他的胸甲已经碎裂。基里曼咳着鲜血，试着站起来。

科尔·法伦再次施以轰击，用一股诡异的能量笼罩了基里曼，让他在电流爆鸣中剧烈痉挛起来。

基里曼跪伏在地，他的钴蓝色战甲遍布焦痕。他低垂头颅，全身上下飘散青烟，过热的装甲炙烤着他的皮肤。

怀言者抽出仪式匕首，迈上前来。

摆在科尔·法伦面前的选择让他分外享受。他可以当场了结伟大的基里曼。亲手施加的戕害要比千里之外或万军丛中的杀戮更加可贵。

他可以亲手杀死罗保特·基里曼。

或者他可以亲自动手转化他，就像战帅被转化一样。

艾瑞巴斯能办到，那么科尔·法伦就也能办到。

基里曼身受重伤，虚弱不堪，全无防备。在这样的状态下，仪式匕首的啮咬会解放基里曼的心灵，消除他的克制。那道伤口的如火剧痛会在他心中溃烂，并最终通过一面癫狂失神的透镜向他展现原初真理的恐怖荣光。

怀言者来到考斯是为了杀死基里曼和他麾下的完美士兵。相比之下，如果能够把基里曼变成一个心甘情愿且言听计从的盟友，将他带回洛加与荷鲁斯的厅堂，那又是何等辉煌的成就？

基里曼，头顶恶魔的双角。基里曼，身披邪秽的光芒。

科尔·法伦俯身凑近那个匍匐在地的原体。基里曼的呼吸急促而沉重。

基里曼屈膝于科尔·法伦

他的盔甲焦黑冒烟，鲜血向四周扩散。

"你不理解的东西太多了。"科尔·法伦说道，"真理会震慑你的，罗保特。抱歉，确实会的。但你要学着适应它。我很高兴能与你分享我的知识，帮助你理解，帮助你成长。"

"离我远点。"基里曼喘息道。

"太晚了，接受这一切吧！"

希尔离得太远，无能为力。在主控室另一端陷入鏖战的他瞥见了这一幕，他明白这恐怕就是罗保特·基里曼生命中的最后一刻。

他努力突破重围，在狂怒与绝望中放声呼吼。怀言者逼退了基里曼的杀戮小队，让他们伤亡惨重。希尔和其余战士奋力杀向原体，但他们寸步难行。敌人太多了，而且都是敌军精锐。

三名战士挡住了艾恩尼德·希尔的去路。其中有索洛特·绰尔。绰尔拦下了希尔的每一记挥砍与刺击，如同设置为最高极端等级的训练笼。

科尔·法伦将仪式匕首的锋刃探向基里曼的喉咙。

4

【计时：20.11.39】

工会主楼的上层结构坍塌倾覆。在文坦努斯找到塞丹斯和格瑞瓦斯之后，他就与这两支小队的残部沿着外部大厅一同后撤。严重的伤势让他步履蹒跚。

四面八方都是敌人。另外两架泰坦从东边的浓雾中现身。另外两架。这简直可笑。这不切实际。敌军力量早就占据了压倒性优势。霍尔·贝罗斯最大限度地践行着过度击杀。

在文坦努斯看来，至少他们拉了很多垫背的。怀言者为了毁灭这个世界要付出惨重的代价。

可悲的是，他们显然并不在乎。

工会主楼即刻就要覆灭，至于那座地下堡垒，无论它的装甲多么坚固，第十七军团都能攻破防线，杀死陶伦，摧毁数据引擎。

其中一架泰坦开火了。

另一架泰坦的上半截身躯轰然爆炸。一个巨型火球从它体内迸发，将其彻底吞噬，向天空喷吐出金黄和白亮的烈焰旋涡。

在工会主楼三百米之下，地堡颤抖不已。上方那场灭世之战的巨大噪声在这里只是一声声闷响，功率强悍的数据引擎用嘶鸣与轰响遮盖了无休止的震动。

通过神经脉冲单元与机械相连的陶伦突然皱起眉头。

塞拉顿注意到了她神情的变化。这个极限战士从未如此焦躁恼火。他远离战场，毫无作为，注定只能旁观这位高深莫测的机械神教贤者用细微手势默默工作。

"怎么了？"他问道，"什么情况？"

"两架泰坦加入了战局。"她轻声回应，继续扫视着只有自己才能看到的数据洪流，"刚刚出现的泰坦不是叛军机械。"

"什么？"

"它们是忠诚派单位，"她说道，"燃烧之云和卡斯卡杜斯的绝杀。其中一架刚刚摧毁了与怀言者结盟的泰坦死亡巅峰。"

"我们得到增援了？"塞拉顿惊问。

"看起来——"

"伺服师，你是说增援部队前来协助第四连了吗？"

"是的，军士，的确如此。当前数据支持这个结论。依照数据来看，情况确实如此。"

陶伦始终保持着绝对的冷静。她似乎没有表现出任何宽慰。她检视着快速更新的数据流，从中筛选信息。

"文坦努斯连长所率部队先前面临的预期湮灭时间是三分十六秒。这个时间限度刚刚被修改为六分十二秒，八分……十分五十一秒。"

陶伦看着大量输入的数据。它从成百上千个不同的图片和信息源头奔涌而来：极限战士军团成员的护目镜图像、护教军的视觉信号、忠诚派装甲车辆的扫描仪器、工会主楼的区域传感器、尚且维持运行的城市运算网络。她目睹着局势的扭转。

增援力量迅速而灵活地从东边突然冲入了兰席尔外围区域。那支部队沿着塔西斯横向干道、马罗尼克运输线、贝德汝斯斜干道和兰席尔主干道进军。他们穿过了货仓后方的建筑群和18号口岸东边的环形居住区。一支由兰德掠夺者坦克和作战车辆组成的装甲队列为三架泰坦提供辅助，其中有两架掠夺者和一架战将。大批步兵展开急行军紧随其后。陶伦借助徽记、旌旗、标识和番号加以辨认。这支部队的主体力量是来自巴托集结点和沙汝德集结点的第十三军团及机械神教单位，但其中也有两万名携带轻型装甲车辆和辅助武器的帝国军队士兵。

她在不同的图像数据流之间迅速切换，密切追踪行军进程。增援部队会聚成了两支突击攻势。其中一支由军团力量组成，率领它的是第一百一十二连的安柴斯军士和第十九连的埃松连长。另一支则主要是帝国军队单位，由耐瑞德第四十一连的巴尔托上校负责指挥，然而冲锋在前的是艾科斯·拉米亚德和一台脚步沉重的极限战士无畏机甲。

在牺牲之前，陶伦的忠实副手奥多特贤者恪尽职守，成功协调了她能够联络到的所有部队与火力。

拉米亚德，即艾科斯·拉米亚德，奥特拉玛四英杰，原体的勇士。他从寰博馆周围的荒漠与丘陵中集结了身边的这支杂牌部队。他用尚且完好的手臂高举阔剑，指引麾下将士们突入巷战。

蔑视者无畏泰利梅克汝斯与他并肩奋斗，一边倾泻弹药，一边楔入敌军阵线。他的击杀记录已经包括了两名霍尔·贝罗斯手下的高阶指挥官。突击炮，最具效率。

陶伦再次切换视角，她开始追踪其余代码标识。

神圣无畏扎斯塔瑞乌斯与埃松的队伍一同前行，是加入战斗的第二台无畏。而在泰坦的阴影里，还有第二名英杰：陶若·尼科迪莫斯，他今天从科密什的修罗场一路向北杀了过来。

切换视角。切换视角。陶伦观察着数据，几乎要为信息的急速更新和战局的迅猛扭转感到震惊。

她终于察觉到了塞拉顿的急不可耐，于是开始向他转述自己目睹的一切。

霍尔·贝罗斯的大军在这凶猛攻势面前惊惶退却。关键并不在于火力强度，而是在于协同配合。第十三军团的残兵败将本不该有能力组织出如此精准有效的攻势。在混乱局面、强烈冲击和灭世火海之中，他们本不该有能力集结部队，偏偏在这个战略要地合兵一处。

陶伦检查着预期湮灭时间。

此刻是四十七分三十一秒。

在这段时间里，考斯暴行的幸存者们必将尽情释放他们的狂怒与恨意，让敌人损失惨重。或许他们甚至能够将怀言者从兰席尔外围区域中暂时击退。

但这无非是一个在死亡面前挥洒满腔怒火的宝贵机会。

对于霍尔·贝罗斯而言，这仅仅将战斗延长了一两个小时。从很多角度来看，他乐意让受害者们主动会集到同一片杀戮场中以便围剿。他可以从四面八方调集援军。

然而第十三军团不行。

如果他们只求慷慨赴死，那么很快就要如愿以偿了。

陶伦无法利用武器阵列来扭转乾坤。她手握杀戮代码，却得不到那该死的控制权。

【计时：20.13.29】

仪式匕首刺破了他的喉咙，基里曼的鲜血涌出伤口。他咬紧牙关低声嘶吼。

"放手吧。"科尔·法伦柔声说道，"这是启迪的开始。"

基里曼咕哝了几个字作为回应。

"什么？"科尔·法伦嘲弄地用手掌拢住耳朵，"你刚才说什么，罗保特？"

吐出每个字都无比艰辛。

"你犯了一个错误。"基里曼喘息道。

"一个错误？"

"你选择了错误的实战可能。主动权在你。你可以玩弄我，可以杀了我。你选错了。"

"真的吗？"科尔·法伦微笑着说。

"你不该留我一条性命。"

"我留你一条性命，是为了与你分享真理，罗保特。"

"是的，"基里曼艰难地喘着每一口气，"但只要我还活着，我就能这样做。"

一阵尖锐的声音随即传来，是一种撕裂声响。鲜血喷涌而出，仿佛有一只盛满红酒的皮袋在两人之间骤然破裂了。科尔·法伦发出微弱的哀鸣，就像用潮湿的手指划过玻璃。

基里曼挺直身躯。虽然动力拳早已短路失灵，但他还是轻易地将手甲上的利爪深深埋进了科尔·法伦的胸膛。他一举洞穿了科尔·法伦的战甲、肌肉和强化肋骨。被钉在基里曼拳头上的科尔·法伦抽搐起来。他双脚离地，手肘紧贴躯干。他全身颤抖，头颅后仰。

仪式匕首从他掌中滑落，掉在甲板上。

索洛特·绰尔听到了主人发出的声音。他专心致志地对抗着极限战士突击队，但还是不由自主地转移了视线。不到一秒，只有一毫秒而已。

希尔看到了破敌良机。看到了他的实战可能。那破绽无比细微，只是怀言者严密防线中的一丝缺陷。它仅仅持续了一毫秒，而且不会重现。

他的利剑长驱直入。

剑锋削掉了索洛特·绰尔的右半边头盔。痛苦、冲击和惊愕让绰尔踉跄了一下，陷入困惑。

在一瞬间里，绰尔以为面前的对手是卢希尔。他以为卢希尔起死回生来惩罚他的恶毒背叛了。

希尔猛冲上前，将绰尔与旁边的怀言者撞到一起，鲜血四处飞溅。他俯身躲过第三个敌人剑刃的挥砍，随即杀了对方。

他是第一个成功突围赶到基里曼身边的。

基里曼盯着科尔·法伦的双眼。科尔·法伦的嘴唇抽搐不已。他猛眨着眼睛，颤抖的嘴唇旁涌出一团团唾沫。

基里曼狠狠抽出利爪，手里握着科尔·法伦的心脏。

科尔·法伦摔落在甲板上，身下铺开了一摊苦涩的黑血。他张口呕吐，地板变得酸臭肮脏。

基里曼将那颗残破的心脏扔到一旁。

希尔扶住他。

"别管我，军士。"基里曼喘息道，"干掉那该死的系统，完成我们此行的任务。"

希尔冲向系统控制台。数据引擎的一排黄铜色运算单元在他面前嘀嗒作响。他不知从何下手。

"泰拉在上。"基里曼咆哮道，"希尔，一枪轰掉那鬼东西！"

希尔已经没弹药了。但他有一柄长剑，它今天又要完成一项工作了。

【计时：20.20.19】

控制代码解锁了，陶伦亲眼所见。她看到整个思维空间里的数码序列突然改变。控制权中断（引擎宕机）。控制权中断（引擎宕机）。控制权中断（引擎宕机）。控制权中断（引擎宕机）……

这就像是转瞬之间的数据启迪，是信息序列的扭转乾坤。一切数值的改写，一切权限的重置。

她毫不迟疑。赫斯特绝不会迟疑。她把杀戮代码直接注入突然门户大开的系统，看着它将八重之道废代码的腐化信息付之一炬。

杀戮代码是她的先锋、她的近卫、她的极限战士杀戮小队、她的文坦努斯。她自己的职权密令紧随其后。

她夺取了控制权。她采用自主裁量模式，数千个自动生成的火力方案瞬间呈现在她面前。她用手势、密令和二进制代码来进行排序筛选。

"伺服师？"塞拉顿在呼唤她，"伺服师？"

陶伦没有理会对方。她开启了一个通信频道。

"伺服师陶伦，通告所有第十三军团极限战士，以及所有与之同盟的部队。防备冲击。重复一遍，防备冲击。"

【计时：20.21.22】

光束武器的第一波轰击降临在兰席尔港口。一道道垂直的灼目能量就像是从天而降的光柱。它们从轨道武器平台喷薄而出，怀言者先前正是将这些平台留作己用。

由光矛炮台、粒子通道和介子武器所释放的强大火力发动了外科手术式的精确打击。它们将工会主楼周围的北部仓库区域化作焦土。它们摧毁泰坦，熔解装甲车辆，让兄弟会教徒和怀言者阵线灰飞烟灭。

极限战士与帝国军队士兵则毫发无损，尽管其中一些人寻求掩护的位置距离冲击点仅有半公里。他们的耳膜被震裂，皮肤被烫伤，在强光之下几乎双目失明，并遭受了震荡波、电磁脉冲和凶猛余震的接连打击，但他们性命无忧。

强烈的负压让雨水在这片区域周围飞速回旋，战场烟尘与纷乱天气组成了一个巨大漩涡。

在轨道轰击下头晕目眩的文坦努斯抬起脑袋。炽热的尘埃落在他们潮湿的盔甲上，包裹住他们的全身。这些尘埃在几秒之前还是怀言者。

他周围的极限战士都是枪灰色的，正如第十七军团昔日的涂装。

【计时：20.21.25】

陶伦没有善罢甘休。她充分运用现有的武器阵列资源，对其余地表目标发动轰炸。同时，她为轨道平台重设指令，让光矛站点掉转炮口。她开始系统性地针对怀言者舰队施加凶狠的打击。

自从那场灾难性的轨道冲击爆发以来，这是第一次有猩红色的战舰在近地空间起火毁灭。巡洋舰和战斗母舰葬身于百万吨级的爆炸火团，或是在毁灭性的冲击下陷入瘫痪。

这是战场的巨变，战局的逆转。赫斯特会感到欣慰。基里曼会感到欣慰。

【计时：20.21.30】

在马库拉格之耀号的辅助舰桥上，马瑞乌斯·盖奇目睹敌军舰船开始喷溅烈焰，火舌四起。他观看着绿色与白色的明亮光束涌出轨道平台，将怀言者战舰洞穿。

他看着侯米德。

"请问，功率状态如何？"

"我们现在达到了57%的功率，战团长。"侯米德说道，"足够传送安皮恩的杀戮小队。"

"我打算采取更为直接的手段。启动引擎，向船坞前进。升起虚空盾。"

"长官，有三艘敌军巡洋舰还钳附在我们舰身上。"

"那么它们想必要吃些苦头了，舰长。升起虚空盾，顺便把敌人从我们身上轰掉。"

宏伟的旗舰启动了护盾。其中一艘巡洋舰被虚空力场波及，舰身护甲顿时扭曲撕裂，沿着龙骨全面剥落，大片船舱暴露在太空中。它的主体残骸依旧钳附在马库拉格之耀号身上，而旗舰则在白热引擎的推动下猛冲向前。

第二艘巡洋舰被迫脱离，连接装置断裂损毁。在它能够稳定方向之前，旗舰就用光矛将其撕成了碎片。

第三艘巡洋舰则在近距离被旗舰的右舷火炮反复轰击。盖奇始终拒绝下令停火，直到那艘巡洋舰化作了一片熔融地狱，外层舰身焚化殆尽，内部甲板纷纷暴露。

遭到处决的巡洋舰缓缓飘走，像一块余火未尽的煤块般消失在黄道面之外。

【计时：20.24.10】

主控室已经陷入火海，烈焰和烟雾迅速填充了泽桑韦瑞德船坞的内部空间。希尔和杀戮小队的残存战士朝横向集结甲板快步撤退。他们紧紧簇拥着受伤的原体。

"旗舰正在靠近。"希尔说。

基里曼点点头，似乎恢复了一些力量。

"瞧那颗恒星。"一个小队成员嘀咕道。

透过一扇扇巨大的柔晶观察舷窗，他们看到了韦瑞迪安的恒星。它已经遭受重创，迸发出丑恶病态的光芒。它表面密布着皮疹般的黑子。

"看来我们赢了一场，却要输了一切。"基里曼说道。

希尔问他下一步作何打算，但原体充耳不闻。他的注意力转向了集结区域下方，他在那条贯穿几层甲板的通道里看见了什么。

"畜生！"他嘶声说，"他们就不能安心去死吗？"

希尔低头察看。

他发现了几名幸存的怀言者。他们扛着科尔·法伦的染血残躯。那卑劣的信仰之主匪夷所思地活了下来，纵然刚刚被基里曼挖掉心脏。他抽搐不止，挣扎扭动。

希尔注意到，领头的怀言者正是方才被他一剑削掉头盔和颅骨的那个。

绰尔有所察觉，转身仰望。暴露在外的血肉、牙齿和骨骼取代了他的侧脸。

希尔端起爆矢枪，里面已经装填了从阵亡同僚身上取来的弹药。其余极限战士一同开火。

那些怀言者开始闪烁。凭空浮现的寒霜在他们脚边汇聚成一个圆环，奔涌电光将他们缠绕包裹起来。他们在转瞬即逝的传送能量中消失不见。

"盖奇！盖奇！"基里曼高喊。

"我的原体！"盖奇在通信频道中立刻回应。

"科尔·法伦溜了。他从这里跑了，传送走了！他肯定逃回了他的战舰。"

"是的，长官。"

"阻止他,马瑞乌斯。斩断他的去路,送他下地狱。"

"我的原体——"

"马瑞乌斯·盖奇,这是个命令。"

"你们怎么办,长官?我们正在驶入船坞,准备接应你们。"

"这里停泊了一些战舰。"基里曼回答,"萨摩索瑞斯号,还有几艘护卫舰。我们会选用一艘,足够安全。追上他,马瑞乌斯。追上那艘该死的伪帝号。"

【计时:20.27.17】

怀言者战斗母舰伪帝号在遍布残骸的考斯近地空间中调转方向,身后是一艘艘逐渐焚灭的战舰。它启动引擎,开始向星系外围全速前进。

在它逐渐提升速度,将引擎功率拉至最高水平时,马库拉格之耀号展开了追击,它的主引擎点亮了炽热的怒火。

帝国历史中最声名狼藉的一场战舰对决由此拉开序幕。

【计时:20.59.10】

命运的走向已经扭曲、错位。艾瑞巴斯看得很清楚。他并不关心,也毫不惊讶。万物皆变。他早就知晓。这是黑暗最早赐予他的真理之一。

考斯已经灭亡。第十三军团遭受重创,难以为继。他的仪式完全成功了。毁灭风暴已经来临,这是人类在冲突年代之后从未经历过的一场亚空间风暴。它会让虚空四分五裂,它会将银河斩为两半。它会导致帝国的大片疆域在数个世纪之内都难以通行。

它会让忠于帝皇的力量陷入分立和困境。它会让他们自顾不暇,妨碍他们之间的联合与支援。它会粉碎一切交流方式和联络手段。它甚至会阻止他们对这场如火如荼的叛乱战争做出警告。毁灭风暴会击垮忠诚派,让泰拉孤立无援,在荷鲁斯的大军压境时脆弱不堪。

但是……敌人亦有所成。他们在战斗打响的那一刻就已落败,之后也始终未能扭转颓势,在这一切落幕之际,怀言者终于可以将第十三军团挫骨扬灰。他们实现了某种胜利,施加了几分报复,赢得了些许自尊。他们没有坐以待毙,他们为自己的性命付出了令人震惊的高昂代价。

艾瑞巴斯并不愿容许任何一个敌人生还。应当确保杀死他们,杀死极限战士。若要与一个极限战士为敌,就切莫让他活命。不要心慈手软。倘若极限战士侥幸生还,那么复仇的种子就已经埋下。只有将其毁灭才能高枕无忧。他们自己是这样说的。

真是豪言壮语。无非是一个骄纵军团的自吹自擂。这毫无意义。极限战士完了。考斯让他们身受重创。他们再也不会成为一支引人注目的军事力量。

荷鲁斯不必担心第十三军团的威胁了。

恒星的恶毒光芒照耀着萨崔克高原,艾瑞巴斯沐浴其中。他高举双手,诸多恶魔发出奉承的吟诵。

黑暗使徒感受到那逐渐增强的毁灭风暴扯动着他的斗篷。他的工作完成了。他履行了洛加赋予他的职责。是时候动身了。

黑色石环边缘处的现实已经薄如蝉翼,就像老旧褪色的布料。艾瑞巴斯抽出华美的仪式匕首,在宇宙的物质架构中切开一道裂隙。

他迈步而入。

5

【计时:23.43.16】

一个新的指挥团队在萨摩索瑞斯号的控制台各就各位,基里曼站在舰桥上看着那场迅速增强的风暴。所有可靠的信息源头都已经认定,这场灾难的严重程度前所未见。

"我们必须离开这个星系,我的原体。"舰长说道,"舰队必须撤离,以免被风暴吞没。"

基里曼点点头。他明白这势在必行。不仅如此,他们也必须向帝国核心星区以及奥特拉玛五百世界传达关于恶魔威胁的明确警告。

"那里还有几十万人。"他看着满目疮痍的星球对希尔说道。

"我们用手头的所有舰船营救了尽可能多的人,长官。"希尔回答,"我们不可能展开进一步的营救了。"

"剩下的人怎么办?"基里曼问。

"他们在向洞穴系统撤离。"希尔说道,"居住系统和连通地穴应该足以庇护他们免受恒星辐射的影响。他们可以熬过这场风暴,直到我们有能力派遣一支军团舰队回来营救他们。"

"可能要几年时间。"

"是的。"希尔说。

"可能永远来不了。"

"最多几年时间。"希尔说,"我们一定会回来。他们一定会得救。"

基里曼点点头。

"别介意我的情绪,希尔。我失去了奥特拉玛治下的一个世界。我失去了……太多。你眼前的我不在最好的状态。"

"理论可能,"希尔说,"事实正相反。"

基里曼哼了一声。他泛灰的面孔上萦绕着痛苦。

"有盖奇的消息吗?"

"没有,长官。"

"文坦努斯在我们营救回来的部队里吗?"

"不,长官。"希尔回答,"他不在。"

【计时:23.49.20】

文坦努斯拿起话筒。

"我是文坦努斯,连长,第四连。"他开口道,"我在向全球通信系统发出紧急广播。考斯地表已经不再安全。本星系的恒星遭受了异常耀斑活动的影响,即将在短时间内导致考斯的辐射强度达到致命水平。目前已经无法撤离星球。因此,如果你是本地居民、帝国军队成员、第十三军团战士,或者任何效忠帝国之人,那么请即刻赶往最近的洞穴系统。连通地穴将会提供有效防护,让我们熬过这次恒星活动。直到局面产生显著转变,我们都要在地下避难。不要犹豫,直接前往最近的洞穴。洞穴位置和通行信息可以在这条重复广播的加密附件中找到。以帝国之名,即刻动身。完毕。"

他放下话筒,看着陶伦。

"我已经设置为重复播放。"她说道。

"那么,我们必须出发了。时间紧迫,伺服师。和数据引擎断开吧。"

"我不熟悉这些洞穴。"她说,"我想地下恐怕不太舒服。"

"总要比地表舒服一些。"塞拉顿说。

"这没有讨论的余地。"文坦努斯说道,"没有选择。我们要撤离到洞穴去。"

我们会在那里坚守。就这么简单。"

"我明白。"她说,"你想必意识到星球上的残余敌军也会逃入地下吧?"

"是的。"文坦努斯说。

"那么,我们要如何应对?"陶伦问道。

"我们继续战斗,"文坦努斯告诉她,"一如既往。"

6

【计时:23.59.01】

这个世界从未显得如此黑暗。翻滚的黑色海洋与扭曲的黑色天空已经无从分辨。

只有那颗恒星依然可见,就像一只充满恶意的眼睛,用凶狠毒辣的光芒穿透了烟尘和雾气。

他们找到一片鹅卵石滩,将小船靠岸。欧尔检查了一下他的罗盘。他们随后动身向内陆进发。

"我们在什么地方?"贝尔·雷恩问道。

"北边,"欧尔说,"萨崔克海岸。高原在那个方向。"

他指着一片黑暗。

"这地方风景不错。"欧尔说,"之前来过这儿吗?"

雷恩摇摇头。

"我们来这儿干什么?"宰比斯问。

怪异而邪恶的声音在远方尖啸或低语,回声沿着海湾传来。

宰比斯更为急迫地重复了他的问题。

"我一点也不明白。"他说道,"我们坐着那该死的船走了这么远!为什么?这里不安全。这地方听起来可能比之前更糟!"

欧尔疲惫而不耐烦地瞥了他一眼。

"我们来这里,"他说道,"是因为只有在这里我们才能离开,只有这里。我们只有这一个机会能够活下去并且做些事情。"

"做什么?"克兰克问。

"重要的事情。"欧尔心不在焉地回答。他看到了什么东西。在鹅卵石滩上,小船旁边。

"那是谁，士兵佩松？"格拉福特问道。

他们身后的石滩上有一个人。对方跟踪了他们。那人从他们的小船旁边快步走过。另一艘小艇被遗弃在石滩以外的黑水里，正在缓缓打转，应该就是那人乘坐的船。

"见鬼，"欧尔嘀咕道，"到我后面去，所有人。继续走。"

他转过身，从肩头取下激光枪。

克里欧·弗斯特全身漆黑，如同一片阴影。只有他的面孔是苍白的，那紧绷的皮肤上还留着头部伤口淌下的一条条干涸血迹。他不断逼近，脚下的鹅卵石咯咯作响。他右手握着一把激光手枪。欧尔抬起武器指着对方。

"不要过来。"欧尔高声说。

"还给我，"弗斯特喊道，"还给我！"

"我不想开枪，也不想杀人，"欧尔做出警告，"但不要逼我。走开，不要找我们的麻烦。"

"把我的匕首还给我。我的匕首。"

"走开。"

弗斯特又迈近一步。

"它们能闻到，你明白的。"他嘶声道，"它们能闻到它。"

"随它们闻吧。"欧尔回答。

"它们会来的，你可不想把它们引来。"

"随它们来吧。"

"你可不想把它们引来，老东西。还给我，我需要它。"

"我更需要它。"欧尔说道，"我需要用它来做些事情，所以我才来到这里。我需要用它来做的事情远比你想象得更重要。"

"没有什么能比我想象得更重要。"弗斯特回答。

"最后一个机会。"欧尔说。

弗斯特开始尖叫。他放开喉咙尖叫起来。

"他在这儿！在这儿！这里！来抓住他！来吃了他！这儿！这儿！"

激光枪发出一声爆鸣。终于安静下来的弗斯特仰面倒在石滩上。

但某些事物苏醒了。弗斯特的尖叫与欧尔的枪声惊扰了某些事物，将它们逐渐吸引过来。欧尔能听到。他能听到皮翼在黑暗中拍打、蹄子踏过石块、鳞片滑动摩擦。非人的声音发出一阵阵低语和嘶吼。

"嘿！"欧尔对他的几位同伴喊道，他们全都畏缩在黑暗之中，"到我这儿来！快来，围过来。"

他们匆忙地跑来，克兰克和雷恩、宰比斯，还有那个女孩。格拉福特最慢。

"那是什么？"克兰克问道，他听见了黑暗中的那些事物从四面八方迅速逼近的声响，"那是什么声音？"

"别去想，"欧尔说道，他努力回忆着一串简单的手势，"靠近我。这里或许能行，或许足够薄。"

"什么足够薄？"雷恩问。

"那是什么声音？"克兰克焦躁不安地再次问道。

"有什么东西过来了。"宰比斯说。

"没事的，"欧尔说道，"反正我们要走了。"

他手中握着那柄短刃。他从布包里取出了那把仪式匕首。他低声向自己的神祇祷告，祈求庇护与宽恕。随后他挥动匕首切开一条空间的裂口。

"你是怎么做到的？"卡特问道。

大家全都盯着她。

欧尔微笑起来。

"相信我。"他说道。他继续用力推动匕首，将那切口加深。他划了一条纵向的裂痕，与普通人的身高相仿。他在半空造就了一道缝隙，将现实一分为二。

恶魔的声响愈发逼近。

欧尔将裂隙边缘像窗帘一样拉开。他们看到对面的景象之后都惊呼一声。不是这里，不是考斯，不是漆黑一片的破碎石滩。

欧尔看着他们。

"我不会骗你们说一切平安，"他说道，"因为不是一切平安。但总比留在这里强。"

他们盯着他。

"跟我来。"他说道。

终 // 结

"我们继续战斗。"

——文坦努斯，考斯星球，地下战争前夕

尾声

【计时：219，479.25.03】

寇其斯已经走到了苦涩而破碎的结局；考斯计时在这段黑暗岁月里从未停止。它已经不具实际功用，只剩下象征意义，然而有时候除了象征意义之外就一无所有了。这堪称一场仪式。至少，寇其斯的渣滓应该能够理解。

这个世界被烈焰吞没，已经宣告覆灭。以牙还牙。已经没有多少惩戒可以继续施加，没有多少复仇可以继续品味。但这件事情必须办妥，这将是整个过程迈向完结的一大步。

文坦努斯，这位久经沙场的连长饱受岁月与战争的磨砺，他站在一块向外突出的石板上，遥望暮色笼罩的大地。烈焰风暴映在他的铿亮盔甲和冷酷面孔上，一片片明亮的橙色光斑在蓝金两色的战甲表面舞动。时至今日已经发生了太多事情。银河经历了一次次的蜕变。与他之后目睹的一切相比，在考斯让他倍感震慑的那场剧变就显得不值一提了。那结局，那陨落，那开端。那伤痛。

他一向无所畏惧，但他知晓何谓痛苦，何谓万物规则的崩塌。他亲眼见证人类种族突然意识到最大的敌人就是自己。

开展地下战争的数年岁月显得非常遥远。那段记忆逐渐黯淡褪色，几乎难以铭记了，就像随之而来的那个帝国，以及终结一切的那场叛乱。

他手下的军官都在等待，其中有头戴红色战盔的军士，也有顶覆羽饰、手持利剑的新晋上尉。文坦努斯还记得，当年红色头盔意味着——

时代变了，事情变了，方式变了。他们都在等待，不耐烦地想要完成任务，心里胡乱猜测这个老东西究竟在想些什么，为何用时这么久。

在上方的低层轨道里，战斗母舰奥克塔维斯号静待指示，旋风鱼雷蓄势待发。

文坦努斯转过身，他回想着失去的兄弟们，注视着面前的兄弟们。他伸出覆有战甲的手掌。

头戴红盔的军士将旗帜递了过来。它老旧不堪，伤痕累累，遍布凹坑，旗杆上有一两处轻微的扭曲。那个军士一定在想，这鬼东西本可以拿去清洁修复一下。

文坦努斯接过旗帜，上面的每处痕迹都代表着一项荣誉。

他将旗杆插进寇其斯的焦土。闪烁火光照耀着顶端的金色装饰。

"我们为马库拉格而战！"那个军士高声说。

"不，今天不是。"文坦努斯回应道，"今天，我们为考斯而战。"

【计时：不详】

只要怀言者还活着，无论是在大漩涡的疯狂领域里，还是在亚空间的无底深渊中，考斯计时就不会停止。

此时此刻，它依旧在进行着。

作者简介

丹·阿伯奈特创作了五十多部小说,其中包括著名的冈特幽魂系列的最新一部《叛乱者》。他笔下的拉文纳系列和艾森霍恩系列均广受好评,其中最新一部是长篇小说《学者》。在荷鲁斯之乱系列中,他依次创作了《荷鲁斯崛起》《军团》《不被铭记的帝国》《无所畏惧》和《普罗斯佩罗之焚》,而后两部曾被《纽约时报》列为畅销书。他为荷鲁斯之乱系列的首部图像小说《马库拉格之耀》撰写过文本。此外,他还创作了大量有关战锤40000和战锤宇宙的广播剧、短篇小说。他常年生活在英国肯特郡的梅德斯通。

译者简介

赵笛,毕业于清华大学生物系,常用网络ID为Haldir。埋首阅读英美奇幻文学作品多年,熟悉并热爱马哲里两兄弟、秘银厅六英雄、费诺七子、护戒九人、终焉八位化身、帝国十九原体等传奇人物,现旅居瑞典小城北雪坪。

版权所有　侵权必究

图书在版编目（CIP）数据

无所畏惧 /（英）丹·阿伯奈特著；赵笛译.
杭州：浙江科学技术出版社，2025.7. -- ISBN 978-7-5739-1544-3

Ⅰ. I561.45

中国国家版本馆CIP数据核字第2024UN1622号

著作权合同登记号　图字：11-2020-225号

书　　名	无所畏惧		
著　　者	［英］丹·阿伯奈特		
译　　者	赵　笛		
出版发行	浙江科学技术出版社		
	地址：杭州市环城北路177号	邮政编码：310006	
	办公室电话：0571-85176593		
	销售部电话：0571-85176040		
排　　版	浙江新华广告有限公司		
印　　刷	浙江海虹彩色印务有限公司		
开　　本	710 mm×1000 mm　1/16	印　张	17.75
字　　数	239千字		
版　　次	2025年7月第1版	印　次	2025年7月第1次印刷
书　　号	ISBN 978-7-5739-1544-3	定　价	55.00元

责任编辑　吕路明　　　　　　责任校对　张　宁
责任美编　金　晖　　　　　　责任印务　叶文炀